KAT MARTIN
En sus sueños

Editado por Harlequin Ibérica.
Una división de HarperCollins Ibérica, S.A.
Núñez de Balboa, 56
28001 Madrid

© 2007 Kat Martin. Todos los derechos reservados.
EN SUS SUEÑOS, N° 55
Título original: The Summit
Publicada originalmente por Mira Books, Ontario, Canadá.
Traducido por Sonia Figueroa Martínez

Todos los derechos están reservados incluidos los de reproducción, total o parcial. Esta edición ha sido publicada con permiso de Harlequin Enterprises II BV.
Todos los personajes de este libro son ficticios. Cualquier parecido con alguna persona, viva o muerta, es pura coincidencia.
™TOP NOVEL es marca registrada por Harlequin Enterprises Ltd.
® y ™ son marcas registradas por Harlequin Enterprises Limited y sus filiales, utilizadas con licencia. Las marcas que lleven ® están registradas en la Oficina Española de Patentes y Marcas y en otros países.

I.S.B.N.: 978-84-671-5900-4
Depósito legal: B-55104-2007

Imágenes de cubierta:
Mujer: STOCKPHOTONYC/DREAMSTIME.COM
Paisaje: ALESSIA GIANGRANDE/DREAMSTIME.COM

Para los que se enfrentan a las montañas, los
que viven para la satisfacción de ascender
a una cima, los que disfrutan del desafío
y de la emoción de la conquista.
Y para los que luchamos con tesón por proteger y
preservar los espacios naturales que quedan en esta
magnífica tierra que Dios nos ha dado.
¡No nos daremos por vencidos!

Autumn Sommers empezó a moverse y a dar vueltas en la cama mientras un miedo gélido iba apoderándose de ella. Se le puso la piel de gallina, y la frente se le cubrió de sudor conforme las vívidas y aterradoras imágenes iban abriéndose paso por su mente.

Una niña estaba corriendo por el jardín de su casa, riendo y jugando a la pelota con sus amigos... debía de tener cinco o seis años y tenía unas facciones delicadas, unos enormes ojos azules, y el pelo rubio ligeramente rizado.

—¡Trae la pelota, Molly! —le gritó un niño pelirrojo. Todos los pequeños tenían una edad parecida.

Sin embargo, los curiosos ojos azules de Molly estaban fijos en un hombre que estaba en la acera con un perrito negro y blanco. La niña hizo caso omiso de la pelota, que pasó rodando por su lado y fue hacia los arbustos que delimitaban el jardín, y se acercó al desconocido.

—¡Molly! —su amiguito fue corriendo hacia la pelota, la agarró y la lanzó de una patada hacia los otros niños, que fueron tras ella de inmediato entre exclamaciones de entusiasmo.

Molly sólo tenía ojos para el adorable perrito.

—¿Te gusta Cuffy? —le preguntó el hombre, cuando la

niña empezó a acariciar al animal con suavidad–. Tengo otro perrito igual que se llama Nicky, pero se ha perdido. ¿Puedes ayudarme a buscarlo?

Autumn se retorció bajo las sábanas, cada vez más agitada, y murmuró entre sueños:

–No...

Pero la niñita no podía oírla. Empezó a mover la cabeza de un lado a otro de la almohada mientras intentaba decirle a la pequeña que no fuera con el hombre, pero Molly ya estaba alejándose de su casa con el perrito en los brazos.

–No... no vayas...

Ajena al susurro angustiado de Autumn, la niña siguió andando y se metió en un coche sin soltar al cachorro. El hombre cerró la puerta, rodeó el vehículo y se puso al volante; al cabo de un instante, el coche empezó a alejarse silenciosamente de allí.

–¡Molly! –exclamó el niño pelirrojo, mientras echaba a correr tras el vehículo–, ¡no hay que irse con desconocidos!

–¡Molly! –una de las niñas se llevó las manitas a las caderas, y exclamó–: ¡No puedes salir del jardín!

–¡Vamos, tenemos que decírselo a su madre! –gritó el pequeño, cada vez más preocupado, al ver que el coche se perdía en la distancia.

Los niños echaron a correr hacia el camino que llevaba a la casa, pero cuando el niño pelirrojo alargó la mano y golpeó la puerta con la aldaba, Autumn se despertó sobresaltada. El corazón le martilleaba en el pecho, y se quedó con la mirada fija en el techo mientras su mente se despejaba; al cabo de unos segundos, respiró hondo varias veces para intentar calmarse. A pesar de que se había despertado, recordaba el sueño con claridad y lo que había visto la había dejado impactada.

Se volvió hacia el despertador digital que tenía en la mesita de noche, y se dio cuenta de que ya eran casi las seis de la mañana, la hora a la que solía levantarse a diario. Era maestra en la escuela de primaria Lewis y Clark, pero ya habían empezado las vacaciones de verano y no tenía que volver al trabajo hasta principios de septiembre.

Apagó el botón de la alarma antes de que sonara, se sentó en el borde de la cama, y agarró su bata rosa antes de pasarse una mano por el pelo. Lo tenía bastante corto y ondulado, así que cuando se duchaba solía dejar que se secara solo y los suaves rizos color caoba acababan enmarcándole la cara de forma natural. Teniendo en cuenta su estilo de vida ajetreado y lleno de actividad física, era un pelo ideal.

Mientras iba hacia el cuarto de baño, fue incapaz de quitarse el sueño de la cabeza. Se preguntó si se debía a algo que había visto en la tele o a algún artículo que había leído en el periódico, aunque eso no explicaría por qué había tenido el mismo sueño durante tres noches seguidas.

Se metió bajo el chorro humeante de la ducha, y empezó a enjabonarse el pelo sin prisa mientras dejaba que el agua cálida la relajara. Cuando salió al cabo de un rato, se maquilló ligeramente y se peinó un poco, volvió al dormitorio para ponerse unos vaqueros y una camiseta, y entonces fue a la sala de estar. Se trataba de una habitación cálida y soleada, con una puerta corredera de cristal que daba a un balcón con vistas al centro de Seattle.

Hacía cinco años que había comprado aquel piso situado en una duodécima planta con la ayuda de su padre, justo antes de que los precios de la vivienda se dispararan. Habría preferido una de las pequeñas casas victorianas de la zona cercana al casco antiguo, pero como su economía no se lo había permitido, se había conformado con amueblar el piso con piezas antiguas. También había colgado cortinas de encaje en todas las ventanas, había reemplazado la moqueta de la sala de estar por parqué y lo había cubierto con pequeñas alfombras floreadas, y había pintado las paredes con un suave tono rosado. Para las paredes del dormitorio había optado por un papel floreado, y hasta había comprado una cama con dosel.

El piso había quedado acogedor, a diferencia de la casa de su sueño, que parecía ser una vivienda grande de estuco gris situada en un barrio residencial; aunque la había visto sólo por un instante, tenía la sensación de que se trataba de una zona bastante elegante, ya que los niños llevaban ropa de calidad y estaba claro que estaban bien cuidados.

Con un suspiro, agarró su bolso y salió al pasillo camino del ascensor. Había quedado en un Starbucks con su mejor amiga, Terri Markham, para tomar un café antes de ir al gimnasio Pike's, donde trabajaba en verano. Una de las cosas que más le gustaban de vivir en la ciudad era que lo tenía todo al alcance de la mano, desde museos, teatros y bibliotecas hasta docenas de restaurantes y de cafeterías. La escuela en la que trabajaba estaba a varias calles de su casa, el gimnasio en la parte alta de la colina, y el Starbucks a la vuelta de la esquina.

Terri ya estaba esperándola. Ambas tenían veintisiete años, pero Terri era morena, tenía una figura más curvilínea, y superaba ligeramente su metro sesenta de altura. Las dos eran solteras y estaban muy centradas en sus respectivas profesiones. Terri trabajaba de secretaria en uno de los bufetes más prestigiosos de la ciudad, y hacía cinco años que se habían conocido por medio de unos amigos comunes. Eran muy diferentes, pero quizás la conocida atracción entre polos opuestos explicaba la amistad que había ido creciendo entre ellas.

En cuanto abrió la puerta de cristal de la cafetería, Terri se puso de pie y empezó a hacerle señas con la mano desde el fondo del local.

—¡Estoy aquí!

Autumn fue sorteando las mesas, que a aquellas horas de la mañana estaban llenas de gente tomando el primer café del día, y tras sentarse en una de las pequeñas sillas de hierro forjado, aceptó agradecida el café con leche descremada que su amiga ya le había pedido.

—Gracias. La próxima vez, me toca a mí —le dijo, antes de tomar un sorbo.

—Creía que anoche no ibas a salir —comentó Terri.

—No lo hice —al ver la mirada de preocupación de su amiga, Autumn añadió—: pero la verdad es que no he dormido demasiado bien.

—Cielo, eso ya lo había supuesto al ver tus ojeras —Terri esbozó una sonrisa pícara—. Yo tampoco he dormido demasiado, pero apuesto a que me lo he pasado mucho mejor que tú.

Autumn hizo una mueca, porque las dos eran diferentes en casi todo. Mientras que a ella le gustaban los deportes y le encantaba estar al aire libre, Terri estaba obsesionada con las compras y con la moda; y en cuanto al tema de los hombres, eran diametralmente opuestas.

—¿No habías dejado de salir con Ray?, dijiste que era muy aburrido —comentó, antes de tomar otro sorbo de café.

—No salí con Ray, ya he cortado con él. Anoche conocí a un tipo guapísimo en el O'Shaunessy's. Se llama Todd Sizemore, y conectamos de verdad. Tenemos... no sé, una especie de karma increíble, o algo así.

—Terri, me dijiste que ibas a reformarte y que no ibas a tener más aventuras de una noche, que de ahora en adelante ibas a conocer bien al tipo en cuestión para asegurarte de que no era otro impresentable más.

—Todd no es un impresentable... es abogado, y fantástico en la cama.

Terri siempre pensaba que los tipos con los que se acostaba eran fantásticos en la cama al principio, pero los problemas surgían en cuanto empezaba a conocerlos mejor. Autumn era incapaz de tener relaciones sexuales ocasionales y sin ataduras, ya que sus emociones eran demasiado frágiles, pero Terri era mucho más extravertida y espontánea. Salía con tantos hombres como le permitía su apretada agenda, y se acostaba con quien le daba la gana.

Autumn salía con hombres en contadas ocasiones, ya que

a pesar de que era maestra en la escuela de primaria y de que trabajaba como instructora de escalada en el gimnasio, era bastante tímida.

—Bueno, está claro por qué no he dormido casi nada esta noche, pero ¿qué te ha pasado a ti? —le preguntó su amiga—, ¿has vuelto a tener ese sueño raro?

Autumn recorrió el borde de su vaso con un dedo. Tenía las uñas cortas y cuidadas.

—Sí —admitió al fin. Cuando el sueño se había repetido varias veces, se lo había contado a su amiga para ver si ella había leído o visto algo que pudiera explicarlo.

—¿Exactamente igual?, ¿una niña que se llama Molly se mete en un coche y un desconocido se la lleva?

—Por desgracia, sí.

—Es un poco raro, ¿no? En casos de sueños recurrentes, la mayoría de la gente suele soñar que se cae por un precipicio, que se ahoga, y cosas así.

—Sí, ya lo sé —Autumn levantó la mirada, y sintió una opresión en el pecho—. Hay algo que no te he contado, Terri. Esperaba que el sueño no se repitiera, para no tener que preocuparme por el tema.

Su amiga se echó un poco hacia delante, y le preguntó:

—¿De qué se trata?

—Ya es la segunda vez que me pasa algo así. Cuando estaba en el instituto, empecé a tener pesadillas sobre un accidente... mis dos mejores amigos iban en un coche con un chico que había entrado en el instituto aquel año. Soñé que el nuevo se emborrachaba en una fiesta, que estrellaba el coche contra un árbol y que los tres morían.

—Madre mía, eso sí que es una pesadilla —los ojos azules de Terri se abrieron como platos.

—No dije nada, porque... bueno, porque sólo era un sueño, ¿no? Sólo tenía quince años, y pensé que todo el mundo se reiría de mí si mencionaba el tema. Sabía que no me creerían, ni siquiera me lo creí yo misma.

—Por favor, no me digas que el sueño se convirtió en realidad.

Autumn sintió que se le formaba un nudo en el estómago. Nunca hablaba de la pesadilla, porque se sentía demasiado culpable. Debería haber hecho algo, debería haber dicho algo, y nunca se lo había perdonado.

—Pasó tal y como lo soñé. El chico nuevo, Tim Wiseman, invitó a una fiesta a mis amigos Jeff y Jolie; Tim tenía un año más que ellos, y parece que en aquel sitio había licor. Jeff y Jolie nunca bebían, pero supongo que todos se emborracharon un poco. Estaba lloviendo, así que las carreteras estaban mojadas y un poco resbaladizas. Cuando volvían a casa, Tim tomó una curva demasiado rápido y el coche patinó y se estrelló contra un árbol. Jeff y él murieron al instante, y Jolie varios días después.

—Dios mío... —susurró Terri, horrorizada.

Autumn apartó la mirada, mientras recordaba la devastación y el dolor insoportable que había sentido.

—Tendría que haber dicho algo, debería haber hecho algo antes de que fuera demasiado tarde; si lo hubiera hecho, a lo mejor mis amigos aún estarían vivos.

Terri le agarró una mano, y le dijo con firmeza:

—No fue culpa tuya. Tú misma has dicho que sólo tenías quince años, y que nadie te habría creído.

—Eso es lo que me digo a mí misma.

—¿Ha vuelto a pasarte algo así?

—Hasta ahora, no. Como mi madre había muerto en un accidente de tráfico dos años antes de que pasara lo de mis amigos, pensé que ésa era la causa de la pesadilla, pero ya no. Me gustaría creer que lo de este sueño no es lo mismo, pero ¿qué pasa si resulta que sí que lo es?, ¿qué pasa si están a punto de secuestrar a una niña?

—Aunque sea así, no es lo mismo, porque en el caso del accidente se trataba de gente a la que conocías. No tienes ni idea de quién es esa niña, ni de dónde está en el caso de que exista.

—Puede. Pero como conocía a la gente del primer sueño, es posible que también tenga alguna conexión con la niña. Voy a comprobar los archivos de la escuela y las fotos de los estudiantes, a lo mejor encuentro alguna correspondencia con la cara o con el nombre.

—Supongo que vale la pena intentarlo.

—Eso creo.

—Ya sabes que te ayudaré en todo lo que pueda.

—Gracias, Terri.

—A lo mejor el sueño no se repite.

Autumn se limitó a asentir. Tenía la esperanza de que fuera así, pero era consciente de lo vívido que había sido el sueño y de la claridad con la que lo recordaba. Cuando se acabó el café, se levantó de la silla y comentó:

—Tengo que irme ya, la clase empieza a las nueve y aún tengo que cambiarme de ropa.

Terri esbozó una sonrisa.

—Puede que este verano conozcas a alguien interesante en clase. Con tantos cuerpazos musculosos cerca, tiene que haber alguno que te llame la atención.

Autumn no hizo caso del comentario, y se despidió antes de alejarse de su amiga. A pesar de que Terri no cejaba en su empeño de ayudarla a encontrar al hombre adecuado, ella prefería mantenerse alejada del género masculino, porque desde el instituto todas sus relaciones habían sido desastrosas. Cuando iba a la Universidad de Washington, se había enamorado de otro estudiante, Steven Elliot, y habían salido en serio desde el segundo año. Estaba loca por él y habían hablado a menudo de casarse y de tener hijos, así que había creído que su futuro estaba decidido hasta que Steven había cortado con ella la tarde previa a la graduación.

—No te quiero, Autumn —le había dicho él—. Pensé que estaba enamorado de ti, pero me he dado cuenta de que no es así. No quiero hacerte daño, pero tengo que seguir con mi vida. Espero que todo te vaya muy bien.

Sin más, la había dejado en la sala común de la facultad, llorando como una idiota y odiándose por haberse enamorado de él. Se había licenciado y había seguido estudiando para ejercer de maestra, pero había tardado años en superar lo de Steven.

Al salir a la calle, se protegió de la brisa con su chaqueta mientras esperaba a que el semáforo se pusiera en verde, y entonces cruzó desde la Segunda Avenida hacia la Tercera y siguió hacia Pike Street. A pesar de que hacía sol, el aire estaba cargado de humedad y en el horizonte empezaban a formarse algunas nubes. No le importaba que en Seattle soliera llover a menudo, porque se había criado en Burlington, una pequeña localidad situada al norte de la ciudad. Valía la pena soportar las nubes y la lluvia, ya que podía disfrutar de los preciosos pinos y de la cercanía del océano.

Mientras caminaba, saboreó la caricia de la brisa en la cara y en el pelo. No tardó en ver el enorme edificio McKenzie, una antigua estructura de seis pisos que abarcaba casi media calle y que había sido remodelada de forma exhaustiva. El edificio albergaba la oficina central de McKenzie Enterprises, una cadena de tiendas de material deportivo. El Gimnasio Pike's estaba en la segunda planta, había oficinas y locales alquilados a distintas empresas, y la primera planta, la que daba a la calle, la ocupaban tiendas y boutiques.

Teniendo en cuenta su limitado salario de maestra, Autumn no habría podido permitirse la elevada cuota del gimnasio, pero a cambio de dar clases de escalada en verano le permitían acceso al gimnasio durante todo el año; de hecho, se lo pasaba muy bien enseñando las técnicas que su padre había empezado a enseñarle cuando era pequeña.

Las puertas dobles de cristal del edificio se abrieron a su paso, y entró en el elegante vestíbulo con suelos de mármol. El guardia de seguridad, Jimmy, la saludó con un gesto cuando pasó junto a él camino del ascensor. Al llegar a la segunda planta, entró de inmediato en el gimnasio, que quedaba a la vista tras una pared de cristal.

—¡Hola, Autumn! —la saludó Bruce Ahern. Se trataba de un hombre musculoso que hacía un mínimo de cuatro horas de ejercicio diarias, y ya estaba levantando pesas. Era rubio, y tenía un bronceado permanente durante todo el año. Era un tipo simpático, pero nunca había intentado salir con ella y parecía contentarse con ser su amigo.

—Hola, Bruce. ¿Qué tal te va?

—Como siempre —después de lanzarle una sonrisa que sacó a la luz un atractivo hoyuelo en su mejilla, Bruce siguió levantando las pesas enormes con las que estaba ejercitándose.

Autumn siguió su camino. El suelo estaba enmoquetado en tonos grises y azules, y las paredes estaban cubiertas con espejos que iban desde el suelo hasta el techo. En la sala de bicicletas, había hileras de pantallas de televisión para que los hombres y las mujeres que pedaleaban sin moverse de su sitio se entretuvieran, y se oía de fondo música de los ochenta. La selección musical era bastante variada, ya que abarcaba desde country hasta rock duro o hip hop.

Cuando llegó al vestuario femenino, sacó de su taquilla su ropa de escalada: unos pantalones elásticos negros que no resultaban ni demasiado ajustados ni demasiado holgados, una camiseta negra, y unos pies de gato de cuero con cierre de velcro; después de cambiarse, metió el bolso y la ropa de calle en la taquilla, y fue a su segunda clase del verano.

La oficina central de McKenzie Enterprises ocupaba toda la sexta planta del edificio. Desde el despacho del presidente había unas vistas espectaculares de la ciudad, que se extendían hasta la bahía.

Ben McKenzie estaba sentado tras su mesa de caoba, leyendo uno de los seis informes que tenía delante. Su enorme despacho privado estaba decorado en madera oscura acentuada con pinceladas cromadas y alfombras color burdeos. Detrás de la mesa había una enorme cristalera, y un mueble bar en una de las paredes.

Al oír que sonaba el interfono, le dio al botón y la voz de su secretaria y ayudante personal, Jennifer Conklin, rompió el silencio que reinaba en la habitación.

–Ha llegado su cita de las nueve. Kurt Fisher, de A-1 Sports.

–Gracias, Jenn. Dile que pase.

Ben se levantó de la silla de cuero, y metió los puños de su inmaculada camisa blanca bajo los de la chaqueta del traje azul marino que llevaba. Su ropa era cara y hecha a medida, pero el dinero que le costaba se lo había ganado él con el sudor de su frente, y era un hombre que apreciaba la calidad y el diseño.

Se preguntó qué querría Fisher. Estaba convencido de

que la conversación iba a ser bastante interesante, ya que se trataba del director de compras de A-1 Sports, una cadena muy conocida de tiendas de productos deportivos de gama baja; teniendo en cuenta que la empresa tenía setenta y seis establecimientos por todo el país, y que el número iba en aumento, era una dura competidora, ya que McKenzie ofrecía productos de mayor calidad y por tanto más caros; aun así, de momento sus tiendas mantenían un excelente rendimiento.

Cuando la puerta se abrió, Ben vislumbró por un segundo el pelo castaño claro de Jenn, que estaba esperando a que Fisher entrara en el despacho. Su ayudante era una mujer casada que tenía treinta y siete años y dos hijos, y llevaba siete años trabajando a su lado.

Jenn cerró la puerta en cuanto Fisher entró. Era un hombre delgado de unos cuarenta y tantos años, y tenía reputación de ser un tipo agresivo y persistente capaz de hacer lo que fuera por alcanzar sus objetivos económicos, que a juzgar por su corbata de Armani, eran extremadamente elevados.

—¿Te apetece una taza de té? —le preguntó con amabilidad. Era más alto que Fisher, tenía tanto el pecho como los hombros más anchos que él, y su constitución era mucho más atlética. A pesar de que ambos tenían el pelo castaño oscuro, el suyo era más espeso y ligeramente ondulado.

—No, gracias.

Cuando Fisher se sentó en una de las sillas, Ben se desabrochó la chaqueta del traje y se sentó tras su mesa.

—¿Qué puedo hacer por ti, Kurt? —le preguntó con una sonrisa. Siempre se mostraba amable, pero no le gustaba perder el tiempo.

Fisher se colocó su maletín en el regazo, lo abrió, y sacó una carpeta que colocó sobre la mesa y empujó hacia él.

—No hace falta que te diga que tu gestión al frente de Productos Deportivos McKenzie ha sido fantástica, y que gracias a ti ha llegado a ser una empresa muy rentable. Como ya sabes, A-1 ha tenido el mismo éxito gracias a la venta de su línea de productos más económicos, pero dado el crecimiento imparable que estamos experimentando, hemos decidido que el paso lógico consiste en añadir tiendas que vendan productos más caros y de mayor calidad... tiendas como las tuyas, Ben.

Al ver que se limitaba a recostarse en la silla sin contestar, Fisher dio un golpecito en la carpeta con un dedo y añadió:

—Aquí tienes nuestra oferta de compra de tu cadena de tiendas, Ben. Naturalmente, querrás enseñársela tanto a tu contable como a tu abogado, pero verás sin duda que las condiciones y el precio son más que justos.

Sin molestarse en abrir la carpeta, Ben la empujó de nuevo hacia Fisher.

—No me interesa. Mi empresa no está en venta.

—Todo está en venta... por el precio adecuado —le dijo Fisher, con una pequeña sonrisa.

—Mi empresa no. Al menos, por ahora —Ben se levantó de su silla, y añadió—: Dile a tu gente que agradezco su interés, y que serán los primeros en saberlo si cambio de idea.

—¿Ni siquiera vas a mirar la oferta? —le preguntó Fisher, atónito.

—Ya te he dicho que no me interesa.

Fisher agarró la carpeta, volvió a meterla en el maletín con cierta tensión, y se levantó de su silla.

—A-1 quiere tus tiendas, Ben. Volverás a saber de nosotros.

—La respuesta será la misma.

Fisher fue hacia la puerta sin decir palabra.

—Que tengas un buen día —le dijo Ben con una sonrisa, antes de volver a sentarse.

El hecho de que una compañía tan potente como A-1 quisiera comprarle las tiendas era prueba de todo lo que había conseguido, pero había trabajado duro para conseguir el éxito que tenía y aún le quedaban muchos objetivos por alcanzar.

Desde que era un niño y trabajaba para su padre en la tienda que su familia tenía en la zona rural del Medio Oeste, había tenido claro que quería dedicarse al mundo de los negocios. Había estudiado con ahínco porque estaba decidido a ir a la universidad, había destacado en casi todos los deportes en el instituto, y había sido el delegado de su clase.

Su esfuerzo le había valido una beca para la Universidad de Míchigan, y los deportes que tanto le gustaban le habían ayudado a encontrar la dirección a seguir. Nike lo había contratado para que asumiera un puesto de gestión en cuanto había salido de la universidad, pero al cabo de varios años, se había dado cuenta de que quería trabajar por cuenta propia.

Su madre había muerto cuando él tenía veinticuatro años, y cuando su padre había muerto también y le había dejado el negocio familiar, él lo había vendido, se había mudado a la zona del Pacífico Noroeste, y había abierto su primera tienda de productos deportivos.

Ben esbozó una sonrisa. Se le daban bien los negocios, y el resto, como solía decirse, era historia. En ese momento, era el dueño de veintiuna tiendas, y había invertido sus ganancias con acierto en la bolsa y en bienes raíces. Sus inversiones se extendían en una red de un valor aproximado de veinticinco millones, y su crecimiento era constante.

Tenía la vida que siempre había deseado… al menos, hasta hacía seis años. Había sido entonces cuando había perdido a su hija, Molly. Aquel mismo año, su esposa y él se habían divorciado; había sido el año en el que se había quedado destrozado, en el que había estado a punto de enloquecer.

Había logrado sobrevivir refugiándose en su trabajo. Su

empresa le había salvado la vida, y no estaba dispuesto a venderla. Ni en ese momento, ni en un futuro cercano.

Autumn estaba delante del muro de escalada del gimnasio observando a sus seis alumnos, dos mujeres y cuatro hombres.
—¿Alguna pregunta?
Era la segunda clase del cursillo de escalada básico de verano. Cuando el grupo hubiera avanzado lo suficiente, irían a las montañas Cascade para poner en práctica sobre el terreno lo que habían aprendido. Empezarían con un poco de escalada en bloque, y después pasarían a la técnica de yoyó; eran formas seguras y fáciles de ir ganando confianza y de ir entrenando. Quizás incluso harían alguna escalada técnica más difícil.

En la primera clase les había hablado de la escalada en general y de su historia, y les había adelantado los temas que irían tratando, como la nutrición correcta para estar en forma, la ropa adecuada para practicar la escalada, los peligros de la montaña, los sistemas de graduación, y el equipamiento necesario.

Aquella mañana, estaban hablando de los informes meteorológicos y del uso de sistemas de navegación como los mapas de la USGS y los GPS.
—Yo uso mucho el GPS —comentó Matthew Gould, un hombre alto y delgado con el pelo castaño—. ¿Estás diciendo que los mapas son mejores? Eso es un poco anticuado, ¿no?
—Un GPS es un instrumento muy valioso, y algunos de los modelos que están saliendo últimamente son fantásticos, pero la información de los mapas de la USGS suele ser más extensiva que la de los aparatos que tiene casi todo el mundo. Los mapas muestran la vegetación, los ríos, los arroyos, las zonas de nieve permanente y los glaciares además de

las carreteras, los senderos, y detalles menos tangibles como las fronteras y las líneas de sección. Si aprendéis a leerlos bien, pueden salvaros el trasero si todo lo demás se va a pique.

Los alumnos soltaron algunas risitas ahogadas.

—Ahí tenéis algunos mapas de muestra. Ya sé que casi todos sois excursionistas y ya estáis familiarizados con ellos, así que echad un vistazo y prestad atención a lo que hemos estado comentando. A ver si podéis entender todas las indicaciones. Si alguno necesita ayuda, aquí estoy.

Sus alumnos se levantaron del suelo y fueron a consultar los mapas. Autumn se quedó por si alguien tenía alguna duda, y cuando acabó la clase y se fueron todos, se puso unos pantalones cortos y fue a la sala de máquinas.

Solía hacer sus ejercicios antes de clase, pero a veces iba al gimnasio por la tarde. Lo importante era la constancia, porque al ser escaladora, era imprescindible que estuviera en forma. Su cuerpo menudo era sólido y compacto, y tenía una buena musculatura en brazos, piernas y muslos; sin embargo, tenía unos pechos redondeados, y estaba orgullosa de lo bien que le quedaban unos pantalones cortos o un biquini.

Normalmente, hacía una serie de noventa minutos cuatro o cinco días a la semana, así que tenía los fines de semana libres para escalar o para relajarse y pasarlo bien. En cuanto terminó de ejercitarse en las máquinas, se duchó y se vistió sin perder el tiempo, porque quería empezar la búsqueda de la misteriosa niña de sus sueños.

Había decidido empezar en la escuela, que estaba bastante cerca de allí. No se había ofrecido para impartir las clases de verano, porque aquella época del año era suya y la disfrutaba al máximo. En cuanto entró en el edificio principal, fue a ver a la gerente, Lisa Gregory, que era bastante amiga suya. Tenía treinta y tantos años, el pelo castaño y corto, y era una mujer eficiente y afable.

—Hola, Lisa. Perdona que te moleste, pero quiero pedirte un favor.

—¿Qué clase de favor?

—Me gustaría consultar los archivos de la escuela, para echarles un vistazo a las fotos de las alumnas de entre cinco y siete años.

—¿Para qué?

—Estoy intentando localizar a una en concreto. Sé el aspecto que tiene, pero no tengo ni idea de cómo se llama. Ni siquiera estoy segura de que haya estudiado aquí.

—No sé si preguntarte por qué estás buscándola.

—Preferiría que no lo hicieras, no me creerías si te lo contara. Pero sea quien sea, es importante que la encuentre. ¿Vas a ayudarme?, los ordenadores se te dan mucho mejor que a mí.

—Te ayudaré... si no voy a meterme en un problema.

Fueron hacia el fondo de la habitación, y Lisa se sentó delante de uno de los ordenadores. La escuela se enorgullecía de su tecnología puntera, y todo estaba informatizado y se actualizaba anualmente.

—¿Sabes algo más aparte de su edad? —le preguntó, mientras introducía la información—. A lo mejor podríamos acotar la búsqueda.

—Sé que es rubia, que tiene los ojos azules, y que se llama Molly. Nada más.

—Cada detalle cuenta.

Lisa le dio al botón de búsqueda, y esperaron a los resultados; tras varios segundos, aparecieron en la pantalla varias páginas de estudiantes que cumplían con alguno de los requisitos, y Autumn contempló las fotos con atención. Había visto a algunas de ellas en el patio, pero otras no le resultaban familiares. Ninguna se llamaba Molly, ni se parecía a la pequeña de sus sueños.

—¿Hay información de otros cursos?, a lo mejor estaba aquí el año pasado, pero su familia se mudó a otro sitio.

—Tenemos los nombres y las fotos, aunque habrá que ajustar la edad si crees que debe de tener sólo seis años, porque entonces el año pasado tendría cinco.

—Supongo que ahora podría ser menor o mayor, no lo sé —admitió Autumn, con un suspiro. Lo cierto era que ni siquiera sabía si la niña existía de verdad.

—Buscaré las fotos de los tres últimos años, a ver si la reconoces.

—Gracias, Lisa.

La búsqueda fue infructuosa. Después de observar las fotos de todas las niñas, Autumn se echó hacia atrás. Tenía el cuello agarrotado de estar inclinada hacia la pantalla.

—Ya no hay más —le dijo Lisa.

—Te agradezco de verdad tu ayuda, aunque no hayamos podido encontrarla.

Lisa apartó un poco la silla de la mesa del ordenador, y le preguntó:

—¿Por qué estás buscando a esa niña?

Autumn contempló a su amiga en silencio, intentando decidir si sería prudente contarle la verdad, y finalmente soltó un suspiro.

—He soñado con ella varias veces. Es raro, porque siempre es lo mismo: un desconocido la convence de que se meta en su coche, y se la lleva. Aunque el sueño no va más allá, tengo la sensación de que va a pasar algo malo, así que he pensado que a lo mejor debería intentar encontrarla, avisar a sus padres. Aunque sólo es un sueño, así que lo más probable es que no sea real.

Lisa se colocó un lápiz encima de la oreja, y comentó:

—Pero puede que sí que lo sea, en la tele se ven casos así a diario.

Autumn se relajó, y esbozó una sonrisa.

—Eso es lo que había pensado yo. Gracias por entenderlo.

—De nada. Buena suerte... pase lo que pase.

Autumn asintió, y se fue a su casa. En el camino de

vuelta, se fijó en todas las niñas que veía por la calle, pero ninguna le resultó familiar. Llegó a su piso bastante cansada, y sin tener ni idea de quién era la pequeña.

Cuando se acostó volvió a tener el mismo sueño de las últimas tres noches, aunque en más detalle. En esa ocasión, se dio cuenta de que el hombre con el cachorro era rubio, tenía una sonrisa afable, y arrugas de expresión en los ojos.

Se enteró de que el niño pelirrojo se llamaba Robbie cuando uno de sus amigos lo llamó por su nombre, pero en cuanto la niña rubia se metió en el coche y se alejó con el desconocido, se despertó de golpe y sus gritos de advertencia murieron en sus labios al darse cuenta de que se trataba de un sueño.

Tras incorporarse en la cama, se apoyó contra el dosel y se pasó una mano por el pelo sudoroso. Intentó convencerse de que sólo había visto a una niña metiéndose en el coche de alguien, que eso no tenía por qué ser nada malo, pero estaba claro que un hombre que se llevaba a una pequeña en aquellas circunstancias no podía tener buenas intenciones.

Eran las dos de la madrugada. Volvió a tumbarse e intentó dormirse de nuevo, pero las horas fueron sucediéndose hasta que por fin logró sumirse en un sueño inquieto.

Autumn no tenía clase de escalada el martes por la mañana, pero fue al gimnasio para intentar aclararse las ideas, revivir su cuerpo cansado y animarse un poco. Decidió que después llamaría a Joe Duffy, un escalador amigo suyo que trabajaba en la policía de Seattle.

En cuanto volvió a su piso poco antes del mediodía, le dejó un mensaje en el contestador. Joe era inspector en la división de robos, pero quizás podría ayudarla. Quería preguntarle si podía consultar la lista de los pedófilos registrados en la zona de Seattle, para ver si reconocía al hombre rubio de su sueño.

Mientras estaba pensando en lo que iba a decirle sin tener que mencionar el sueño, el teléfono empezó a sonar.

—Hola, ricura. ¿Qué pasa?

—Joe, necesito un favor —consciente de que no podía decirle la verdad, optó por una pequeña mentira—. Eh... antes de que empezaran las vacaciones, vi a un hombre merodeando cerca del patio del colegio. En aquel momento no me preocupé, pero me preguntaba si podrías arreglarlo para que le echara un vistazo a los archivos... los de los pedófilos de la zona. Me gustaría asegurarme de que no era uno de ellos.

—Claro, ningún problema. Se lo diré al sargento. ¿Cuándo puedes pasarte por aquí?

—¿Qué te parece esta tarde?

—Perfecto. Pásate cuando quieras después de... las dos, así los chicos tendrán tiempo de tenerlo todo listo.

A las dos y cuarto, Autumn entró en el moderno edificio de Virginia Street que albergaba la comisaría oeste del departamento de policía de Seattle. El policía de la entrada le indicó un pasillo en cuanto le dio el nombre de su amigo, que ya estaba esperándola. Joe era un hombre fornido de pelo oscuro, que afirmaba tener ascendencia irlandesa.

—Hola, Autumn. Me alegro de verte.

—Hola, Joe.

—No suelo dedicarme a estas cosas, pero un compañero lo ha preparado todo. La información está informatizada, pero también tenemos fotos.

La llevó a una habitación, y la sentó frente a una mesa donde había varios álbumes. Autumn abrió uno, y empezó a pasar las páginas llenas de fotos. Algunos de los individuos tenían una apariencia muy tosca... barbas desaliñadas, pendientes, pelo largo y desgreñado... pero otros parecían del todo inofensivos, y probablemente eran los preocupantes de verdad.

Autumn se pasó casi dos horas examinando las fotos, pero ninguno de aquellos rostros le resultó familiar; finalmente, salió de comisaría con las manos vacías, aunque en cierto modo se alegraba de que fuera así.

Intentó convencerse de que aquello confirmaba que sólo había sido un sueño más, y de que aun en el caso contrario, ella ya había hecho todo lo que se le había ocurrido por intentar evitar el posible secuestro. Al ver que su inquietud no se desvanecía, aquella noche tomó un somnífero y durmió de un tirón hasta la mañana siguiente.

Autumn se despertó descansada por primera vez en días. Se sintió más que agradecida de que la pastilla hubiera funcionado, y rogó para que la pesadilla no volviera a repetirse en el futuro. Decidió que aquella mañana no iba a ir al gimnasio, así que se acurrucó bajo las mantas y se permitió el lujo de dormir un poco más.

Aquella tarde tenía clase de escalada y varias clases privadas que impartía para ganarse un dinerillo extra, y después había quedado con su amiga Terri en el gimnasio. Terri trabajaba de secretaria en Hughes, Jones, Weinstein y Meyers, uno de los bufetes más prestigiosos de la ciudad, y aunque no era miembro del gimnasio, ella le daba a veces los pases de entrada puntual a los que tenía derecho en calidad de profesora. Aunque a su amiga no le gustaba demasiado hacer ejercicio, le encantaba ver a los hombres.

Fue al gimnasio a las seis de la tarde, para poder completar su entrenamiento del día antes de que Terri llegara y acabaran sentadas en una de las mesas de la cafetería. Justo cuando estaba acabando de usar una de las máquinas para fortalecer los muslos, vio que su amiga se acercaba a ella. Terri estaba fantástica con unos leotardos negros y un top rosa y negro, porque tenía una figura estupenda que le encantaba exhibir.

—¡Hola, Autumn!

—Ya veo que estás lista para sudar —le dijo en broma, consciente de que su amiga no tenía ningunas ganas de hacer ejercicio.

—Claro que sí, cielo. Voy a dejar mis cosas en una taquilla, ahora vuelvo —mientras se alejaba, varios hombres la siguieron con la mirada.

Autumn continuó con sus ejercicios, y al cabo de unos minutos vio entrar en el gimnasio a Josh Kendall, su compañero de escalada.

—Hola, Autumn, ¿qué tal te va?

—De fábula. ¿Y a ti?

Se habían conocido hacía dos años, en una escalada de cuatro personas en las montañas Cascade. Josh era alto y delgado, tenía el pelo rubio rojizo, y era un poco pecoso. No era un guaperas, pero tenía un atractivo poco convencional.

—¿Sigue en pie lo de la próxima escalada? —le preguntó él.

—Claro que sí, estoy deseando ir a Castle Rock.

—Yo también.

Un compañero de escalada tenía que ser alguien al que uno pudiera confiarle su vida, porque eso era lo que había que hacer literalmente. Como ella admiraba la técnica de Josh y él respetaba la suya, habían decidido hacer un ascenso juntos, y sus estilos habían resultado ser muy compatibles. Ambos eran guías acreditados, y en verano aprovechaban todo el tiempo libre que les dejaban las clases y los entrenamientos privados para ir a la montaña.

Eran muy amigos, porque escalar juntos los había unido muchísimo. Autumn se sentía muy segura con Josh... en más de un sentido, porque sabía que sólo le interesaba como compañera. Era Terri la que captaba toda su atención, pero teniendo en cuenta que para ella sólo era un amigo y que la situación no tenía visos de cambiar, su compañero le daba un poco de pena.

Josh levantó la cabeza, y se quedó mirando a la morena impresionante que se acercaba a ellos. Terri iba balanceando las caderas de forma provocativa, mientras recorría con la mirada a los tipos musculosos que se ejercitaban en las máquinas.

—Hola, Terri —la saludó, con una sonrisa demasiado entusiasta.

—Hola, Josh.

—¿Cómo te va?

—Bien. De hecho, genial —Terri le dio la espalda como si no existiera, y se inclinó para susurrarle a Autumn al oído—: ¿Ves al guaperas que está levantando pesas?

Autumn se volvió hacia el hombre en cuestión. Lo había

visto varias veces en el gimnasio, pero no le había prestado demasiada atención.

—Sí, ¿qué pasa con él?

—¿Cómo se llama?, ¿está casado?

—Dios, eres imposible.

Las dos se quedaron mirando al «guaperas», que estaba ejercitando sus más que considerables bíceps, pero el súbito carraspeo de Josh hizo que se volvieran de nuevo hacia él.

—En fin, eh... bueno, supongo que será mejor que me vaya. Ya hablaremos sobre lo de la escalada, Autumn.

—Llámame a finales de la semana que viene, para acabar de ultimar los detalles.

—Vale.

—Oye, Josh... ¿conoces a aquel tipo de la esquina? —le preguntó Terri.

Josh se volvió a mirar al hombre en cuestión, y finalmente comentó:

—No, no le conozco, pero he visto su foto en el periódico. Es Ben McKenzie, el propietario de este edificio.

—¿En serio?

Terri estaba claramente impresionada, y Josh parecía a punto de cortarse las venas.

—En fin, será mejor que me vaya —después de lanzarle una última mirada a Terri, se alejó de ellas.

Terri recorrió con la mirada las largas hileras de máquinas, las cintas de andar con televisión incluida, y las pesadas barras con pesas situadas en el extremo más alejado, frente a una pared de espejos.

—Estoy lista, ¿por qué no empezamos por allí? —dijo al fin, señalando hacia la zona donde Ben McKenzie estaba tumbado de espaldas sobre un banco negro de vinilo, levantando pesas.

Autumn lo observó con atención y se dio cuenta de que su amiga tenía razón: aquel hombre era impresionante. Además de ser guapísimo, tenía un cuerpo atlético que parecía más esculpido a base de deporte que de levantar pesas en un gimnasio. Tenía el pelo castaño oscuro, una mandíbula cuadrada, y los ojos marrones. Llevaba unos pantalones cortos, unas Reebok, y una camiseta que se ajustaba a su pecho musculoso y que le permitió vislumbrar un poco de vello oscuro.

—No está mal, ¿verdad? —le dijo Terri.

—Nada mal.

—Lo más seguro es que esté casado y que tenga cuatro hijos.

—Por lo menos.

—Sería genial que no fuera así, ¿verdad? —Terri soltó un suspiro.

—Creía que estabas loca por Todd.

Terri le lanzó una mirada, y admitió:

—Estaba pensando en ti.

—Sí, claro —Autumn soltó una carcajada.

Terri esbozó una sonrisa. Empezaron en la sala de bicis, aunque sólo se quedaron lo justo para que Terri entrara en calor sin llegar a sudar la camiseta. Después fueron a las máquinas Nautilus.

—He dicho en serio lo de que estaba pensando en ti —comentó Terri, mientras ejercitaba los hombros y los brazos en una de las máquinas—. Estoy muy bien con Todd, así que no estoy buscando a nadie más.

Autumn supuso que aquello era verdad, al menos de momento. Terri era muy buena amiga, y siempre estaba intentando buscarle pareja.

—Aunque el guaperas estuviera soltero, seguro que tiene montones de mujeres persiguiéndolo día y noche.

—Seguro —admitió Terri con pesar.

Después de hacer ejercicio durante casi una hora, lo que constituía todo un récord para su amiga, fueron a tomar un par de batidos al bar. Terri había planeado pedir una pizza y pasar una velada tranquila en casa con Todd.

Al volver a casa, Autumn se calentó el pollo asado que había cocinado el domingo, llevó el plato a la sala de estar, y se sentó en el sofá para ver un poco la tele. Como al día siguiente tenía clase por la mañana, se fue a dormir temprano. Pensó en tomarse un somnífero, pero decidió no hacerlo porque no le gustaba tomar demasiados medicamentos; además, no podía dormir a base de pastillas por el resto de su vida. Quizás el vaso de vino blanco que se había tomado en la cena la ayudaría a dormir... y a lo mejor aquella noche no soñaría.

Estaba lloviendo y el aire estaba cargado de una tenue neblina, pero el interior de la casa estaba caldeado y la cazuela que hervía en uno de los fogones llenaba el aire de la cocina de vapor. Tres mujeres estaban preparando la cena, y en algún rincón de su mente, Autumn se dio cuenta de que formaban una familia. Las tres eran rubias y guapas, aunque tenían edades diferentes y la mayor debía de tener cerca de cuarenta años.

Autumn las vio cortar las verduras y amasar pasta de galletas, y apenas pronunciaron palabra mientras realizaban sus tareas y empezaban a poner vasos y platos en la mesa. Quizás habría seguido soñando si la más joven, una niña de entre diez y doce años, no se hubiera vuelto de repente y la hubiera mirado de frente. De inmediato reconoció la forma ovalada de su cara, sus ojos azules y sus largas pestañas, el pelo rubio que enmarcaba sus hombros como una capa de seda.

Aquellos ojos parecieron mirarla directamente, y el dolor que brillaba en ellos arrancó a Autumn de aquel sueño profundo y casi hipnótico.

Se incorporó de golpe en la cama, con el corazón a cien y las manos sudorosas. ¡Era ella!, ¡era Molly! Era la pequeña con la que había soñado, aunque había crecido y se había convertido en una joven camino de la adolescencia. No tenía ninguna duda, era ella.

Puso los pies en el suelo, temblando de pies a cabeza. Aunque eran las dos y media de la madrugada, estaba completamente despierta, tenía la boca seca y el corazón acelerado. Las imágenes del sueño se sucedían una y otra vez en su mente. Fue al cuarto de baño, llenó de agua con manos temblorosas el vaso que siempre tenía en el lavabo, y tomó un trago para intentar tranquilizarse.

Estaba convencida de que se trataba de la misma niña, pero debía de tener once o doce años. ¿Cómo era posible? Intentó recordar los primeros sueños, aquellos en los que la joven era mucho más pequeña, pero no se acordó de nada que indicara un marco temporal; aun así, si la niña había pasado de tener cinco o seis años a tener once o doce, el presunto secuestro debía de haber ocurrido hacía seis años al menos.

Todo aquello era una locura. El sueño de aquella noche era muy diferente a la pesadilla que había tenido en su adolescencia, pero aun así...

Era inútil que intentara conciliar el sueño, así que fue a la cocina a por un vaso de leche y se lo llevó a la sala de estar. Se sentó en el sofá, se cubrió las piernas con la manta de ganchillo que había tejido su abuela, se recostó contra el respaldo y repasó el sueño paso a paso.

Era posible que lo que había soñado aquella noche no tuviera nada que ver con la realidad, o que el sueño inicial hubiera sido también pura fantasía.

Cuando se acabó la leche, se estiró en el sofá. Si seguía soñando, quizás vería a la chica convertida en mujer, viviendo feliz, y entonces podría dejar de preocuparse por ella.

A lo mejor estaba equivocada, y no había pasado ni iba a pasar nada malo. Cuando por fin se durmió bajo la cálida manta, el sueño regresó.

Había tres mujeres trabajando en una cocina, pero la niña había crecido y era más alta, sus pechos habían empezado a desarrollarse, y empezaba a convertirse ya en una mujer. Cuando volvió a mirarla cara a cara, sus ojos seguían tan llenos de dolor, que Autumn se despertó sobresaltada.

Se quedó inmóvil, con el corazón martilleándole en el pecho, exhausta y aún más preocupada que antes. Era obvio que no se trataba de un simple sueño. Era un mensaje como el que había recibido a los quince años, y no podía pasarlo por alto. No iba a quedarse de brazos cruzados, esperando a que algo terrible volviera a suceder de nuevo. El problema era que no sabía qué hacer.

Ya había amanecido y se acercaba la hora de levantarse, pero Autumn seguía tumbada en el sofá, con la mirada fija en el techo, dándole vueltas y más vueltas al sueño. Si se trataba de la misma niña rubia, si era la Molly del primer sueño, era posible que fuera una más de entre los millones de niños que desaparecían sin dejar rastro. Quizás estaba lanzando una llamada de auxilio, a lo mejor estaba pidiéndole ayuda.

«Pero, ¿por qué ahora?, ¿por qué los sueños no empezaron hace años?», se preguntó para sus adentros. Aparentemente, ni siquiera conocía a aquella niña, y nada tenía sentido.

Apartó la manta y fue a ducharse y a vestirse para ir al gimnasio; aunque se sentía exhausta, necesitaba un poco de ejercicio físico para aclararse la mente. Con un poco de suerte, la clase de escalada la distraería un poco y dejaría de pensar en la niña por un rato. Tenía un par de clases privadas después de comer, y a las cinco y media había quedado para tomar una copa con Terri en el O'Shaunessy's, uno de los bares favoritos de su amiga.

El día pasó en un suspiro. Llegó al bar a la hora justa, pero Terri se retrasó un poco, como siempre, y cuando llegó, ella ya estaba relajándose saboreando un delicioso Chardonnay. Su amiga avanzó sonriente entre el gentío, se sentó en uno de los taburetes que rodeaban la pequeña mesa, y le hizo señas a una de las camareras.

—Me muero por un Cosmo, Rita. Después de un día como el de hoy, me merezco uno.

—Enseguida, cielo —Rita se alejó con la bandeja apoyada en un hombro, y volvió casi de inmediato con la bebida.

A Autumn siempre le había gustado el ambiente animado de aquel local. Terri era una clienta habitual, así que recibía muy buen servicio; después de tomar un sorbo de su bebida, le preguntó:

—¿Qué tal te ha ido el día, Autumn? El mío ha sido un asco.

—El día ha ido bien, lo malo ha sido la noche.

—No me lo digas. Has vuelto a tener el sueño, ¿verdad?

—Sí... y no.

—Vale, cuéntamelo.

—He tenido un sueño diferente, pero sobre la misma persona.

—¿Qué?

—Esta vez no había niños jugando en un jardín, ni un pelirrojo llamado Robbie. La niña tenía cinco o seis años más... debía de tener entre once y doce, no creo que fuera una adolescente aún.

—Jo, qué cosa tan rara. ¿Sigues pensando que los sueños son reales?

—Sí, aunque puede que esté loca. Creo que quizás la pequeña Molly se subió en el coche del desconocido, pero como en el segundo sueño es mayor, está claro que no la mató. A lo mejor se la llevó a algún sitio.

—Puede que sigas soñando con ella hasta que crezca y veas que no pasa nada.

—Eso también se me ocurrió a mí. Supongo que es posible, pero...

—¿Pero qué?

—Pero no creo que sea así. Me parece... no estoy segura,

pero... creo que Molly está intentando enviarme una especie de mensaje, que está pidiéndome ayuda.

Terri la miró en silencio durante unos segundos, y finalmente le dijo:

—¿No crees que eso es un poco rebuscado? Si está intentando ponerse en contacto contigo, ¿por qué ha esperado hasta ahora? ¿Por qué no te mandó ese supuesto mensaje hace cinco o seis años?

—No lo sé.

—La verdad es que todo esto es bastante raro.

—Y que lo digas —Autumn recorrió el borde de su vaso con un dedo, y admitió—: Si no fuera por lo que me pasó en el instituto, pasaría de todo el dichoso asunto.

—Te refieres a lo del accidente de coche, ¿verdad?

—¿Por qué tuve aquella pesadilla?, ¿por qué estoy soñando con esto ahora?

Terri hizo caso omiso de sus preguntas, porque ninguna de las dos tenía una respuesta plausible.

—Creo que tendrías que echarles un vistazo a los periódicos de hace años, para ver si publicaron alguna noticia sobre el secuestro de una niña. Si fue así, y la niña se llamaba Molly...

—¡Tienes razón! —Autumn se irguió en la silla de golpe—. Tendría que habérseme ocurrido antes. Como puedo haberme equivocado con lo de la edad, tendré que abarcar varios años más. Daré por sentado que estoy relacionada de alguna forma, así que empezaré buscando aquí, en Seattle.

—Puede que no funcione, pero vale la pena intentarlo.

—Es una idea genial —si su corazonada se confirmaba, era un punto de partida perfecto.

Terri sonrió al levantar la mirada, y comentó:

—Todd acaba de entrar. ¿A que es guapísimo?

Aunque era un hombre alto y rubio estilo Brad Pitt, Autumn no pudo evitar preguntarse si había algo sustancial detrás de su cara bonita. Cuando Terri los presentó y empezaron a charlar, decidió que parecía amable e inteligente, aunque era demasiado pronto para emitir un veredicto.

—Será mejor que me vaya, tengo clase mañana por la mañana —le dijo a la pareja al cabo de un rato, mientras se levantaba del taburete—. Me alegro de haberte conocido, Todd.

—Lo mismo digo, Autumn.

—Mantenme informada de tu... búsqueda, ¿vale? —le dijo Terri, con una mirada elocuente.

—Vale.

Autumn se fue del bar, y emprendió el camino de regreso a casa. La puesta de sol teñía el cielo de colores vivos y el mar se asomaba entre algunos edificios, pero a pesar de lo agradable que resultaba el panorama, su barrio no era demasiado recomendable y a veces había algunos camellos vendiendo droga en la calle; sin embargo, su piso estaba bien de precio, y a sólo unas calles de museos y teatros. Además, el centro de la ciudad iba mejorando poco a poco. Le encantaba Seattle, y no podía imaginarse viviendo en otro sitio.

Ya había empezado a anochecer cuando subió hasta su piso en el ascensor. Se preparó unas costillas de cerdo a la parrilla, para que no tuvieran tanta grasa, y se sentó a ver la tele. Después de ver varios capítulos de una serie de risa, empezó a bostezar y decidió irse a la cama.

A pesar de que la idea de dormir una noche entera le resultaba muy tentadora, decidió no tomar somníferos para intentar conseguir más información en caso de que soñara. En cuanto se durmió, volvió a sumirse en el mismo sueño.

Como el *Seattle Times* estaba en John Street y le quedaba un poco lejos de casa, Autumn decidió llamar antes de ir. La recepcionista del periódico le dijo que toda la información se almacenaba en la biblioteca, así que hizo otra llamada y confirmó que debía ir a la Biblioteca Central, en la Cuarta Avenida; según la bibliotecaria, la hemeroteca contenía periódicos que se remontaban a finales del siglo diecinueve.

Había varias publicaciones en la zona de Seattle, pero como el *Times* era la que daba una mayor cobertura, lo más probable era que hubiera publicado la noticia del secuestro de una niña en la ciudad o en los alrededores. Autumn solía estar al tanto de las noticias gracias a la prensa escrita y a la televisión, así que se había preguntado cómo era posible que no se hubiera enterado de que había pasado algo así en la zona, pero como viajaba tanto como podía, quizás estaba fuera de la ciudad cuando había sucedido, o simplemente se le había pasado por alto.

La mujer que estaba en el mostrador de información se acercó a ella. Tenía el pelo plateado, y estaba demasiado maquillada.

—¿Puedo ayudarla?

—Me gustaría consultar la hemeroteca, tengo que buscar noticias relacionadas con niños desaparecidos en los últimos siete años.

—Muy bien. Venga conmigo, por favor.

Autumn siguió a la mujer hasta una habitación trasera muy bien equipada.

—La información más actual está en microfilmes, hay copia de todos los periódicos y un índice por temas. Puede empezar buscando «niños desaparecidos» para ver qué obtiene.

—Gracias.

Autumn se sentó y se puso manos a la obra. Retrocedió cinco años, ya que Molly debía de tener unos seis años en el sueño del secuestro y once en el segundo. Como vivía en Seattle, seguramente la había visto o la había conocido en aquella época.

A pesar de que había montones de artículos, nada parecía ni remotamente relacionado con una niña llamada Molly. Se mencionaba la desaparición de varios niños que habían sido encontrados; uno de ellos se había perdido en la montaña, y lo habían rescatado los servicios de búsqueda de la zona.

Avanzó hasta cuatro años atrás, y encontró una historia sobre un pedófilo llamado Gerald Meeks que había sido arrestado por abuso y asesinato de varios niños, pero gracias a Dios, el nombre de Molly no estaba entre las víctimas.

Seis años atrás, en el 2001, la niña habría tenido seis años entonces y doce en el segundo sueño, que era lo que le parecía más probable. Mientras repasaba los números de verano, un artículo le llamó la atención. El titular decía *Niña desaparecida en Issaquah*, el periódico correspondía al treinta de diciembre del 2001, y la desaparición había sucedido el día anterior a que se publicara la noticia.

Una niña de seis años desapareció de su casa ayer por la tarde; al parecer, la pequeña estaba jugando con sus amigos a la pelota en el jardín, y un desconocido apareció en la acera.

El artículo seguía narrando el incidente, e incluso incluía una descripción de la niña: pelo largo y rubio, ojos azules, llevaba vaqueros, zapatillas de deporte, y una camiseta lila con el dinosaurio Barney. También había una foto, bajo la cual aparecía el nombre de la pequeña: Molly Lynn McKenzie.

Autumn la reconoció de inmediato, y sintió una opresión tan fuerte en el pecho, que por un instante no pudo respirar. El corazón le martilleaba con fuerza, como si estuviera intentando salírsele del cuerpo. La niña era de carne y hueso, el sueño era real, el secuestro había sucedido de verdad.

Sintió que le daba vueltas la cabeza, y releyó la fecha. Había pasado aquel verano con su padre en Burlington, antes de empezar con el trabajo de maestra en Seattle. Probablemente habría visto el artículo en alguno de los periódicos locales, pero en junio se había ido a Europa con un grupo de escaladores para celebrar su licenciatura.

McKenzie... McKenzie... ¿de qué le sonaba aquel apellido?

La respuesta la golpeó como un rayo. Había oído aquel apellido hacía sólo unos días, Josh lo había mencionado el día que Terri había ido al gimnasio.

Se apresuró a leer el artículo, y sus sospechas se confirmaron de inmediato: Molly Lynn McKenzie era la hija de Ben McKenzie y su mujer. Él era el propietario de varias tiendas de productos deportivos, y vivían en Issaquah, una localidad al pie de las colinas al este de Seattle.

Las piezas del rompecabezas iban encajando. Hacía relativamente poco que había empezado a ver a McKenzie en el gimnasio; de hecho, la primera vez coincidía con el inicio del sueño relacionado con Molly.

Con la mirada fija en la pantalla, apretó el botón frenéticamente para ir avanzando en el tiempo. Se habían escrito multitud de artículos sobre la pequeña, había desde entrevistas con los padres hasta descripciones de la búsqueda que se había llevado a cabo. Conforme iba pasando una página tras otra, Autumn rogó para que hubieran encontrado a la pequeña, aunque en el fondo estaba convencida de que no había sido así.

Según el *Times*, la búsqueda se había alargado durante semanas, a pesar de que los artículos al respecto empezaron a escasear; al parecer, no se había descubierto ninguna pista sobre la desaparición de la pequeña.

De repente, apareció en su mente una imagen de Ben McKenzie, y se le formó un nudo en el estómago al pensar en lo destrozados que debían de haberse quedado su mujer y él al perder a su hija. Ni siquiera podía imaginarse el dolor tan terrible que debían de haber sufrido. Tenía que hablar con él, intentar averiguar todo lo que pudiera sobre lo que había sucedido.

Si Molly seguía desaparecida...

Después de imprimir los artículos, pagó las copias y salió de la biblioteca. Tenía que ir a ver a Ben McKenzie, y quizás también sería buena idea que hablara con su mujer. Quería saber si se había descubierto algo sobre Molly en los últimos seis años. En cuanto llegara a casa, llamaría a su despacho y concertaría una cita con él, aunque no tenía ni idea de lo que iba a decirle.

Ben acababa de tener una conferencia telefónica con su vicepresidente financiero, George Murphy, y Russ Petrone, un agente inmobiliario de Issaquah. Había vivido en aquella localidad cuando se había mudado a la zona, y había sido allí donde había abierto su primera tienda.

Russ era un viejo amigo suyo. Le había vendido la casa que había compartido con Joanne, y le había ayudado con el alquiler del edificio donde había abierto el primer establecimiento de Productos Deportivos McKenzie; además, acababa de avisarle de que aquella tienda podía peligrar, porque A-1 Sports había estado husmeando por la zona; al parecer, sus competidores se habían interesado por las propiedades disponibles cercanas a su tienda de Issaquah, que era una de las más rentables de la cadena. Se rumoreaba que ya habían encontrado un edificio justo delante, y que estaban interesados en adquirirlo.

Ben soltó una imprecación, y se recostó en su sillón de cuero. Sabía que los propietarios de A-1 no tenían ningún interés en abrir un establecimiento en la zona, pero estaba claro que estaban dispuestos a hacerlo para obligarlo a vender su cadena de tiendas. Como ofrecían precios más baratos, eran una competencia muy dura. La gente solía decantarse por los precios más reducidos, aunque la calidad fuera inferior.

En el mundo del deporte, los precios baratos no sólo no duraban, sino que además podían ser un peligro. A-1 suponía una amenaza muy real, pero él no iba a dejar que lo intimidaran.

De repente, sonó el interfono.

—Su cita de las cinco y media ha llegado —le dijo Jenn.

—Recuérdame quién es.

—Una tal Autumn Sommers. Dijo que se trataba de un asunto personal, y usted me pidió que la programara para última hora.

Ben intentó acordarse del nombre, pero no le sonaba de nada. Aunque había salido con varias mujeres desde su divorcio, no había tenido ninguna relación seria, y siempre dejaba muy claro desde el principio que no quería nada a largo plazo. Le gustaba el sexo, y las mujeres con las que salía no parecían tener ninguna queja.

—Que pase.

Se levantó en cuanto se abrió la puerta. La recién llegada debía de tener unos veintitantos años, y aunque era bastante guapa, no era un bellezón como las modelos y las actrices con las que salía a veces. Prefería a las rubias bien dotadas, pero aunque aquella mujer era morena y bastante menuda, al menos parecía tener unos buenos pechos.

No era su tipo, y sintió cierto alivio al darse cuenta de que estaba casi seguro de que nunca había salido con ella.

—Mi secretaria me ha dicho que quería verme por un asunto personal, pero creo que no nos conocemos, señorita Summers. ¿En qué puedo ayudarla? —le indicó que se sentara, pero ella se acercó a la ventana y contempló el paisaje durante unos segundos. Estaba claro que estaba nerviosa.

—La vista es espectacular —comentó ella—. Vivo cerca de aquí, pero mi piso no está orientado hacia el agua, sino hacia la ciudad.

—Sí, la vista está muy bien. ¿Podría decirme en qué puedo ayudarla?

Ella se volvió a mirarlo, pero como permaneció de pie, él tampoco se sentó.

—Para empezar, podría tutearme, aunque es verdad que no nos conocemos. Lo he visto en el Gimnasio Pike's un par de veces, aunque no sabía quién era usted hasta hace un par de días.

Ben no recordaba haberla visto, pero no era de la clase de mujeres que llamaban la atención... al menos, a primera vista.

—Autumn Summers... es un nombre interesante, ¿no? Traducido sería «Otoño Veranos».

—Es «Sommers», con «o». Mis padres pensaron que quedaba bien.

Cuando ella fue a sentarse, Ben hizo lo propio tras su mesa. Aquella mujer tenía algo que le intrigaba. Sus ojos verdes se levantaban un poco en las comisuras, su rostro tenía forma de corazón, y su pelo corto y ondulado era casi pelirrojo y bajo la luz adquiría reflejos dorados y rojizos... colores otoñales, que se ajustaban a su nombre.

—¿Quién eres y a qué has venido, Autumn Sommers?

Ella respiró hondo y exhaló poco a poco, como si estuviera buscando las palabras adecuadas.

—Soy profesora en la escuela de primaria Lewis y Clark. He venido a hablar de su hija.

—¿De Katie?

Autumn enarcó las cejas. Ben se dio cuenta de que estaban perfectamente formadas, y de que añadían una atractiva simetría a su rostro.

—¿Tiene una hija que se llama Katie?

—Sí, ésa es su foto.

—Es preciosa. ¿Cuántos años tiene?

—Diez —Ben empezó a impacientarse. Su tiempo era valioso, y su hija era lo único que se anteponía al trabajo—. Eres profesora, así que he supuesto que has venido por ella.

—He venido por su otra hija... Molly.

Ben se quedó sin respiración por un instante. Hacía años que nadie mencionaba a su hija mayor, porque él no lo permitía. Era incapaz de soportar la emoción que sentía al oír su nombre, el golpe brutal de los recuerdos, el dolor agónico.

Se levantó con brusquedad, y le dijo:

—Mi hija Molly está muerta, la secuestraron en mi casa hace seis años. ¿A qué demonios has venido?

—Sé lo del secuestro, he leído los artículos en la biblioteca. Según tengo entendido, no encontraron ningún rastro de ella, y en ese caso...

—¡Molly está muerta! —Ben rodeó la mesa, y apretó las manos en dos puños mientras intentaba contener su genio—. Gerald Meeks la asesinó, igual que a Dios sabe cuántos niños más, antes de que lo sentenciaran a cadena perpetua. ¡Fuera de mi despacho!

Autumn se apresuró a levantarse de la silla, y retrocedió varios pasos mientras él avanzaba hacia ella.

—Por favor... no creo que asesinaran a Molly. Creo que puede seguir viva, y si es así, necesita su ayuda.

Ben sintió que las entrañas se le contraían en un nudo doloroso. El simple hecho de hablar de su hija lo enloquecía.

—¿Estás diciéndome que la has visto? Si es así, no te creo —había tardado años en convencerse de ello, pero al fin había aceptado el hecho de que estaba muerta, y nadie iba a volver a destrozarle el corazón de nuevo.

—No la he visto... bueno, no exactamente, pero...

—¿A qué demonios has venido? ¿Es que eres una especie de charlatana? A lo mejor estás como una cabra. Da igual, quiero que te largues de aquí ahora mismo —pasó por su lado, abrió la puerta de golpe, y le dijo a Jenn—: La señorita Sommers se va ya, ¿podrías acompañarla al vestíbulo? Asegúrate de que sale del edificio, y de que no vuelve por aquí.

—Pero... doy clases de escalada en el gimnasio, y además vengo a hacer ejercicio casi cada día —se apresuró a protestar Autumn.

—Muy bien —Ben miró a Jenn, que estaba fulminando con la mirada a Autumn Sommers como si fuera una loba protegiendo a su cría—. Asegúrate de que tiene acceso al edificio, pero sólo hasta la segunda planta.

—Me ocuparé de ello. Acompáñeme, señorita Sommers.

—No he venido a causar problemas. Quería hablar con usted o con su mujer...

Ben perdió los estribos.

—Joanne y yo llevamos años divorciados. Si la llamas o molestas a mi familia, conseguiré una orden de alejamiento contra ti. ¡Fuera de aquí!

Autumn se limitó a lanzarle una mirada apenada antes de preceder a Jenn hacia el ascensor, y Ben no soltó el aliento que había estado conteniendo hasta que las dos mujeres desaparecieron de la vista.

No tenía ni idea de cuánto tiempo permaneció allí quieto, con la mirada perdida, pero fue el suficiente para que su ayudante volviera desde el vestíbulo.

—¿Está bien? —Jenn siempre se mostraba muy protectora con él.

—Sí. Es que... esa mujer está chalada, o a lo mejor quería extorsionarme para sacarme dinero, o algo así. No creo que vuelva a aparecer por aquí.

Al menos, eso esperaba. Su breve encuentro con Autumn Summers... no, Sommers, con «o»... le había llenado el estómago de ácido. Iba a tener que tomarse un poco de bicarbonato antes de poder probar bocado.

—¿Quiere que pida un informe sobre ella?

—Déjalo por ahora, no creo que vuelva.

Aunque aquella mujer se había largado, los recuerdos estaban empezando a despertar; consciente de que no podía permitir que resurgieran, decidió ocupar su mente con otra cosa... algo que no tuviera nada que ver con su familia ni con el pasado, algo ajeno a sus emociones.

Volvió a su despacho y se sentó tras su mesa, y tras abrir el informe de la tienda de Issaquah, descolgó el teléfono y se puso a trabajar.

Autumn no dejó de temblar mientras volvía a su casa. Había sabido que el encuentro con Ben McKenzie no iba a ser fácil, pero no había esperado que la pusiera de patitas en la calle.

El muy idiota se negaba a hablar con ella, y ni siquiera había dejado que se explicara. Uno de los artículos que había encontrado en la biblioteca mencionaba a Gerald Meeks, el pedófilo y asesino en serie al que habían conseguido atrapar, y al día siguiente pensaba volver para intentar encontrar más información sobre él. A lo mejor conseguiría encontrar alguna referencia relativa a Molly, algo que explicara por qué Ben McKenzie creía que Meeks la había asesinado.

Si encontraba alguna prueba que demostrara que Molly estaba muerta, se olvidaría del asunto por completo y se tomaría un somnífero cada noche hasta que dejara de soñar con la niña, aunque le llevara toda la vida.

A la mañana siguiente, fue al gimnasio y realizó sus ejercicios rutinarios antes de empezar con la clase de escalada. En la última sesión, habían hablado de cómo mantenerse en forma y de la nutrición adecuada, y después los alumnos habían empezado a familiarizarse con el muro de escalada.

Ese día, hablaron de la ropa y del equipamiento, y entonces empezó a enseñarles algunas técnicas de ascenso. Se esforzó por mantenerse centrada en sus alumnos, en enseñarles los métodos más seguros, pero aunque intentó no pensar en Molly McKenzie ni en lo que podía haberle pasado en manos de Gerald Meeks, no pudo quitárselo de la cabeza.

En cuanto terminó la clase, se cambió de ropa y fue a la biblioteca. Cuando realizó la búsqueda en los microfilmes, aparecieron docenas de artículos sobre Meeks, desde su arresto hasta el largo juicio que había acabado en una sentencia de cadena perpetua.

Se detuvo en seco al encontrar el nombre de Molly McKenzie en uno de los artículos; tras una breve comprobación, se dio cuenta de que aparecía en varios más.

A pesar de que Meeks se ha confesado culpable del asesinato de dos niños, cuyos cuerpos han sido encontrados en el fondo de un barranco, se cree que también es responsable de la muerte de Molly McKenzie, la pequeña de seis años que desapareció en la zona en la misma época.

Al parecer, Meeks no había confesado el crimen, pero tampoco lo había negado. Un artículo mencionaba que la descripción que los testigos le habían dado a la policía apenas encajaba con la apariencia de Gerald Meeks, pero tanto el hecho de que todos los testigos fueran niños menores de siete años como la disparidad de descripciones habían contribuido a que se concluyera que Meeks había secuestrado y asesinado a Molly.

En un periódico de una fecha posterior, se mencionaba que se había intentado que Meeks revelara dónde había dejado el cadáver de la niña, pero a pesar de que se le había considerado culpable, el asesino no había confesado el crimen ni había dicho dónde estaba la pequeña.

Autumn no podía quitarse de la cabeza la certeza de que Meeks no había matado a la niña, y las fotos del hombre la convencieron aún más. Aunque parecía tener una altura parecida a la del hombre de su sueño, Meeks era más delgado y tenía el pelo castaño; además, tenía los ojos hundidos de un depredador, mientras que los del hombre de su sueño eran cálidos y afables.

Además, según los artículos, Meeks había utilizado cloroformo para dejar indefensas a sus víctimas antes de meterlas en el coche, mientras que el desconocido de su sueño se había llevado a Molly gracias a un cachorrillo.

Autumn se prometió a sí misma que iba a conseguir que Ben McKenzie la escuchara al menos, pero el problema era cómo acceder a él. No iban a dejar que volviera a entrar en su despacho, y aunque podía intentar hablar con su ex mujer, correría el riesgo de involucrar también a la hija pequeña, y no sería justo molestar a una niña que ya debía de haber sufrido mucho; además, si se acercaba a su familia, lo más probable era que McKenzie pidiera una orden de alejamiento.

En todo caso, estaba convencida de que Ben McKenzie era la conexión, porque no conocía a su ex mujer y había empezado a soñar con Molly después de verlo en el gimnasio.

Después de darle vueltas al asunto, decidió que a lo mejor estaría dispuesto a escucharla si intentaba hablar con él de nuevo, aunque sabía que no iba a ser fácil.

Al día siguiente, fue al gimnasio a primera hora de la mañana, ya que era el lugar más probable donde podía encontrarlo. No solía ir los fines de semana, pero como necesitaba información, fue al mostrador de entrada. Para entrar en las instalaciones, había que pasar una tarjeta con un código de barras por un lector que comprobaba que la persona en cuestión podía pasar. Autumn conocía a Mike Logan, uno de los empleados que trabajaban en recepción, y por suerte en aquel momento estaba allí, introduciendo algunos datos en su ordenador.

—Hola, Mike.

Él levantó la mirada, y sonrió al verla.

—Hola, cielo —le dijo, antes de ir hacia ella.

Llevaba la camiseta blanca y los pantalones de rigor, y tenía el pelo impecable. El uniforme era obligatorio, así que todos los chicos de la plantilla parecían recién salidos de las pistas de Wimbledon. Las mujeres llevaban también una camiseta blanca y unos pantalones cortos, con el emblema del gimnasio bordado en letras negras en el bolsillo. Los instructores de escalada eran la única excepción, porque necesitaban ropa más flexible para subir por el muro.

—Mike, tengo un problema. ¿Podrías echarme una mano?

—Claro.

Autumn señaló hacia el lector de códigos de barras.

—Esa máquina registra quién entra y quién sale, ¿verdad?

—Sí.

—Supongo que la información va a parar a un ordenador. ¿Puedes comprobar la hora de entrada de alguien?

—Claro.

—Necesito saber cuándo suele venir Ben McKenzie.

—¿*Qué?* Autumn, Ben es el propietario del edificio, no creo que le haga gracia que alguien meta la nariz en sus asuntos.

Autumn se vio obligada a mentir otra vez.

—No es por nada importante, sólo quiero hablar con él sobre su hija —«no me refiero a la viva, sino a la que él da por muerta».

—¿Por qué no vas a verlo a su despacho?

—Porque es un asunto un poco personal, y me gustaría quitarle formalidad. Además, ya lo he visto por aquí varias veces, así que pensará que nos hemos encontrado por casualidad.

—No sé...

—Venga, Mike. Te di varias clases de escalada gratis el mes pasado, ¿no?

—Sí, pero... no estarás acosándolo ni nada así, ¿verdad?

Autumn le lanzó una mirada llena de incredulidad. Todo el mundo sabía que apenas tenía citas, y que solía evitar a los hombres por regla general. Incluso se rumoreaba que era lesbiana.

—Vale, vale, espera un momento. Te imprimiré su hoja de los últimos dos meses para que le eches un vistazo, pero no menciones mi nombre, ¿de acuerdo?

—Te lo prometo.

No le costó demasiado establecer el horario de Ben. Solía ir cada día de lunes a viernes, pero nunca los fines de semana, y normalmente iba incluso más temprano que ella. Había algunos vacíos, claro, varios días seguidos en los que no había ido, pero supuso que debía de haberse ido a algún viaje de negocios. Durante las últimas semanas, había empezado a ir los martes por la tarde y los jueves por la noche.

Finalmente, le dio un golpecito a la hoja impresa y miró a su amigo con una sonrisa.

—Gracias, Mike. Destruiré las pruebas del delito en cuanto no las necesite.

Mike pareció sentirse aliviado al oír aquello. Era un buen tipo, y era comprensible que no quisiera arriesgar su empleo. Autumn no tenía intención alguna de traicionar su confianza. Volvió a leer la lista, para intentar decidir cuál sería el mejor plan a seguir.

Al recordar lo furioso que se había puesto McKenzie, decidió que no se le acercaría en el gimnasio, ya que allí siempre había gente. Lo mejor sería esperar fuera, para ver si accedía a hablar con ella a solas.

El martes, Autumn entró a las ocho menos cuarto de la tarde en una pequeña cafetería desde donde podía ver con claridad el edificio McKenzie; según la hoja que Mike le había dado, Ben seguía un horario muy rígido. Iba al gimnasio a las siete, seguramente al salir del despacho, y aunque no tenía forma de saber a qué hora salía, suponía que debía de hacer al menos una hora de ejercicio.

Apareció por la puerta a las ocho y media. Tenía la camisa con el cuello desabrochado y remangada, y llevaba el abrigo y la corbata sobre un brazo.

Autumn dejó la taza de café de porcelana blanca en el plato, y se apresuró a salir de la cafetería. Lo alcanzó en una esquina, y pasaron unos segundos antes de que él se diera cuenta de que estaba allí.

—¿Señor McKenzie?

—¿Otra vez usted? —Ben apretó la mandíbula con fuerza.

—Por favor, no se enfade. Tengo que hablar con usted, aunque ya sé que no quiere saber nada de mí. Entiendo lo doloroso que debe de resultarle pensar en Molly, pero tiene que escucharme.

Había varias personas a su alrededor, esperando a que el semáforo se pusiera en verde. Ben les lanzó una mirada, y entonces la agarró del brazo y la arrastró hacia la pared de un edificio cercano.

—¿Qué demonios quiere de mí, dinero? ¿Cree que puede extorsionarme? Pues que le quede muy claro que no va a funcionar.

—¡No quiero su dinero!, ¡sólo quiero que me escuche!

Ben respiró hondo, y luchó por intentar tranquilizarse.

—Tiene tres minutos.

Autumn intentó encontrar el mejor punto de partida.

—He estado teniendo un sueño recurrente. No es como los demás, como los que tenemos cada noche. Es tan real, que parece como si estuviera pasando de verdad, y es el mismo noche tras noche.

—Vaya una idiotez, todo el mundo sueña.

—No es un sueño como los demás, es sobre Molly —a pesar de que los iluminaba la luz pálida y amarillenta de una farola, Autumn lo vio empalidecer y se apresuró a continuar, ya que temió que se fuera sin más—. No sabía quién era al principio, claro. En el sueño veía a una niña que se metía en el coche con un desconocido, y tenía miedo por ella. Pensé que era algo que no había pasado aún, y que a lo mejor podía encontrar a la pequeña para impedir que sucediera.

Ben le echó un vistazo a su reloj, y le dijo:

—Se le ha acabado el tiempo. Voy a irme, y haré que la detengan por acoso si intenta volver a hablar conmigo.

Autumn sintió que se le llenaban los ojos de lágrimas.

—No lo entiende, creo que Molly aún está viva. Por favor... ¿no va a escucharme al menos?

Sin embargo, Ben ya había empezado a alejarse de ella. Tenía los hombros encorvados, y aunque era posible que fuera para resguardarse de la brisa, Autumn pensó que su postura derrotada se debía al peso de sus terribles recuerdos.

Dios, tenía que conseguir que la escuchara. Ben McKenzie era el padre de Molly, y estaba convencida de que había sido la clave que había desencadenado los sueños. Quizás pudiera encontrar a la niña con su ayuda.

Se secó las lágrimas de las mejillas, y se reprendió a sí misma por llorar. Maldición, ¿por qué no la escuchaba al menos?

A pesar de todo, lo entendía en el fondo, porque sabía que el dolor de aquel hombre resurgía cada vez que le mencionaba a su hija. Lo que necesitaba era una prueba, algo que convenciera a Ben McKenzie de que existía la posibilidad de que su hija siguiera con vida.

Aquella noche se acostó dándole vueltas al asunto. Volvió a soñar con la cocina, y vio de nuevo los ojos llenos de dolor de Molly. Por la mañana, tenía claro lo que iba a hacer.

Ben canceló su cita con Delores Delgato, una modelo hispana y exótica que trabajaba para la Agencia Dellure y que acababa de terminar un reportaje fotográfico en el muelle. La había conocido a través de un amigo común en un viaje de negocios a Los Ángeles, y habían salido juntos un par de veces.

Delores había ido a Seattle por cuestiones de trabajo, y como aquél día había acabado el reportaje fotográfico para una revista, le había llamado para que lo celebraran juntos. Le había parecido una buena idea en su momento, pero tras su breve encuentro con Autumn Sommers, no estaba de humor para mostrarse sociable; ni siquiera le apetecía acostarse con alguien.

Fue hacia su ático del Bay Towers, en el distinguido barrio de Belltown. Lo había comprado el año anterior, porque podía permitírselo y la seguridad extra que le proporcionaba se había convertido en una necesidad debido a su éxito creciente.

Utilizó su pase de seguridad para entrar en su ascensor privado, que lo llevó hasta el piso veinte. Salió al recibidor con suelo de mármol, que estaba iluminado por las luces de la ciudad que penetraban a través de las vidrieras de la sala de estar. Por el pasillo a la izquierda había un tocador y dos dormitorios, cada uno de ellos con su correspondiente cuarto de baño. El dormitorio principal, su cuarto de baño y su despacho estaban al fondo de otro pasillo.

Fue hacia su despacho, y tomó de inmediato el teléfono que tenía sobre su mesa. De camino a casa, se había dicho que la llamada podía esperar hasta el día siguiente, pero sabía que sería incapaz de dormir si dejaba aquel asunto pendiente.

Pensó en la mujer que se le había acercado en la calle. Sus lágrimas habían logrado impresionarle, porque o era una actriz impresionante y una timadora magistral, o realmente creía en todas aquellas tonterías que le había dicho sobre Molly.

Marcó el número de Pete Rossi, y no tardó en oír su voz áspera.

—¿Diga?

—Tengo un trabajo para ti, Pete.

—Debe de ser importante, para que me llames a estas horas.

—Quiero que averigües todo lo que puedas sobre una tal Autumn Sommers. Dice que es profesora en la escuela de primaria Lewis y Clark, y también trabaja como monitora de escalada en el Gimnasio Pike's.

—No parece tu tipo habitual.

—No lo es. No tengo ni idea de si me ha dicho la verdad, y te agradecería que me dijeras todo lo posible mañana mismo.

—Tienes bastante prisa, ¿no? —comentó Pete con tono sarcástico.

—¿Puedes hacerlo?

—Te llamaré mañana.

Ben colgó el teléfono, y se pasó una mano por el pelo. Era inútil perder el tiempo pensando en Autumn Sommers, al menos hasta que tuviera información sobre ella. Después de servirse un poco de Courvoisier en el mueble bar, se sentó en su sillón de cuero. Hizo girar el licor en el vaso, y cuando finalmente tomó un trago, sintió el ardor del líquido en la garganta y la ligera relajación de sus músculos. Intentó dejar de pensar en Autumn Sommers, pero no podía quitarse de la cabeza su rostro y sus profundos ojos verdes.

«¿Quién demonios eres?», se preguntó, mientras su mente volvía a llenarse de preguntas. «¿Qué demonios quieres?».

—Estás tomándome el pelo, ¿verdad? —Terri la miró boquiabierta. Estaban sentadas en una de las pequeñas mesas redondas del Starbucks.

—No, te lo digo en serio. Llamé a la cárcel directamente, y me dijeron que hace poco que han trasladado a Gerald Meeks al Correccional Federal de Sheridan, en Oregón; al parecer, ha sido un preso modélico. Sheridan está al sur de Portland, así que no queda tan lejos. Hablé con un hombre llamado Deavers, que fue el que informó a Meeks de que había pedido permiso para ir a visitarlo, y Meeks ha accedido a que vaya.

—No me lo puedo creer. ¿Estás diciéndome que Meeks ha accedido a hablar con la médium oficial de Seattle?

—No soy una médium, sólo soy una mujer con un sueño que no la deja en paz. Meeks cree que va a encontrarse con una amiga de los McKenzie, que está intentando ayudarlos para poder zanjar de alguna forma el asunto. Eso es lo que le dije al señor Deavers.

—Genial, es como si fueras la loquera de la familia, o algo así. Será mejor que Ben McKenzie no se entere de lo que estás haciendo.

Autumn tragó saliva al recordar la expresión furiosa de Ben cuando le había mencionado a su hija.

—Supongo que Meeks no tiene demasiadas visitas. El señor Deavers cree que ha accedido a verme por eso.

—¿Cuándo vas a ir?

—Iré en coche a Sheridan el sábado por la mañana, está a unos noventa y cinco kilómetros de Portland.

—Ibas a ir de escalada con Josh, ¿no?

—He tenido que cancelarlo, creo que Josh ha encontrado a otra persona con quien ir.

Terri la miró con incredulidad.

—¿Realmente vas a ir a una cárcel para ver a ese tipo?

—Sí. Al volver, pasaré la noche en Portland con Sandy Harrison... ¿te acuerdas de ella?, era mi compañera de piso en el instituto. Volveré a Seattle el domingo.

Terri tomó un sorbo de café, y le dijo:

—Según tengo entendido, esos sitios no son nada agradables.

—No quiero ni pensarlo —Autumn contuvo un escalofrío.

Ir a una cárcel no le apetecía nada, pero estaba decidida a descubrir si Meeks sabía algo sobre Molly McKenzie–. Tengo que hacerlo, Terri. Si vuelvo con las manos vacías, me olvidaré del asunto.

Su amiga le lanzó una mirada cargada de escepticismo, porque sabía lo tozuda que podía llegar a ser cuando se empeñaba en algo, y aquello era algo con mayúsculas.

–Llámame cuando vuelvas –le dijo, al levantarse de la silla–. No me quedaré tranquila hasta que lo hagas.

–Ya te contaré qué tal me va –Autumn agarró su vaso con una mano, y se colgó su pequeño bolso de cuero marrón al hombro con la otra–. Deséame suerte.

–Sí, me parece que vas a necesitarla.

Tal y como había planeado, Autumn sacó su Ford Escape rojo de la pequeña plaza que tenía en el garaje de su edificio, y se puso camino a Portland. No había demasiado tráfico, porque casi todo el mundo prefería salir de la ciudad el viernes por la noche y era muy temprano para los que iban de compras el sábado.

El trayecto duró cuatro horas, y en cuanto llegó a Portland tomó la autopista 18 para completar los noventa y cinco kilómetros que le quedaban hasta el correccional de Sheridan. En el asiento del copiloto llevaba cuatro páginas con las normas de comportamiento que tenían que respetar las personas que visitaban las instalaciones, y las había leído con atención. No podía llevar nada de color caqui, ya que los pantalones y las camisas de los presos eran de ese color, ni objetos metálicos.

Su nerviosismo se acrecentó cuando entró en el aparcamiento que había frente al edificio principal; después de aparcar en uno de los espacios reservados a las visitas, salió del vehículo y respiró hondo antes de ir hacia la entrada. El vestíbulo estaba lleno de cámaras de seguridad.

Fue hacia el mostrador de información, y una mujer vestida con pantalones y camisa blanca de uniforme se le acercó de inmediato.

—Nombre, por favor.
—Autumn Sommers... con «o».

La agente, que tenía una constitución recia y el pelo negro y corto, comprobó su lista y le dijo:

—Sí, está apuntada. Viene a ver a Gerald Meeks con un pase especial, ¿no?

—Sí.

—Tiene que pasar por el registro de seguridad rutinario, como el resto de visitas.

—Sí, ya me habían avisado.

—Sígame.

La mujer la condujo por un corredor con el suelo de linóleo encerado hacia la zona de registros, donde había más cámaras y tres policías con pinta de tomarse su trabajo muy en serio. Como el horario de visitas acababa a las tres en punto y ya eran casi las dos, no quedaba mucha gente por entrar, pero había dos tipos corpulentos con aspecto de motoristas con el pelo un poco mugroso y tatuajes, y una mujer hispana con una niña regordeta de unos catorce años.

Cuando se colocó al final de la cola, los dos hombres dejaron de mirar a la niña y se centraron en ella. La contemplaron como si fuera un suculento bistec, y Autumn frunció la nariz al notar el olor a sudor y el mal aliento del que estaba más cerca, que estaba mirándole los pechos abiertamente.

—Tiene unas buenas tetas —le dijo el tipo a su amigo.

—Y un buen culo —respondió el otro hombre.

—Como os paséis de la raya, no vais a entrar a ver a vuestro hermano —les dijo uno de los guardias.

Los dos hombres no dijeron nada más, pero sus expresiones dejaron claro lo que estaban pensando. Autumn deseó estar en cualquier otro sitio, y fijó la mirada en el guardia mientras dejaba su bolso en la cinta transportadora para que pasara por una máquina de rayos X similar a la de los aeropuertos. Le pidieron que se quitara los zapatos y la chaqueta, ya que también tenían que ser escaneados.

Había leído en el listado de normas que algunos visitantes podían ser sometidos a pruebas para comprobar si consumían drogas, y rogó para que no le tocara. De todos modos, tuvo que pasar por el detector de metales, que afortunadamente no sonó, antes de avanzar hasta el otro extremo de la cinta transportadora donde estaban sus pertenencias.

—Tuerza a la izquierda en el pasillo, es la primera puerta —le dijo uno de los guardias, mientras ella recogía su bolso y se lo colgaba al hombro.

Autumn se apresuró a ir hacia la salida, dobló a la izquierda y vio de inmediato una puerta con una ventanilla. Al entrar, se dio cuenta de que no era la zona de visitas principal, sino una habitación bastante pequeña con capacidad para cuatro reclusos. Se parecía a las que había visto por la tele, ya que el preso estaba a un lado de una pantalla de cristal y el visitante al otro.

Tres de los cuatro taburetes estaban ocupados. Había una mujer de pelo negro y mugriento hablando con un tipo enorme de tez oscura que llevaba pendientes en las dos orejas, un hombre delgaducho hablando con su novia, que parecía estar drogada a pesar de que era imposible, ya que no la habrían dejado entrar, y un tercer preso hablando con un hombre que llevaba un traje barato a rayas; parecían estar hablando de negocios, aunque costaba imaginar de qué podría tratarse. La escena en general resultaba deprimente, y Autumn empezó a pensar que había cometido un error al ir allí.

De repente, la puerta que había en el extremo opuesto se abrió, y Gerald Meeks entró en la habitación. Llevaba el mismo uniforme color caqui que el resto de los reclusos, y tenía el mismo aspecto demacrado y los mismos ojos hundidos de las fotos. Tenía el pelo castaño claro, pero el hombre de sus sueños lo tenía rubio.

Cuando se sentó delante de ella y la miró, Autumn no pudo evitar estremecerse.

—Tranquila, es demasiado mayor para mí.

Autumn se irguió un poco. Había ido a hablar con él, pero no iba a permitir que la intimidara.

—Gracias por acceder a verme —le dijo con calma.

—No tengo demasiadas visitas, así que pensé que sería entretenido.

—He venido a hacerle algunas preguntas sobre Molly McKenzie.

Meeks esbozó una sonrisa.

—Mucha gente me ha preguntado por ella, ¿por qué cree que voy a decirle algo nuevo?

—No lo sé, esperaba que... han pasado seis años desde su desaparición, y usted lleva encerrado prácticamente el mismo tiempo. Pensé que a estas alturas a lo mejor sería más franco en lo concerniente a Molly.

—¿Y usted qué tiene que ver en todo esto?, ¿qué más le da?

—Soy... amiga de la familia. Estoy intentando averiguar si Molly está realmente muerta.

Meeks la miró con atención.

—¿No cree que lo esté?, todo el mundo está seguro de que la maté.

—¿Lo hizo?

Él permaneció en silencio durante un momento interminable.

—Ha tenido las agallas de venir a verme. Los tipos que hay aquí se la comerían con cuchara a la más mínima oportunidad, se pondrán muy celosos cuando se la describa —la recorrió con la mirada, y añadió—: Con esos brillantes ojos verdes y ese pelo sedoso, apuesto a que era una niñita preciosa, Autumn Sommers. Si la hubiera visto en aquel entonces...

—He venido a hablar de Molly —Autumn intentó contener las náuseas que sentía. El corazón le latía acelerado.

Gerald Meeks la miró directamente a los ojos, y le dijo:

—Se lo habría dicho a la policía, pero me callé porque no me habrían creído.

—¿A qué se refiere?

—¿Quiere saber la verdad? Pues resulta que no conozco a Molly McKenzie, no la maté. Ni siquiera estuve cerca de esa niña, pero no dije nada porque me daba igual lo que la gente pensara. De hecho, me hacía gracia que la poli siguiera devanándose los sesos pensando que había sido yo.

Autumn no supo qué decir. Era imposible saber si Meeks estaba diciéndole la verdad, pero estaba convencida de que era sincero. A juzgar por lo que había leído, aquel hombre había fanfarroneado sobre los asesinatos que había cometido, pero nunca había mencionado a la pequeña Molly.

—Gracias por su sinceridad, señor Meeks.

—Ha sido... un placer —le dijo él, antes de levantarse.

Mientras se dirigía hacia la salida, Autumn sintió sus ojos clavados en la espalda, y sintió un gran alivio cuando la puerta se cerró a su espalda. Volvió a la sala de registros, donde volvieron a comprobar que no llevaba nada antes de permitir que se fuera.

Al salir a la luz del sol, inhaló profundamente el aire limpio de Oregón. Aunque nadie la había tocado, necesitaba darse una larga ducha caliente, y estaba deseando llegar a casa de su amiga Sally para poder hacerlo y cambiarse de ropa. Sabía que era ridículo, pero el hecho de que las instalaciones estuvieran limpias y muy cuidadas no parecía tener importancia.

De todas formas, el viaje había valido la pena a pesar de la deprimente experiencia, porque estaba más convencida que nunca de que Molly McKenzie estaba viva y pidiéndole ayuda.

Tenía que ver a Ben McKenzie. Aquella vez podía decirle algo tangible que quizás haría que la escuchara, o eso esperaba al menos. Empezaba a sentirse como una acosadora, porque estaba de nuevo esperándolo en la cafetería que había delante del edificio McKenzie. Era lunes, y a pesar de que no sabía a qué hora iba a salir de su despacho, había llegado a la cafetería a las cinco y media y estaba dispuesta a esperarlo hasta la medianoche si hacía falta.

Afortunadamente, Ben salió del edificio a las seis y media. Autumn esperó a que llegara a la esquina, y entonces lo siguió a una distancia prudencial para que no la viera. No quería ni imaginarse su reacción si la descubría.

No tenía ni idea de adónde iba, pero con un poco de suerte, sería algún sitio donde podría acorralarlo y obligarlo a que la escuchara sin montar un escándalo. Se aseguró de no perderlo de vista, pero no se le acercó demasiado.

Adondequiera que se dirigiera, caminaba con paso decidido, tal y como solía hacer. Al final, lo vio entrar en un restaurante italiano llamado Luigi's al que ella misma había ido varias veces. La comida era muy buena, y había un ambiente acogedor.

Los pantalones y el jersey de color negro que se había puesto para no destacar en la oscuridad no parecerían fuera de lugar en un local como aquél, así que entró y se colocó en un rincón del bar hasta que lo vio en una mesa apartada del comedor principal.

Estaba solo, aunque quizás estaba esperando a alguien; en cualquier caso, sabía que McKenzie no querría hacer una escena en un sitio así, de modo que era el momento perfecto para acercarse a él.

Cruzó el comedor con paso firme, y se sentó a su lado.

—No grite ni se enfade conmigo, lo que tengo que decirle sólo me llevará un momento.

Él apretó la mandíbula, y la fulminó con la mirada.

—Si no se larga de aquí ahora mismo, voy a hacer que la echen.

—Fui a ver a Gerald Meeks. Hablé con él, y me dijo que no había matado a Molly. Creo que estaría dispuesto a confirmárselo a usted si fuera a verlo.

—¿Fue a ver a Gerald Meeks a la cárcel federal?

—Lo han trasladado a Sheridan, en Oregón, por buen comportamiento. Fui en coche el sábado.

Ben se recostó contra el respaldo de su asiento, y la contempló con expresión inescrutable.

—Contraté a un detective para que la investigara, y ha confirmado que es profesora; de hecho, tiene muy buena reputación en la escuela donde trabaja.

—No estoy loca, y le juro que no quiero su dinero.

—Entonces, ¿qué es lo que quiere?

—Creo que su hija Molly sigue viva, la he visto en mis sueños. No sé dónde está, pero creo que está pidiéndome ayuda.

—¿Por qué a usted? Además, si de verdad está viva, ¿por qué ha esperado hasta ahora?

—No lo sé, pero creo que tiene algo que ver con usted... con el hecho de que lo viera en el gimnasio. Seguramente, ni yo misma me lo creería, pero...

—¿Pero qué?

—Pero una vez me pasó algo parecido. Tuve un sueño sobre mis mejores amigos que se repitió una y otra vez... Jeff y Jolie se metían en el coche con otro chico, y morían en un accidente de tráfico. Sólo tenía quince años, así que no creí que fuera a pasar en realidad; además, pensé que nadie me creería, que se burlarían de mí.

—¿Qué pasó?

—Fueron a una fiesta, y el coche se salió de la carretera y se estrelló contra un árbol, igual que en mi sueño. Murieron los tres.

Tras un largo silencio, Ben le dijo con voz suave:

—Lo siento.

—Esta vez no puedo quedarme de brazos cruzados, me niego a hacerlo. En mi sueño, un desconocido se lleva a su hija, pero no es Gerald Meeks. He visto a Molly tal y como es ahora, con seis años más. Es una chica preciosa a punto de llegar a la adolescencia. Es ella... tiene el mismo pelo rubio claro, y los mismos ojos azules. Estoy segura de que está viva.

Él tragó con dificultad, y apartó la mirada. Cuando se

volvió hacia ella de nuevo, Autumn sintió que se le encogía el corazón al ver el profundo dolor que brillaba en sus ojos.

–¿Tiene idea de lo duro que es esto para mí?, ¿puede imaginarse siquiera lo que sufrí cuando se llevaron a Molly? Si la creo, esa terrible agonía saldrá a la superficie de nuevo, y si se equivoca... o si tiene razón pero no puedo encontrarla... no creo que pueda sobrevivir de nuevo a algo así.

Autumn no supo qué decir. Sabía lo que estaba pidiéndole, sabía el terrible precio que Ben McKenzie tendría que pagar si estaba equivocada, pero tenía que pensar en la pequeña, en aquella niña que parecía desesperada por recibir ayuda.

–Tenemos que intentarlo. La última vez, perdí a tres amigos, y también sufrí muchísimo.

–Le juro que si se equivoca...

–Es posible que sea así. Esto sólo me había pasado una vez antes, pero los sueños son increíblemente claros y reales. Veo la cara de Molly, la misma que sale en los periódicos, y uno de sus amigos, Robbie, la llama por su nombre.

Ben se irguió en la silla de golpe.

–¿Robbie?, ¿Robbie Hines?

–No sé su apellido, pero estaban jugando juntos en el jardín aquel día.

Ben cerró las manos en dos puños apretados para evitar que temblaran.

–Sí, Robbie estaba allí, pero ese dato no se publicó en los periódicos.

–¿Era un niño pelirrojo con pecas?

–Sí.

–Tiene que ayudarme, señor McKenzie. No tiene elección.

Ben respiró hondo antes de contestar.

–Tengo que pensar en todo esto. Pete, el detective, me ha dado su dirección y su teléfono, así que me pondré en contacto con usted... a no ser que recupere el sentido común.

Autumn logró esbozar una sonrisa mientras luchaba por contener las lágrimas, y le dijo:

—Gracias.

Cuando empezó a levantarse, una mujer de aspecto exótico se acercó a la mesa. Era alta y delgada, su piel parecía increíblemente tersa, y era la mujer más despampanante que había visto en su vida.

—Perdona que llegue tarde, querido —la recién llegada miró a Autumn, y añadió—: Ya veo que has estado entretenido.

—Delores, deja que te presente a Autumn Sommers. Autumn, ella es Delores Delgato.

—Encantada de conocerla —le dijo Autumn—. No quería interferir en su velada, señorita Delgato. Sólo estaba hablando con el señor McKenzie de un asunto personal.

—No te preocupes, querida. Si no hubieras sido tú, habría sido otra.

Ben frunció el ceño, pero no hizo ningún comentario. Autumn se sintió bastante incómoda, y tuvo ganas de marcharse de allí cuanto antes.

—Esperaré su llamada, señor McKenzie —le dijo, a modo de despedida.

Ben se limitó a asentir, y después de ayudar a Delores a quitarse la chaqueta de cachemira color burdeos que llevaba, le sujetó la silla para que se sentara.

Autumn fue hacia la puerta del restaurante sorteando las mesas, y al salir a la calle, saboreó el fresco aire nocturno de Seattle. Había conseguido su objetivo: lograr que Ben McKenzie la escuchara, y que quizás empezara a creerla un poco.

Era improbable que él fuera capaz de darle la espalda al asunto, porque Molly era su hija y, a juzgar por el dolor que había visto en su rostro, estaba claro lo mucho que la quería. Si existía la posibilidad de que la niña estuviera viva, Ben iba a intentar encontrarla. No tenía otra opción.

Ben aguantó a duras penas la cena con Delores, aunque estaba deseando que la velada acabara de una vez. No podía dejar de pensar en Autumn Sommers y en Molly, y no sabía si atreverse a creer que su hija podía seguir viva.

A pesar de que Delores le dejó claro que esperaba que la acompañara a su suite del Hotel Fairmont Olympic, declinó la invitación, porque no le apetecía acostarse con la exótica modelo. Como la mayoría de las mujeres con las que salía, Delores exigía grandes dosis de atención, y en ese momento estaba centrado en otros asuntos.

Después de dejar a Delores furiosa en el majestuoso vestíbulo del hotel de cinco estrellas, se fue directamente a su casa. La luz del contestador automático estaba parpadeando, y le habían enviado varios papeles por fax; después de escuchar los mensajes del contestador, entre los que había uno de Pete concerniente a Autumn Sommers, recogió los papeles del fax y se sentó en su sofá de cuero.

Se trataba de un informe detallado de Pete, en el que el detective ampliaba la información que le había dejado en el contestador. Al parecer, Autumn Kathleen Sommers había nacido el tres de junio de 1980, y sus padres se llamaban Kathleen L. y Maxwell M. Sommers.

La madre había muerto en 1993, cuando Autumn tenía trece años, y su padre la había criado. El hombre era un bombero jubilado, y su mayor afición era la escalada en roca; al parecer, Autumn había heredado el interés por aquel deporte, ya que a los veintisiete años ya era miembro acreditado de la Asociación Americana de Guías de Montaña, además de una escaladora experta.

Según el informe, Autumn había ido a la Universidad de Seattle gracias a becas y a préstamos escolares, había logrado las mejores notas de su promoción, y había conseguido su licenciatura en Magisterio.

En otro párrafo, Pete había hecho constar que había tenido una relación en la universidad con un tipo llamado Steven Elliot y que había tenido dos relaciones breves más, pero el detective no había entrado en detalles.

Ben estuvo a punto de sonreír. A juzgar por el informe, Autumn no había salido con demasiados hombres, aunque estaba seguro de que no había sido por falta de oportunidades. Aquella mujer tenía algo especial, algo que atraía el interés de un hombre. No era una rubia voluptuosa con el rostro de una estrella de cine ni una morena exótica, pero con aquellos felinos ojos verdes y su cuerpo delicado y firme, resultaba increíblemente sexy.

Intentó sofocar el súbito e indeseado deseo que sintió, tal y como había hecho con la sorprendente atracción física que había experimentado el día que había ido a verlo al despacho. En aquella ocasión se había apresurado a apartar aquella inesperada reacción de su mente, ya que la había tomado por una lunática, pero había vuelto a sentir lo mismo al verla a punto de llorar.

Autumn era diferente a las mujeres con las que solía salir, parecía más vital, más apasionada respecto a la vida, y lo cierto era que en otras circunstancias no le habría importado acostarse con ella; sin embargo, eso no iba a suceder, porque el hecho de que el informe de Pete no mostrara nada raro no implicaba que pudiera confiar en ella. Era posible que fuera la charlatana más sibilina del mundo, o una chalada que se creía sus propias mentiras.

Tomó nota mental de llamar a Pete por la mañana, para pedirle que comprobara si Autumn había ido a la cárcel de Sheridan a hablar con Meeks; en caso de ser así, tendría que decirle al detective que fuera también, para intentar confirmar lo que el preso había dicho sobre Molly.

Hacía años que no se permitía pensar siquiera en el nombre de su hija, pero... ¿y si estaba viva? El doce de agosto cumpliría doce años. Si estaba viva, ¿qué clase de horrores había sufrido durante aquellos años?, ¿habían abusado de ella?, ¿la habían maltratado?

Dios, era incapaz de soportar la idea de que Molly pudiera estar sufriendo. Ésa era una de las razones por las que, tras una larga búsqueda, se había aferrado a la teoría de que Meeks la había asesinado. Había preferido pensar que estaba muerta a imaginársela viva y sufriendo, pero Autumn Sommers afirmaba que existía esa posibilidad, y en ese momento se dio cuenta de que no importaba lo que le hubiera pasado a su hija a lo largo de aquellos años. Si estaba viva, lo único que le importaba era que volviera a casa, poder cuidarla y ayudarla a sanar las heridas que hubiera sufrido.

De repente, recordó la última vez que la había visto, en la puerta de su despacho.

—¡Papá! Papá, ¿te vienes a jugar a las muñecas conmigo?

Estaba trabajando, pero siempre tenía tiempo para su hija.

—Claro, ángel. ¿Qué quieres que hagamos? —la había tomado en sus brazos, y se la había llevado al jardín.

—¡Vamos a jugar a tomar el té! —había exclamado la pequeña, mientras se aferraba a su cuello.

—Vale, pero tienes que servirlo tú.

Molly había soltado una risita, y había apoyado la cabeza en su hombro.

Ben se obligó a apartar a un lado aquel recuerdo. Durante los primeros años tras la desaparición de su hija, había pensado mil veces en aquel día, pero había aprendido a bloquear los recuerdos porque le resultaban demasiado dolorosos y destructivos.

Por culpa de Autumn Sommers, había vuelto a recordar. Se recostó en el respaldo del sofá, y luchó por mantener la compostura.

Ben no se puso en contacto con ella ni el martes ni el miércoles, y el jueves por la noche Autumn se resignó y decidió que, si al día siguiente seguía sin saber nada de él, iba a enfrentarse a la furia de su secretaria y entraría a la fuerza en su despacho.

El viernes por la mañana, entró con un suspiro en la zona de escalada del gimnasio. Al menos llevaba varios días sin soñar; de hecho, la última vez había sido el lunes, después de ver a Ben.

Cuatro de sus alumnos ya estaban allí, y los otros dos llegaron mientras dejaba sus notas sobre la mesa. Justo cuando iba a empezar la clase, Ben McKenzie entró por la puerta, vestido con unos pantalones cortos y una camiseta verde oscuro estampada con un kayak surcando el agua y el lema «Coulonge Gorge».

Autumn intentó no mirar embobada sus anchos hombros, sus bíceps poderosos y sus piernas musculosas. A pesar de que llevaba puestas unas Reebok, tenía unos pies de gato en una mano.

—Hola, señor McKenzie —le dijo, cuando él se le acercó—. He estado esperando noticias suyas, pero estamos a punto de empezar la clase. Quizás después...

—Me he apuntado a su clase. Me he comprado el libro que usted recomienda, y he estudiado los primeros capítulos para ponerme al día. Me incorporo a partir de hoy mismo.

Autumn se quedó boquiabierta. No había llamado en toda la semana, y se presentaba allí de repente.

—¿Podríamos hablar fuera un momento?

—Por supuesto —Ben dejó los pies de gato en el suelo, y salió de la sala tras ella.

En cuanto la puerta se cerró a su espalda, Autumn se volvió hacia él.

—¿Puede explicarme qué demonios está pasando? Llevo toda la semana esperando a que me llame, y ahora va y se apunta a mi clase de buenas a primeras. Me gustaría saber por qué.

Ben se encogió de hombros.

—Estoy en el negocio de los productos deportivos, y me gusta el excursionismo, el piragüismo... la verdad es que casi todo. También vendemos productos de escalada, y como es un deporte que no he practicado nunca, he pensado que era una buena oportunidad para aprender.

Autumn se llevó las manos a las caderas.

—Vale. ¿Va a decirme por qué está aquí realmente?

Él se quedó mirándola durante unos segundos, y finalmente le dijo:

—¿De verdad quieres saberlo, Autumn Sommers?, muy bien. Viniste a verme con una historia increíble sobre Molly, y aunque no te conozco de nada, se supone que tengo que creerte sin más y aceptar que mi hija sigue viva después de todos estos años, y que juntos podemos encontrarla. Si estoy lo bastante loco para creerte, mi vida va a ponerse patas arriba. Es posible que mi familia se entere de lo que pasa, y si es así, van a pasarlo mal. Según tú, necesitas mi ayuda, pero no pienso comprometerme a nada hasta que sepa quién demonios eres.

Autumn abrió la boca, pero Ben la interrumpió antes de que pronunciara palabra.

—No estoy hablando de lo obvio... ya sé que eres una profesora de veintisiete años, y que tu padre es un bombero retirado que vive en Burlington. Me refiero a quién eres aquí —Ben se llevó un puño al corazón, y añadió—: Tengo que saber que estás diciéndome la verdad, no sólo que tú crees que es así. Quieres algo de mí, ¿no? Muy bien, pero yo también tengo mis propias exigencias.

—¿Cómo sabe quién es mi padre?, ¿me ha investigado como si fuese una criminal?

—¿Pensabas que no lo haría?

Autumn no sabía por qué se sorprendía tanto; al fin y al cabo, debía de haberle resultado muy fácil con el dinero y los contactos que tenía.

—¿Qué es lo que quiere exactamente?

—Tiempo para llegar a conocerte, para descubrir si eres real. Cuando me dé por satisfecho, tendrás toda mi cooperación.

—¿Y qué pasa con Molly?, cada día que perdemos es un tiempo en el que podríamos estar buscándola.

—Molly lleva seis años desaparecida, y lo más probable es que esté muerta. Tengo que pensar en Katie y en Joanne, porque si todo esto empieza otra vez, surgirán preguntas y ellas acabarán enterándose tarde o temprano. Ni ellas ni el resto de mi familia se merecen pasar otra vez por ese suplicio.

Era un argumento muy válido. Autumn sabía que él tenía que dar prioridad a su familia, y que no tenía razón alguna para creerla. Tenía que asegurarse de que podía confiar en ella. De estar en su lugar, sentiría lo mismo.

—Vale, lo haremos a su manera. Si eso significa que va a aprender a escalar, supongo que no me queda más remedio que enseñarle —le lanzó una sonrisa desafiante, y comentó—: Puede que descubra que le gusta, es un deporte muy excitante.

—Muy bien. Será mejor que nos pongamos manos a la obra, tus alumnos están esperando. Y será mejor que me tutees, vamos a pasar bastante tiempo juntos de ahora en adelante.

Autumn se quedó mirándolo durante un momento, y se dio cuenta una vez más de lo atractivo que era. Tenía una mandíbula sólida, unos labios sensuales, una nariz recta, y unos ojos marrones que parecían ver más allá de la superficie; además, era alto, estaba bronceado y tenía muy buena forma física.

De repente, sintió una calidez en el estómago que no le hizo ninguna gracia al ver cómo la miraba. Había visto el tipo de mujeres con el que salía... Delores Delgato estaba en la portada del *Vogue* de aquel mes, y era consciente de que ella no le llegaba ni a la suela del zapato. Le daba igual, porque siempre era un desastre en el tema de los hombres; además, no tenía ninguna intención de dejar que un tipo como Ben la engatusara.

Ben la observó con interés. En cuanto volvieron a la sala de escalada, Autumn se centró de lleno en sus alumnos.

—Antes de empezar, quiero presentaros a vuestro nuevo compañero, Ben McKenzie. A lo mejor os suena el nombre, porque trabaja en el mundo de los productos deportivos y es el dueño de este edificio.

Varios de los alumnos asintieron.

—Ben, te presento a Courtney Roland y a Winnie Caruthers —Autumn le indicó respectivamente a una rubia alta y esbelta, y a una atractiva morena con piernas y brazos musculosos—. Ellos son Ian Candem, y Bruce Lansky —el primero era rubio y tenía veintipocos años, y el segundo moreno y unos quince años mayor—. Y por último, Matt Gould y Ned Wheaton —Matt era alto y tenía el pelo castaño, y Ned era un tipo atractivo de color con la cabeza rapada y varios pendientes.

—Hola a todos —los saludó Ben.

—Vale, vamos a empezar —les dijo Autumn.

Cuando los condujo hacia una de las mesas y empezó a enseñarles el equipamiento que había preparado, Ben se dio cuenta de que se tomaba su trabajo muy en serio.

—Hemos hablado del equipamiento en general, y como podéis ver, casi todo lo que uso es de Black Diamond. Aunque es mi marca preferida, hay otras empresas que fabrican productos de buena calidad. A lo mejor Ben puede darnos su opinión.

—Todo lo que vendemos en nuestras tiendas es de primera calidad, y el personal está cualificado y dispuesto a asesorar a los clientes. Sé que tenemos productos de Black Diamond, así que deben de ser buenos, pero como soy nuevo en este deporte, de momento aceptaré la opinión de Autumn al respecto.

Cuando ella lo miró con sus preciosos ojos verdes, Ben sintió que una súbita oleada de deseo lo recorría de pies a cabeza, pero Autumn volvió su atención hacia el equipamiento.

—Aquí tenéis lo básico: arnés, mosquetones, anclajes, empotradores, frenos, casco, bolsa de magnesio, varios sistemas de seguridad...

El grupo se colocó a su alrededor, y todo el mundo fue examinando el material. Autumn agarró una cuerda, y les dijo:

—Esta cuerda es estática, se utiliza para jumarear o para descender haciendo rápel —agarró otra, y añadió—: ésta es una cuerda de escalada de setenta metros. Es ligera, fuerte, dinámica, y tiene una fuerza de impacto baja. Está diseñada para que, en caso de caída, sea lo bastante elástica para absorber parte del impacto.

Les dio tiempo para que examinaran todos los objetos, y después de responder a varias preguntas, les dijo:

—Poneos vuestros pies de gato. El que tenga arnés, que se

lo ponga también. Si alguno no tiene, aquí hay varios que podéis usar.

El grupo empezó a pertrecharse. Autumn llevaba unos pantalones cortos color caqui con bolsillos voluminosos, y una camiseta sin mangas que tenía estampado el lema *Yo te guío, tú me sigues.* Ben agarró los pies de gato que había tenido el acierto de ir a recoger a su tienda del centro, se sentó en uno de los bancos, y empezó a ponérselos mientras tomaba nota mental de seguir los consejos de Autumn en lo concerniente al resto del equipamiento.

Había sido sincero con ella, porque lo cierto era que llevaba tiempo pensando en probar aquel deporte, y aquélla era la oportunidad perfecta; sin embargo, lo principal era que así ganaba un poco de tiempo. No estaba preparado para meterse en una búsqueda inútil que sólo iba a generar más dolor, pero a pesar de que parecía una locura, era incapaz de descartar la ínfima posibilidad de que Autumn Sommers pudiera tener una especie de conexión psíquica con su hija, y que Molly estuviera realmente viva.

Tenía que descubrir la verdad sobre Autumn, y la única manera de hacerlo era pasar algo de tiempo con ella. Decidió que hablaría con los empleados de la sección de escalada de sus tiendas, pero tenía la impresión de que aquella mujer sabía más sobre los materiales adecuados que ellos.

—Yo subiré primero, para que podáis ver cómo lo hago. Ned, tú estás familiarizado con las cuerdas, ¿puedes ocuparte?

—Claro.

Ned, que al parecer era el más experimentado del grupo, agarró un extremo de la cuerda que colgaba de una barra que había en la parte superior de la pared, y lo pasó por el dispositivo de seguridad de su arnés mientras Autumn se ataba el suyo y aseguraba la cuerda al cinturón.

—Cuando baje, os tocará a vosotros —recorrió el grupo con la mirada, y se detuvo al llegar a Ben—. Creo que hoy empezaremos con Ben.

Él estuvo a punto de sonreír cuando Autumn lo miró con sus ojos de gata, porque estaba claro que estaba poniéndolo a prueba. Aunque estaba molesta por las reglas básicas que él había establecido, no tenía más opción que acatarlas.

El muro de escalada tenía unos doce metros, pero en algunos rocódromos podían medir incluso el doble. El suelo estaba cubierto con una protección acolchada, pero no serviría para evitar lesiones en caso de que alguien se cayera desde arriba del todo. Después de ponerse magnesio en las manos, Autumn inició el ascenso.

Sus manos y sus pies fueron buscando las ranuras y los asideros, y conforme fue subiendo por el muro con destreza y fluidez, Ben observó con fascinación el movimiento de los músculos de sus brazos y de sus piernas, y la forma en que sus glúteos se tensaban. Tenía una cintura estrecha, y unos pechos preciosos.

Al sentir que su entrepierna se tensaba de forma casi dolorosa, masculló una imprecación, porque no podía permitirse el lujo de sentirse atraído físicamente por ella. Ni siquiera sabía quién era, ni si lo que le había contado era cierto.

Centró su atención en ella, que ya había alcanzado la parte superior del muro y estaba empezando a bajar con agilidad por la cuerda que Ned sujetaba desde abajo. Era buena, eso era indudable. Hacía que un deporte de riesgo pareciera fácil.

Cuando llegó al suelo, lo miró de lleno con aquellos increíbles ojos verdes, y le dijo:

—Te toca a ti, Ben.

Cuando la clase terminó, Autumn empezó a guardar su equipo. Creía que estaba sola, así que se concentró en colocarlo todo correctamente.

—La clase ha estado muy bien.

Al mirar por encima del hombro, vio a Ben McKenzie a menos de un metro de distancia.

—Pensaba que ya te habías ido, que estarías ansioso por volver al trabajo.

—Lo estoy, pero quería preguntarte si tienes planes para esta noche.

—Eh... no, la verdad es que no. ¿Por qué?

—Ya te he dicho que necesito tiempo para llegar a conocerte. Iré a tu casa cuando salga del despacho... ¿te va bien a eso de las seis y media? Podríamos ir a mi tienda del centro, para que me ayudes a escoger el material de escalada que voy a necesitar. No creo que tardemos demasiado.

Autumn no quería ir a ningún sitio con él, porque aquel hombre le causaba un nerviosismo que no alcanzaba a entender; sin embargo, necesitaba que la ayudara, y no se le ocurrió ninguna excusa plausible.

—De acuerdo.

Cuando él se fue, Autumn llevó su equipo a la taquilla.

Después de varias clases particulares que tenía programadas, fue a comprarse varios libros, porque se sentía un poco perdida cuando no tenía nada para leer.

Ben llegó a las seis y media en punto, pero insistió en subir en vez de dejar que bajara sin más.

—Quiero ver dónde vives —le dijo por el interfono—. Una casa dice mucho de su dueño.

A Autumn no le gustó nada la idea. No quería que Ben McKenzie entrara en su casa, en su vida, pero era la única manera de conseguir que la ayudara. Sabía que no podría encontrar a Molly sin él.

Se sintió un poco nerviosa al abrir la puerta. A pesar de que le encantaba su piso, Ben era un hombre rico y estaba acostumbrado a vivir rodeado de lujos. Tras la conversación del lunes, había ido a la biblioteca y había descubierto que en los últimos años había salido multitud de veces en las páginas de sociedad. Había encontrado un artículo tras otro en los que aparecía yendo a galas benéficas, a obras de teatro y a estrenos de ópera... acompañado de algunas de las mujeres más glamurosas del mundo; al parecer, tenía éxito con las mujeres además de en los negocios.

En cuanto entró por la puerta, Ben recorrió el piso con la mirada. La compacta cocina tenía la encimera blanca y reluciente, y las paredes empapeladas con un alegre papel floreado blanco y rosado. Una barra de desayuno con varios taburetes separaba aquella zona de la sala de estar.

—Así que ésta es tu casa.

—Sí —Autumn consiguió esbozar una sonrisa—. ¿Quieres beber algo?, ¿te apetece una copa de vino? También tengo una botella de Jack Daniels para cuando viene mi padre. Se supone que no tendría que beber alcohol, pero es bastante testarudo y no creo que le haga daño tomar un poco de whisky de vez en cuando.

—Un poco de vino, gracias.

—¿Tinto o blanco?

—Blanco está bien.

Cuando Autumn sacó una botella de Chardonnay de la nevera y sirvió dos copas, Ben tomó un trago y lo saboreó sin prisa.

—No está mal, ¿es de la zona?

—Sí, de los viñedos de Columbia Crest. Supongo que pensabas que sacaría un cartón de vino del barato, ¿no?

—Ni se me había pasado por la cabeza —le aseguró él, con una carcajada.

Con la copa en la mano, Ben se acercó a las ventanas con vistas a la ciudad, aunque fue deteniéndose para observar el reloj victoriano, una figurita de porcelana, y un plato de cristal verde de más de cien años del que Autumn se había enamorado al instante, y que había comprado a un precio irrisorio. Las molduras del techo, las cortinas de encaje y las alfombras floreadas parecieron llamarle la atención.

—La verdad es que me sorprende un poco que vivas en un sitio tan femenino —admitió al fin.

Autumn se tensó, y se puso a la defensiva de inmediato.

—Que me guste el deporte no significa que no sea una mujer.

Él la recorrió con la mirada de la cabeza a los pies, y sus ojos marrones parecieron adquirir una calidez especial. Autumn llevaba unos pantalones grises de campana con la cintura baja, unas botas negras con tacón, y un jersey rosa bastante ceñido que acentuaba sus curvas.

—Sí, está claro que eres toda una mujer.

Autumn sintió que una sensación cálida se le extendía por el estómago al oír su voz profunda, pero se obligó a seguir como si nada y tomó un trago de vino para intentar tranquilizarse.

Ben le echó una rápida mirada al dormitorio, y al ver la cama con dosel y la colcha blanca, comentó:

—Es una cama preciosa, ¿ahí es donde has tenido los sueños?

Autumn se limitó a asentir.

—¿Has tenido alguno en los últimos días?

—El último lo tuve el lunes, después de hablar contigo.

—¿Ninguno desde entonces?

—No.

—Crees que tengo alguna conexión con los sueños, ¿verdad?

—Es la única explicación posible.

Ben entró en el dormitorio, y fue a echarle un vistazo al cuarto de baño. Cuando regresó a la sala de estar, ella le dijo:

—No sé si sabes que es de mala educación entrar en el dormitorio de una mujer sin permiso.

—A juzgar por tu mirada, creo que tendría que esperar mucho tiempo —con expresión muy seria, añadió—: Te he dejado muy claras mis condiciones. Si no me queda claro lo que quiero saber, me desentiendo del asunto.

—No creo que seas capaz de echarte atrás. Sé que tu conciencia te lo impediría, porque la mía no me deja en paz.

Él no contestó de inmediato. Tras un largo silencio, le dijo:

—A pesar de todo, pienso pegarme a ti como si fuera tu sombra hasta que me convenza de que eres de fiar.

Autumn dejó su vaso sobre la mesa con más fuerza de la necesaria.

—¿Y qué pasa si me niego?, ¿qué pasa si te digo que te largues y que te olvides del asunto?

—No vas a hacerlo, acabas de decirme que tu conciencia no te deja en paz.

Autumn se mordió el labio. Ben tenía razón... pero ella también. Les gustara o no, estaban juntos en aquello, y estaba dispuesta a colaborar para que las cosas les resultaran más fáciles a ambos.

Se sentaron en la barra de la cocina, y charlaron durante un rato sobre la familia de Autumn y sobre su padre, pero se centraron sobre todo en la escalada.

—Lo has hecho bastante bien para ser la primera vez —le dijo ella.

—Sabes tan bien como yo que lo he hecho fatal. Me he caído tres veces antes de llegar arriba, menos mal que llevaba el arnés.

—Pero has conseguido llegar, no te has dado por vencido. Muchos se habrían rendido; además, tienes la fuerza y la flexibilidad necesarias para ser un buen escalador.

—Ha sido todo un desafío —admitió él, con una sonrisa—. Creo que va a gustarme.

Autumn pensó que, en caso de que fuera sincero en lo de querer aprender, llegaría a ser muy bueno con el tiempo. Era fuerte, ágil y atlético, y sus movimientos tenían una elegancia innata de la que carecían la mayoría de los hombres.

Cuando se acabaron el vino, Ben se levantó del taburete.

—Será mejor que nos vayamos ya. Ve por tu chaqueta, en esta época del año siempre hace bastante fresco a estas horas de la tarde.

Autumn lo miró por un instante. A pesar de que era él quien se suponía que tenía que averiguar todo lo posible sobre ella, había descubierto que Ben McKenzie era un hombre bastante protector. Cuando sacó su chaqueta azul marino del armario de la entrada, él se la quitó de las manos y la ayudó a ponérsela.

—Gracias —le dijo con una sonrisa, que se esfumó en cuanto recordó que también había ayudado a Delores Delgato a ponerse su cara chaqueta de cachemira en el Luigi's.

«Contrólate», se dijo para sus adentros. De repente, deseó no haber soñado con Molly, deseó no habérselas ingeniado para acabar en aquella situación, pero se había comprometido a pasar algo de tiempo en compañía de Ben McKenzie, uno de los solteros más ricos y codiciados de Seattle.

No era ninguna tonta. Ben era guapo y poderoso, y su cuerpo musculoso lo convertía en uno de los hombres más sexualmente atractivos que había conocido en toda su vida.

Sabía que tenía que ir con cuidado, que tenía que mantener las distancias y mantenerse centrada en su objetivo.

«Piensa en Molly», se dijo con firmeza, antes de pasar por su lado mientras él le sujetaba la puerta para que le precediera.

La tienda era muy elegante. Constaba de dos plantas, y en la superior había un surtido increíble de ropa deportiva de marcas caras. La planta principal estaba dividida en secciones dedicadas a todo tipo de deportes, y cada una de ellas estaba decorada con deportistas compitiendo en sus especialidades: había esquí extremo sobre un manto de nieve virgen, snowboard, ciclismo, motocrós, alpinismo, descenso en ala delta... por supuesto, la escalada no era una excepción, y había una foto fantástica de un escalador en un saliente a cientos de metros del suelo. Parecía posado como una mosca, completamente horizontal contra las magníficas montañas del fondo.

Ben la condujo hacia aquella sección, y le dijo:

—Elige lo que creas que voy a necesitar, y no te preocupes por el precio —con una sonrisa, añadió—: Aquí me hacen un buen descuento.

Autumn no hizo caso del cosquilleo que sintió en el estómago al ver aquella sonrisa, y se puso manos a la obra. Tardó un poco, pero se lo pasó bien al poder elegir lo que quisiera sin pensar en el precio. Le ayudó a escoger el mejor arnés posible teniendo en cuenta su tamaño, su fuerza y su nivel de destreza, y también seleccionó cuerda, mosquetones, anclajes, frenos, una tienda ultraligera y un saco de dormir, además de mochilas impermeables para meterlo todo.

Ben insistió en ir a por algo de ropa, y acabaron escogiendo prendas ligeras y resistentes con muchos bolsillos. Cuando salieron de la tienda, estaba cargado con un montón de bolsas.

—Será mejor que tomemos un taxi, quiero dejar todo esto en mi ático antes de que vayamos a cenar.

—Creo que me voy ya a casa —Autumn empezó a ponerse cada vez más nerviosa.

—Ya sabes que cuanto antes me convenza de que vas en serio, antes podremos empezar con la búsqueda... si es que va a haber una, claro.

—Vale, vamos a cenar.

Cuando el taxi se detuvo delante del edificio donde vivía Ben, Autumn prefirió esperarlo en el vehículo, a pesar de que él la invitó a que subiera a su ático.

Ben tardó muy poco en bajar de nuevo, y entonces se dirigieron hacia el Solstice, un restaurante cercano a Pioneer Square que habían abierto recientemente y se había puesto de moda. Como era viernes, el local estaba lleno hasta los topes, pero el propietario conocía a Ben y los llevó de inmediato a una mesa bastante apartada del fondo. Cuando se sentaron, los dos pidieron vino tinto.

—Ya veo que te gusta el vino —le dijo Ben, mientras levantaba su vaso y contemplaba el Cabernet color burdeos.

Autumn había dudado antes de pedirlo, porque cada vaso costaba doce dólares, pero él había insistido y lo cierto era que se trataba de un vino fantástico.

—Un amigo de la universidad me interesó en el tema, en Washington hay unos viñedos fabulosos.

Él la observó por encima del borde de su vaso, y le preguntó:

—Ese amigo... ¿era Steven Elliot?

Autumn se tensó. La incomodaba que supiera tanto sobre ella, sobre todo teniendo en cuenta que no era recíproco y apenas lo conocía, pero no podía culparlo por ser cauto.

—Ya veo que el informe era exhaustivo.

—¿Ibais en serio?

—Yo sí, pero él prefirió dejarlo.

—¿Qué más te gusta, aparte del vino?
—La buena comida, la escalada... y disfrazarme a veces.
—¿Disfrazarte?
—Me gustan los vestidos largos con lentejuelas, y los esmóquines —admitió ella, con una sonrisa—. No se me presentan demasiadas ocasiones de ponerme algo así, pero uno de mis compañeros de escalada es hijo de un magnate de la informática, y cuando su padre lo obliga a asistir a algún acontecimiento social y necesita una cita, voy con él.

—Parece que el informe no es tan completo como yo creía. ¿Tienes una relación estable con ese tipo?

—Ya te he dicho que es mi compañero de escalada, Josh sólo es un buen amigo —Autumn no se había dado cuenta de que él se había puesto tenso, hasta que vio que relajaba los hombros.

—Bueno, si te gusta disfrazarte, mañana por la noche podrás hacerlo. Me han invitado a una función de gala en beneficio de la Sinfonía de Seattle, y aunque no pensaba ir...

Autumn se apresuró a negar con la cabeza.

—Ni hablar, no creo que sea buena idea llevar todo esto a un plano tan personal; además, voy a irme de escalada con Josh.

—Estamos hablando de mi hija, y no hay nada más personal. Quiero conocerte a fondo, y creo que es una idea excelente que salgamos mañana por la noche.

Autumn ya se había cansado de aquel jueguecito. Ben era un hombre sofisticado y encantador, y sin duda estaba acostumbrado al sexo sin ataduras y a las aventuras de una noche, pero ella no era así y, cuanto más tiempo pasaba con él, más difícil le resultaba permanecer ajena a su atractivo masculino.

A pesar de que era un desastre en las relaciones de pareja, seguía siendo una mujer y a veces su cuerpo anhelaba las caricias de un hombre; sin embargo, no podía permitirse el lujo de empezar a pensar en Ben de esa forma.

—Háblame de los sueños —le pidió él con voz suave.

Autumn sintió un gran alivio al ver que sacaba el tema del que quería hablar, la razón de que estuviera allí sentada con él.

—Empezaron hace unas semanas... creo que fue poco después de que te viera por primera vez en el gimnasio. A lo mejor fue aquella misma noche, no me acuerdo.

Autumn levantó la mirada cuando llegó la camarera. Era una mujer alta, que llevaba un delantal y unos pantalones negros con una blusa blanca. Ben pidió un filete poco hecho con salsa de roquefort, y ella tortellini con salsa de tomate.

Mientras esperaban a que les sirvieran, le contó en detalle los sueños recurrentes del día de la desaparición de Molly, le habló de los niños jugando en el jardín, del pequeño pelirrojo que se llamaba Robbie, y del desconocido que había convencido a Molly de que se subiera en su coche para ayudarlo a encontrar su cachorro perdido.

—¿Cuántos años tenía ese tipo?

—Casi cuarenta, a lo mejor unos pocos menos. Era rubio, y bastante atractivo. Recuerdo que tenía unos ojos afables —al ver que él enarcaba una ceja, Autumn se ruborizó—. Ya sé que parece una locura, pero al sonreír se le formaban líneas de expresión en los ojos, y me acuerdo de que pensé que no se podía confiar en alguien sólo por el hecho de que pareciera inofensivo.

—Eso es verdad —Ben le lanzó una mirada más que elocuente.

Autumn se ruborizó aún más, pero se obligó a seguir hablando.

—El hombre le pidió a Molly que sujetara un cachorrillo blanco y negro, y le dijo que se llamaba Cuffy y que tenía otro perro llamado Nicky, pero que se le había perdido. Entonces le preguntó que si podía ayudarlo a encontrarlo.

Ben tensó la mandíbula, y la calidez de sus ojos desapareció.

—Te juro que si estás inventándotelo...

—Ya sabes que al menos parte de lo que te digo es verdad, porque más tarde leí en el periódico que realmente estaban jugando a pelota en el jardín. Además, tú mismo me confirmaste que el niño pelirrojo se llamaba Robbie, y eso no aparecía en ningún artículo.

Al ver que tomaba un trago de vino, Autumn supuso que estaba intentando mantener la calma; en aquel momento, la camarera llegó con las ensaladas, pero ninguno de los dos empezó a comer.

—Descríbeme el segundo sueño... en el que Molly está mayor.

Autumn tomó un sorbo de vino para darse un poco de tiempo, y después de dejar el vaso sobre la mesa, le dijo:

—Al principio no la reconocí. Estaba con dos mujeres rubias y de tez clara, como ella, y estaban cocinando... creo que era la cena. Todas estaban muy serias, incluso estando dormida me pareció raro que ninguna bromeara ni riera.

—Sigue.

—Estaban hablando, pero no alcancé a oír lo que decían. Eso también me pasó con el primer sueño, pero las imágenes fueron volviéndose más claras noche tras noche. A lo mejor acabaré oyendo lo que dicen si el sueño sigue repitiéndose.

Ben levantó su tenedor, pero no probó bocado y siguió con la mirada fija en ella.

—¿Cómo supiste que la chica del segundo sueño era Molly?

—Ya te he dicho que al principio no la reconocí, pero no tuve ninguna duda en cuanto la vi bien. Tiene los mismos enormes ojos azules, y las cejas arqueadas de forma muy femenina. Tiene tu nariz... aunque más pequeña, claro. Me gustaría ver una foto de tu mujer, para...

—Ex mujer —la corrigió él.

—Sí, eh... me gustaría comprobar si puedo ver en ella alguno de los rasgos de Molly.

Ben se inclinó hacia ella, y le preguntó con calma:

—¿Ya está?, ¿eso es todo lo que viste? Tres mujeres cocinando...

Autumn no quería añadir nada más, porque sabía que iba a hacerle daño; sin embargo, tenía que ser completamente sincera con él si quería tener la más mínima posibilidad de rescatar a la niña.

—Hay algo más... algo que me convenció de que tenía que buscarla, que tenía que intentar encontrarla.

—Dilo sin más, está claro que te cuesta.

Autumn respiró hondo.

—En el sueño... Molly se vuelve, y me mira directamente por un instante. Hay tanto dolor en sus ojos, una desesperación tan profunda... parece salirle del alma, y es como si estuviera rogándome que la ayude.

Ben sintió que se le rompía el corazón, y se planteó la posibilidad de que Autumn Sommers estuviera diciendo la verdad. Al cerrar los ojos, podía ver con claridad a su hija mirándolo con sus enormes ojos azules. Si Molly estaba viva, era posible que estuvieran maltratándola y abusando de ella, o quizás sólo se sentía increíblemente triste al vivir lejos de su hogar, con personas que no eran su familia y no la querían.

Si estaba viva, ¿se acordaría de sus padres reales? Aunque ya era bastante mayor cuando había desaparecido, a lo mejor sus recuerdos se habían desvanecido con el paso de los años.

Apartó a un lado el plato de ensalada sin haber probado bocado, y dijo con firmeza:

—Mañana mismo hablaré con Pete Rossi, el detective al que he contratado para que te investigue.

Hacía dos días que Pete le había llamado para confirmar que Autumn había ido a hablar con Gerald Meeks a la cárcel federal de Sheridan, pero el detective no había podido verificar lo que Meeks había dicho. El preso se había negado a hablar con él, y de todas formas, lo más probable era que no le hubiera dicho nada.

—Le pediré a Rossi que haga algunas averiguaciones, a ver si puede descubrir algo nuevo sobre la desaparición de Molly —no lo había hecho de momento, porque había querido tener más pruebas que avalaran los sueños de Autumn.

—¿Rossi trabajó en el caso cuando la niña desapareció?

—No, contraté a otra agencia, pero creo que será mejor empezar desde cero, investigar desde otra perspectiva.

—Parece una buena idea. ¿Cuándo empezamos?

Ella lo miró con una sonrisa tan brillante y esperanzada, que Ben se sintió extrañamente desarmado. Se recostó en el respaldo de su silla, y le dijo con calma:

—No te emociones demasiado. He dicho que haré que Rossi haga algunas averiguaciones, pero aún no pienso poner todos los engranajes en marcha.

—Pero...

—Cancela tu escalada, y pasaré a recogerte mañana a las siete en punto.

Autumn empezó a juguetear con su tenedor, y lo miró con una expresión inescrutable.

—¿Estás seguro de que tus amigos no van a creer que has bajado mucho el listón?, no soy una modelo de portada.

No, no se parecía en nada a Delores Delgato ni a ninguna de las mujeres que podría haber llevado a una velada así, pero era inteligente, interesante e increíblemente sexy, aunque ella no parecía tener ni idea de su propio atractivo. De repente, sintió una oleada de deseo al recordar cómo había flexionado el trasero al ascender por el muro de escalada. Al ver que se mordía el labio inferior, sintió unas ganas casi incontenibles de recorrerlo con la lengua. En otras circunstancias...

Ben se apresuró a apartar aquella idea de su mente.

—A decir verdad, lo más seguro es que la velada sea mucho más interesante contigo que con alguien que no tiene ningunas ganas de ir. Venga, cómete la ensalada y disfruta de la cena, podemos hablar de escalada si quieres evitar temas más personales.

Autumn se relajó de inmediato, y le sonrió de nuevo. Parecía sincera, pero Ben se recordó que aún no podía arriesgarse a confiar en ella. Tenía que pensar en Katie y en Joanne, y en el resto de la familia. Se negaba a permitir que volvieran a sufrir.

Lo que necesitaba era tiempo. Tiempo para saber si Autumn Sommers estaba diciéndole la verdad, y de ser así, tiempo para descubrir si sus sueños podían llevarlo hasta Molly.

El problema era que no sabía de cuánto tiempo disponía, y rogó para que su cautela no le costara muy cara a su hija.

Autumn llegó a casa exhausta, porque la cena con Ben había sido una dura prueba. Era consciente de que se sentía atraída sexualmente hacia él muy a pesar suyo, y aunque había intentado convencerse de que lo que sentía era normal porque Ben era guapo y encantador, lo cierto era que aquel hombre la afectaba de forma diferente.

Normalmente, se le daba bien mantener a raya a los miembros del sexo opuesto. Dejaba claro desde el principio que no estaba interesada en nada más allá de una amistad, y la mayoría de los hombres solían aceptarlo sin problemas; de hecho, algunos incluso parecían aliviados.

Pero Ben era diferente, porque algo en su mirada indicaba que la veía como mujer, como un objeto de deseo que no tenía nada que ver con la amistad. Aquello la sorprendía y la halagaba, ya que sabía que él salía con algunas de las mujeres más despampanantes del mundo. Era increíble que mostrara el más mínimo interés en ella.

Aunque quizás estaba equivocada, y todo eran imaginaciones suyas. O a lo mejor él se comportaba así con todas las mujeres en general, y las consideraba objetos que había que conquistar.

Ronnie Hillson había sido así. La había encandilado, había fingido estar interesado en ella durante el mes en el que habían salido juntos, y había desaparecido del mapa al día siguiente de conseguir acostarse con ella. Al principio, había creído que se debía a que era una amante pésima, pero después se había dado cuenta de que había sido demasiado ingenua para darse cuenta de que a Ronnie sólo le interesaba el desafío de la conquista.

Autumn bostezó mientras iba hacia su dormitorio, y empezó a quitarse el jersey. Había llamado a Josh desde el móvil de camino a casa, y se había disculpado por volver a cancelar la escalada.

—No te preocupes, no pasa nada. Mike Logan lleva tiempo dándome la lata para que salgamos un día de estos, así que le llamaré para ver si puede tenerlo todo listo para mañana.

—Mike no está preparado para Castle Rock.

—Sí, ya lo sé. Iremos a otro sitio. Sólo me atrevería a ir a Castle Rock contigo.

—Lo siento de verdad, Josh.

Tras un momento de silencio, su amigo le había dicho:

—Pareces un poco... preocupada últimamente. Me lo dirías si te pasara algo, ¿verdad?

—Estoy bien, pero es que me cuesta un poco conciliar el sueño. Seguro que se me pasará pronto. Bueno, ya hablaremos la semana que viene.

Al colgar el teléfono, se había dado cuenta de que Ben estaba observándola.

—Parece que tu amigo Josh está preocupado por ti.

—Es un hombre muy detallista.

—¿Estás segura de que no hay algo más? —le había dicho él, con una extraña inflexión en la voz.

—Josh está enamorado de mi mejor amiga, Terri Markham, pero ella ni siquiera sabe que existe.

—Pobrecillo.

—Pues sí. Aún tengo esperanzas de que Terri abra los ojos y se dé cuenta de lo genial que es.

El taxi se había detenido delante de su casa al cabo de unos minutos, y Ben había insistido en acompañarla hasta la puerta. No lo había invitado a pasar, pero era obvio que él no había esperado que lo hiciera. Después de despedirse de él, había cerrado la puerta y se había apoyado contra ella, y entonces se había dado cuenta de que se le había acelerado el corazón.

Autumn soltó una imprecación mientras acababa de desvestirse. No quería sentirse atraída por Ben McKenzie, porque aquel hombre estaba a un nivel completamente diferente al suyo; además, aunque estuviera interesado en ella... y lo más seguro era que no fuera así... sería una tonta si se planteara siquiera liarse con él.

Se obligó a dejar de pensar en él, y después de colgar su ropa y de ponerse su camisón corto, apartó las mantas y se metió en la cama.

Aquella noche, volvió a soñar.

Ben se pasó el sábado entero en su despacho, trabajando en el problema de A-1 y en la posible amenaza que suponía para su tienda de Issaquah. Llamó a Russ Petrone, el agente inmobiliario que lo mantenía informado sobre el asunto, y su amigo le dijo que los de A-1 habían hecho una oferta en firme para adquirir un solar que había en la esquina que quedaba frente a su tienda.

—Mierda.

—Los propietarios aún no han aceptado la oferta, pero lo más probable es que lo hagan.

—No estás animándome.

—Me dijiste que quieren comprar tus tiendas. No me ha costado demasiado conseguir esta información, así que creo que querían que te enteraras. Seguro que creen que la posibilidad de tener tan cerca a la competencia bastará para que aceptes su oferta.

—Sí, pero como no pienso picar el anzuelo, van a tener que dar un paso más.

—¿Crees que realmente van a construir delante de tu tienda?

—Creo que están dispuestos a llegar tan lejos como haga falta. Pensarán que si pueden reducir el margen de beneficios de la tienda de Issaquah, o incluso obligarme a cerrarla, estaré dispuesto a aceptar su oferta por la cadena.

—¿Qué quieres que haga?

—Que hables discretamente con los propietarios del solar, a ver si puedes enterarte de la oferta que les han hecho los de A-1. Diles que les ofrecemos un veinte por ciento más que ellos, pero que el trato tiene que cerrarse en el plazo de tres días laborables. Y que si les van con el cuento a los de A-1, ya no hay trato.

La empresa rival tenía que comprar aquel solar en concreto para que su plan funcionara, porque no había ninguna propiedad parecida en el centro ni en la zona circundante. Si conseguía realizar la compra antes de que se dieran cuenta, podría mantener el terreno fuera de su alcance.

—¿Estás seguro de que te basta con tres días? —le preguntó Russ.

—Tú ocúpate del trato, y yo me las arreglaré para reunir el dinero.

Después de que su amigo se despidiera con la promesa de decirle algo en cuanto hubiera alguna novedad, Ben llamó a Pete Rossi. Hacía varias horas que había intentado ponerse en contacto con él, pero no lo había localizado.

—Perdona que no te haya llamado, pero mi móvil se había quedado sin cobertura —le dijo el detective.

—No pasa nada, los dichosos teléfonos no funcionan la mitad de las veces.

—Después de lo de Meeks, supongo que querrás que vuelva a investigar la desaparición de tu hija.

—Exacto.

—Has pensado que, si Meeks no la mató, aún puede estar viva.

—De momento, vas un paso por delante de mí.

—¿Cómo encaja la tal Sommers en todo esto?

Ben sólo le había contado lo imprescindible, pero confiaba en el detective y sabía que tenía que dejar las cartas al descubierto si quería llegar a alguna parte con todo aquello.

—Hace unas dos semanas, Autumn Sommers vino a hablarme de Molly, y me dijo que había estado teniendo unos sueños recurrentes sobre ella. Ya sé que parece una locura, pero estaba tan convencida de lo que decía, que tuvo las agallas de ir a ver a Meeks. Además, sabe cosas que no salieron en los periódicos.

Después de contarle que Autumn había sabido que el pequeño Robbie Hines estaba en el jardín a pesar de que no se había hecho público, añadió:

—Si Meeks le dijo que él no mató a Molly, no puedo pasar por alto la posibilidad de que todo esto sea real.

—Conozco a varios polis que han trabajado con médiums. Antes pensaba que era una chorrada, pero me dijeron que a veces funcionaba. Si se tratara de mi hija, estaría dispuesto a intentar lo que fuera.

—Gracias, Pete.

—Te llamaré cuando sepa algo.

Ben colgó el teléfono, y se recostó en su sillón. Estaba empezando otra vez. El horror estaba empezando de nuevo, y no podía hacer nada para impedirlo.

De repente, el teléfono empezó a sonar en su línea privada. Al ver que se trataba de Katie, respiró hondo y descolgó; al oír la voz de su hija, esbozó una sonrisa.

—Hola, cielo.

—Hola, papá. Te llamo para que no te olvides de que mañana tienes que venir a buscarme.

—¿Se me ha olvidado alguna vez?

—No, pero quería estar segura. Vamos a navegar, ¿verdad?

Ben tenía un yate de doce metros de eslora, el Katydid.
—Sí, y llevaré la merienda. No se me ha olvidado.

A Katie le encantaban los barcos, y todo lo que tuviera que ver con el agua. Quería que la llevara a hacer piragüismo en kayak, pero sólo tenía diez años y le daba miedo que se hiciera daño. Era consciente de que tanto Joanne como él eran demasiado protectores, pero ya habían perdido a una hija y no pensaban arriesgarse a perder a otra.

—Vale, papá. Hasta mañana.
—Te quiero, cielo.

Y era cierto, la quería con locura. No se perdía ni un solo día de visita y siempre intentaba que fueran especiales para la niña, pero no había pedido más tiempo del que le habían concedido en la sentencia de divorcio. Sabía que debería esforzarse por pasar más tiempo con Katie, que Joanne quería que lo hiciera, pero siempre había algo que parecía impedírselo. Había intentado convencerse de que no se debía a lo mucho que Katie le recordaba a Molly, que no era porque cada vez que miraba su pelo rubio y sus enormes ojos azules, sentía una punzada de dolor en el pecho.

De repente, apareció en su mente una imagen de su hija mayor, a la que había dado por muerta, y pensó en Autumn Sommers y en la vorágine de dudas que lo asaltaban implacables, y rogó para que Autumn fuera tan inocente y sincera como parecía.

Rogó para que no fuera una mujer sin escrúpulos, capaz de acabar destruyéndolo junto con la gente a la que amaba.

Autumn empezó a pasearse de un lado a otro de la sala de estar, y se repitió una y otra vez que era ridículo que estuviera tan nerviosa. Daba igual que Ben McKenzie fuera el niño mimado de la alta sociedad, y que ella hubiera tenido que ponerse un vestido negro y plateado con lentejuelas que se había comprado de rebajas en Macy's. Esas cosas nunca la habían preocupado cuando salía con Josh... aunque su amigo alquilaba los esmóquines.

Respiró hondo, y soltó el aire poco a poco. Había estado a punto de cancelar la cita, porque no había podido dormir bien en toda la noche. Después de la última vez que había soñado con Molly, había dejado una libreta y un lápiz en la mesita de noche para anotar hasta el último detalle, así que cuando se había despertado sobresaltada a causa del sueño, había encendido la lámpara y había empezado a apuntar todo lo que había visto mientras aún lo tenía fresco en la memoria.

Por desgracia, cuando había acabado estaba totalmente desvelada, y había sido incapaz de conciliar el sueño hasta el amanecer. Habría cancelado la cita de no ser porque quería hablar con Ben sobre el sueño, que había sido un poco más claro que antes.

Según el reloj que tenía sobre el sofá, eran las siete menos cuarto. El tiempo parecía haberse ralentizado, y sus nervios iban tensándose con cada minuto que pasaba. Se planteó si sería buena idea abrir la botella de Mumms que Terri le había regalado en su cumpleaños, porque quizás una copa de champán la calmaría un poco, pero al final se limitó a seguir paseándose de un lado a otro y a mirar a cada instante el reloj.

Ben llegó con total puntualidad, y esperó en la sala de estar mientras ella iba a por su chal negro. Mientras esperaban a que llegara el ascensor, la contempló con obvia admiración y le dijo:

—Por cierto, ¿te he dicho lo preciosa que estás?

—No hace falta que seas tan amable, ya te dije que no soy una modelo de portada.

Él la tomó del hombro, y la obligó a que se volviera a mirarlo.

—No te das cuenta, ¿verdad?

—¿Qué quieres decir?

—No hace falta ser modelo para ser guapa, Autumn. Eres diferente, eso es todo. Tienes una cara increíblemente atractiva, y un pelo caoba fascinante. Tienes tu propio estilo, y te sienta de maravilla.

Autumn sintió un placer indeseado al oír sus palabras. Se había peinado con esmero, e incluso se había puesto en el pelo un poco de brillo plateado. Llevaba unos pendientes largos de bisutería, y el vestido negro y plateado no llevaba tirantes porque se los había quitado ella misma para darle el aspecto estilizado que prefería. La tela se ceñía a sus caderas y tenía un poco de vuelo en la parte baja, y había cosido una hilera de lentejuelas plateadas en el dobladillo. Aunque le gustaba cómo le había quedado, había estado un poco preocupada por la posibilidad de que él lo considerara vulgar, pero parecía que contaba con su aprobación.

—No tienes nada que envidiarle a nadie, Autumn —Ben sonrió al rodearle la cintura con el brazo, y la instó a entrar en el ascensor—. Me alegro de que accedieras a venir.

A pesar de que estaba a su lado, Autumn sabía que no iba a resultarle fácil encontrar el momento idóneo para hablar de Molly. Cuando subieron en la enorme limusina negra que estaba esperándolos, lo miró con disimulo. Estaba guapísimo con un esmoquin de corte italiano. No era una experta en moda, pero pensó que a lo mejor era de Armani; en todo caso, era obviamente caro y se ajustaba a la perfección a su cuerpo musculoso.

Cuando la limusina se puso en marcha, Ben abrió una botella de Dom Perignon y sirvió dos copas.

—Por las iniciativas con éxito.

—Por el éxito —Autumn hizo ademán de tomar un sorbo, pero se detuvo de golpe al darse cuenta de que su brindis daba a entender que ya había iniciado la búsqueda—. Ya has hablado con Rossi, ¿verdad?

—Te dije que lo haría. Es un buen hombre, y si hay alguna pista, la encontrará.

Autumn tomó un sorbo de champán, y le dijo con calma:
—Anoche volví a soñar con ella.
Ben se tensó de inmediato.
—¿Qué viste?
Autumn abrió su bolso negro, y sacó la copia que había hecho de las notas que había tomado por la noche.
—Lo anoté todo, puedes echarle un vistazo cuando tengas tiempo.
Ben encendió la luz, y leyó lo que había escrito de principio a fin.
—Es bastante detallado. Las tres mujeres eran atractivas, altas y delgadas, y eran rubias y con ojos azules. ¿Qué quieres decir con lo de que no parecían mostrar interés por la moda?
—No estoy segura, pero la verdad es que su ropa era muy simple a pesar de que las tres eran bastante jóvenes. No vi nada de marca.
—Has anotado sus edades aproximadas... Molly tiene casi doce años, una de ellas parece tener unos quince, y la otra está cerca de los cuarenta.
—Exacto.
—También dices que el mobiliario era bastante rudimentario... unos fogones viejos, una mesa larga debajo de una lámpara que cuelga... las mujeres parecían estar preparando la cena —Ben levantó la cabeza, y comentó—: Aquí pone que pudiste ver unas montañas por la ventana.
—Ha sido la primera vez que las he visto.
—¿Eran montañas, o sólo colinas?
—No estoy segura, sólo las vi de refilón. No alcancé a ver qué clase de rocas las formaban, ni ningún otro detalle. Y no me resultaron familiares.
—Has soñado cada día que nos hemos visto.
—Sí.
Él pareció tomar nota mental de aquel detalle, y cuando acabó de leer las hojas, las dobló con cuidado y se las metió en el bolsillo interior de su chaqueta.

Cuando llegaron al Hotel Fairmont Olympic, en cuyo salón de baile iba a celebrarse la gala benéfica, Autumn pensó que quizás podría relajarse un poco y hasta intentar divertirse... si sus nervios se lo permitían, claro.

Ben la ayudó a salir de la limusina, y recorrieron la alfombra roja de la entrada. El hotel era uno de los más impresionantes de la zona del Pacífico Noroeste. El vestíbulo tenía unos techos fantásticos y columnas corintias, y una escalera labrada conducía hacia el salón de baile de estilo español de la segunda planta. Autumn había ido a tomar una copa a aquel sitio en varias ocasiones especiales, pero aquello era muy diferente, porque iba en calidad de invitada y estaba dispuesta a saborear al máximo la experiencia.

Ben avanzó por el vestíbulo con la seguridad de un hombre que estaba en su salsa en sitios tan elegantes. Cuando ella se aferró a su brazo, le dijo con voz suave:

—Me dijiste que te gusta disfrazarte. Ésta es una oportunidad perfecta, Cenicienta.

Sí, todo era perfecto. Iba a un baile con el Príncipe Encantador, pero al igual que en el caso de la Cenicienta, al final de la noche su carroza se convertiría en una calabaza, y volvería al mundo real en el que sólo era una profesora.

Y el Príncipe Encantador sólo se interesaría en ella mientras la necesitara para poder encontrar a su hija.

Cuando entraron en el fabuloso salón de baile, los sentaron en una mesa redonda junto a seis personas más, todas ellas vestidas de punta en blanco. Al presentarla, Ben les dijo que era una profesora amiga suya, que además era instructora de escalada y estaba dándole clases.

Los hombres la recorrieron con la mirada y le lanzaron miradas dubitativas al ver lo delicada que parecía, pero las mujeres se mostraron intrigadas. Cuando empezaron a hacerle preguntas sobre la escalada y sobre las habilidades que se requerían para practicarla, Autumn empezó a pasárselo bien.

—¿Lo ves?, estás haciéndolo muy bien. Sabía que no tendrías ningún problema —le dijo Ben con suavidad.

—¿En serio?

—Claro que sí. No sé por qué dudas tanto de ti misma.

—No tengo dudas en lo referente a la escalada.

—Eso es verdad.

Los discursos empezaron cuando les sirvieron la cena, pero afortunadamente no se alargaron tanto como Autumn se había temido. Entonces la orquesta empezó a tocar canciones lentas y románticas, al estilo de Frank Sinatra... la música perfecta para la noche de la Cenicienta.

—A alguien que le gusta llevar vestidos de gala, tiene que gustarle bailar —Ben se levantó, y le ofreció el brazo—. ¿Me concedes este baile?

Autumn asintió con una sonrisa, y él la condujo hacia la pista de baile y la tomó en sus brazos. Estaba increíblemente guapo. Su pelo oscuro perfectamente peinado, su sólida mandíbula y su piel bronceada atraían las miradas de todas las mujeres, pero Autumn intentó no pensar en la cercanía de su cuerpo duro, en la soltura con la que la guiaba bailando el vals, en el contacto de su mano.

—Dios, qué bien hueles —le dijo él de repente.

—Es Michael Kors... el perfume, no la colonia... y cuesta una fortuna. Ya sé que es un capricho muy caro, pero creo que lo valgo.

—Ahh... —Ben se inclinó, y apretó la mejilla contra la suya al dar un giro—. ¿Qué otros caprichos te permites, Autumn Sommers?

Autumn se sonrojó al pensar en la pequeña mariposa rosa que tenía tatuada en la nalga izquierda, y al levantar la mirada, se dio cuenta de que él estaba observándola sonriente.

—Venga, confiésalo.

—Ni hablar.

—No voy a parar hasta que lo sepa.

–No pienso decírtelo.

Ben le recorrió la mejilla con un dedo, y le dijo:

–Voy a tomármelo como un desafío, nunca he podido resistirlos.

Normalmente, aquel tipo de veladas se le hacían interminables, pero Ben estaba pasándoselo muy bien. Autumn le hacía sonreír con sus comentarios, y le encantaba ver el brillo de entusiasmo en sus ojos verdes y el obvio placer que le producía asistir a un acontecimiento tan elegante. La mayoría de las mujeres con las que salía estaban acostumbradas a aquel tipo de fiestas, así que las soportaban sin disfrutarlas, pero Autumn era diferente.

De hecho, toda la velada había sido diferente, desde el momento en que ella le había abierto la puerta de su piso y la había visto. Sabía que el vestido que llevaba no era caro, pero ella había logrado que pareciera un modelo exclusivo, y la tela ceñida enfatizaba a la perfección su cuerpo pequeño y tonificado.

Hasta aquella noche, la había considerado una mujer guapa, pero al contemplar su pelo lustroso y cobrizo, sus cejas finamente arqueadas y sus rasgos delicados, se había dado cuenta de que era hermosa.

Cuando les sirvieron el postre, que consistía en una torre de virutas de chocolate en un lecho de salsa de frambuesa y coronada con nata montada, apenas pudo apartar la mirada de aquellos ojos verdes, y tuvo que recordarse que tenía que comer. Era increíble, porque ella ni siquiera era su tipo.

Al ver cómo su lengua asomaba para apurar la nata de la cuchara, Ben tuvo que repetirse de nuevo que no era su tipo; además, aún no estaba seguro de que no se tratara de una lunática.

Cuando volvieron a bailar, la acercó un poco más de lo estrictamente correcto, y se sorprendió al comprobar lo bien que encajaba contra su cuerpo. Fue incapaz de sofocar el deseo que lo inundó y su miembro se irguió incluso antes de que la música empezara, aunque lo cierto era que llevaba toda la velada medio excitado.

No podía dejar de pensar en su perfume, y en el pequeño capricho secreto que se negaba a revelarle. Iba a volverse loco hasta que descubriera de qué se trataba, aunque sabía lo peligroso que sería involucrarse con ella a nivel personal.

Pero también era consciente de que no había forma de evitarlo.

Mientras iban en la limusina de regreso a casa, la sorprendió con otra exigencia más.

—Ha sido agradable, ¿verdad? —le dijo con naturalidad, para ir conduciéndola poco a poco hacia el tema del que quería hablar.

—Ha sido fantástico, Ben —le dijo ella, con una sonrisa—. Pensaba que no me lo pasaría bien, pero la verdad es que me he sentido como la Cenicienta.

Ben se incorporó un poco en su asiento, y se preparó para la discusión que se avecinaba.

—Espero no fastidiarte la velada, pero el Príncipe Encantador piensa quedarse a dormir en tu casa.

—¿Qué?

—No voy a dormir en tu cama... al menos, sin una invitación.

—¿De qué estás hablando?

—Autumn, has tenido el sueño cada vez que nos hemos visto, así que lo más probable es que vuelvas a tenerlo esta noche. En ese caso, quiero estar allí cuando te despiertes.

—Ni hablar, no voy a dejar que te quedes conmigo. Ni lo sueñes, me niego.

Él intentó esbozar una sonrisa cautivadora, y le dijo:

—No me tienes miedo, ¿verdad?

Ella lo miró con suspicacia.

—Hay tipos que violan a sus citas. A lo mejor, en cuanto te deje entrar...

—Nunca en mi vida he violado a una mujer, y no pienso empezar contigo.

Autumn lo observó durante unos segundos, y finalmente soltó un suspiro.

—Mira, lo anotaré todo como anoche, no me dejaré nada.

—Deja que me quede. Cuando te despiertes, podré ayudarte a que te concentres, te haré preguntas mientras el sueño sigue fresco en tu mente. Puede que descubramos algo importante.

Ella empezó a morderse el labio. Ben se había dado cuenta de que era algo que solía hacer cuando estaba nerviosa, y al contemplar aquellos labios sensuales y sonrosados, su entrepierna se tensó y el deseo lo golpeó como un puñetazo en el estómago. Era incapaz de recordar la última vez que una mujer le había excitado tanto.

—Deja que me quede —insistió, mientras deseaba con todas sus fuerzas pasar la noche junto a ella en aquella cama con dosel tan sexy, en vez de en el sofá.

—Es una mala idea, Ben.

—Todo esto es una mala idea, es una jodida locura.

—Ya lo sé, pero está pasando.

—Entonces, deja que me quede. Si me convenzo de que tus sueños son reales, tendrás toda mi cooperación. Trabajaremos juntos, haremos lo que haga falta para descubrir lo que le pasó a Molly.

La limusina se detuvo, y el conductor abrió la puerta al cabo de un instante. Autumn se volvió para salir, pero Ben la detuvo al agarrarla del brazo.

—¿Qué me dices, Autumn? ¿Seguimos perdiendo el tiempo, o nos ponemos en marcha?

Ella soltó un suspiro de resignación, y acabó claudicando.

—De acuerdo, puedes quedarte, pero vas a dormir en el sofá.

Ben no estaba seguro de que aquello fuera una victoria,

pero asintió de todos modos. Cuando salió del vehículo, el conductor le guiñó el ojo en un gesto de complicidad; al parecer, su reputación lo precedía.

«Si tú supieras...», pensó para sus adentros, mientras rogaba para que Autumn no notara la sonrisa de su empleado.

Autumn abrió la puerta de su piso, cada vez más nerviosa. ¡Por el amor de Dios, Ben McKenzie iba a pasar la noche con ella! Bueno, no exactamente, porque no iba a dormir en su cama.

La mera idea hizo que una calidez reveladora se le extendiera por el estómago. Dios, no iba a poder estar tranquila ni aunque se quedase en el sofá. Le resultaba demasiado atractivo, y lo iba a tener en su propia sala de estar, durmiendo a unos metros de distancia.

Se recordó que él estaba allí por un buen motivo, e intentó convencerse de que aquello no era nada fuera de lo común; al fin y al cabo, Josh había dormido en su sofá cuatro o cinco veces. El problema radicaba en que Ben no tenía nada que ver con su amigo.

Le echó una mirada de reojo. Después de dejar sobre una silla la chaqueta del esmoquin, Ben se quitó la corbata y los gemelos de oro y ónice, y empezó a desabrocharse la camisa.

Al ver que empezaba a sacársela de la cintura de los pantalones, Autumn levantó una mano y exclamó:

—¡Oye, espera un momento! ¿Qué estás haciendo?

—Estoy quitándome la camisa. No pretenderás que duerma vestido, ¿verdad?

—No sé, eh... en fin, tendrías que haberte traído algo de ropa, o...

—Mira, no tenía planeado quedarme aquí, pero he pensado que sería una buena idea al leer tus anotaciones sobre el sueño.

Autumn empezó a mordisquearse el labio con nerviosismo.

—A lo mejor deberíamos intentarlo otra noche, cuando estemos más preparados.

Cuando Ben acabó de desabrocharse la camisa, la prenda se abrió y dejó su pecho al descubierto. Era ancho y musculoso, y un poco velludo. Autumn no pudo evitar recorrerlo con la mirada, y se le contrajo el estómago.

—Estás mirándome como si no hubieras visto un pecho de hombre en tu vida.

—Bueno, he...

—¿Es que no te acuerdas del bueno de Steven Elliot?

—Steve no tenía tu físico —Autumn cerró los ojos, y deseó poder tragarse sus palabras.

Ben sonrió de oreja a oreja.

—Me parece que me caes bien, Autumn Sommers. Eres la mujer más honesta que he conocido en años —su sonrisa se desvaneció de repente, y añadió—: Al menos, eso espero —dio media vuelta y se acercó al sofá, que no era demasiado grande—. ¿Tienes una almohada y una manta de sobra?

Autumn fue al dormitorio a buscar las dos cosas, y se las dejó en un extremo del sofá. Cuando él fue al cuarto de baño, le dio uno de los cepillos de dientes que siempre tenía para casos de emergencia, y esperó a que saliera.

Ben fue hacia el sofá, pero se detuvo al ver que ella aún llevaba el vestido.

—A menos que estés pensando en ofrecerme una copa antes de dormir, sugiero que nos acostemos.

Autumn se apresuró a asentir, porque no tenía intención alguna de tomarse una copa con Ben McKenzie medio desnudo.

—Si necesitas algo...

Él la recorrió de pies a cabeza lentamente, y la expresión sensual de sus ojos reveló claramente lo que necesitaba.

—De hecho, hay una cosa más.

Autumn supo por el tono ronco de su voz que se acercaban a terreno peligroso, pero fue incapaz de moverse mientras él se le acercaba.

—La velada de la Cenicienta no estaría completa sin un beso de buenas noches.

Antes de que pudiera protestar, Ben inclinó la cabeza y sus labios se rozaron. Se suponía que iba a ser un beso dulce y romántico de buenas noches, y así fue por un breve instante. Él sabía a chocolate y a champán, y sus labios, que eran más suaves de lo que parecían, encajaban a la perfección contra los suyos.

Autumn tenía intención de apartarse, de dar por terminado aquel momento con naturalidad, pero abrió la boca para dar paso a su lengua y un torrente de placer la golpeó de lleno. Ben la atrajo hacia su cuerpo de repente, y antes de que se diera cuenta de lo que pasaba, le rodeó el cuello con los brazos y empezó a besarlo con pasión.

Las rodillas le flaquearon, sentía el cuerpo tan laxo como un espagueti pasado, y empezaron a temblarle los labios ante el placer que él estaba dándole con su boca y con su lengua. Parecía estar bebiéndola, saboreándola, y la mordisqueó suavemente en las comisuras de la boca antes de volver a besarla profundamente.

Estaba temblorosa, tenía los pezones doloridos, y su cuerpo entero ardía de deseo. Cuando sus manos traidoras se deslizaron por debajo de su camisa, sintió la intrigante textura de sus músculos, pero fue el contacto de su piel cálida lo que hizo que recobrara la cordura de golpe.

Se apartó de él como si se hubiera quemado, se metió en su dormitorio y se apresuró a cerrar la puerta. Tuvo que apoyarse contra la pared, porque el corazón le palpitaba como si acabara de participar en una carrera y tenía las piernas de gelatina. Dios, nunca la habían besado así. No le extrañaba que las mujeres cayeran rendidas a sus pies... ¿si era tan bueno besando, cómo sería en la cama?

Autumn se sintió horrorizada. No quería pensar en Ben desde un punto de vista físico, porque teniendo en cuenta su fama de conquistador y su propio historial desastroso en lo concerniente a los hombres, besarlo siquiera ya era un tremendo error.

Respiró hondo y luchó por mantener su mente alejada de aquel hombre y de cualquier cosa que tuviera que ver con el dormitorio, pero podía oírlo colocando la almohada y las sábanas en el sofá. Como sabía que iba a quitarse los pantalones del esmoquin para dormir, tuvo que hacer un esfuerzo titánico por no preguntarse si llevaba calzoncillos anchos o ajustados.

Se obligó a apartarse de la pared, y después de quitarse el vestido, la ropa interior de encaje negro y las medias, se puso una camiseta enorme que tenía estampado *A los escaladores les va ir por todo lo alto*. Solía ponerse su camisón corto para dormir, pero teniendo en cuenta que Ben McKenzie, el hombre que mejor besaba en el mundo entero, iba a dormir al otro lado de la pared, prefirió optar por algo menos sexy.

—No te olvides de dejar la puerta abierta —le dijo él, desde la sala de estar.

Autumn se acercó a la puerta y la abrió de un tirón, lista para presentar batalla, y se sintió aliviada al ver que la luz estaba apagada.

—Así te oiré si empiezas a soñar —le explicó él desde el sofá—. Puede que digas algo importante.

Ella se dio cuenta de que tenía razón; al fin y al cabo, estaba allí para intentar conseguir más información sobre los sueños.

—Vale, tú ganas.

Autumn dejó la puerta entreabierta, y se acostó después

de ir al cuarto de baño. Tardó un poco en conciliar el sueño, pero estaba exhausta y finalmente lo consiguió.

Después de aquel beso ardiente, Ben había tardado una hora en calmarse lo suficiente para lograr sumirse en un sueño ligero, pero no tardó en despertarse de nuevo. Maldición, el deseo brutal que lo había golpeado en cuanto sus labios se habían tocado lo había tomado totalmente desprevenido. Autumn tenía unos labios dulces y deliciosos, un cuerpo que había parecido derretirse entre sus brazos, y una sensualidad que lo había enloquecido.

Hacía muchísimo tiempo que una mujer no lo afectaba de aquella manera, y eso le preocupaba. Le gustaba la vida que llevaba, sin ataduras ni compromisos emocionales. Sabía de primera mano lo que suponía perder a un ser amado, y no estaba dispuesto a volver a pasar por ese infierno.

Aun así, era innegable que Autumn había captado su interés, y que le intrigaba aquella mezcla de su exterior duro y su interior dulce y cálido. A ambos les gustaba estar al aire libre y disfrutar de la naturaleza, y durante la cena habían charlado sobre excursionismo y acampada. Cuando le había dicho que le encantaba hacer piragüismo, ella había comentado que siempre había querido probar aquel deporte.

Era una verdadera deportista, tenía una forma física fantástica y, según el informe de Pete Rossi, era una de las mejores escaladoras de todo el estado de Washington, pero mientras permanecía allí tumbado entre el delicado mobiliario victoriano de su sala de estar, mientras inhalaba el tenue rastro de perfume que aún flotaba en el ambiente y recordaba lo sexy que estaba con su vestido de gala, no podía dejar de pensar en lo femenina que era.

No había duda de que Autumn Sommers era una mujer intrigante, y que quizás incluso podía suponer un peligro para su mundo perfectamente ordenado.

Ben soltó un suspiro. En ese momento, el peligro más inmediato era el insomnio. A pesar de que el día siguiente era domingo, tenía que trabajar en su despacho por la mañana antes de ir a buscar a Katie. Ahuecó la almohada y se esforzó en dejar la mente en blanco para intentar descansar, pero al poco de cerrar los ojos, oyó la voz de Autumn.

Se levantó de golpe, y fue corriendo al dormitorio. Como parecía profundamente dormida, se arrodilló sin hacer ruido junto a la cama. Debía de estar soñando, porque no dejaba de mover la cabeza de un lado a otro mientras murmuraba algo. La miró con atención para asegurarse de que no se trataba de un truco, pero si estaba fingiendo, era una actriz fantástica. Se inclinó un poco más hacia ella, para intentar descifrar sus murmullos.

—No... Ruthie no... Molly...

Ben no tenía ni idea de a qué se refería, pero se apresuró a tomar la libreta y el lápiz de encima de la mesita de noche y anotó sus palabras; al cabo de un rato, alargó la mano para despertarla al ver que parecía entrar en un sueño más profundo, pero justo en ese momento ella abrió los ojos y se incorporó de golpe.

—No pasa nada, sólo ha sido un sueño. ¿Lo recuerdas? —le dijo con voz suave.

Autumn parpadeó varias veces mientras intentaba aclararse las ideas, y entonces asintió.

—Cuéntamelo.

Ella se apartó el pelo de la cara con una mano temblorosa, y susurró:

—Estaban en la cocina... Molly y las otras dos mujeres.

—¿Qué estaban haciendo?

—La mayor estaba regañando a Molly por algo que había hecho, pero no sé de qué se trataba.

—¿Qué más?

—La mujer mayor dijo algo así como... «Él está a punto de

volver, así que tenemos que tenerlo todo listo. No le gusta tener que esperar».

—Sigue, ¿qué más has visto?

—Las montañas a través de la ventana, igual que antes... la cocina sencilla con la lámpara colgando encima de una mesa larga de madera —Autumn cerró los ojos para concentrarse y recordar todo lo posible, pero finalmente sacudió la cabeza—. Ya está, no me acuerdo de nada más.

—¿Qué me dices de Ruthie?

—¿Quién?

—Estabas murmurando su nombre antes de despertarte. Has dicho «Ruthie no... Molly».

Autumn frunció el ceño mientras intentaba concentrarse.

—¿Ruthie no...? —levantó la cabeza de golpe, y añadió—: Sí... sí, ya me acuerdo... la mujer mayor la llamaba Ruthie, pero era Molly. No sé por qué no la llamaba por su nombre.

—A lo mejor te has equivocado, y estás soñando con otra niña.

Autumn lo agarró del brazo, y le dijo con firmeza:

—Es ella, Ben. Estoy segura.

—Entonces, ¿por qué la llaman Ruthie?

Autumn respiró hondo y empezó a buscar posibles explicaciones.

—Necesito un poco de agua, ¿puedes acercarme mi bata? —le dijo al fin.

Ben agarró la bata de satén rosa con encaje que había al pie de la cama, y no pudo contener una pequeña sonrisa al ver que se ponía aquella prenda tan femenina encima de una camiseta enorme donde ponía *A los escaladores les va ir por todo lo alto*. Era una mujer realmente intrigante.

Autumn fue a la cocina y sacó una botella de agua de la nevera; después de tomar varios tragos, se volvió de nuevo hacia él y le dijo:

—A lo mejor quien secuestró a Molly no sabía cómo se llamaba, y se inventó un nombre.

—Ella le habría dicho cómo se llamaba.

—Entonces, puede que al tipo no le gustara, o que se lo cambiara para no arriesgarse a que alguien la reconociera.

Ben le dio vueltas a aquella posibilidad, y al final admitió:

—Podría ser. Es lógico que se lo cambiara si tuviera miedo de que alguien pudiera ver su nombre en el periódico, o si se enterara de alguna noticia sobre ella.

—Maldita sea, ojalá pudiera recordar algo más. Si el sueño avanzara un poco...

—Puede que con el tiempo veas más cosas.

—Has acertado de pleno al querer quedarte, porque no me habría acordado de lo de Ruthie de no ser por ti —alargó el agua hacia él, y añadió—: ¿Quieres?

Ben bebió un poco, pero al notar su sabor en la botella, recordó el beso que habían compartido y empezó a excitarse de nuevo. Se apresuró a devolverle el agua, y se esforzó por controlarse.

—Gracias.

Autumn le recorrió el pecho con la mirada, y sus ojos felinos se abrieron como platos al bajar un poco más y ver sus calzoncillos.

—Los llevas anchos.

—Sí, pero no demasiado. Tampoco me gustan demasiado holgados. ¿Por qué?, ¿pensabas que los llevaría ajustados?

A pesar de que la luz que entraba por las puertas que daban al balcón era muy tenue, Ben alcanzó a ver que se ruborizaba.

—La verdad es que no me lo había planteado.

—Qué lástima, tenía la esperanza de que hubieras pensado en el tema.

Autumn le lanzó una mirada de soslayo antes de darle la espalda.

—Nunca he tenido dos sueños en una misma noche, así que puedes irte o quedarte, lo que prefieras.

—Me quedaré, no me apetece encontrarme con algún indeseable a estas horas de la noche.

Autumn se limitó a asentir.

—¿Vas a poder dormirte otra vez? —le preguntó él.

—Siempre me cuesta bastante.

Ben bajó la guardia por un momento, y le recorrió la mejilla con un dedo. Como sabía su respuesta de antemano, no pudo resistirse a la tentación y le dijo:

—Yo podría ayudarte a conciliar el sueño.

Ella se apresuró a retroceder.

—Puede que sea mejor que te vayas.

—Intenta descansar, buenas noches —Ben no pudo contener una sonrisa.

—¿Vamos a... empezar a buscar?

Su sonrisa se desvaneció de inmediato, y le respondió con firmeza:

—Sí.

—La encontraremos, Ben.

Él no contestó. La posibilidad era dolorosamente remota, pero había tomado una decisión y, a partir de aquel momento, iba a dedicar toda su atención a la búsqueda de su hija.

Volvió a tumbarse en el sofá, pero fue incapaz de dormirse.

A Autumn le resultó un poco raro que hubiera un hombre en su casa por la mañana. Cuando Josh se quedaba a dormir, solían ir a alguna cafetería, pero por razones en las que no quiso pararse a pensar, aquella mañana le apetecía preparar el desayuno.

Mientras Ben se duchaba, preparó dos zumos de naranja, beicon con tostadas, y tortilla con cebolla y tomate, y puso la mesa justo antes de que él apareciera secándose el pelo con una toalla. Se había puesto los pantalones del esmoquin, pero tenía el pecho desnudo.

—Hay algo que huele genial.

Autumn intentó apartar la mirada, pero no le resultó nada fácil. Aquel hombre tenía un cuerpo impresionante, musculoso y perfectamente proporcionado; a pesar de que veía a tipos aún más musculosos en el gimnasio a diario, no era lo mismo.

—Espero que te gusten el beicon y la tortilla —le dijo, mientras él se ponía su camisa blanca—. Bueno, la tortilla no la he hecho con huevos, sino con un preparado sustitutivo que me he acostumbrado a usar porque mi padre tiene el colesterol alto.

—No soy melindroso, sobre todo cuando estoy hambriento —se sentó sin molestarse en ponerse los gemelos ni en abrocharse la camisa, y añadió—: Gracias por preparar el desayuno, hacía años que nadie me cocinaba algo.

—¿A tu mujer no le gustaba cocinar?

—Jo no soportaba la cocina, decía que no le gustaba limpiarla. Comíamos fuera muy a menudo, aunque cuando las niñas nacieron era un poco más complicado.

Al ver que su expresión se cerraba en banda y que no añadía nada más, Autumn le dijo con naturalidad:

—A mí me gusta cocinar, aunque sólo sé hacer cosas bastante sencillas que me ha enseñado mi padre. Casi siempre como en casa.

—Fue tu padre quien te crió, ¿verdad?

—Mi madre murió en un accidente de tráfico cuando yo tenía trece años, un conductor borracho invadió su carril. Supongo que ya lo sabes.

—Debió de ser muy duro para ti.

A Autumn le resultaba doloroso hablar de aquel tema, pero sabía que tenía que ser completamente sincera si quería que Ben confiara en ella.

—Su muerte estuvo a punto de acabar conmigo. Siempre fui bastante tímida, pero me encerré por completo en mí misma después de aquello. Mi padre decidió que necesitaba algo que me distrajera, así que empezó a llevarme de escalada. Como tiene la tensión alta ha tenido que dejarlo, pero aún sale de excursión de vez en cuando y hace ejercicio para mantenerse en forma.

Ben no hizo comentario alguno y se limitó a mirarla. Autumn se había dado cuenta de que solía contemplarla con una expresión intensa, como si estuviera intentando descubrir todos sus secretos.

Después de llenar dos tazas de café, se sentó frente a él y tomó un poco de zumo de naranja.

—La verdad es que me alegro de que te quedaras, porque necesitamos un plan.

—¿Ah, sí?

—He estado pensando en cuál sería el mejor punto de partida, y en lo que tenemos que hacer para poner todo esto en marcha. ¿Puedes dejarme alguna foto de Molly? Tengo las que imprimí de los artículos de periódico, pero necesito una foto de verdad.

—Tengo varias en casa, aunque voy a tener que buscarlas.

Autumn no supo qué decir. Era obvio que había guardado las fotos de su hija porque le resultaba demasiado doloroso verlas.

—¿Qué pasa? —le preguntó él—. Te he dicho que las buscaré, ¿no?

—Genial.

—¿Para qué quieres una foto?

—Quiero que apliquen un programa de ordenador para ver su aspecto al cabo de los años, he visto cómo lo hacían por la tele. Tengo que asegurarme de que la niña de mis sueños es Molly.

—Pero estás bastante segura de que es ella, ¿no? —Ben le lanzó una mirada suspicaz.

—Sí, pero no quiero descartar ninguna posibilidad; además, necesitaremos esa imagen si vamos a empezar una nueva búsqueda. Ahora tiene doce años, y tendremos que enseñar su posible aspecto actual.

—De acuerdo, yo me encargo. Mi empresa tiene una página web muy sofisticada, así que tengo varios genios informáticos en mi plantilla. Seguro que sabrán cómo envejecer la imagen, o a lo mejor conocen a alguien que pueda hacerlo.

—¡Perfecto! ¿Qué más podemos hacer?

—Como has soñado con el secuestrador, quizás sería buena idea que le echaras un vistazo a los archivos de la policía, para ver si lo reconoces.

—Ya lo hice. Un amigo mío, Joe Duffy, es inspector de policía, y me pasé una tarde revisando las fotos de los pedófilos registrados de Seattle y de las zonas circundantes.

—¿Le contaste lo de los sueños?

—No, le dije que había visto a un hombre sospechoso rondando por la escuela, y que quería asegurarme de que no era peligroso.

—Eres muy lista.

—No se me da bien mentir, así que me sorprendió que Joe me creyera.

—Aunque no encontraras nada, valía la pena intentarlo.

—¿Se te ocurre algo más?

—Supongo que podríamos hacer algunas preguntas en la zona donde desapareció. A lo mejor alguien recuerda algo que en aquel momento le pareció sin importancia.

—Buena idea. Sabía que si trabajábamos en equipo...

—Será mejor que nos lo tomemos con calma. De momento, sólo tenemos un sueño sobre un tipo rubio con un perrito, y otro sobre una tal Ruthie que vive en la montaña.

—Perdona. ¿Cuándo vamos a ir a Issaquah?

—Hoy estoy ocupado. Tengo trabajo en el despacho, y después voy a llevar a Katie a navegar por el puerto. Le encantan los barcos, y todo lo que tiene que ver con el agua.

—Me gustaría llegar a conocerla.

Al ver que no contestaba, Autumn se sintió un poco decepcionada al sentirse excluida, pero entendía que quisiera mantener al margen su vida privada.

—Entonces, ¿cuándo podríamos ir? Tenemos que empezar con la búsqueda —era obvio que aún se sentía un poco reacio y que en el fondo creía que todo aquello era inútil, pero ella se negaba a considerar siquiera una posible derrota—. ¿Ben?

—¿Qué te parece el lunes?, ¿cuándo acabas las clases?

—A las dos en punto.

—Estaré en mi despacho, nos veremos en el vestíbulo a las dos y cuarto.

Autumn se dio cuenta de que no le propuso que subiera, y supo que era porque no quería que nadie se enterara de lo que pasaba. Estaba claro que le preocupaba que su familia se enterara; de hecho, ya había mencionado varias veces a su ex mujer. De repente, se preguntó si aún estaba enamorada de ella, y la idea la molestó más de lo que debiera.

En cuanto acabaron de desayunar, Ben agarró la chaqueta del esmoquin del respaldo de la silla, se metió los gemelos en uno de los bolsillos, y se la puso al hombro.

—Gracias por el desayuno.

—De nada.

Cuando abrió la puerta, se quedó inmóvil y la miró con un brillo extraño en los ojos que la dejó sin aliento.

—El beso de anoche... me temo que esto podría complicarse un poco.

—Ni hablar, no va a pasar nada. Lo de anoche sólo fue... una fantasía. Estamos trabajando juntos por necesidad, nada más.

Ben la observó en silencio durante unos segundos, y al final asintió antes de marcharse. Autumn no supo si se había sentido aliviado o decepcionado.

Tras acabar la clase a la hora prevista, Autumn fue a cambiarse de ropa de inmediato. Se puso unos vaqueros, una blusa blanca de algodón, una chaqueta marrón de pana y unas zapatillas de deporte, y llegó al vestíbulo justo cuando Ben salía del ascensor.

Como ya había decidido ayudarla, le había sorprendido un poco que él se presentara a la clase de escalada de aquella mañana, pero era un deportista y la escalada suponía un reto para él. A juzgar por lo mucho que había mejorado, estaba claro que había estado leyendo a fondo el libro que ella había recomendado; quizás incluso le había pedido ayuda a alguno de los empleados de sus tiendas.

Parecía decidido a aprender, y tenía una aptitud innata para aquel deporte; de hecho, había conseguido escalar el muro sin caerse ni una sola vez. Le gustaba cómo se movía, y ver cómo trabajaba la musculatura de sus brazos y de sus piernas mientras iba ascendiendo.

Josh se había pasado por allí después de la clase para ver si podían organizar la ansiada salida de fin de semana, y los había presentado. Al principio se habían observado con una suspicacia muy masculina y se habían tomado las medidas mutuamente, pero Ben había acabado recordándole lo de la cita de la tarde y se había ido.

—¿Puedes quedar este fin de semana? Hace bastante que no vas de escalada, debes de estar deseándolo.

—No puedo asegurártelo, Josh. La verdad es que estoy bastante ocupada.

—¿Con él?

—No es lo que crees, lo que pasa es que estamos trabajando juntos en un proyecto.

Josh la había mirado con expresión seria, y le había dicho:

—Ten cuidado, Autumn. Ese tipo tiene una reputación considerable en lo que respecta a las mujeres. Si te lías con un hombre como él, lo más probable es que acabes pasándolo mal.

—No tienes de qué preocuparte, pero gracias de todos modos.

Hacía dos horas que había tenido aquella conversación con su amigo, pero no podía dejar de darle vueltas al asunto mientras veía a Ben salir del ascensor del vestíbulo y acercarse a ella con su típico paso resuelto, como si el tiempo fuera algo muy valioso y no estuviera dispuesto a perderlo.

—Vamos, tengo el coche en el aparcamiento subterráneo.

Bajaron en el ascensor, y al ver su precioso Mercedes plateado, Autumn comentó:

—Es precioso.

—Sí, no está mal.

—La verdad es que creía que serías más cuidadoso con el consumo de energía.

—¿Qué coche tienes tú?

—Un Ford Escape híbrido. Gasta unos nueve litros a los cien.

—Esta pequeña preciosidad es un E-320 CDI. Alcanza unos doscientos cuarenta kilómetros por hora —Ben esbozó una sonrisa, y añadió—: Gasta menos de nueve litros a los cien. Venga, vámonos.

Autumn contuvo una sonrisa. Consideraba que alguien

con la ocupación de Ben debía tener en cuenta temas como el consumo de energía y el cuidado del medio ambiente, y sentía una alegría absurda al comprobar que era así. Él le sujetó la puerta hasta que se sentó en el asiento de cuero gris oscuro, y entonces rodeó el coche y se puso al volante.

Tomaron la interestatal 90 en dirección a las montañas y, al cabo de un rato, le preguntó qué tal le había ido con Katie el día anterior.

—Muy bien —le contestó él, sonriente—. Nos lo pasamos genial navegando.

—¿Qué barco tienes?

—Un Raptor de doce metros de eslora, de fabricación australiana. La verdad es que consume bastante combustible, pero no tanto como otros, y es una de las embarcaciones de recreo más seguras que hay en el mercado. Además, no lo uso demasiado a menudo.

La charla sobre barcos desembocó en el piragüismo, que era el deporte preferido de Ben, pero conforme fueron acercándose a Issaquah, la conversación fue decayendo y su expresión se volvió más y más adusta.

—Tienes una tienda aquí, ¿verdad? Me parece que he pasado alguna vez por delante —le preguntó ella, en un intento de despejar un poco el ambiente.

Ya habían salido de la autopista y estaban circulando por el centro de la ciudad, que tiempo atrás se había llamado Gilman y había sido un pueblo minero.

—Sí, está justo ahí, a la izquierda —le dijo él.

Autumn vio de inmediato el cartel de *Productos Deportivos McKenzie*. La tienda ocupaba las dos plantas de un edificio de ladrillo con toldos verdes en las ventanas.

Ben señaló hacia un solar que había al otro lado de la calle, y comentó:

—Acabamos de completar la compra de ese terreno.

—¿Vas a montar otra tienda?

—No, pero he tenido que adelantarme a la competencia

—le explicó que los directivos de A-1 estaban intentando presionarlo para que les vendiera su cadena de tiendas, y añadió—: Aún no se han enterado de que he comprado el solar, pero Kurt Fisher se va a llevar un buen chasco.

Para cuando acabó de contarle lo insistente que era el director de compras de la empresa rival, ya estaba aparcando el coche delante de una casa unifamiliar al final de una calle; sin embargo, fue la vivienda de color beis a tres puertas de allí la que Autumn reconoció al instante.

—Tu casa no es ésta, sino aquélla de allí. La vi en mis sueños.

Ben se volvió hacia ella, y la miró con expresión intensa.
—¿Estás segura?
—Del todo.

Era obvio que había elegido la casa equivocada a propósito, para comprobar si ella se daba cuenta de que no era el lugar donde habían secuestrado a Molly.

—Autumn, tenía que asegurarme... al menos, todo lo posible.

—No te preocupes, lo entiendo —ella recorrió la calle con la mirada, y comentó—: Si hablamos con los vecinos, lo más probable es que tu mujer acabe enterándose.

—Nos mudamos a los seis meses de la desaparición de Molly. Ninguno de los dos quería seguir viviendo aquí, había demasiados recuerdos dolorosos.

—Supongo que yo habría hecho lo mismo.

—Joanne y Katie siguen viviendo en la casa a la que nos mudamos, está en una de las zonas más selectas de la ciudad. Por desgracia, cuando nos instalamos allí nuestro matrimonio ya estaba prácticamente acabado. Nos culpamos mutuamente por lo que le había pasado a nuestra hija, aunque en el fondo creo que los dos sabíamos que no había sido culpa de nadie, que había sido una tragedia y nada más. Pensé que a lo mejor las cosas se arreglarían si empezábamos de cero, pero fui el mayor culpable de que no fuera así.

—¿Por qué?

—Empecé a trabajar cada vez más, porque no quería volver a casa. A lo mejor debería haberme esforzado más, pero la verdad es que el matrimonio nunca había sido sólido. De no haber sido por las niñas...

Autumn se dijo que aquello era lo único que quería de un hombre, una simple amistad. Si no quería acabar con el corazón roto, era imprescindible que su relación con Ben no fuera más allá.

Salieron del coche, y fueron a la casa contigua a la que en su día había pertenecido a los McKenzie. Les abrió la puerta una mujer de pelo canoso que debía de tener unos setenta años, y que llevaba un traje pantalón ancho con un estampado floreado.

—¡Vaya, si es Ben McKenzie! Qué sorpresa, ¿qué haces aquí?

—Hola, señora Biggs, me alegro de verla. Le presento a una amiga mía, Autumn Sommers.

—Encantada de conocerte, Autumn —la mujer se volvió de nuevo hacia Ben, y le dijo—: Ya veo que sigues tan guapo como siempre. ¿Cuánto tiempo ha pasado...? Casi seis años, ¿verdad? Desde que tu pobre Molly...

—Precisamente de eso queríamos hablar con usted —se apresuró a interrumpirla Autumn.

—Hemos pensado que a lo mejor se acuerda de algo relacionado con aquel día, algo que en aquel momento se le pasó por alto —añadió Ben.

—Como ya le dije a la policía, estaba viendo la tele en la sala de estar cuando pasó. No me acuerdo del programa que estaba viendo, pero...

—¿Vio a alguien sospechoso por el barrio antes de que pasara? —le preguntó Ben—, ¿a alguien en un vehículo aparcado, o que pasara varias veces con el coche?

—No.

—¿Se acuerda de algo que resultara fuera de lo común?, ¿pasó algo raro antes o después del secuestro?

—No, nada. Me acuerdo de que el gato del señor Bothwell se había muerto el día anterior, y el pobre hombre estaba destrozado.

Cuando Ben respiró hondo y soltó el aire poco a poco, Autumn se apresuró a tomarlo del brazo.

—Muchas gracias, señora Biggs —le dijo a la mujer, mientras tiraba de él hacia la puerta.

A pesar del bronceado, se había quedado muy pálido. Hasta aquel momento, no había alcanzado a entender del todo lo difícil que aquello iba a ser para él, pero estaban allí y estaba decidida a seguir adelante.

Pasaron una hora yendo casa por casa, pero obtuvieron las mismas respuestas que había conseguido la policía seis años atrás. Nadie había visto nada.

—No ha servido de nada —dijo Ben. Tenía los hombros tensos, y la mandíbula apretada.

—Pasó muy rápido, los vecinos estaban en sus casas o en sus propios jardines.

—Sí, ya lo sé.

—Valía la pena intentarlo.

Él se limitó a asentir con cansancio.

—Vamos a tener que hablar con los niños que estaban jugando con Molly aquel día —le dijo Autumn—. Ya sé que no te gusta nada la idea, pero hay que hacerlo.

Él apretó aún más la mandíbula, pero al final asintió.

—Molly estaba jugando con tres amigos suyos. Tenían todos la misma edad más o menos, y además iban al mismo colegio. Que yo sepa, ninguno de ellos se ha mudado.

—¿Sabes dónde viven?

—Todos eran de este vecindario, o de alguno cercano. Hablé con ellos después del secuestro para ver si se acordaban de algo que pudiera ayudarnos a encontrarla, pero eran demasiado pequeños. No sé si recordarán gran cosa después de tantos años.

—Yo tengo un montón de recuerdos de mi infancia, a lo mejor alguno de ellos puede decirnos algo útil.

—Habrá que comprobarlo.

Volvieron al coche, y fueron a la casa que les quedaba más cerca. A aquella hora, lo más probable era que los niños estuvieran en casa, o jugando cerca.

La señora Sidwell, la madre de una de las niñas que habían presenciado el secuestro, se mostró amable con ellos, pero le pidió a Ben que no presionara demasiado a su hija.

—No sé si Emily se acuerda de gran cosa. Creo que lo que se le quedó grabado fue el revuelo que se formó después, la llegada de la policía, lo triste que estaba todo el mundo.

Ben le prometió que sería cuidadoso.

A pesar de que tenía seis años más, Autumn supo de inmediato que era una de las niñas de su sueño. La pequeña tenía el pelo y los ojos oscuros, y un hoyuelo en la mejilla; por desgracia, no recordaba nada que no le hubiera dicho ya a la policía.

—Lo siento, señor McKenzie, pero era muy pequeña. Ojalá hubiera prestado más atención.

—No te preocupes, Emily. Todos nos decimos lo mismo.

La otra niña, Megan Turner, se echó a llorar en cuanto Ben le preguntó si se acordaba de Molly.

—Claro que me acuerdo —le dijo, mientras se secaba las mejillas—. Era mi mejor amiga, nunca la olvidaré.

Ben tragó con dificultad, y le dijo con voz suave:

—Yo tampoco. Está justo aquí, en mi corazón.

Al ver que se llevaba un puño al pecho, Autumn sintió que se le formaba un nudo en la garganta, y tuvo que apartar la mirada cuando Megan le rodeó el cuello con los brazos y él le devolvió el abrazo con una dulzura que rompía el corazón.

Al cabo de unos segundos, Megan se apartó un poco. Era bastante alta para su edad, y su pelo castaño claro le llegaba a la altura de los hombros.

—¿Por qué me pregunta por Molly después de tanto tiempo?

Ben parecía haberse quedado sin palabras, así que Autumn decidió responder en su lugar.

—Estamos intentando atar algunos cabos sueltos, y pensamos que a lo mejor podrías ayudarnos.

—Ojalá, pero sólo me acuerdo de un coche blanco que se fue con Molly dentro, y de que entonces todo el mundo empezó a gritar.

Según los periódicos, los niños habían visto el coche y poco más. Sus descripciones del desconocido habían sido tan dispares, que no habían servido de nada. Gerald Meeks tenía un Toyota blanco en el momento de su arresto, había multitud de pruebas que lo incriminaban en los asesinatos de los otros niños, y él mismo había confesado aquellos crímenes. A pesar de que no había restos de sangre ni restos de ADN aparte de los suyos en el vehículo, el hecho de que el coche que se había llevado a Molly también fuera blanco había cimentado la certeza de que Meeks había asesinado a la pequeña.

Cuando salieron de la casa de Megan, Ben parecía tan exhausto y desalentado que Autumn sugirió que podían esperar a otro día para ir a ver al niño que faltaba, Robbie Hines.

—Ya estamos aquí, así que será mejor que lo hagamos de una vez —le dijo él.

Cuando aparcaron delante de la casa de Robbie, vieron que la puerta del garaje estaba abierta, y que había un coche bastante viejo, seguramente de los años cincuenta, con el capó levantado. Un chico pelirrojo estaba examinando el motor. Tenía un trapo grasiento asomando del bolsillo trasero de sus pantalones holgados, y cuando los oyó llegar y se volvió hacia ellos, Autumn vio una versión con más años del niño que aparecía en sus sueños.

—Señor McKenzie... hola, me alegro de verle.

—Hola, Robbie.

El muchacho parecía un poco mayor que las niñas... debía de tener unos trece años. Tenía el pelo corto, y la cara pecosa.

—Hola, Robbie. Me llamo Autumn Sommers, soy amiga de Ben. Hemos venido para ver si podrías contestar a unas preguntas sobre Molly.

—Eso fue hace mucho tiempo.

Obviamente, al niño le hacía muy poca gracia pensar en lo que había pasado.

—Sólo queremos saber si en estos años has recordado algo más sobre aquel día.

—Pillaron al tipo, ¿no? ¿Sigue en la cárcel?

—Sí, sigue allí, pero nos gustaría atar algunos cabos sueltos —le dijo Ben.

—¿Es que le van a dar la condicional o algo así?

Ben le lanzó una rápida mirada a Autumn antes de contestar.

—Meeks nunca confesó haber matado a Molly. Sólo queríamos saber si se te pasó algo por alto... cualquier cosa.

Robbie se sacó el trapo del bolsillo, y empezó a limpiarse las manos.

—Pues la verdad es que sí que hay algo... a los siete años no tenía ni idea de coches, pero ahora... a mi padre y a mí nos gustan los coches clásicos, son nuestro pasatiempo.

—Cualquier detalle nos sirve —insistió Ben.

—El coche que vi aquel día... en aquel entonces no sabía qué modelo era, pero ahora sé que era un Chevy Super Sport. Un Chevelle, el del motor 396. He visto una docena por lo menos en ferias de coches. No estaba alterado ni tenía nada especial, así que aquel día me pareció un coche blanco como otro cualquiera.

Autumn sintió que el corazón se le aceleraba, y miró a Ben. El coche de Meeks era un Toyota.

—No pensé que tuviera importancia, por eso no le dije nada a la policía cuando me di cuenta. Molly estaba... estaba muerta, y habían encerrado al asesino.

—Me alegro de que te dieras cuenta, Robbie —le dijo Ben—. Por favor, dime todo lo que sepas sobre ese coche.

Robbie les soltó toda una disertación de un cuarto de hora sobre coches clásicos en general, y el Chevy Chevelle en particular.

—El día del secuestro se me quedó grabado en el cerebro... todo el mundo gritando, la policía, todo lo que pasó después... aún puedo ver aquel coche si cierro los ojos, por eso lo reconocí al verlo en una feria de coches. Un Super Sport así es un verdadero clásico, y vale bastante aunque no esté en muy buenas condiciones.

Ben le dio un apretón en el hombro, y le dijo:

—Gracias, Robbie. Nos has ayudado mucho.

El chico los acompañó hasta el Mercedes, y comentó:

—A veces pienso en ella, supongo que nunca la olvidaré.

—Te entiendo.

Cuando entraron en el coche, Autumn se dio cuenta de que Ben aferraba el volante con fuerza; se volvió a mirar por encima del hombro, y vio que Robbie permanecía inmóvil viendo cómo se alejaban.

—Bueno, es una pista —comentó al fin.

—Sí. Y si Robbie Hines tiene razón, entonces Gerald Meeks no tuvo nada que ver con la desaparición de Molly.

Sus miradas se encontraron en el espejo retrovisor, y Autumn dijo con calma:

—Eso significa que es posible que mis sueños sean reales, y en ese caso, Molly podría estar viva.

12

—¡Estás saliendo con el guaperas!, ¡tienes que contármelo todo!

Autumn estaba sentada con Terri en su mesa de siempre del O'Shaunessy's. Eran las seis de la tarde del martes y su amiga acababa de salir de trabajar, igual que la mayoría de los clientes que llenaban el local.

—No estamos saliendo juntos, sólo estamos buscando a su hija.

—Pero tuvisteis una cita el sábado por la noche. ¡Por el amor de Dios, si hasta te llevó al Olympic!

Autumn le había contado lo de la cena de gala, y que había accedido a dejar que Ben llegara a conocerla para que con un poco de suerte pudiera confiar en ella, pero no le había dicho que él había pasado la noche en su casa. Terri no se creería que no había pasado nada... bueno, casi nada, porque no podía dejar de pensar en aquel beso fantástico.

—Estás ruborizándote... madre mía, ¿qué pasó después de la cena? ¡No me digas que te acostaste con él!

—No digas tonterías, ya sabes por qué pasamos tanto tiempo juntos. Fue idea tuya que hablara con él.

—Si te hubieras acostado con él me lo dirías, ¿verdad?

—No, pero no lo hice. Sólo me dio un beso de buenas

noches —vale, ya se lo había dicho. Era incapaz de mentirle a su mejor amiga.

—Venga, cuéntame todos los detalles. ¿Fue un beso largo, lento y de ensueño, o uno ardiente con una orgía de lenguas?

Autumn se ruborizó aún más.

—Fue un beso normal y corriente —consiguió soltar aquella mentira sin pestañear, aunque había sido el beso más ardiente, húmedo y sexy de su vida, y sabía que lo más probable era que nunca lo olvidara—. Ben no es mi tipo, y por si últimamente no has leído las noticias de cotilleo, te diré que yo tampoco soy el suyo. Pero en este momento nos necesitamos el uno al otro. Es posible que su hija esté viva, y si es así, tenemos que encontrarla.

—Estás involucrándote mucho en este asunto, Autumn.

—Ya lo sé, pero creo que Molly está pidiéndome ayuda y no puedo darle la espalda; además, no sería justo para Ben. He sido yo la que lo ha metido en este asunto, y ni te imaginas lo doloroso que es para él. No pienso abandonarlo ahora.

—Será mejor que tengas cuidado. He leído la crónica social, y las dos sabemos que ese tipo es un rompecorazones. Salta a la vista sólo con mirarlo.

Autumn sabía que aquello era cierto, y no pensaba olvidarlo.

—¿Qué tal te va con Todd? —le preguntó, para intentar cambiar de tema.

—Es un idiota, no tendría que haber salido con él.

Tarde o temprano, todos acababan siendo unos idiotas, al menos según Terri. Autumn se preguntó si su amiga llegaría a descubrir algún día el tipo de hombre que quería, y en ese momento se dio cuenta de que a lo mejor no eran tan distintas después de todo. Ninguna de las dos quería tener una relación seria, pero cada una afrontaba el problema de distinta forma: Terri se acostaba con los hombres que la atraían y después los dejaba, y ella apenas salía.

—Mira, ahí está Josh —comentó Terri, al verlo entrar en el local. Entonces abrió los ojos como platos, y añadió—: Madre mía, el guaperas viene con él.

Autumn se volvió de golpe, y vio que Josh y Ben se acercaban a ellas.

—Por el amor de Dios, deja de llamarlo así —le susurró a su amiga.

—Hola a las dos —les dijo Josh con una sonrisa, al llegar junto a la mesa.

—Hola, Josh —Autumn sintió que se le formaba un nudo en el estómago al ver que Terri fijaba su atención en Ben, pero se obligó a seguir sonriendo—. Ben, te presento a mi amiga, Terri Markham.

—Encantado de conocerte, Terri —la saludó él con naturalidad.

—Lo mismo digo.

Autumn se sorprendió al ver que su amiga no sacaba a la luz sus abundantes armas de seducción.

—Te he llamado al móvil, pero no has contestado. He visto que Josh salía del gimnasio, y me ha dicho que seguramente estarías aquí con Terri.

Autumn sacó su móvil del bolso, y comentó:

—Seguramente no lo he oído sonar por culpa del ruido —volvió a guardarlo, y entonces se dio cuenta de que Ben debía de querer decirle algo sobre Molly—. ¿Qué pasa?, ¿has descubierto algo?

—Perdonadnos un minuto —le dijo él a Josh y a Terri, mientras la agarraba del codo y hacía que se levantara del taburete.

—Claro —Josh miró a Terri como si acabara de recibir un regalo.

Ben la condujo hacia la salida, y la llevó a cierta distancia del local. Autumn no se dio cuenta de que llevaba algo en la mano hasta que le alargó una hoja de papel enrollada.

—Mis informáticos me han hecho esto, échale un vistazo.

Autumn desenrolló la hoja con cuidado, y durante un largo momento contempló en silencio la imagen alterada por ordenador de Molly.

—Se parece a ella, a como es ahora, pero...

—¿Pero qué?

—Pero en mi sueño tiene el pelo más largo, le llega casi hasta la cintura, y los labios no parecen tan carnosos... o a lo mejor es que no sonríe como aquí —Autumn observó la imagen con atención, y añadió—: Y sus ojos también son diferentes... en mi sueño, no parecen tan chispeantes.

—El día de la foto estaba muy contenta. Joanne le había comprado un vestido muy bonito, y estaba entusiasmada porque se iba a hacer la foto con él.

Algo en su tono de voz hizo que levantara la cabeza para mirarlo. Tenía un extraño brillo en los ojos, y la mandíbula tensa.

—¿Crees que es la niña de tus sueños a pesar de las diferencias?, ¿sigues creyendo que sueñas con Molly?

—Estoy segura, Ben.

—De acuerdo. Pete Rossi ya está trabajando en lo del coche. Busqué la marca y el modelo por Internet, y Robbie tenía razón. Es un clásico, y bastante difícil de encontrar. El Departamento de Tráfico tiene unos registros bastante buenos, así que podríamos empezar por comprobar los del estado de Washington de hace seis años, y compararlos con los actuales. Rossi fue policía, así que tiene contactos y me ha dicho que puede conseguir la información que necesitamos.

—Me parece buena idea que empecemos por Washington, aunque si yo hubiera secuestrado a una niña, a lo mejor preferiría sacarla del estado para que no la encontraran.

—Aun así, es posible que ese tipo viviera en la zona. Seguro que vio a Molly en algún sitio, y entonces descubrió dónde vivía.

—Así que hay que intentar localizar el coche. Con un

poco de suerte, puede que el secuestrador aún sea su propietario.

—Es posible.

—Pero sigo siendo la única que sabe el aspecto que tiene. He estado dándole vueltas al asunto, y creo que deberíamos hacer un retrato robot, como los que hacen en las series de la tele. Así sabremos a quién estamos buscando.

—No es mala idea. A lo mejor resulta que lo vi en el barrio, o en cualquier otro sitio. Si no es así, podremos utilizarlo cuando busquemos a los propietarios de los coches. Le pediré a Pete que consiga a uno de los retratistas que trabajan para la policía.

—A lo mejor deberíamos hablar con las autoridades.

—No podemos ofrecerles nada sólido, sólo tenemos un sueño y a un chico de trece años que cree que ha descubierto el tipo de coche que usó el secuestrador.

—Y el hecho de que Gerald Meeks afirma que no mató a Molly.

—Meeks te lo dijo a ti, pero a nadie más —Ben soltó un suspiro, y añadió—: Necesitamos algo concreto. Cuando lo encontremos, hablaré con Doug Watkins, fue el inspector que dirigió el caso del secuestro.

—Creía que el FBI se ocupaba de ese tipo de casos.

—También colaboró, pero el agente que se hizo cargo ya no está en activo; de todas formas, no estábamos de acuerdo en casi nada.

—¿Y crees que el inspector de policía va a ayudarnos?

—A lo mejor... si le damos alguna pista nueva, pero es un tipo realista y no va a tragarse lo del sueño sin pruebas; además, no van a gastar dinero en un caso antiguo si no surgen datos nuevos —la miró a los ojos, y le preguntó—: Ayer por la mañana estuviste conmigo... ¿soñaste anoche con Molly?

Autumn se sintió un poco intimidada por aquella mirada penetrante, y se humedeció los labios antes de contestar.

—Sí.

—¿Notaste algo nuevo o diferente?
—Fue un día muy largo, y estaba cansada. El sueño fue un poco difuso.
—Quiero quedarme en tu casa esta noche, quiero estar allí por si sueñas —al ver que ella abría la boca para protestar, alzó una mano para interrumpirla—. La otra vez dio buen resultado, quiero volver a intentarlo.
—No podemos hacerlo, Ben.
Él sabía que estaba pensando en el beso, y esbozó una pequeña sonrisa.
—Te prometo que no te atacaré. Ni siquiera te daré un beso de buenas noches... a menos que quieras que lo haga.
Autumn luchó por controlar el temblor que la recorrió de pies a cabeza, y sintió una calidez que fue extendiéndose por su interior al recordar el contacto de su boca. Claro que quería que la besara; de hecho, aquella parte de su ser que aún pensaba en el sexo lo anhelaba como agua de mayo, pero la parte racional de su aparentemente minúsculo cerebro estaba aterrada ante la mera idea.
—Los dos sabemos que no soy tu tipo, Ben. Y la verdad es que tú tampoco eres el mío.
—No sabía que tuvieras un tipo en concreto, porque los pocos hombres con los que has salido eran bastante diferentes.
Autumn se indignó. ¿Había algún detalle de su vida privada que no apareciera en aquel dichoso informe?
—No es de tu incumbencia con quién salga o deje de salir, pero puedes estar seguro de que no me interesan los hombres especializados en modelos de portada y en aventuras de una noche.
—¡Oye, espera un momento! En primer lugar... eres tan guapa como cualquiera de las mujeres con las que he salido, lo creas o no. Y en segundo lugar... no estoy especializado en aventuras de una noche.
—Sólo en mujeres que no están ni remotamente interesadas en tener una relación.

—¿Estás diciéndome que tú sí que estás interesada?

Autumn se mordió el labio. No quería involucrarse con ningún hombre, y mucho menos con un rompecorazones como Ben.

—No, pero...

—Quiero pasar la noche en tu casa. Sin ataduras, sin sexo. Tú fuiste la que me convenció de que buscara a Molly, y voy a hacer todo lo que esté en mi mano para encontrarla. Creía que tú pensabas lo mismo.

—Claro que sí, pero es que...

Autumn respiró hondo. Ben no era un hombre dado a aceptar un no por respuesta, por eso tenía tanto éxito en los negocios... y con las mujeres. En aquel caso tenía razón, porque era normal que quisiera hacer todo lo posible por encontrar a su hija, pero ya estaba en terreno resbaladizo en lo concerniente a él y sabía que iba a tener que ser muy cuidadosa.

—De acuerdo, tú ganas. Pero esta vez trae un pijama.

—Duermo desnudo —admitió él, con una sonrisa de oreja a oreja—. Por deferencia a ti, me dejé puestos los calzoncillos cuando dormí en tu casa.

—Estoy intentando olvidarme de eso —le dijo ella, ruborizada.

Ben le acarició la mejilla con un dedo.

—¿En serio? Porque yo estoy intentando olvidarme de lo sexy que estabas con aquella ridícula camiseta enorme, pero he sido incapaz.

Autumn se quedó boquiabierta, porque la camiseta era la prenda menos sexy que tenía.

—Estás asustándome, Ben.

—Tú también estás asustándome a mí. Será mejor que nos centremos en Molly.

¿Que ella estaba asustándolo? Autumn pensó en Delores Delgato. Aquella modelo despampanante y exótica sí que sería capaz de asustar a cualquier hombre, aunque Ben no parecía nada intimidado.

Le lanzó una mirada, pero fue incapaz de descifrar su expresión y volvió su atención de nuevo a Molly. A lo mejor descubrirían otra prueba si Ben estaba cerca cuando soñara.

—Vale, entonces nos vemos esta noche. ¿A qué hora te va bien?

—Tengo bastante trabajo, ¿qué te parece a eso de las nueve?

Autumn asintió. Estuvo a punto de ofrecerse a preparar la cena, pero recobró la cordura a tiempo.

—Hasta luego —se limitó a decirle.

—Sí, hasta luego —contestó él, con voz suave.

Ben trabajó hasta tarde, y después de ir a casa para preparar una bolsa con algo de ropa, fue a pie a casa de Autumn. La brisa era cálida, hacía bastante humedad y el aire estaba cargado del aroma salado del mar, que asomaba de vez en cuando entre los edificios de la Segunda Avenida. Un taxi azul y dorado tocó el claxon ruidosamente para llamar la atención del coche que lo precedía, pero él apenas se dio cuenta porque estaba distraído pensando en la conversación que había tenido antes con Autumn.

«Estás asustándome, Ben...», «Tú también estás asustándome a mí...». Las palabras habían salido de su boca sin más, pero en cuanto las había pronunciado, se había dado cuenta de que eran la pura verdad. Autumn Sommers lo aterraba, aunque no estaba seguro de por qué.

Sólo sabía que al consultar su agenda aquella tarde se había dado cuenta de que tenía una cita el viernes por la noche con Beverly Styles, una mujer con la que salía de vez en cuando, y que la mera idea le había resultado tan repugnante, que había descolgado el teléfono para cancelarla; sin embargo, se había dado cuenta de que no podía hacerlo, porque se trataba de una velada importante para Bev y para su padre, un amigo con el que tenía negocios en común y al que respetaba y admiraba. Iba a tener que ir, pero intentaría marcharse lo antes posible y no volvería a invitar a salir a Beverly nunca más.

A lo mejor era porque encontrar a Molly tenía preferencia sobre todo lo demás, y para hacerlo necesitaba pasar algo de tiempo con Autumn. A lo mejor era porque Autumn era diferente a todas las mujeres con las que había salido desde que se había divorciado de Joanne; de hecho, era completamente diferente a la mujer con la que se había casado.

Se había sentido atraído por Joanne porque procedía de una familia de rango abolengo de la alta sociedad, y también por la esmerada educación que había recibido y por su belleza, pero desde el principio habían llevado vidas bastante separadas. Él trabajaba muchas horas, y ella estaba muy metida en los proyectos benéficos de su madre y se pasaba el día en el club de campo.

Después del nacimiento de las niñas los dos habían estado aún más ocupados, aunque siempre dejaban tiempo libre durante los fines de semana para dedicárselo a sus hijas... aunque en su caso había sido así sólo hasta la desaparición de Molly, porque, a partir de aquel momento, había pasado en casa el mínimo tiempo posible.

Ben se recordó que todo seguía igual. Aún trabajaba un montón de horas, y estaba demasiado ocupado para tener una relación seria con una mujer; de hecho, no quería tenerla, pero cada vez que aquella posibilidad indeseada se le pasaba por la cabeza, se acordaba de Autumn vestida con aquella ridícula camiseta, de sus piernas fuertes, de sus pies delicados asomando por debajo del dobladillo, de su cuerpo ágil escalando el muro en el gimnasio, de aquel trasero firme...

Se excitaba sólo con verla y la deseaba con una intensidad desconcertante, pero no podía permitirse el lujo de sentir nada más profundo. Tuvo ganas de sonreír al imaginarse su reacción si le decía que quería acostarse con ella. Era obvio que no era una mujer dada al sexo sin ataduras, así que iba a tener que resignarse a portarse bien.

Cuando llegó a su piso, le abrió la puerta vestida con un chándal ligero de color albaricoque y su precioso pelo caoba enmarcándole la cara. Al verla sonreír, recordó la suavidad de sus labios y su cuerpo se tensó de inmediato. Cuando ella levantó la cara para mirarlo, la luz enfatizó los reflejos rojos, dorados y marrones de su pelo, y sintió el súbito anhelo de recorrerlo con los dedos.

—Hola, Ben. Pasa.

Antes de darse cuenta de lo que hacía, la tomó en sus brazos y la besó a conciencia, y ella se apretó contra su cuerpo con apenas una protesta simbólica. Cuando al fin la soltó y entró en el piso como si no hubiera pasado nada, Autumn se quedó allí embobada durante unos segundos, y se llevó una mano a los labios.

—He traído mi propia almohada —le dijo él con naturalidad—. La tuya estaba demasiado dura —algunas partes de su anatomía estaban aún más duras, pero decidió que no sería buena idea decírselo.

—Me prometiste que no me besarías —le dijo ella, con la mano en la puerta.

—Te dije que no te daría un beso de buenas noches, y éste ha sido de saludo.

—No puedes llegar sin más y... y... —Autumn no supo qué decir, y cerró la puerta.

—La verdad es que no lo tenía planeado; de hecho, estaba decidido a portarme muy bien, pero estabas tan irresistible, que no he podido contenerme —Ben tiró la almohada sobre el sofá, y dejó la bolsa de viaje en el suelo.

—Ben, tienes docenas de mujeres. ¿Por qué me estás haciendo esto?

—No estoy haciendo nada. Sólo te he dado un beso, no es un crimen. ¿Quieres que veamos la tele?

Autumn se fue a su dormitorio hecha una furia y a Ben le hizo gracia su reacción, aunque no habría sabido decir por qué. Cuando por fin volvió a salir, parecía haber recu-

perado el control de sí misma. Se acercó a él con paso decidido, y cuando estuvieron cara a cara le dijo con firmeza:
—Ésta es mi casa, así que tengo derecho a dictar las normas.
—¿Y qué?
—Que si quiero que me beses, te lo diré antes.
—No creo que lo hagas. Me parece que quieres que te bese ahora mismo, pero que no vas a decírmelo porque tienes miedo de lo que podría pasar.
—¡No te tengo miedo, ni a ti ni a ningún otro hombre!
—Entonces, ¿por qué no sales casi nunca? ¿Por qué casi todos los hombres de tu vida son sólo amigos? ¿Te hizo tanto daño Steven Elliot? A lo mejor fue el otro, ese tal Ronnie Hillson. Cualquier tipo que se llame así debe de ser un memo.

La tenía tan cerca, que pudo ver cómo se le dilataban las pupilas. Su reacción fue tan súbita, que no vio llegar el golpe hasta que ya era casi demasiado tarde, pero afortunadamente consiguió atrapar su muñeca justo antes de que le diera una bofetada.

—¡Eres un idiota! ¡Mi vida privada no es asunto tuyo!

Ben se dijo que tenía que dar marcha atrás. Era increíble que estuviera acicateándola de aquella manera, porque siempre trataba a las mujeres con respeto... y las mantenía a distancia.

—Eres demasiado buena para un tipo así, Autumn —le dijo con voz suave, mientras le sujetaba la muñeca con cuidado—. Hillson no te merecía, y el idiota de Steven Elliot tampoco —fue incapaz de contenerse. Bajó la cabeza, y la besó con ternura.

Autumn se resistió por un instante, pero entonces soltó un pequeño suspiro y empezó a devolverle el beso. Dios, sabía a manzana... no, a lo mejor era a pera... y su boca parecía de seda. Ben se endureció de forma casi dolorosa bajo la tela de los vaqueros, y se sacudió cuando un deseo descarnado lo golpeó de lleno.

Se dijo que no podía hacer aquello, pero fue incapaz de parar y siguió besándola mientras enredaba los dedos en su pelo sedoso.

—Dios, te deseo —gimió contra su mejilla, antes de volver a apoderarse de sus labios. La besó profundamente, y sus lenguas se encontraron. Al cabo de unos segundos, admitió—: No sé lo que me pasa, pero no puedo dejar de pensar en ti.

—No podemos... Ben, por favor... por favor, no me hagas esto —le suplicó ella, con voz trémula.

Él tragó con dificultad antes de respirar hondo, y tuvo que hacer acopio de toda su fuerza de voluntad para lograr apartarse de ella. Al perder el contacto de su calidez, su cuerpo se tensó como si acabara de meterse en un río gélido, pero entonces vio que ella estaba temblando y se apresuró a abrazarla contra su pecho.

—Te juro que no he venido para esto. No tengo ni idea de lo que está pasando entre nosotros, pero está claro que es algo muy fuerte.

Autumn no se apartó de él a pesar de que el temblor de su cuerpo empezó a remitir, y susurró:

—Es sólo estrés, los dos estamos muy preocupados con lo de Molly.

—No creo que sea estrés —le dijo él, antes de besarla con ternura en la cabeza.

—Debe de serlo, tiene que serlo —Autumn lo miró con una expresión llena de incertidumbre, y le acarició la mejilla con la mano en un gesto titubeante—. Ojalá fueras otra persona, ojalá fueras cualquier otro hombre —añadió, antes de besarlo de lleno en los labios.

Cuando ella le penetró la boca con la lengua, Ben pensó en lo pequeña y resbaladiza que era contra la suya. Sus senos se apretaron contra su pecho, suaves y plenos, en contraste con sus pezones erguidos y duros. El deseo se adueñó de él, y su cuerpo entero se tensó dolorosamente.

Profundizó el beso mientras deslizaba la mano bajo la chaqueta de su chándal, y se dio cuenta de que no llevaba sujetador cuando sus dedos encontraron la piel cálida de uno de sus senos. Era redondo y perfecto, como una manzana, y soltó un gemido al explorar su forma y su tamaño, la textura de su piel.

Autumn se estremeció, y se puso de puntillas para poder apretarse más contra su mano. Era una mujer increíblemente apasionada, y él no alcanzaba a entender por qué se esforzaba tanto en ocultarlo.

Le bajó la cremallera de la chaqueta, y cuando le quitó la prenda se quedó sin aliento al ver sus pechos. Presa de un deseo febril, bajó la cabeza y cubrió uno de los rosados pezones con la boca. Autumn enredó los dedos en su pelo y arqueó la espalda, y soltó un jadeo cuando la mordisqueó con cuidado y empezó a succionar y a saborear, a trazar círculos con la punta de la lengua.

Ella se apresuró a quitarle el jersey, y le dejó el pecho al descubierto. Cuando empezó a salpicarle la piel de besos, Ben sintió que se le aceleraba el corazón, y su erección palpitó dolorosamente contra la bragueta de los vaqueros.

No se había excitado tanto desde que era un adolescente. Se dijo que lo que pasaba era que Autumn era tan diferente, que había captado su interés como muy pocas otras lo habían conseguido. Le bajó los pantalones, y al ver el tanga color albaricoque que apenas le cubría el vello rojizo que tenía entre las piernas, estuvo a punto de perder el control.

De repente, vio su reflejo en el espejo antiguo de la pared, y al ver la tira del tanga entre sus nalgas, su erección pareció a punto de estallar. Había ansiado tomar aquel trasero firme entre sus manos desde el día que la había visto escalar el muro del gimnasio por primera vez, y cedió ante la tentación. Abarcó sus nalgas con las manos, y la atrajo hacia su erección para que pudiera sentir lo duro que estaba.

Autumn soltó un pequeño gemido que lo excitó aún más, y miró hacia el espejo para ver sus cuerpos medio desnudos aferrándose el uno al otro. Era una imagen tan erótica, que tuvo que luchar contra el impulso irrefrenable de tumbarla en la alfombra y de hundirse en su cuerpo hasta el fondo.

Mientras contemplaba el reflejo, sintió una profunda satisfacción al ver cómo su cuerpo delicado y femenino encajaba contra el suyo, pero, de repente, algo le llamó la atención. Movió un poco la mano, y entonces vio una pequeña mariposa tatuada en una de aquellas nalgas pálidas y perfectas.

Al darse cuenta de que aquél era el secreto que no había querido revelarle, algo primitivo se desató en su interior.

—Tengo que tenerte —le dijo con voz ronca.

La levantó en sus brazos mientras la besaba enfebrecido, y la llevó hacia la habitación para satisfacer aquella necesidad que ni él mismo entendía.

—Tengo que tenerte ahora mismo —gimió, antes de tumbarla en la cama y de empezar a desabrocharse los pantalones.

—¿Qué...? ¿Qué estamos haciendo? —Autumn fue incapaz de ocultar el súbito pánico que sintió.

—Algo que los dos deseamos con todas nuestras fuerzas.

Ben tuvo miedo de que diera marcha atrás, y la besó lentamente y a conciencia, para sacar de nuevo a la luz la pasión que sabía que tenía dentro. Cuando ella se rindió a sus caricias, la soltó por un momento para quitarse los zapatos y el resto de la ropa.

Autumn se quedó mirando su erección como si no hubiera visto a un hombre excitado en su vida, pero de repente empezó a sonar el teléfono y Ben soltó una imprecación. Ella apartó la mirada de su cuerpo desnudo, y descolgó el teléfono mientras se pasaba una mano temblorosa por el pelo.

—¿Diga? ¿Myra, qué...? —Autumn se incorporó de golpe

en la cama–. Cálmate, dime qué pasa –después de escuchar en silencio durante unos segundos, añadió–: ¿Va a ponerse bien? Sí, ya sé que vas a quedarte con él. Ya voy, estaré ahí lo antes posible –colgó el teléfono, y se volvió hacia Ben–. Tengo que irme, mi padre ha tenido un ataque al corazón –después de levantarse apresuradamente, fue corriendo a la sala de estar y empezó a recoger su ropa con movimientos frenéticos.

Ben recogió su ropa del suelo, y empezó a vestirse a toda prisa. Cuando acabó, ella ya estaba lista y buscando las llaves del coche; en cuanto las encontró en la cocina, agarró su bolso y le dijo:

–Ben, lo siento... lo siento por todo. No sé lo que me ha pasado, pero... –Autumn sacudió la cabeza, y añadió–: Tengo que irme.

–No estás en condiciones de conducir –le dijo él, mientras le quitaba las llaves de la mano–. Ve por tu chaqueta, yo te llevo al hospital.

–No hace falta que te molestes, estoy bien. Además, ya he metido la pata bastante, no tienes que...

–No digas tonterías, no has hecho nada malo. Tarde o temprano acabaremos lo que hemos empezado, pero tienes cosas más importantes en la cabeza ahora. Venga, ve por tu chaqueta y vámonos.

Por un segundo, pensó que ella iba a seguir protestando, pero Autumn se apresuró a ir a sacar una chaqueta ligera del armario. Cuando llegaron a su pequeño todoterreno rojo, tuvo que quitar del asiento del copiloto algunas de sus herramientas de escalada, y después de meterlas en el maletero, dejaron las chaquetas en el asiento de atrás y Ben se puso al volante.

Tomaron la interestatal en dirección norte. A aquella hora no había demasiado tráfico, y tardaron poco menos de una hora en llegar a Burlington. Autumn permaneció callada durante todo el trayecto, y centró los ojos en la línea blanca que iba apareciendo frente a ellos. Estaba claro que aquella noche no iba a soñar con Molly; de hecho, los dos tendrían suerte si podían dormir un poco.

Ben habría sonreído en otras circunstancias, porque sabía que de todas maneras la habría tenido despierta hasta tarde haciéndole el amor lenta y apasionadamente.

Por desgracia, aquella noche no iba a pasar nada entre ellos... pero lo peor de todo era que, a juzgar por la expresión de Autumn, era posible que no pasara nunca.

Autumn le indicó que tomara la salida 230 de la interestatal 5 en dirección a Burlington, y a continuación fueron por la carretera de North Cascades hasta el United General Hospital.

–Adelántate tú, yo iré en cuanto encuentre un hueco para el coche –le dijo Ben, cuando entraron en el aparcamiento del hospital.

Autumn se limitó a asentir, y fue corriendo hacia la entrada. La recepcionista le indicó que fuera a la sala de espera de Urgencias, pero encontró a Myra Hammond, la novia de su padre desde hacía años, paseando impaciente justo delante de la puerta.

–¡Autumn!, ¡menos mal que has llegado! –Myra tenía cerca de sesenta años, tenía el pelo canoso teñido de rubio, estaba un poco obesa, era atractiva, y siempre iba bastante arreglada–. Tu padre está dentro, pero no me dejan entrar porque no soy familiar directo.

–¿Va a recuperarse? –le preguntó Autumn, justo cuando Ben se acercó a ellas.

–Creo que sí. El médico salió hace un rato y me dijo que su evolución es buena, pero sigo preocupada.

Autumn le presentó a Ben y simplemente le dijo que era

un amigo de Seattle que le había hecho el favor de llevarla en coche. Hizo que pareciera que apenas se conocían, a pesar de que poco antes había estado medio desnuda con él, y que habrían hecho el amor de no ser por la llamada telefónica que la había salvado de las garras de su deseo desbocado.

—¿Qué ha pasado? —le preguntó a Myra.

—Empezó a dolerle el pecho y le costaba respirar, así que me asusté y llamé a Urgencias. Me parece que él también se preocupó, porque no protestó demasiado. Fue a buscarlo una ambulancia, y han estado haciéndole pruebas desde entonces.

—¿Estabais en su casa cuando empezó a sentirse mal?

—Sí, cenamos pronto y nos pusimos a ver la tele.

—¿Tienes idea de qué puede haberle causado el ataque?, ¿estaba haciendo algún esfuerzo?

Myra apartó la mirada, y acabo fijándola en sus pies.

—Eh... más o menos. No daban nada que valiera la pena por la tele, y al cabo de un rato... en fin, nos pusimos en plan cariñoso y acabamos en la cama, y entonces empezó a dolerle el pecho y a costarle respirar, y... bueno, ya sabes el resto.

Autumn se quedó mirándola boquiabierta, como si estuviera viéndola por primera vez en su vida.

—¿Estás diciéndome que mi padre estaba en la cama contigo cuando le dio el ataque? — le dijo al fin, con un tono de voz más alto de lo necesario, a pesar de que sabía que su reacción era ridícula. Su padre era un adulto y salía con Myra desde hacía años, tenía todo el derecho a tener relaciones sexuales si le daba la gana.

—No es ningún crimen.

Autumn vio por el rabillo del ojo que Ben esbozaba una sonrisa, pero mantuvo su atención centrada en Myra.

—Pero, su corazón... por el amor de Dios, papá tiene una dolencia cardíaca y se supone que no tiene que hacer esfuerzos innecesarios.

—Se supone que tiene que hacer bastante ejercicio, ¿no? —le dijo Myra.

—Bueno, sí, pero...

—No debería beber, pero no te molesta que se tome una copita de whisky por la noche.

—Sí que me molesta, pero ya sabes lo cabezota que es.

—Sí, claro que lo sé. Y hay algo que le gusta aún más que su copita de Jack.

Al ver que Autumn abría los ojos como platos, Ben decidió meter baza para interrumpir aquella conversación que iba volviéndose cada vez más incómoda.

—¿Cómo se encuentra?

—Va a ponerse bien. El médico me ha dicho que está mucho mejor, pero que quieren hacerle algunas pruebas más.

Ben se volvió hacia Autumn, y le dijo:

—¿Por qué no vas a ver si te enteras de algo?, Myra y yo te esperaremos aquí.

—Buena idea —al entrar en la sala de espera de Urgencias, Autumn se dio cuenta de que era una de las primeras cosas que tendría que haber hecho, pero no estaba pensando con claridad. De hecho, llevaba varias horas con la cabeza hecha un lío.

Se acercó al mostrador de información, y uno de los médicos fue a hablar con ella de inmediato. Se llamaba Leonard Jackson, y era un hombre bastante joven con el pelo castaño y gafas.

—El señor Sommers evoluciona favorablemente. Creo que puede haber sufrido una indigestión que, combinada con un esfuerzo excesivo, ha causado unos síntomas parecidos a los de un ataque al corazón. Lo mantendremos en observación durante uno o dos días, pero creo que va a recuperarse sin problemas.

Autumn sintió un alivio aplastante.

—Puede entrar a verlo, pero no se quede demasiado tiempo.

El aire estaba impregnado del típico olor a antiséptico de los hospitales que nunca había podido soportar, pero Autumn se apresuró a ir hacia el espacio delimitado por cortinas que le indicaron, donde su padre estaba despierto y refunfuñando.

—Le dije a Myra que no era nada, no sé por qué ha tenido que llamarte.

No era un hombre alto, pero tenía las piernas y los hombros musculosos gracias a los años de escalada, y no tenía el típico estómago de los sesentones. Les había tomado por sorpresa que tuviera tanto la tensión como el colesterol altos, pero los médicos les habían dicho que debía de ser algo genético; de momento, se negaba a tomar ningún tratamiento, porque decía que las medicinas eran peores que el colesterol.

Autumn no sabía si darle la razón en ese tema.

—Myra estaba preocupada por ti, eres muy importante para ella.

Él la miró a los ojos, y le dijo con expresión seria:

—Supongo que debería casarme con ella, para formalizar la relación.

Autumn se quedó boquiabierta y apenas pudo creer lo que su padre acababa de decirle, porque sabía que su matrimonio con su madre había sido un completo desastre y que había prometido que nunca volvería a casarse. Siempre estaba enviándole correos electrónicos con chistes malos sobre hombres casados, así que a pesar de que salía con Myra desde hacía años, nunca se le había pasado por la cabeza que pudiera llegar a casarse con ella.

Lo observó en silencio durante varios segundos. Estaba más pálido que de costumbre, y el flequillo grisáceo le caía sobre la frente.

—Estás bromeando con lo de casarte con Myra, ¿verdad? —le dijo al fin.

—Al menos la habrían dejado entrar aquí si estuviéramos casados. Además, prácticamente vivimos juntos.

Autumn se dio cuenta de que estaba hablando en serio, pero seguía sin poder creerlo. Respiró hondo, y le dijo:

—Papá, tienes tu propia vida y te apoyo decidas lo que decidas, pero... hay algo que tendrías que tener en cuenta.

—¿El qué?

—Tu corazón. ¿Crees que Myra y tú deberíais seguir haciendo... lo que hacéis? Ya sabes que tienes la tensión alta.

—La palmaré cuando me llegue la hora, pero hasta entonces voy a vivir. Y tú podrías seguir mi ejemplo.

Autumn se tensó. Su padre no dejaba de darle la lata para que viviera un poco, para que no le tuviera miedo a la vida. Nunca la había presionado para que se casara, pero pensaba que tendría que saborear la existencia al máximo, tal y como él lo había hecho... incluso antes de que su esposa muriera.

Max Sommers siempre había sido un hombre muy vital, y nunca había sido fiel.

Autumn sabía que el hecho de que siempre mantuviera a los hombres a distancia se debía en parte a las aventuras esporádicas de su padre. Tenía miedo de lo que sucedería si se enamoraba y su pareja no le era fiel, tal y como le había pasado con Steven.

Cuando escalaba una montaña no tenía miedo, porque siempre mantenía el control; sin embargo, en lo concerniente a los hombres...

De repente, recordó cómo había perdido el control con Ben aquella misma noche, y sintió que se ruborizaba. ¿Cómo podía criticar a su padre, si Ben y ella habían estado haciendo lo mismo?

—Vale, dejaré el tema por ahora, pero es que no quiero que te pase nada.

A pesar de los problemas de Max Sommers con las mujeres, había sido el mejor padre del mundo para ella, y lo quería con locura.

—El médico dice que voy a ponerme bien, así que no tienes de qué preocuparte —la tomó de la mano, y añadió—: Quiero que Myra y tú os vayáis a casa.

—Sabes que ninguna de las dos va a moverse de aquí.

—¿Has venido en tu coche?

—Sí, pero... me ha traído un amigo.

—¿Josh?

—No, Ben McKenzie.

—¿McKenzie? No será el de las tiendas de deportes, ¿verdad?

Autumn asintió, y sintió que se le secaba la boca.

—Sí, le doy clases de escalada.

—¿Ah, sí? ¿Desde cuándo salís juntos?

—No estamos saliendo juntos, sólo somos amigos.

—¿Es otro de tus amigos? Por lo que dicen los periódicos, McKenzie no tiene simples amigas —su padre la miró con expresión muy seria, y añadió—: Ten cuidado con ese tipo, Autumn —de repente, esbozó una sonrisa—. Aunque a lo mejor ya es hora de que dejes de tener cuidado, de que te deshagas de ese montón de tipos sin sangre con los que te juntas y encuentres un hombre de verdad. Fíjate en Myra y en mí.

Autumn se puso roja como un tomate, pero se mordió la lengua al ver que su padre cerraba los ojos y apoyaba la cabeza en la almohada con cansancio. Una enfermera fue a decirle que tenía que salir ya, y que iban a trasladarlo a planta en las próximas horas. El doctor Jackson comentó que sería mejor que tanto Myra como ella se fueran, pero se negó en redondo.

—Preferimos quedarnos —le dijo, convencida de que la novia de su padre compartiría su opinión.

—Como quiera, pero el horario de visita no empieza hasta las ocho de la mañana.

Autumn volvió a la sala de espera, y le contó a Myra lo que pasaba.

—Mi padre quiere que nos vayamos a casa, pero...

—No pienso irme —la interrumpió la otra mujer con firmeza—, al menos, hasta que lo vea mañana por la mañana.

El asunto quedó decidido, y Autumn se sorprendió al ver que a Ben no pareció importarle; de hecho, al cabo de un rato él se estiró en un par de sillas de la sala de espera como si nada, y durmió hasta la mañana siguiente.

Autumn no pudo evitar pensar que al menos por una noche más estaba a salvo de él... y de sí misma.

—Quiero conocerlo —le dijo su padre con firmeza—. Te trajo al hospital y se ha pasado despierto media noche porque te empeñaste en quedarte, así que tienes que presentarnos al menos.

Autumn tuvo que contenerse para no soltar una imprecación. Como no había manera de hacer que su padre cambiara de idea, fue a buscar a Ben. Tenía el pelo revuelto, una barba incipiente, y la ropa arrugada.

—Así que tú eres Ben McKenzie.

—Encantado de conocerlo, señor Sommers. Me alegro de que esté mejor.

—He comprado algunas cosas en tu tienda de Seattle, y aún están como nuevas. Vendes artículos de calidad.

—Sólo tenemos lo mejor, me alegro de que le haya ido bien.

—Mi hija me ha dicho que está enseñándote a escalar.

—Sí, es una instructora muy buena.

—¿Y qué estás enseñándole tú a ella?

—¡Papá! —exclamó Autumn, con los ojos como platos.

—Creo que eso es asunto nuestro, ¿no cree? Igual que lo de anoche era asunto suyo.

Max soltó una carcajada, y esbozó una sonrisa de hombre a hombre después de observar a Ben con atención.

—Me gustan los tipos que hablan claro. Me alegro de haberte conocido, McKenzie.

—Lo mismo digo, señor Sommers.
—Llámame Max. Anda, llévala ya a casa, ya tiene bastante sin tener que preocuparse además por mí. Además, ya tengo una mujer que me cuida.
—He conocido a Myra, parece una joya.
—Me ha costado un poco darme cuenta, pero pienso echarle el lazo.

Autumn le dio un beso, y se despidió de Myra al salir de la habitación.

—Llámame si pasa cualquier cosa.
—Por supuesto.

Autumn se preguntó cómo era posible que no se hubiera dado cuenta del amor que se tenían su padre y Myra. Se despidió de ella con un abrazo, y se fue con Ben. Él se puso al volante de nuevo, y pusieron rumbo a Seattle.

—Es increíble que mi padre esté pensando en casarse.
—¿Por qué? Sólo tiene unos sesenta, ¿verdad? No es demasiado mayor.
—Juró que no volvería a hacerlo. Ha sido un padre fantástico, pero un desastre como marido. Mi madre y él no dejaban de pelearse; de hecho, la noche en que murió tuvieron una discusión, por eso se fue de la casa. A lo mejor habría prestado más atención si no hubiera estado tan alterada, y no habría tenido el accidente.

Ben le lanzó una rápida mirada, y comentó:
—Crees que tu padre tuvo la culpa del accidente, ¿verdad?
—Supongo que lo culpé durante un tiempo, pero entonces me di cuenta de que quizás habría pasado de todas maneras. A lo mejor habría sido en otra carretera o al cabo de un año, o puede que le hubiera pasado otra cosa.
—Exacto. Nunca se sabe lo que puede pasar. Si el día que secuestraron a Molly hubiera estado en casa en vez de en el despacho, es posible que no hubiera pasado nada, pero era un día laborable como cualquier otro. No se podía prever lo que iba a pasar.

—No, supongo que nunca se puede —Autumn se volvió a mirarlo. Los dos estaban cansados y desaliñados, y no se acordaba de la última vez que había comido.

—He hablado con Pete Rossi esta mañana, le he llamado desde el hospital —le dijo él, sin apartar la mirada de la carretera—. Tiene la información sobre los propietarios de coches.

—¿Cuántos hay?

—Según el Departamento de Tráfico, treinta y tres.

—¿Sigues sin querer recurrir a la policía? Si el secuestrador aún tiene el coche, es posible que ella esté viviendo en su misma casa. La policía podría tardar menos en interrogar a todos los propietarios que un hombre solo. Cuando el retrato robot esté listo, sabrán a quien buscar.

—En primer lugar, la policía no va a movilizar tantos efectivos basándose sólo en un niño que puede haberse acordado de la marca de un coche que vio a los siete años, y en una mujer que ha visto al secuestrador en sus sueños; y en segundo lugar, si la policía se mete en el asunto, correríamos el riesgo de que el secuestrador se escapara con Molly antes de que estrecháramos el cerco —la miró por el retrovisor, y añadió—: pero necesitamos el retrato. Pete ha quedado esta tarde con un tipo que puede hacerlo, ¿te va bien?

—Me las apañaré. ¿A qué hora?

—A las tres en punto, en tu piso.

—Allí estaré.

Apenas hablaron durante el resto del trayecto. Autumn estaba exhausta, y Ben no podía dejar de pensar en Molly y en la lista de coches. Cuando se acercaban ya a la zona del centro de la ciudad, su voz profunda rompió el silencio.

—He estado dándole vueltas al tema de la búsqueda. En tu sueño, Molly está en una casa de montaña, con dos mujeres rubias.

—Sí. Eso significa que a lo mejor alguna de las direcciones que nos ha dado Tráfico pertenece a una casa en la montaña, o que puede que abra la puerta una mujer rubia, ¿no?

—Exacto. Trabajaré con Pete en lo de la lista, y le contaré esos detalles. Si en alguna de las direcciones hay algo que concuerde, iremos a hablar con los propietarios nosotros mismos.

—En verano tengo mucho tiempo libre, así que podría encargarme de ir a alguna de las casas. Seguro que reconocería al hombre o a las mujeres.

—Si el secuestrador aún tiene a Molly, podría ser peligroso. No pienso dejar que vayas sola, pero sería genial que pudieras acompañarme. Puede que te des cuenta de algún detalle que a mí se me escape.

Autumn estaba convencida de que podía arreglárselas sola, pero Ben tenía una fuerte vena protectora y estaba claro por su expresión que no pensaba dar su brazo a torcer. Era obvio que cada vez estaba más esperanzado, y que estaba empezando a creer que quizás podrían encontrar a su hija.

Se volvió a mirarlo. Ben estaba hablando de su hija como si estuviera viva, y aunque no sabía cuándo había empezado a creer que podía ser así, sintió una dolorosa opresión en el pecho. ¿Qué pasaría si estaba equivocada y la niña había muerto?

Cerró los ojos con fuerza, y se negó a pensar en esa posibilidad.

—No hemos hablado de lo de anoche —le dijo él con suavidad.

Despeinado y sin afeitar, habría encajado más con una Harley que en un coche como aquél. Autumn se estremeció, pero intentó no pensar en besos apasionados y cuerpos desnudos, y se esforzó por aparentar despreocupación.

—No hay nada de que hablar. Ya te dije que no era buena idea que te quedaras a pasar la noche en mi casa, y tenía razón.

—Sí que era una buena idea; de hecho, hacer el amor es la mejor idea que hemos tenido desde que empezó esta locura.

—Ben, no vamos a hacerlo. Fue un momento de locura transitoria por mi parte. Si necesitas que alguien sacie tu apetito sexual, llama a Delores Delgato.

Ben pisó el freno con fuerza, y viró hacia el arcén con tanta brusquedad, que el cinturón de seguridad de Autumn se tensó contra su pecho cuando el coche se detuvo.

—Maldita sea, no necesito a cualquiera sin más. ¿Tanto te cuesta entenderlo? No deseo a Delores Delgato, sino a ti. Es tu cuerpo increíble el que me excita, esa mariposa rosa me enloquece y hace que quiera arrastrarte hasta la cama y mantenerte allí hasta que no podamos ni andar del cansancio.

Autumn se quedó sin palabras, y miró boquiabierta su rostro furioso.

—¿Te ha quedado claro?

Ella tragó con dificultad, y se limitó a asentir.

—Perfecto —Ben volvió a arrancar el coche, y se incorporó de nuevo a la carretera.

Autumn permaneció en silencio, pero el corazón le martilleaba en el pecho. Se preguntó si era posible que Ben sintiera algo más que deseo por ella, pero aun en el caso hipotético de que fuera así, no era de los que se conformaban a largo plazo con una sola mujer.

Pero... ¿qué era lo que sentía ella por él?

14

Consciente de que no iba a llegar a tiempo a su clase matinal del miércoles, Autumn había llamado a Josh desde el hospital para explicarle lo de su padre y pedirle que diera la clase en su lugar.

—Claro, no te preocupes. Llámame si necesitas cualquier cosa —le había dicho él.

—Gracias, Josh.

—¿Sigue en pie la excursión con la clase del sábado?

—Claro que sí, me parece que irían sin mí si me echara atrás.

—Genial. Entonces, hasta el sábado.

Se acercaba el puente del cuatro de julio, y la clase estaba preparada para su primera salida. Habían planeado una escalada en bloque, y no quería decepcionar a sus alumnos. Esperaba que Ben pudiera ir, porque a pesar de que era un alumno muy bueno, necesitaba una escalada real al aire libre.

Cuando llegaron frente al Bay Towers, el edificio donde estaba el ático de Ben, él salió del coche y esperó a que ella se pusiera al volante.

—Anoche me dejé mi bolsa de viaje con ropa en tu piso, después pasaré a buscarla.

Autumn decidió no pensar en las posibles consecuencias,

así que no hizo ningún comentario al respecto y se limitó a preguntarle:

—¿Vas a ver a Rossi hoy?

—Sí, a la una en punto. Y no te olvides de que el retratista irá a verte a las tres.

—No te preocupes.

—Cuando vaya a buscar mis cosas, llevaré la información de Tráfico.

A Autumn no se le ocurrió ninguna excusa para que no fuera a su casa, y de todas maneras, tenía mucho interés por ver la lista de coches.

—Duerme un poco si puedes, anoche apenas pegaste ojo —le dijo él a través de la ventanilla abierta, mientras ella se ponía el cinturón de seguridad—. Te llamaré más tarde.

Autumn abrió la boca para despedirse, pero él le deslizó una mano por el pelo hasta la nuca, metió la cabeza por la ventanilla, y le cubrió los labios con los suyos. Fue un beso largo, profundo y concienzudo, que la dejó sin aliento.

—Es una idea perfecta, Autumn —le dijo, antes de alejarse sin más.

Ella se quedó allí sentada como un pasmarote durante un momento interminable, con las manos temblorosas. Finalmente, respiró hondo para intentar calmarse y puso el coche en marcha. Para cuando llegó a su casa, ya había conseguido recobrar la compostura, y estaba más decidida que nunca a no permitir que la atracción que sentía por Ben la convenciera de hacer algo de lo que después acabaría arrepintiéndose.

Después de ducharse, llamó para pasar la clase particular de aquella tarde al día siguiente, y entonces durmió una siesta. El retratista, un hombre joven de ascendencia hispana, moreno y con una dentadura perfecta, llegó a las tres y diez. Se llamaba Jorge Johnson, y a pesar de que sólo tenía unos cuantos años más que ella, en cuanto empezaron quedó claro que sabía lo que hacía.

—Cierra los ojos, a veces ayuda a ver la cara con más claridad.

Autumn obedeció, y fue contestando a todas sus preguntas. «¿Rostro ovalado, o más cuadrado?, ¿tenía las cejas muy arqueadas?, ¿eran finas o gruesas?, ¿qué forma tenían sus ojos?, ¿cómo eran sus labios?».

Tardaron casi dos horas en completar el retrato, con la precisión limitada que podía llegar a proporcionar un sueño. Autumn no se había dado cuenta de lo poco nítida que era su imagen mental del hombre hasta que había tenido que describirlo. Ni siquiera sabía de qué color tenía los ojos, y el rostro que había descrito no tenía ninguna característica especial.

—¿No llevaba tatuajes ni marcas distintivas? ¿Tenía una cicatriz o alguna marca de nacimiento?

—No. En mi mente parecía alguien más singular y fácilmente reconocible, pero aquí parece muy normal.

—A lo mejor hay algún rasgo que no concuerda.

Autumn se mordió el labio, y observó con atención la imagen en la que llevaba trabajando toda la tarde.

—No, creo que no —el retrato parecía correcto, pero se sentía un poco decepcionada.

Después de dar unos últimos retoques al dibujo, Jorge anotó debajo que se trataba de un hombre caucásico, rubio, de un metro ochenta aproximadamente y complexión media, y de entre treinta y muchos y cuarenta y pocos años.

—Haré copias, y me encargaré de que tanto Ben McKenzie como Pete Rossi reciban una.

—Deja el retrato aquí si quieres. Hay una copistería cerca, y Ben va a venir después.

—Como quieras —el joven artista sacó la hoja de papel de su carpeta, y la dejó encima de la encimera—. Si ves algo que no acaba de convencerte, llámame para que lo cambie.

—Gracias, Jorge.

Autumn contempló aquella imagen durante media hora, intentando descubrir en qué se diferenciaba del hombre del sueño. Fuera lo que fuese, era un detalle tan sutil que no alcanzaba a verlo, así que tendría que conformarse con aquel retrato de momento.

Ben la llamó a última hora de la tarde, y Autumn se enfadó consigo misma por el nerviosismo que sintió al oír su voz profunda. Llegó a su piso poco después de las siete, en cuanto pudo salir del trabajo. Se había puesto unos vaqueros, un jersey amarillo y unos mocasines, y parecía bastante cansado. Tenía el pelo un poco despeinado y una expresión ligeramente ceñuda, y llevaba una carpeta que seguramente contenía la lista de los propietarios de coches que buscaban.

—¿Has tenido un mal día? —le preguntó, en cuanto él entró por la puerta.

—Los de A-1 han vuelto a la carga. Están intentando alquilar el viejo edificio de Pioneer Square que hay justo enfrente de mi tienda. Dios, esos tipos son como un grano en el culo.

—¿Qué vas a hacer?

—Aún no lo sé, pero no estoy dispuesto a venderles mis tiendas.

Era obvio que estaba preocupado. Autumn sabía que había trabajado muy duro para sacar adelante su empresa, y era normal que no quisiera renunciar a ella. Fue a por el retrato que había dejado sobre la encimera. Había ido a la copistería, y había hecho tres copias del original y varias reducciones.

—¿Qué te parece?

Ben recorrió la imagen con la mirada, y el fuego que irradiaba de sus ojos marrones estuvo a punto de calcinar el papel.

—Así que éste es el hijo de puta que me quitó a mi hija, ¿no?

—Es lo más parecido a lo que recuerdo.

—Parece un tipo bastante normal, cuesta creer que sea un pedófilo.

—Puede que no lo sea. A lo mejor quería una hija, y Molly cumplía sus requisitos.

—Supongo que la esperanza es lo último que se pierde.

Autumn fue incapaz de soportar el dolor que brillaba en sus ojos, y apartó la mirada.

—¿Te apetece un vaso de vino?, creo que te sentará bien.
—Gracias.

Autumn sirvió dos vasos de Chardonnay. Ben dejó la carpeta que llevaba junto al suyo, y sacó varios papeles.

—Ésta es la lista de todos los Chevy Chevelle Super Sport del sesenta y seis registrados en el estado de Washington desde el 2001 hasta la actualidad. Algunos siguen teniendo el mismo dueño, pero otros han cambiado de manos varias veces.

—Hay bastantes —comentó ella.

—Sí, pero si empezamos sólo con los blancos... aquel año lo llamaron tono armiño... sólo tenemos doce para empezar.

—Parece razonable, aunque no hay forma de saber cuál pudo ser el que se usó en el secuestro.

—Ni si el coche en cuestión estaba registrado en este estado, pero necesitamos un punto de partida.

—Ojalá el tipo siga teniendo el coche y se parezca al retrato.

Ben le echó un vistazo a los nombres y a las direcciones que abarcaban aquel período.

—Según Tráfico, ocho de los once coches blancos siguen perteneciendo a los mismos propietarios que los tenían en el 2001. Le daré una copia del retrato a Pete para que empiece mañana a primera hora.

—Washington es un estado bastante grande.

—Pete se encargará de las direcciones de fuera de la ciudad. Como no puedo desentenderme de mi empresa sin más, yo me ocuparé de las que están más cerca.

—Iré contigo.

—Has visto a este tipo... o al menos has soñado con el aspecto que tenía hace seis años, así que eres una pieza clave para encontrar a Molly —Ben miró el retrato, y recorrió con un dedo las finas líneas de expresión que marcaban los ojos de aquel hombre–. A lo mejor descubriremos algo entre los dos.

Pete Rossi tardó dos días en recorrer la distancia que separaba a los cuatro propietarios que vivían en las zonas más apartadas del estado, pero regresó con las manos vacías. Ninguno de los hombres con los que había hablado encajaba con la descripción de Autumn, y en los casos en que las casas estaban en las montañas no había visto a ninguna mujer rubia.

Ben y ella fueron a las cuatro direcciones más cercanas. Uno de los propietarios era una mujer, otro un coronel retirado, otro un piloto de avión, y el último era un chico de diecinueve años al que le habían regalado el coche. Ninguno de ellos era el hombre de los sueños de Autumn.

–Supongo que habrá que empezar a comprobar los coches que han cambiado de manos –comentó, mientras subían al Mercedes de Ben después de encontrarse con otro callejón sin salida.

–Supongo que sí –Ben sacó la lista, y comentó–: Sólo hay tres coches más en la lista. Los tres se vendieron entre el 2001 y la actualidad, pero tenemos los nombres y las direcciones de los propietarios iniciales y todos viven cerca de Seattle.

El primero era un anciano de casi noventa años al que incluso la pequeña Molly habría podido noquear. El segundo era un profesor de instituto bajito, de pelo canoso y con barba que no se parecía ni remotamente al secuestrador ni reconoció el retrato. La última persona de la lista ya no vivía en la dirección que aparecía en el registro, que resultó ser una casa de alquiler bastante destartalada en Tumwater, cerca de la vieja cervecería Miller.

–Vamos a hablar con el hombre que compró el coche –dijo Ben–. Vive en Olympia, a lo mejor puede decirnos si el antiguo propietario es el hombre del retrato.

En cuanto aparcaron frente a la sencilla casa unifamiliar

de una sola planta, vieron el Chevelle en el cobertizo que había junto a la vivienda, pero el vehículo era amarillo con una capota negra.

—Supongo que el registro de Tráfico está equivocado —comentó Ben.

—Pero es un Chevelle. Ya estamos aquí, y no perdemos nada por preguntar —le contestó Autumn, antes de bajar del coche.

El propietario, Riley Perkins, era un vendedor de seguros retirado que se había mudado a la zona del Pacífico Noroeste en el 2002, y había comprado el coche aquel mismo año. Estaba bastante rechoncho y casi calvo, pero era un hombre afable que se enorgullecía de su coche, y no le importó contestar a sus preguntas.

—Según el registro, se suponía que su coche era blanco —le dijo Ben.

—Lo era cuando lo compré, pero estaba hecho un desastre. El tipo que me lo vendió me dijo que necesitaba dinero para comprarse una moto, le gustaban las Harley. Me comentó que iba a irse del estado.

—¿Es este hombre? —le preguntó Ben, al enseñarle el retrato.

—Qué va, no se parece en nada —Perkins leyó lo que ponía debajo del dibujo, y añadió—: Sí que era rubio, pero bastante delgaducho y feo. Tenía un brillo raro en los ojos... como si estuviera drogado, o algo así.

Aquella descripción no se parecía en nada a la del secuestrador. Al ver que Ben parecía completamente derrotado, Autumn lo tomó del brazo y le dijo al hombre:

—Gracias por su ayuda, señor Perkins.

—De nada.

Autumn condujo a Ben de vuelta hacia el coche sin soltarle el brazo, y le dijo:

—¿Me dejas que conduzca yo?, no se presenta todos los días la posibilidad de conducir un Mercedes.

—¿Estás segura de que podrás dominarlo? —le preguntó él,

con una sonrisa triste. El simple hecho de que no protestara revelaba lo deprimido que estaba.

—Sí, creo que me las arreglaré.

Realizaron casi todo el trayecto desde Olympia hasta Seattle en silencio. Autumn pensaba ir directamente a casa de Ben y volver a la suya caminando, pero cambió de idea al verlo tan descorazonado.

—Estás a punto de ser un tipo muy afortunado, McKenzie.

Él volvió aquellos ojos color whisky hacia ella, y prestó atención por primera vez en una hora.

—¿Por qué?

—Porque voy a invitarte a cenar. Tengo lo necesario para preparar lasaña... si no te importa que la haga con requesón. ¿Qué te parece?

Ben estuvo a punto de sonreír, y le contestó con sus propias palabras.

—Creo que me las arreglaré.

Los dos permanecieron en silencio mientras ella aparcaba en uno de los espacios reservados para invitados del garaje de su edificio. Cuando salieron del coche y fueron hacia la puerta, se dio cuenta de que él iba con los hombros un poco encorvados, y de que sus pasos carecían de su seguridad y vitalidad habituales.

—El último sitio al que hemos ido... la casa estaba en las montañas —le dijo él de repente, cuando entraron en el ascensor—. Cuando he visto que habían pintado el coche, he pensado que seguro que... —fue incapaz de continuar, y tragó con fuerza.

Autumn sintió una punzada en el corazón al ver la angustia que había en sus ojos, y le dijo con suavidad:

—Puede que Pete descubra algo, aún quedan muchos coches en la lista.

—Sí, pero ninguno es blanco.

—A lo mejor lo eran, pero los pintaron.

—Sí, a lo mejor.

Era obvio que Ben creía que la búsqueda iba a resultar infructuosa, y Autumn estaba empezando a pensar lo mismo.

Autumn preparó lasaña y una ensalada sazonada con una ligera vinagreta balsámica, y abrió una botella de Chianti para intentar levantarle el ánimo a Ben. Durante la cena, fue con pies de plomo y no mencionó la búsqueda ni lo que harían en caso de que la pista del coche no diera ningún resultado.

Ben la ayudó a meter los platos en el lavavajillas después de comer, y entonces tomó la chaqueta que había dejado sobre una silla.

—Supongo que será mejor que me vaya. Gracias por la cena, estaba buenísima... requesón incluido.

—Gracias.

—Mañana es viernes, así que nos veremos por la mañana en clase —sin más, fue hacia la puerta con aspecto derrotado.

Autumn sabía que iba a pasarse toda la noche pensado en su hija, preguntándose si estaba viva, si estaba sufriendo. De repente, no pudo soportar la idea de dejar que sufriera de aquella forma, y lo tomó de la mano.

—¿Por qué no te quedas un rato más? Aún no nos hemos acabado la botella de vino, podríamos sentarnos y ver la tele.

Ben se volvió poco a poco, y la miró con expresión intensa.

—Si me quedo, no va a ser para ver la tele.

Autumn sintió que el corazón se le aceleraba. Había sabido lo que pasaría en cuanto lo tocara, había sabido que aunque él había sofocado su deseo tras una neblina de dolor, seguía bullendo justo debajo de la superficie.

—Ben, quédate... por favor.

Él dudó por un instante y la observó con atención, pero de repente la abrazó con fuerza y empezó a devorarle la boca con un beso tórrido y salvaje que iba más allá del mero deseo. La necesitaba, y con cada beso y cada caricia le demostraba hasta qué punto.

La desnudó rápidamente, y ella no protestó cuando la llevó en brazos al dormitorio y la tumbó en medio de la cama. Entonces se desnudó también, y permaneció durante unos segundos de pie junto a la cama, con el cuerpo tenso, mirándola como si fuera la mujer más hermosa del mundo. Autumn ya se había dado cuenta antes de que era grande, y su miembro excitado se erguía en una exigencia silenciosa.

Ben fue hacia ella, y se colocó entre sus piernas mientras se apoderaba de sus labios y la penetraba con la lengua profundamente. La besó una y otra vez, y entonces sus labios empezaron a descender por su cuerpo. Empezó a succionarle los pechos, a trazar con la lengua sus pezones, a enloquecerla de placer.

Estaba húmeda, estaba increíblemente húmeda y excitada.

Autumn estuvo a punto de pedirle que parara, pero habían llegado demasiado lejos y no habría sido justo para él. Cuando su cuerpo se arqueó bajo sus caricias como por voluntad propia, se dio cuenta de que tampoco sería justo para sí misma. Quería hacer el amor con él, deseaba a aquel hombre. No recordaba haber deseado tanto a alguien en toda su vida.

—Autumn... —susurró él contra su piel, mientras le cubría el cuello de besos—, Dios, te deseo.

Ella también lo deseaba... Dios del cielo, lo deseaba tanto... creyó que iba a penetrarla de inmediato, que iba a hundirse en su interior para saciar aquel anhelo que la consumía, pero volvió a besarla profundamente antes de empezar a descender por su cuerpo con besos cálidos y húmedos. Trazó su ombligo con la lengua y lo lamió mientras sus manos se deslizaban por el vello rojizo de su entrepierna y empezaban a acariciarla.

Autumn no había sentido nada parecido en toda su vida, nunca había sentido aquel fuego ardiente que la consumía, aquel deseo desesperado por unir su cuerpo con el de un hombre.

—Ben, te necesito. Por favor...

Él volvió a apoderarse de sus labios, pero sus dedos siguieron acariciándola y penetrándola profundamente. Autumn le rodeó el cuello con los brazos y le devolvió cada uno de sus besos, con los sentidos llenos de su sabor y de su aroma.

—Por favor... —le dijo con más firmeza, mientras le mordisqueaba la oreja y el cuello.

Ben fue incapaz de esperar más. Se incorporó ligeramente, le abrió un poco más las piernas, y empezó a penetrarla poco a poco. Estaba muy estrecha, porque hacía años que no se acostaba con nadie... y ninguno de sus anteriores amantes había sido tan grande como él.

Ben debió de darse cuenta de que empezaba a ponerse nerviosa, porque bajó la cabeza y la besó con ternura.

—No voy a hacerte daño, nos lo tomaremos con calma.

Pero Autumn no quería tomárselo con calma, lo que quería era sentir cada centímetro de su duro miembro en su interior, y lo quería en ese mismo momento. Alzó las caderas y se arqueó hacia arriba, y Ben soltó un jadeo cuando ella hizo que se hundiera hasta el fondo.

—Dios, no te muevas...

—Tengo que hacerlo, Ben.

Encontraron el ritmo de inmediato, y él no tardó en tomar las riendas. La penetró una y otra vez con embestidas cada vez más potentes, hasta que Autumn no pudo seguir soportándolo y su cuerpo entero se tensó hasta el límite. De repente, el mundo pareció estallar y sintió que volaba en una vorágine de placer. Ben no se detuvo hasta que la llevó a otro poderoso orgasmo, y segundos después su cuerpo entero se tensó y soltó un profundo gemido gutural cuando su propio clímax lo golpeó de lleno.

Los dos permanecieron inmóviles durante largo rato, pero Autumn apenas se dio cuenta de que él se apartaba y se tumbaba a su lado. Había estado tan excitada, que tampoco se había dado cuenta de que llevaba un condón hasta que vio que se lo quitaba y lo tiraba en la papelera que había junto a la cama. Aquello la arrancó del cálido ensueño en el que estaba sumida como un jarro de agua fría.

Al notar que se tensaba, Ben le acarició la mejilla y le dijo:

—Tranquila, no pasa nada.

—No debería haber... no deberíamos...

—Pero lo hemos hecho, y ha sido increíble.

Autumn hizo ademán de levantarse, pero él la detuvo.

—¿No sabes que es el hombre el que se supone que tiene que salir corriendo en cuanto se acaba? Y yo no voy a irme a ningún sitio, Autumn.

Cuando la atrajo de espaldas contra su pecho y la envolvió en su cuerpo poderoso, ella empezó a relajarse.

—Hemos tenido un día muy duro, y los dos estamos exhaustos. Tendría que dejarte dormir —Ben empezó a besarle el cuello, y añadió—: pero no creo que lo haga.

La penetró desde detrás, empezaron a moverse al unísono, y Autumn estalló en llamas de nuevo.

«Mañana», pensó para sus adentros, «mañana me preocuparé por lo que voy a hacer».

Pero de momento estaba en los brazos de Ben McKenzie, y aquello le parecía lo más maravilloso del mundo.

Ben observó desde la base del muro de escalada de doce metros el ascenso preciso y ágil de Autumn, mientras intentaba concentrarse en la clase y dejar de pensar en el sexo ardiente que habían compartido la noche anterior.

Habían vuelto a hacer el amor aquella mañana, pero se había ido antes de que ella estuviera lo bastante despierta para empezar a enumerar todas las razones por las que no deberían haberse acostado juntos, y por las que no deberían volver a hacerlo.

Como estaba convencido de que eso era lo que iba a pasar, había recogido sus cosas y se había dado una ducha en su ático antes de ir al despacho. A las nueve había bajado al gimnasio, convencido de que Autumn iría a clase y demasiado ansioso por verla. Se había sentido un poco decepcionado al ver que ella se comportaba como si no hubiera pasado nada y apenas le hablaba, pero el rubor que teñía sus mejillas de vez en cuando revelaba que recordaba la noche anterior tan bien como él.

Cuando volvió a descender del muro, Autumn miró a sus alumnos y comentó:

—Bueno, todo está listo para mañana. ¿Todo el mundo tiene el equipamiento preparado?

Varios de los alumnos murmuraron su asentimiento. Courtney Roland, la rubia alta y esbelta, asintió con la cabeza, y Ned Wheaton sonrió de oreja a oreja.

—Estamos deseando ir —le dijo Winnie Caruthers, la morena—. Nos encontraremos en el vestíbulo a las ocho y después iremos en los coches hasta el paso de Snoqualmie, ¿verdad?

—Exacto. No está demasiado lejos, y así podremos llevar menos coches. Yo llevaré el mío. ¿Algún otro voluntario?

—Yo —le dijo Ben. Además del Mercedes, también tenía un cuatro por cuatro, un GMC que se había comprado para llevar con comodidad su equipo de piragüismo.

—También podemos llevar el mío —dijo Ned.

—Josh Kendall también vendrá con nosotros —comentó Autumn—. Es un guía acreditado con mucha experiencia, está deseando llevaros a un ascenso de verdad. Será muy excitante.

A Ben se le ocurrieron varias cosas más excitantes que estaba deseando hacer con ella, pero se mordió la lengua. Además, le encantaba la escalada y estaba tan ansioso como Josh por practicar al aire libre lo que había aprendido.

Autumn hizo que trabajaran duro para prepararlos bien, pero tuvo cuidado de no cansarlos demasiado para que al día siguiente no tuvieran problemas en el ascenso. Al terminar la clase, Ben esperó a que los demás se fueran y entonces se acercó a ella, aunque sabía de antemano cuál iba a ser su actitud.

—La clase ha estado muy bien —comentó con naturalidad.

—Gracias —le contestó ella, sin apartar la mirada de la bolsa en la que estaba guardando su equipo.

—Pensé que dormirías hasta tarde, para poder descansar un poco —le dijo, para intentar llamar su atención.

Al ver que no contestaba, agarró su mano manchada de magnesio. Autumn tenía los dedos callosos a causa del muro y del tiempo que pasaba escalando montañas de verdad, pero aquello no le resultaba poco atractivo; todo lo contrario, porque le recordaba lo fuerte que era, la forma en que su cuerpo tonificado se movía perfectamente acompasado con el suyo.

—¿Qué es lo que quieres, Ben? —le preguntó ella, antes de apartar la mano.

—Quiero que me mires y me digas que no te arrepientes de lo de anoche.

Ella lo miró por un instante, pero se apresuró a apartar la mirada.

—No es arrepentimiento exactamente.

—Bueno, algo es algo.

Autumn se volvió hacia él, y le dijo con calma:

—Mira, tengo un poco de prisa. Aún me quedan varias clases esta mañana, y después quiero ir a ver a mi padre a Burlington.

—Está bien, ¿no? Me dijiste que le habían dado el alta...

—Sí, está bien, pero quiero ir a pasar un rato con él. Tengo la tarde libre, y es un trayecto corto —Autumn enarcó las cejas, y añadió—: A menos que quieras que te ayude con lo de las direcciones de la lista de Tráfico.

—Pete está ocupándose de eso. Quiero que vengas conmigo a echar un vistazo si descubre algo, pero hasta entonces no podemos hacer nada. Es inútil preocuparse.

—Crees que no va a descubrir nada, ¿verdad?

Habían hablado con toda la gente del estado que tenía un Chevelle blanco, pero había cuarenta y nueve estados más. Era una tarea monumental que no parecía demasiado esperanzadora.

—¿Vas a venir a la excursión de mañana?

Ben estuvo a punto de sonreír. No pudo contenerse, y le acarició la mejilla con la mano.

—Me da la impresión de que estás intentando deshacerte de mí.

—Ben, lo de anoche fue genial, pero...

—Pero no te interesa que se repita, ¿no?

—No... no quiero complicarme demasiado la vida.

Ben no le dijo que él ya se había complicado la suya, que estaba loco por ella desde la primera vez que la había visto escalar aquel muro. No lo entendía, no estaba seguro de qué era lo que estaba pasando, pero era algo muy real y no estaba dispuesto a actuar como si no existiera.

—No voy a presionarte, Autumn. Los dos tenemos un montón de cosas en la cabeza en este momento, pero no voy a dejar que finjas que lo que pasó entre nosotros no fue algo especial. Lo fue, fue algo increíble, y creo que lo sabes tan bien como yo.

Autumn se mordió el labio. Cuando intentó cerrar la bolsa con manos temblorosas, la cremallera se quedó atascada, así que Ben lo hizo por ella.

—Tengo que irme, Ben.

—¿Quieres que te acompañe?, podría llevarte en mi coche —al ver que ella se apresuraba a negar con la cabeza, añadió—: Vale, nos vemos mañana.

Autumn pareció tan aliviada como un conejo que acababa de librarse de la trampa de un cazador. Ben quería pedirle que se vieran aquella noche, pero sabía que no estaba preparada y no quería presionarla.

Hasta las seis de la tarde no se dio cuenta de que no habría podido ir a verla si hubieran quedado. Estaba trabajando en su despacho, analizando un listado de cifras que tenía en el ordenador, cuando su secretaria, Jenn Conklin, llamó a la puerta y entró.

—Señor McKenzie, ¿se le ha olvidado su compromiso de esta noche? La cena en el club de campo con Sam y Beverly Styles...

Dios, se le había olvidado por completo. Se apresuró a dejar sobre la mesa el bolígrafo con el que había estado tomando anotaciones, y comentó:

—Siempre compruebo mi agenda, pero supongo que estaba distraído —y sabía muy bien quién era la persona que estaba distrayéndolo por completo.

—Va a tener que darse prisa si no quiere llegar tarde.

—Gracias, Jenn. Eres un regalo del cielo —después de rematar a toda prisa el trabajo que tenía entre manos, agarró su chaqueta y fue hacia la puerta.

—Que se lo pase bien —le dijo Jenn, con una mirada elocuente.

Ben no tenía ni idea de cómo parecía saber siempre con qué mujeres se había acostado, pero lo que su secretaria ignoraba era que no tenía ningún deseo de acostarse con Beverly Styles, y que de hecho no lo habría hecho la primera vez si ella no hubiera insistido en ir a tomar una copa a su ático después de una cena. Como Sam era un amigo suyo, ni se le había pasado por la cabeza que pudiera pasar algo, pero no era un santo y Bev era una divorciada atractiva y sensual con las ideas muy claras.

Pero aquella noche no iba a pasar nada, porque sólo deseaba a una mujer... una mujer que no parecía dispuesta a volver a acostarse con él.

Ben soltó un suspiro mientras esperaba a que uno de sus empleados sacara el coche del aparcamiento. Acortaría la velada todo lo posible, y se iría a casa cuanto antes.

Sonrió al pensar en Autumn. La vería al día siguiente, y entonces retomaría su campaña para conquistarla.

Autumn no pudo dejar de pensar en Ben mientras iba en coche camino de Burlington.

Hacía años que no se sentía tan atraída por un hombre. La última vez había sido en un viaje a las Rocosas en el que había conocido a Luke Noland, un escalador atractivo y muy atlético con el que había congeniado al instante. Había dudado al recordar a Ronnie Hillson, el tipo con el que había estado saliendo durante un mes y del que no había vuelto a saber nada después de acostarse con él, pero se había dicho que Luke era diferente, que era un hombre sincero. Además, se había creído capaz de lidiar con una aventura y se había dicho que se merecía tener una, al menos por aquella vez. Había decidido disfrutar de las dos semanas que iban a estar juntos en las Rocosas, sin esperar nada de él.

Al final del viaje, se había despedido de él en el aeropuerto y había regresado a Seattle, pero a pesar de que sabía que se había acabado, había tenido la esperanza de que el teléfono sonara, de que Luke la llamara.

Pero él no lo había hecho ni una sola vez, y entonces se había dado cuenta de que una aventura podía resultar muy dolorosa. A pesar de que no se había enamorado de Luke, había creído que ella le importaba al menos un poco. Se había consolado con los recuerdos de aquellas dos gloriosas semanas en las montañas, y se había prometido que no volvería a cometer una estupidez así.

¿Cómo era posible que hubiera acabado en la cama con Ben? Por el amor de Dios, aquel hombre era el soltero más codiciado de Seattle, aparecía en las páginas de sociedad junto a montones de mujeres. ¿Cómo había podido ser tan tonta?

Entonces recordó el dolor que había visto en sus ojos, la actitud derrotista que lo había encorvado como si fuera un abrigo empapado de lluvia. Había sido incapaz de permitir que se fuera a casa solo y que se martirizara pensando en su hija... al menos ésa había sido su excusa, porque lo cierto era que había querido que él se quedara. Había deseado con todas sus fuerzas que Ben le hiciera el amor, y no la había decepcionado.

Pasar una noche en la cama con Ben McKenzie había sido una experiencia incomparable.

Autumn soltó un suspiro al tomar el camino de entrada de la casa prefabricada gris y blanca de su padre. Tenía veinte mil metros cuadrados de terreno, estaba a unos cuantos kilómetros de la ciudad, y su padre la mantenía limpia y cuidada.

Bueno, a lo mejor era Myra la que se ocupaba de que el interior estuviera limpio, pero en cualquier caso se alegraba de que su padre se encontrara mejor. Había hablado con él a diario desde la noche que había pasado en el hospital, y ya no la preocupaba tanto que siguiera pensando en casarse con su novia; al fin y al cabo, lo que su padre hiciera con su propia vida era asunto suyo.

Se preguntó si Myra estaría en casa con él. La verdad era que le caía muy bien, porque era una buena persona y una amiga de verdad para su padre. Si se casaba con ella...

De repente, recordó las lágrimas que su madre había derramado, las horas de espera hasta que su padre volvía a casa, el delator olor a perfume que había en las solapas de su chaqueta. Si su padre volvía a casarse...

Autumn sintió pena por Myra.

Eran las siete de la mañana del sábado, y el teléfono llevaba sonando insistentemente desde las seis. Autumn estaba sentada en la mesa de la cocina, con la mirada fija en la foto que aparecía en la página de sociedad del periódico. Era perfectamente consciente de quién la llamaba, y cada tono era como una puñalada en el corazón.

Rechinó los dientes cuando el irritante sonido empezó de nuevo, y volvió a releer el artículo; al parecer, la noche anterior se había celebrado una cena benéfica en el club de campo Broadmoor. Había varias fotos, pero la que le había llamado la atención era la de Ben McKenzie con una atractiva morena llamada Beverly Styles. Lo más interesante era que la mujer tenía los brazos entrelazados alrededor del cuello de Ben, y que no había duda de que estaba a punto de besarlo.

Una nueva llamada la arrancó del bloqueo emocional en el que la había sumido el dolor provocado por aquella traición. Se levantó de golpe, hizo una bola con la página del periódico en la que aparecía la foto, y la tiró a la basura.

«¡Maldita sea, otra vez no!». Debía de tener alguna tara. Tenía que tenerla, porque era increíble que siguiera dejando que los hombres le tomaran el pelo, que siguiera creyendo que podía confiar en alguno de ellos.

No se dio cuenta de que estaba llorando hasta que una lágrima se le deslizó por la mejilla. Maldijo a Ben McKenzie entre dientes, agarró su bolso, y fue hacia la puerta. No quería llegar tarde al gimnasio, sus alumnos la esperaban para ir a la escalada en bloque.

Si Ben McKenzie tenía la cara dura de aparecer... bueno, no sabía lo que haría, pero entonces sintió una gran satisfacción al imaginarse soltando la cuerda de seguridad y dejando que Ben se despeñara.

Ben estaba esperándola cerca de los ascensores del vestíbulo, y fue a interceptarla en cuanto la vio aparecer.

—Tengo que hablar contigo.

—Quítate de en medio, Ben.

—Supongo que ya has visto el periódico, ¿no?

Cuando Autumn lo apartó de un empujón al pasar junto a él, Ben soltó una imprecación y la alcanzó de nuevo en dos zancadas. La agarró del brazo, y la obligó a que se volviera a mirarlo. El resto de los alumnos ya estaban esperando al otro lado del vestíbulo, y algunos empezaron a darse cuenta de que se acercaban a ellos.

—Podemos hablar de esto delante de todo el mundo, o puedes darme un minuto a solas en mi despacho para que pueda explicártelo.

—No me interesa lo que tengas que decirme.

—Estoy dándote una elección. ¿Qué decides?

Era un hombre corpulento, pero ella estaba igual de decidida. Autumn miró hacia sus alumnos, que estaban observándolos con creciente interés, y masculló:

—Te he dicho que te quites de en medio.

—Te cargaré al hombro si hace falta.

Autumn se dio cuenta de que hablaba muy en serio. Como no estaba dispuesta a quedar en ridículo delante de sus alumnos, dio media vuelta y lo precedió hecha una furia por el pasillo hasta llegar a una sala de conferencias que estaba libre.

—Buena elección —le dijo Ben, al cerrar la puerta—. Sé que estás enfadada y lo entiendo, pero vas a escucharme. Cuando acabe, podrás decidir lo que quieres hacer, y entonces nos iremos de escalada.

—¡Tú no vienes conmigo!

Autumn hizo ademán de volver hacia la puerta, pero él le cerró el paso.

—Hace unas semanas, accedí a acompañar a Bev Styles y a su padre a un evento especial que se celebraba en el club de campo, porque los dos son amigos míos desde hace tiempo. No me acordé de ese compromiso hasta que Jenn me lo recordó a las seis de la tarde, pero como no podía echarme atrás, decidí acortar la velada lo máximo posible. No sabía que el periódico publicaría un artículo sobre el evento, y ni siquiera me di cuenta de que el fotógrafo nos hizo esa foto.

—Pero apuesto a que sí que notaste el beso —Autumn intentó marcharse de nuevo, y él volvió a impedírselo.

—Yo no la besé, fue ella. Si hubiera sabido lo que estaba a punto de hacer, se lo habría impedido. La llevé directamente a su casa minutos después, no le di un beso de buenas noches, y no la invité a salir otro día... ni pienso hacerlo.

Autumn intentó leer su expresión. Parecía sincero, pero no estaba segura de poder confiar en él. Se pasó una mano por el pelo, y le dijo:

—No puedo lidiar con todo esto, Ben. No soy como tus otras mujeres. ¿Por qué no me dejas en paz?

Él la tomó de la barbilla con un gesto sorprendentemente tierno.

—Lo haría si pudiera, pero soy incapaz. Cuando he abierto el periódico esta mañana, el mundo se me ha caído encima. Sabía lo que ibas a pensar y a sentir, pero no tienes que preocuparte por ninguna otra mujer, porque no pienso salir con ninguna otra. No habría ido a la cena de ayer si no se lo hubiera prometido a Sam.

Autumn no contestó, pero se le aceleró el corazón. Al ver lo afectado que estaba, empezó a pensar que a lo mejor era sincero, y aunque eso no cambiaba en nada las cosas, se sintió menos dolida.

—Tengo que saber qué es lo que está pasando entre nosotros, Autumn. Por favor, dime que al menos nos darás una oportunidad.

—No puedo arriesgarme, Ben —se obligó a apartarse de él, pero se enfadó consigo misma de nuevo al darse cuenta de que no quería hacerlo—. Suéltame, por favor. Mis alumnos están esperando.

Él permaneció inmóvil por un momento, pero finalmente se apartó de su camino. Autumn pensó que se iría al darse cuenta de que la noche loca que habían compartido no iba a repetirse, pero se limitó a ir tras ella.

Cuando llegaron al vestíbulo y se acercaron al grupo que los esperaba, Autumn hizo acopio de valor y se obligó a sonreír. Por el rabillo del ojo, vio que Ben se colocaba al fondo del grupo, y se dio cuenta de que pensaba ir con ellos. No le hizo ninguna gracia, pero sabía que formaba parte de la clase y que tenía todo el derecho del mundo.

Se preparó mentalmente para el día que tenía por delante, y decidió que simplemente no le haría ningún caso; por desgracia, eso no era nada fácil con un hombre como Ben McKenzie.

16

El aire de la mañana era frío, y el cielo tenía un color plomizo que resultaba habitual en Seattle; sin embargo, los dioses encargados del tiempo parecieron darse cuenta de que Autumn necesitaba animarse, y a mediodía el sol había empezado a brillar entre las nubes y el ambiente era más agradable.

Josh había llegado justo antes de que el grupo se pusiera en camino, y tanto Courtney como él iban con Ben en el cuatro por cuatro. Ian y Bruce iban en el Camry de cuatro puertas de Ned, y Matt Gould y Winnie Caruthers iban con Autumn.

Tomaron la autopista 90 en dirección este hacia el paso de Snoqualmie, y tomaron la salida 51. Después de dejar los coches en el aparcamiento de Alpental, cargaron con el material de escalada y echaron a andar hacia el sendero de Snow Lake.

El paisaje era espectacular: enormes formaciones graníticas, riscos majestuosos, picos cubiertos de nieve en la distancia... unas nubes blancas y esponjosas flotaban justo debajo de una cima lejana, y el bosque color verde oscuro subía desde la base de la montaña hasta que el terreno se volvía demasiado agreste.

Autumn condujo al grupo por el sendero, hasta que llegaron a una bifurcación al cabo de unos cinco kilómetros. Tomaron el camino que llevaba hacia un lugar llamado The Tooth, una cima dentada perfecta para la escalada en cualquier época del año. Autumn había estado allí tanto en verano como en invierno, pero en esa ocasión había optado por una zona de formaciones rocosas más bajas ideales para que practicaran los novatos.

La idea era hacer escalada libre hasta una distancia segura sin cuerdas, y los únicos dispositivos de seguridad serían unas gruesas colchonetas por si alguien se caía. Las irregulares rocas de granito proporcionaban un montón de puntos de agarre como grietas y salientes, aunque había varios puntos problemáticos que pondrían a prueba incluso a los alumnos más aventajados.

Habían llevado el equipo de escalada porque después quería que practicaran la técnica de yoyó, y también había pensado que Ned, Courtney y Ben quizás podrían empezar con la escalada clásica. A pesar de lo enfadada que estaba con Ben, era su profesora, y tenía que cumplir con su responsabilidad. Él parecía tener una aptitud innata para aquel deporte y estaba decidido a aprender, así que sin duda llegaría a ser un gran escalador si seguía entrenando.

Cuando llegaron a la zona que Autumn había escogido, dejaron el material a la sombra bajo unos salientes, sacaron las bolsas de magnesio, y colocaron las colchonetas bajo las rocas por las que iban a ascender. Estuvieron practicando la escalada libre durante un par de horas, y entonces pasaron a la modalidad de yoyó, que consistía en una versión más segura de la escalada tradicional en la que la cuerda se colocaba en anclajes permanentes hasta la parte superior de la ruta, y después volvía a bajar hasta un asegurador. De esa forma, el escalador no tenía que colocar protecciones en la roca, porque los anclajes sujetaban la cuerda en ambas direcciones.

Hicieron una pausa para comer al cabo de varias horas, y después volvieron a las rocas. Autumn empezó un largo en una grieta bastante amplia que tenía buenos agarres además de un saliente con un tronco de árbol. Courtney se encargó de asegurarla con una técnica sólida, mientras Josh trabajaba en una chimenea cercana con Ben.

Los dos ascensos se desarrollaron sin problemas, y Autumn fue a sentarse a la sombra de un enorme saliente y abrió una botella de Gatorade. Al ver que Josh empezaba a trabajar con Ned, supuso que Ben estaba con ellos, así que se sobresaltó al oír su voz.

—Tendría que haberte llamado anoche para explicarte que tenía que ir a esa cena. Si pudiera viajar atrás en el tiempo, lo haría.

Autumn se tensó al ver que él se sentaba a su lado y se apoyaba contra la pared de granito.

—No me debes nada, Ben. Sólo nos acostamos juntos, ¿y qué? Has estado con docenas de mujeres. Yo soy sólo una más.

Él se volvió a mirarla, y la contempló con expresión intensa.

—Ahí es donde te equivocas, Autumn. No eres una más. Eres diferente... muy diferente, y quiero que volvamos a estar juntos.

Autumn recostó la cabeza contra la roca, y cerró los ojos. Ben quería estar con ella, sentía lo que había pasado, y no estaba saliendo con otras mujeres.

Daba igual, las cosas no funcionarían entre ellos.

—Lo has hecho muy bien, podrías llegar a ser un escalador fantástico —le dijo, al mirarlo de nuevo.

—Viniendo de ti, es un gran piropo.

Ambos sabían que no era dada a los halagos. Ben tenía mucho talento, y el deporte parecía gustarle mucho.

—¿Has sabido algo de Pete?

—Aún no. Tenías razón al decir que aquí no habría cobertura, le llamaré en cuanto el móvil vuelva a funcionar.

Cuando él sacó una botella de agua de su bolsa y tomó un trago, Autumn intentó no fijarse en el movimiento de los músculos de su cuello, pero sintió que se le endurecían los pezones.

—¿Qué tal van tus sueños? No soñaste ni la noche que estuvimos juntos ni la anterior, ¿qué me dices de anoche?

—No estoy segura, no me acuerdo de si soñé o no. A veces me pasa.

Ben fijó la mirada en una cima lejana y nevada, y Autumn supo sin lugar a dudas que estaba pensando que si estuviera junto a ella por la noche podría ayudarla a recordar, que era posible que consiguieran otra prueba.

Tomó otro trago de Gatorade, y volvió a cerrar la botella. Si Pete Rossi regresaba con las manos vacías, sus sueños eran lo único que podía ayudarlos a encontrar a Molly. Había sido ella la que había ido a ver a Ben, la que lo había involucrado en aquello a pesar de que él se había opuesto al principio, así que estaba obligada a ayudarlo a cualquier precio.

Decidió decirle que quizás le dejaría dormir en el sofá si Rossi no descubría nada, pero Josh se les acercó antes de que pudiera hacerlo.

—Has estado genial, McKenzie. La escalada se te da muy bien. Hay una ruta bastante interesante un poco más abajo, ¿quieres intentarla?

Ben se levantó de inmediato, se sacudió el polvo de los pantalones cortos que llevaba y se ajustó la camiseta azul marino que enfatizaba su pecho musculoso.

—Vamos a echarle un vistazo.

Ben siguió a Josh hasta el montón de cuerdas y de material que habían dejado cerca de la base de un talud, se puso el arnés, y recogió algunos elementos que podía necesitar.

Se alejaron un poco por el camino, pero Autumn no los perdió de vista. Josh empezó el ascenso con un estilo depurado, colocó una fijación, y siguió subiendo después de asegurar la cuerda. En cuanto llegó a la parte superior del largo y fijó el anclaje, Ben empezó a subir y fue recogiendo los dispositivos que Josh había colocado. Sus músculos se contraían y se tensaban con cada uno de sus movimientos, y el sol se reflejaba en el sudor que le cubría la espalda y los hombros.

Autumn contempló con admiración su fuerza y su creciente destreza, pero al cabo de un momento regresó junto al grupo que estaba practicando en los bloques de roca más pequeños con las colchonetas. El día estaba llegando a su fin, y empezaba a refrescar mientras el sol iba descendiendo en el horizonte.

Tendrían que regresar en breve, y se sintió aliviada de no tener que hacer el viaje de vuelta con Ben.

Eran las dos y media de la madrugada, pero Ben era incapaz de conciliar el sueño. Hacía unas horas que había hablado con Pete Rossi, y el detective le había dicho que había completado las visitas a los propietarios de coches sin ningún resultado. Ninguno de los propietarios de un Super Sport del sesenta y seis coincidía con el retrato robot. Pete había comprobado también a los dueños previos en los casos en que el coche había cambiado de manos, pero no había descubierto nada.

La conclusión lógica, suponiendo que Robbie Hines tuviera razón en cuanto a la marca y el modelo, era que el coche en el que habían secuestrado a Molly estaba registrado en otro estado, así que había decidido que el lunes le pediría a Jenn que enviara copias del retrato por correo electrónico a los clubes de coches clásicos de todo el país, y que ofrecería una recompensa a cambio de cualquier información que pudiera resultar útil.

Confiaba en su secretaria, y sabía que realizaría las gestiones con la máxima discreción posible. Como no tenían ninguna prueba sólida, no quería involucrar aún a su familia. El reinicio de la búsqueda de Molly después de tantos años iba a ser un golpe demoledor para Joanne, que apenas había sido capaz de sobrevivir al secuestro. Durante un tiempo había tenido miedo de que llegara al suicidio, y no quería que volviera a sufrir de nuevo.

Ahuecó la almohada, y se la colocó debajo de la cabeza. Con el paso de los años había llegado a aceptar la muerte de su hija, pero había vuelto a meterse en una búsqueda inútil. Deseó no haber oído hablar en su vida de Autumn Sommers y de sus sueños absurdos. Probablemente no eran más que un montón de sandeces, era un idiota por haber pensado que algo de todo aquello podía ser real.

Cerró los ojos para intentar dormirse, pero se despejó por completo en cuanto el teléfono empezó a sonar.

—¿Diga?

—Ben, soy Autumn... lo... lo he visto... he soñado con Molly y con las dos mujeres, pero esta vez ha sido diferente. Le... le he visto la cara, ¡lo he visto bien!

Ben apretó el teléfono con fuerza.

—Ahora mismo voy.

El hecho de que ella no protestara le indicó lo alterada que estaba. En cuanto colgó el teléfono, se puso unos vaqueros, una camiseta y unas zapatillas de deporte, y se fue a toda prisa. Tardó muy poco en llegar a casa de Autumn, y ella le abrió la puerta en cuanto llamó al timbre. Estaba pálida y temblorosa, y a pesar de que deseó con todas sus fuerzas poder tomarla en sus brazos, tuvo que contenerse porque sabía que ella quería mantener las distancias.

—¿Estás bien? —le preguntó, a pesar de que era obvio que no lo estaba.

Autumn asintió, y le indicó que entrara.

—Sí, sólo estoy un poco impresionada. ¿Quieres café?, acabo de prepararlo.

—Me iría bien una taza —le dijo él.

Estaba claro que aquella noche no iba a poder pegar ojo, con o sin cafeína, así que aceptó la taza humeante que ella le dio y la colocó junto a la suya en la encimera.

—Será mejor que vayamos al sofá.

Él se limitó a tomar las tazas, y la siguió hasta la sala de estar. Después de dejar el café sobre la mesa que había frente al sofá, esperó a que se sentara antes de colocarse junto a ella.

Autumn se pasó una mano por el pelo, y finalmente le dijo:

—Cada vez que miraba el retrato, pensaba que había algo que no encajaba, pero no sabía lo que era. Esta noche, cuando el hombre rubio ha entrado en la cocina y lo he visto mirando a Molly, me he dado cuenta de que ha cambiado más de lo que me esperaba en estos seis años. A lo mejor había soñado ya con él tal y como es ahora y no me acordaba, puede que por eso supiera que el retrato no era exacto.

—¿Ha cambiado mucho?

—Parece mayor, más duro. Las líneas de expresión que tenía junto a los ojos se han convertido en arrugas, y tiene el ceño muy marcado. ¡Pero lo importante es que lo he visto en alguna parte! Lo he visto en algún sitio, en el mundo real... el problema es que no sé dónde.

Ben se tensó de inmediato, completamente alerta.

—¿Conoces a ese tipo?

—No... bueno, no lo conozco, pero estoy segura de que lo he visto en alguna parte. Pudo haber sido en cualquier sitio... en un restaurante, en un bar, en el teatro, en el gimnasio... no sé si lo he visto en Seattle o en Burlington. Dios, ojalá me acordara.

Al ver que parecía a punto de llorar, Ben la abrazó con fuerza.

—Tómatelo con calma, cielo. Puede que acabes acordándote con el tiempo.

Ella levantó la cabeza para poder mirarlo a los ojos.

—Tenemos que darnos prisa, Ben. No sé por qué, pero intuyo que nos estamos quedando sin tiempo.

Él la abrazó con más fuerza, y ella apoyó la cabeza en su hombro.

—Tenemos que ser positivos, Autumn. El sueño ha cambiado, así que a lo mejor nos ha dado otra pista. La seguiremos, para ver adónde nos lleva.

Cuando ella asintió, Ben sintió la caricia de su pelo contra la mejilla. Se apartó un poco, y le dijo:

—Vamos a empezar desde el principio, repasaremos el sueño paso a paso —se negó a hacer caso de la vocecilla que le prevenía de que quizás nada de todo aquello era real, y tapó las piernas de Autumn con una manta rosa de lana que había sobre el respaldo del sofá—. Será mejor que nos pongamos cómodos, esto puede durar bastante.

Autumn le contó todo lo que recordaba. Molly estaba en la cocina con las dos mujeres, y el hombre rubio había llegado a casa. Parecía mayor que antes, había envejecido más de lo que había supuesto. Se había dado cuenta de que sus ojos tenían un tono azul pálido, y que parecían más duros y carentes de calidez. Tenía el pelo corto y perfectamente peinado, como si se pusiera algo para fijar hasta el último pelo en su sitio.

—¿Alguna de las mujeres lo llamó por su nombre? —le preguntó Ben.

—No, pero él llamó Rachael a la mayor. Me acuerdo de que al entrar en la casa le dijo «Buenas tardes, Rachael».

Autumn recordó que la cocina estaba llena de vapor, y que el hombre se había enfadado al ver que la mesa aún no estaba puesta del todo. Rachael se había apresurado a decirle que la cena ya estaba casi lista. La mujer tenía un rostro fino, era bastante atractiva, no llevaba maquillaje, y parecía nerviosa constantemente. Había mirado a Molly para que el hombre centrara su furia en otra persona, y había comentado:

—Esta noche no hay pan, porque a Ruth se le ha quemado.

El hombre se había vuelto de inmediato hacia Molly.

—Será mejor que aprendas, muchacha. Si no lo haces, vendrás conmigo a mi taller.

Molly había empalidecido.

—Lo siento, ha... ha sido sin querer. No volveré a hacerlo.

El hombre se había sentado en un extremo de la mesa, y las mujeres le habían servido un plato de sopa con una especie de verdura antes de sentarse a su alrededor. Cuando sus ojos azules se habían centrado de nuevo en Molly, Autumn había reconocido la línea recta de su nariz, la forma de los pómulos y las mejillas ligeramente hundidas, y se había dado cuenta de que lo había visto antes. Y entonces se había despertado.

Al sentir que Ben le cubría la mano con la suya para intentar reconfortarla, le dijo:

—Estoy segura de que lo he visto en alguna parte, Ben. Dios, ¿por qué no puedo acordarme? —estaba temblorosa, y no se resistió cuando él la abrazó de nuevo.

—No pasa nada, no es culpa tuya —le susurró él.

Entonces, ¿por qué se sentía responsable?, ¿por qué sentía que la vida de Molly McKenzie estaba en sus manos?

Repasaron el sueño una y otra vez. Autumn fue mencionando los colores, los sonidos, las palabras, y todo lo que podía recordar mientras Ben tomaba notas en la libreta que había ido a buscar al dormitorio.

—Ben, Molly le tenía miedo. Tenemos que encontrarla, antes de que... —Autumn fue incapaz de terminar la frase. No tenía ni idea de lo que podía pasarle a la niña, ni por qué estaba tan segura de que corría un peligro inminente.

Lo único que sabía era que tenían que hacer algo, y pronto.

Debió de dormirse poco antes del amanecer, porque despertó con la cabeza sobre el regazo de Ben y acurrucada bajo la manta que su abuela le había tejido laboriosamente cuando era una niña.

Cuando empezó a incorporarse, él le apartó un mechón de pelo de la cara y le preguntó:

—¿Estás bien?

—No quería quedarme dormida.

—Me alegro de que hayas podido descansar un poco, lo necesitabas.

—¿Y tú qué?, apenas has pegado ojo en toda la noche.

—Así he tenido tiempo para pensar.

—¿Y?

—Y quiero que Jorge y tú hagáis otro retrato, pero esta vez del tipo en el sueño más reciente.

—¿Qué piensas hacer con él?

—Le diré a mi secretaria que lo envíe por correo ordinario o electrónico a los clubes de coches clásicos de todo el país. Iba a hacer que empezara el lunes, pero tendremos que esperar a tener el nuevo retrato.

—¿Qué más podemos hacer?

—Quiero que prepares una lista con los sitios en los que podrías haber visto a ese tipo.

—Ben, podría ser en cualquier parte. Sé que no ha sido algo reciente, es un recuerdo muy difuso. Me parece que como poco deben de haber pasado unos dos años.

—Da igual, prepara la lista. A lo mejor te acordarás de algo al escribirla.

Autumn se levantó del sofá.

—Antes tengo que ducharme y cambiarme de ropa... y también me vendrá bien un poco de café recién hecho.

—Yo me encargo de eso —le dijo él, mientras se levantaba también.

Cuando Autumn echó a andar hacia el dormitorio, la bata se le abrió y Ben alcanzó a vislumbrar el pequeño camisón de seda rosa que llevaba. Ella se apresuró a cerrar la bata y a abrochar dos de los botones, pero él la agarró de la mano antes de que pudiera escapar.

—La próxima vez que me quede, espero que te pongas eso en vez de la camiseta enorme.

—Fue mala idea que te quedaras desde el principio, y ahora sería aún peor.

—Autumn, te dije la verdad. No te traicioné con Beverly Styles, y no pienso hacerlo con ninguna otra.

Autumn apartó la mirada. Se dijo que no podía arriesgarse a creerle, que de todas maneras aquello no importaba, pero fue incapaz de convencerse a sí misma.

Ben la tomó de la barbilla, y le dijo:

—Autumn, tienes que dejar que me quede... cada noche, mientras sigas soñando. Tú misma me has dicho que nos estamos quedando sin tiempo —le soltó la barbilla, y añadió—: Al margen de lo que quieras o dejes de querer de mí, estoy pidiéndote que hagas todo lo posible por ayudarme a encontrar a mi hija.

Autumn sintió que se le encogía el corazón. Sabía que tenía razón, que cuando él estaba allí para ayudarla a recordar el sueño parecía más claro, y las piezas iban emergiendo de algún rincón de su mente; sin embargo, no quería que se quedara, porque seguía sin confiar en él y no quería involucrarse aún más con él.

—¿Autumn...?

—Vale, puedes quedarte a pasar la noche aquí, porque es verdad que me ayuda a recordar. Pero quiero que me prometas que mantendrás las distancias.

Él le recorrió la mejilla con un dedo.

—Ya te he dicho que lo que tú quieras. Está en tus manos.

Autumn se preguntó qué era lo que quería de Ben. Al verlo allí, despeinado y sin afeitar, lo único que deseaba era pasar otra noche ardiente con él, pero cuanto más tiempo pasaran juntos y más estrecha se volviera la relación, más sufriría cuando la dejara.

No tenía ninguna duda de que él acabaría dejándola, porque con la excepción de su padre, todas las personas a las que había querido la habían abandonado. Los únicos familiares que le quedaban eran su padre, una tía bastante mayor, y varios primos que vivían en otro estado. Su madre había fallecido, igual que sus abuelos maternos y paternos.

A lo largo de los años, todos los hombres con los que había salido la habían dejado de lado. Ninguno de ellos la había querido... ni siquiera Steven, que siempre había deseado tener una esposa e hijos. Y a pesar de que en el pasado había anhelado tener un marido y una familia más que nada en el mundo, al final había decidido que no quería acabar divorciada y criando sola a sus hijos, o casada con un hombre infiel como su padre.

Era incapaz de conservar a un hombre, y mucho menos a uno como Ben.

Mientras se metía en la ducha, lo oyó trasteando en la cocina y moliendo el café. En cuanto todo aquello acabara, le diría adiós a Ben McKenzie y a todos los problemas que podía acarrearle.

Sí, en cuanto todo aquello acabara... Dios, ¿cuánto faltaba para eso?

El tiempo se mantuvo estable durante todo el fin de semana. Cuando Ben fue a Issaquah el domingo para ir a buscar a Katie, llevó consigo una copia del primer retrato robot que había hecho Autumn, el que mostraba al secuestrador seis años atrás. Le horrorizaba tener que enseñárselo a Joanne, pero ya lo había aplazado demasiado.

Había llegado el momento de decidir si creía o no en los sueños de Autumn; en caso de que la respuesta fuera afirmativa, tenía que creer que su hija estaba viva, y en ese caso, tenía que hacer todo lo posible por encontrarla.

Y eso implicaba preguntarle a Joanne si recordaba haber visto a aquel hombre por la vecindad el día del secuestro, o si le sonaba de algo. Intentaría no alterarla y darle una explicación que no le resultara demasiado perturbadora, pero tenía que saberlo.

Después de aparcar el cuatro por cuatro en la calle, se dirigió hacia la casa que había compartido con Joanne durante seis meses. Finalmente, habían decidido divorciarse de mutuo acuerdo, porque habían sido incapaces de seguir haciéndose daño el uno al otro.

Afortunadamente, durante aquellos años su relación se había suavizado un poco, y habían acabado siendo más o menos amigos. Habían alcanzado un respeto mutuo, y estaban decididos a que Katie no tuviera que pagar por su fracaso matrimonial.

Al llegar a la pesada puerta doble labrada, llamó y esperó a que su ex mujer le abriera.

—Llegas pronto —le dijo ella, mientras se apartaba para dejarle pasar. La casa era espaciosa y los muebles preciosos, ya que Ben quería que tuvieran lo mejor—. Katie no está lista aún, voy a decirle que estás aquí.

—He venido un poco pronto para hablar contigo.

—De acuerdo, vamos a la cocina —le dijo ella, sorprendida al verlo tan serio.

Joanne tenía treinta y cinco años, el pelo rubio a la altura de los hombros, y los ojos azules. Era una mujer muy guapa, y llevaba varios meses saliendo en serio con un hombre que trabajaba en la banca con su padre. John Cleveland era atractivo e inteligente, pero lo importante para Ben era que sabía que quería a Joanne y a Katie. No le gustaba demasiado la idea de compartir a su pequeña con un segundo padre, pero se alegraba por su hija y por su ex mujer y se sentía agradecido de que al parecer Joanne hubiera elegido bien.

Cuando se sentaron en la mesa de la espaciosa y moderna cocina blanca, ella le preguntó:

—¿Quieres tomar algo?, ¿te apetece una taza de café?

—No, gracias. He venido a hablarte de un tema relacionado con Molly.

—¿Qué...?

—Siento tener que sacar este tema. Sé lo doloroso que es, pero no tengo otra opción.

—No... no te entiendo.

—Hace varias semanas, una amiga mía habló con Gerald Meeks, y el tipo le dijo que no mató a Molly, que no la había visto en su vida. Quiero saber si reconoces a este hombre.

Joanne permaneció inmóvil mientras él se sacaba la hoja de papel del bolsillo de la chaqueta y la colocaba delante de ella.

—Tiene el pelo rubio y los ojos azules. ¿Te resulta familiar?

Ella inclinó la cabeza con movimientos mecánicos, y observó el retrato en blanco y negro. Después de observarlo en silencio durante varios segundos, frunció el ceño.

—Me suena un poco —miró a Ben, y añadió—: ¿Qué más da?, Molly está muerta.

—Han surgido varios cabos sueltos, y hay que aclararlos. ¿Te acuerdas de dónde lo viste?

—No sé... me resulta familiar, pero no estoy segura.

—A lo mejor se te acercó alguna vez, cuando estabas con Molly.

—¿Estás diciéndome que fue este hombre el que se la llevó?

—Es posible.

—No puedo seguir con esto, Ben. No puedo —le dijo ella, temblorosa.

Ben la tomó de la mano en un gesto de apoyo.

—Sólo necesito que me digas dónde pudiste verlo.

Joanne apretó los labios, cerró los ojos por un momento, y volvió a abrirlos al cabo de unos segundos.

—En... en la tienda de deportes, creo que un día lo vi en la puerta.

—¿La tienda de aquí?, ¿la de Issaquah?

—Sí.

—Así que te acuerdas de que lo viste. ¿Reconoces su cara?

Joanne observó de nuevo el retrato.

—No he vuelto a pensar en él nunca más, hasta ahora.

—¿Te dijo algo?

Ella se humedeció los labios, y asintió.

—Se... se me cayó el monedero antes de salir de la tienda, y el hombre lo recogió y me lo devolvió en la puerta. Fue...

fue un detalle de su parte, al menos eso pensé en su momento —de repente, lo miró sobresaltada—. ¿Crees que pudo sacar nuestra dirección del permiso de conducir?

—Es posible —Ben pensó que probablemente el hombre había robado el monedero para poder encontrar a la niña.

—Pa... parecía un hombre agradable, pero del montón. No me habría acordado de él si no me hubieras enseñado su retrato —Joanne empalideció al volver a mirar la hoja de papel—. Oh, Dios... me dijo que tenía una hija muy guapa —se levantó de golpe de la silla, súbitamente enfadada—. Lo siento, sé que crees que es importante, pero la verdad es que me da igual quién mató a Molly. Está muerta, no volveré a verla, y volver a sacar este tema no va a devolvérmela.

Ben se levantó también.

—Cálmate, Joanne.

—Lo único que quiero es tener una vida normal, es lo que quiero para Katie. Por favor, no me lo estropees. Prométemelo, Ben.

—Me has dicho todo lo que necesitaba saber —Ben tomó su mano temblorosa, y le dio un beso en la frente—. No tenemos que volver a hablar del asunto.

Joanne tragó con dificultad antes de asentir con alivio, y los dos levantaron la mirada al oír un ruido en la puerta.

—¿De qué no tenemos que hablar, papá? —le preguntó Katie con voz alegre. Tenía el pelo rubio recogido en una cola, y llevaba vaqueros y una camiseta amarilla.

—De que voy a llevarte a hacer piragüismo —Ben le lanzó una rápida mirada a Joanne, y añadió—: Mamá y yo hablamos del tema esta semana, y decidimos que podías venir... pero tenemos que quedarnos en el lago sin entrar en el río.

—¡Yupi! —la niña alzó el brazo en un gesto de triunfo, y empezó a dar saltos en un pequeño círculo—. ¿Vamos hoy?

—Sí, en cuanto estés lista.

—¡Ya estoy lista!, ¡ya estoy lista!, ¡vámonos! —agarró su pequeña mochila azul, y echó a correr hacia la puerta.

Ben le dio un pequeño apretón a su ex mujer en el hombro, y le dijo:

—No te preocupes de nada, Joanne. Yo me encargaré de todo.

Ella asintió, porque confiaba plenamente en él en lo referente a la familia; de hecho, era el único tema en el que estaban de acuerdo.

Era el martes posterior al puente del cuatro de julio; como era temprano, el despacho aún estaba cerrado. Ben se había pasado el domingo haciendo piragüismo en el lago Washington con Katie, y después habían visto los fuegos artificiales desde la orilla. Después de llevar a su hija a casa de su ex mujer, había ido al piso de Autumn y había pasado la noche en el sofá, a pesar de que era obvio que ella no lo quería allí.

Se había mostrado cauta y nerviosa... y le había parecido tan adorable, que había necesitado todo su autocontrol para conseguir mantenerse a distancia. Ella se había despertado poco después de las dos de la mañana, pero había tenido el mismo sueño que antes y no habían conseguido ningún dato nuevo.

La noche anterior había seguido el mismo patrón. Había ido bastante tarde a propósito para no agobiarla, aunque habría preferido invitarla a cenar o acurrucarse en el sofá con ella y ver la tele.

Le preocupaba aquella atracción indeseada que sentía por ella, aquel deseo persistente que bullía en su interior sin cesar. Quería estar con Autumn, por mucho que ella intentara apartarlo. A lo mejor ésa era la explicación: ella era un desafío, una mujer a la que deseaba y que lo rechazaba.

Ben deseó poder convencerse a sí mismo.

Bajó la mirada hacia los documentos que tenía encima de la mesa del despacho. Kurt Fisher le había llevado otra oferta de A-1, en la que le ofrecían un precio de compra considerablemente superior al inicial. Kurt también había hecho varias indirectas poco sutiles, sobre el hecho de que A-1 estaba preparándose para alquilar la propiedad de Pioneer Square que quedaba a escasa distancia de su tienda del centro.

En vez de rechazar la oferta sin más, le había dicho a Fisher que necesitaba tiempo para pensárselo, y que le pediría a su abogado que le echara un vistazo.

Los de A-1 no eran los únicos que podían andarse con jueguecitos.

Llamó a Russ Petrone, su agente inmobiliario, para preguntarle sobre la iniciativa que estaba intentando poner en práctica para frustrar los planes de A-1.

—¿Has sabido algo sobre lo de tu propuesta?

—Aún no, pero creo que hay varios interesados.

—Perfecto. Mantenlo en secreto, y sigue en ello.

—Hecho.

Ben colgó, y se recostó en su silla. Tenía que acabar con la amenaza que suponía A-1, y creía haber encontrado una forma. Al pensar en lo furioso que se pondría Kurt Fisher si su plan funcionaba, esbozó una sonrisa.

Sin embargo, se puso serio de inmediato cuando pensó en un tema mucho más importante. Se volvió hacia su ordenador, abrió la página del explorador de Internet, y tecleó una dirección en la que no había entrado hacía años: *www.missingkids.com*.

La página se cargó de inmediato. Había fotos de niños que habían desaparecido recientemente, y también enlaces a otras páginas con información sobre más niños que estaban en paradero desconocido. Había tantos, que Ben sintió que se le encogía el corazón.

También había una serie de casillas de búsqueda, y Ben empezó a teclear. Se le preguntaba si se trataba de un niño o de una niña, en qué estado había desaparecido, y cuántos años hacía. Le dio al botón de búsqueda cuando acabó de introducir la información, y se dio cuenta de que tenía el corazón acelerado.

Al cabo de unos segundos apareció un grupo de diecisiete niños que habían desaparecido en el estado de Washington en los últimos seis años, y Ben vio la foto de Molly entre ellos... su carita dulce, sus cejas finamente arqueadas, su boca suave, y sus preciosos ojos azules.

Se quedó mirando aquellas facciones tan amadas durante un largo momento, con un nudo en la garganta y los ojos ardiendo de lágrimas contenidas. Leyó la información que aparecía en pantalla, aunque se la sabía de memoria: *Sexo: femenino. Raza: caucásica. Altura: metro quince. Pelo: rubio. Ojos: azules.* También aparecía la fecha de la desaparición, y se mencionaba que se la había visto yéndose en un coche blanco con un hombre.

Estuvo navegando por la página durante un rato, y al ver que en la mayoría de los casos que databan de años atrás se había añadido junto a la foto del niño otra retocada indicando los posibles cambios sufridos con el paso del tiempo, tomó nota mental de hacer que pusieran también la de Molly.

Finalmente, cerró la página y se recostó en su silla. Se sentía emocionalmente agotado. Llevaba años creyendo que su hija estaba muerta, había sido la única forma de seguir adelante, de intentar reconstruir su vida, pero todo había cambiado.

Joanne había reconocido al hombre del retrato robot, creía haberlo visto en una de sus tiendas. Deseó que en aquel entonces sus establecimientos hubieran tenido el sofisticado sistema de vigilancia del que disponían en ese momento en la puerta principal, pero se había instalado en todas hacía seis años.

Aparte de la confirmación de Joanne y de los retazos de información que iban obteniendo a partir de los sueños de

Autumn, también tenían la marca y el modelo del coche que había utilizado el secuestrador, pero necesitaban más datos.

Ben descolgó el teléfono, y empezó a marcar una vez más.

—Estás tomándome el pelo, ¿verdad? ¿El guaperas pasa cada noche en tu casa, y duerme en el sofá? —le preguntó Terri, boquiabierta.

Autumn y ella estaban en el O'Shaunessy's, que estaba tan lleno como siempre. El murmullo de las conversaciones llenaba el ambiente, y se oía una suave música pop de fondo.

—Si viste su foto en el periódico del sábado, ya sabes por qué.

—La vi. ¿Qué más da que tuviera una cita? Es un hombre, ¿no? ¿Te dio alguna explicación?

—Me dijo que se había comprometido a ir hacía tiempo, y que no iba a volver a verla.

—Entonces, ¿cuál es el problema?

—Que es Ben McKenzie, y no quiero tener que aguantar a un hombre como él.

—Pues entretente con él durante un tiempo. Autumn, hace años que no te acuestas con nadie, te mereces divertirte un poco. ¿Qué tiene Ben de malo?

Autumn sintió que se ponía roja como un tomate.

—¡Madre mía, ya te has acostado con él! ¿Cómo estuvo?, ¡seguro que fue fantástico! Entonces, ¿por qué duerme en el sofá?

—Terri, la última vez que tuve una aventura lo pasé fatal cuando se acabó. Soy incapaz de mantener las distancias con un hombre como haces tú, tengo que sentir algo por alguien para poder acostarme con esa persona. Los sentimientos van creciendo conforme pasamos más tiempo juntos, pero entonces él se larga y yo me quedo hecha polvo.

—¿Y qué pasa si no lo hace?

—¿El qué?

—¿Qué pasa si no se larga?, ¿qué pasa si le importas de verdad? No es algo imposible.

—No funcionaría, Terri. Él acabaría aburriéndose tarde o temprano, querría estar con otras mujeres, y yo sería incapaz de soportarlo.

Terri permaneció en silencio durante unos segundos antes de decir:

—La verdad es que tu padre te dejó fastidiada en el tema de los hombres.

—Puede... no lo sé. Sólo sé que tengo que mantener las distancias.

Aquello era fácil de decir, pero difícil de hacer. No podía dejar de pensar en Ben, y había revivido en su mente por lo menos cien veces aquella única noche que habían pasado juntos. Anhelaba que volviera a repetirse, y cada día le costaba más irse a la cama sola y dejarlo a él en el sofá.

—¿Y a ti qué tal te va? —le preguntó a su amiga, para intentar despejar un poco el ambiente—. ¿Hay alguna novedad en tu vida amorosa?

—Nada excitante. El otro día me encontré con Josh Kendall, estaba con una tal Courtney Roland. Supongo que va a tu clase de escalada, ¿no?

—Sí, está convirtiéndose en una escaladora muy buena. ¿Estaba con Josh?

—Sí, él nos presentó. Parece una chica maja.

—Ya había empezado a sospechar que Courtney estaba interesada en él. El día que salimos de escalada, fue en el coche con Ben y con él. Tienen mucho en común, es la chica perfecta para Josh.

—Puede...

Siguieron hablando durante un rato, y finalmente decidieron ir a comer una pizza al Tony's. Autumn había visto a Ben en clase, pero él no iba a ir a su casa ni aquella noche ni al día siguiente. Llevaba soñando lo mismo desde el sábado, y tampoco habían descubierto nada nuevo cuando se despertaba y Ben empezaba a hacerle preguntas. Estaba exhausta por falta de sueño, y le había pedido que no fuera aquella noche para intentar descansar un poco. A él no le había hecho ninguna gracia, pero quizás las enormes ojeras que tenía lo habían convencido, porque había acabado accediendo a regañadientes.

Autumn se fue a casa en cuanto Terri y ella acabaron de cenar, pero le costó dormirse a pesar de que Ben no estaba. En medio de la noche, soñó lo mismo y se despertó empapada de sudor. Tardó una hora en conciliar el sueño de nuevo, y tuvo la impresión de que el despertador empezaba a sonar cuando apenas acababa de cerrar los ojos.

Se levantó somnolienta, se puso la bata y fue bostezando hacia la cocina, pero entonces empezó a sonar el teléfono.

Era Ben.

—Hola, cielo. No te he despertado, ¿verdad?

Autumn sintió que un cosquilleo cálido le recorría la espalda. No soportaba que la llamara así... y le encantaba.

—No, ya estaba despierta.

—¿Has podido dormir?

—Un poco. He soñado, pero nada nuevo.

—No iba a llamarte hoy, pero ha surgido algo y necesito tu ayuda.

—¿Has descubierto algo? —Autumn se tensó de inmediato.

—¿Te acuerdas de que te dije que Joanne reconoció al hombre del retrato?

—Sí. He estado trabajando en la lista de lugares en los que pude haberlo visto, sobre todo los relacionados con el deporte o con eventos deportivos, pero no he recordado nada.

—Pues he estado pensando, y... en fin, ya te lo contaré

cuando nos veamos. Por cierto, Jorge me ha traído el retrato robot actualizado, y tenías razón. El tipo parece diferente.

—Ya no parece tan agradable.

—Y que lo digas. Autumn, necesito que me acompañes a Bainbridge Island. Lleva una bolsa de viaje con algo de ropa, porque a lo mejor tendremos que pasar la noche fuera. ¿A qué hora quedas libre?

Autumn sólo vaciló por un instante. Estaban metidos juntos en aquello, y lo principal era encontrar a Molly.

—Hoy acabo pronto, sólo tengo un par de clases particulares. ¿Te va bien a mediodía?

—Perfecto. No te mareas al navegar, ¿verdad? Da igual, tengo algunos parches en el barco. Hasta luego.

—Oye, un momento...

Ben ya había colgado. Había dicho que había surgido algo nuevo y que tenía que llevarse una bolsa con ropa, pero ¿por qué iba a llevarla en barco?

Sintió un hormigueo de excitación al pensar en que iba a verlo, y que era posible que pasaran la noche juntos. Maldición, no quería pasar más tiempo con Ben, pero quería saber si había descubierto algo nuevo.

Autumn fue al cuarto de baño para ducharse y prepararse para sus clases, y maldijo al destino por entrelazar su vida con la de Ben.

Ben llegó a las doce en punto. La ayudó a ponerse una chaqueta ligera, le quitó la bolsa de viaje de la mano, y la condujo hacia el ascensor. Sus modales eran perfectos, y Autumn se preguntó cómo sería su familia y en qué ambiente se habría criado, pero se negó a preguntárselo. Cuanto menos supiera sobre él, mejor.

Cuando llegaron al vestíbulo, él le sujetó la pesada puerta de vidrio para que pasara, y salieron a la calle. Entraron en la limusina que estaba esperándolos para llevarlos al puerto, y en cuanto el vehículo se puso en marcha, Autumn se volvió hacia él.

—Vale, dime qué pasa.

Él se inclinó hacia ella, y la besó en los labios.

—Te he echado de menos, cielo —antes de que ella pudiera contestar, añadió como si nada—: Después de hablar con Joanne, estuve dándole vueltas al asunto. Sabemos el aspecto que tiene ese tipo, pero poco más, así que decidí llamar a un amigo mío... Lee Walker, trabaja en el FBI.

—¿No me dijiste que no querías involucrar a las autoridades?

—No estoy haciéndolo... al menos, no como tú crees. Lee y yo estábamos en el equipo de rugby del instituto, y hubo un tiempo en el que fue mi mejor amigo. Después yo me fui a la Universidad de Míchigan y él a Ohio State y perdimos el contacto con los años, pero me llamó cuando pasó lo de Molly y se ofreció a ayudarme en lo que fuera. Ayer le llamé para pedirle si podía ponerme en contacto con un criminólogo del FBI.

—¿Como los de la tele?

—Exacto. Estuve buscando información, y lo que hacen es un análisis de investigación criminal. Examinan todas las pistas, ya sea en las escenas del crimen o en los archivos policiales, y entonces encajan todas las piezas del rompecabezas para elaborar un perfil psicológico de la persona involucrada en el crimen.

—Pensaba que se ocupaban sobre todo de la búsqueda de asesinos en serie.

—Sí, pero también ayudan en homicidios, violaciones, sabotajes, atentados... hasta en extorsiones.

—Y también en secuestros de niños, ¿no?

—A veces, aunque no se asignó ninguno al caso de Molly. Según Lee, la mayoría de los secuestradores matan a sus víctimas o las liberan durante las primeras setenta y dos horas. Como estamos dando por sentado que Molly sigue viva, espero que el criminólogo pueda decirnos algo sobre la personalidad del secuestrador.

—Es una idea muy buena, Ben.

—Lee dice que, de los trece mil agentes del FBI, sólo cuarenta son criminólogos especializados. Hemos tenido suerte, porque uno de ellos está investigando un homicidio en Bainbridge Island. Se llama Burt Riker, y Lee me ha dicho que está muy ocupado pero que ha accedido a vernos en cuanto pueda, esta tarde o mañana por la mañana. Pensé que lo mejor era ir en el yate, para tener dónde quedarnos mientras esperamos.

La limusina siguió por Magnolia Boulevard rumbo al puerto. Cuando el vehículo se detuvo, el conductor bajó a abrirles la puerta.

—Gracias, Ted. Te llamaré cuando volvamos, para que vengas a recogernos —le dijo Ben al bajar. No quería dejar uno de sus coches aparcado en el puerto.

—Como quiera, señor Mac.

Ben agarró su bolsa de viaje y la de Autumn, y un maletín de cuero que ella no había visto hasta ese momento. Después de abrir con su llave la enorme puerta de acero, la condujo hacia el amarradero y se detuvo junto a la popa de un yate de motor blanco llamado Katydid.

—Tengo embarcaciones desde hace años, éste es una versión mayor y más nueva del Riviera que tenía antes. ¿Te gustan los barcos?

—Me encantan, mi padre y yo solíamos ir a pescar —cuando Ben la ayudó a subir a bordo, añadió—: Aunque el bote a motor que alquilábamos no puede compararse a esto.

El Katydid era precioso. Los colores que primaban eran el azul claro del cuero y el blanco, y en el camarote principal dominaba la teca con acabados de madera. El cuarto de baño era tan grande, que había tanto ducha como bañera.

Al ver que había otro camarote más pequeño con su propio baño privado, Autumn sintió una desilusión absurda.

Ben era un caballero, no la había llevado allí para seducirla... a menos que ella quisiera, claro... y no estaba dispuesta a permitirse el lujo de que sucediera algo.

—Vamos a poner en marcha los motores. Como pescabas con tu padre, supongo que no te mareas, ¿no?

—No si no hay mucha marejada, pero gracias por preguntar.

Subieron por una escalerilla a la sala de mando exterior, que estaba protegida del viento por una cubierta de metacrilato que podía quitarse cuando hacía buen tiempo. Como hacía sol pero el aire era fresco, Ben la abrió sólo a medias.

—¿Cuánto tardaremos en llegar a la isla?

—Menos de una hora. Un amigo mío me deja usar su amarradero, y tiene un coche para que puedan usarlo sus invitados.

—Debe de ser un muy buen amigo.

Al ver que él no contestaba, Autumn pensó que quizás no se trataba de un amigo, sino de una amiga, y no le hizo ninguna gracia el nudo que se le formó en el estómago.

Se sentó a su lado mientras él encendía los motores y sacaba el barco del puerto. Pasaron junto a yates aún más grandes y dejaron atrás hilera tras hilera de embarcaciones de todo tipo, y como en todo lo demás, Ben hizo que pareciera algo muy fácil. Hacía un día precioso, y el aire acarreaba el olor a pescado, a algas y a sal.

Tal y como le había dicho, tardaron menos de una hora en llegar. Bainbridge era un lugar bastante pequeño, ya que tenía unos diecinueve kilómetros de largo y siete de ancho, pero era precioso. Había una vegetación exuberante formada por pinos y anchos árboles de hoja caduca, cuyas ramas se extendían por encima de las carreteras.

Cuando el yate entró en una ensenada, Autumn vio que quedaba por debajo de una enorme casa gris de madera y piedra escondida entre una densa arboleda.

—Vaya, qué impresionante. ¿De quién es este sitio?
—De Charlie Evans.
—¿El tipo que sale por la tele?
—Sí. Por desgracia, está pensando en venderlo.
—Vas a quedarte sin amarradero.
—Sí... a menos que sea yo quien compre la propiedad.
—¿Estás pensándolo en serio? —le preguntó ella, boquiabierta.
—No lo sé, se me acaba de ocurrir.

Ben atracó el yate en uno de los tres espacios disponibles, y Autumn bajó y se encargó de asegurarlo.

—¿Te ha dicho alguien que eres un excelente segundo de a bordo? —le preguntó él.

—No, pero a lo mejor buscaré trabajo en el sector si me quedo sin empleo.

Ben soltó una carcajada.

—La verdad es que a los escaladores se os da bien hacer nudos.

Un escalador tenía que aprender a atar cabos correctamente, ya que podía ser cuestión de vida o muerte.

Ben sacó su móvil, marcó un número que había guardado en la memoria del teléfono, y preguntó por Burt Riker.

—Soy Ben McKenzie, Riker está esperando mi llamada —después de mantener una breve conversación con la persona que había al otro lado del teléfono, le dio su número y colgó—. Riker está examinando la escena de un crimen, y no volverá hasta tarde. Tiene mi número, así que llamará cuando pueda.

—¿Y qué hacemos mientras tanto?

—Se me ocurren varias formas muy interesantes de pasar la tarde, cielo, pero supongo que prefieres dar una vuelta por la isla —le dijo él, con una sonrisa traviesa.

—Eh... sí, suena genial —le contestó ella, cuando se acordó de respirar. Consiguió sonreír, y añadió—: Sólo he estado aquí un par de veces. Vine con Terri en el transbordador, pero nos limitamos a dar vueltas por el pueblo.

—En ese caso, voy a ofrecerte la visita guiada de cinco dólares. Será mejor que lleve mi maletín, puede que Riker llame.

—¿Qué llevas dentro?

—Una copia de la información que hemos recabado a partir de tus sueños, y el informe inicial de la policía. Espero que con eso baste.

—A lo mejor tu amigo Walker le ha enviado el informe del FBI.

—No lo creo, le dije a Lee que quería que el tipo viera la escena del crimen desde una perspectiva nueva.

Subieron por una escalera de madera blanca que ascendía por el acantilado hasta la casa, pero no entraron en la vivienda. La rodearon por un lado, y encontraron un enorme todoterreno rojo delante de una hilera de cinco garajes.

—Es uno de los juguetes de Charlie, y me deja usarlo.

Ben sabía dónde estaba la llave, así que entraron en el vehículo y se pusieron los cinturones de seguridad. Después de recorrer la zona durante varias horas y de tomar unas copas en un local en el que contemplaron la puesta de sol, regresaron a la casa.

El problema era que Burt Riker no había llamado, así que iban a tener que pasar la noche en el yate de Ben.

Autumn sintió que se le formaba un nudo en el estómago.

—Se está haciendo tarde y aún no hemos cenado, podríamos parar en algún sitio —comentó Autumn, mientras el todoterreno avanzaba entre la estrecha carretera flanqueada de árboles.

—Buena idea.

En vez de ir a un restaurante, Ben se detuvo frente a una tienda. Era un establecimiento bastante pequeño, la puerta estaba abierta, y había varios coches aparcados delante.

—Es una tienda de comestibles —le dijo Autumn.

—Exacto. Voy a preparar la cena a bordo.

—¿Vas a cocinar? Pero el día que desayunamos en mi piso me dijiste que...

—Que hacía años que nadie me cocinaba algo, y es verdad. Después del divorcio, me cansé de comer fuera y aprendí a hacerlo yo mismo.

Hizo que esperara en el todoterreno mientras él compraba, para poder sorprenderla. Había sido un día fantástico, pero el estado de ánimo de Autumn empezó a cambiar poco a poco. Iba a pasar la noche con Ben. Él iba a preparar la cena y tomarían vino, disfrutarían de una velada a bordo de su yate en un lugar precioso.

Durante toda la tarde, mientras exploraban la isla, había

ido recordando la noche en que habían hecho el amor, el cuerpo desnudo de Ben presionándola contra el colchón, la sensación de sus pezones contra su pecho musculoso mientras él se movía en su interior. Había intentado apartar de su mente aquellos recuerdos, pero estaban surgiendo de nuevo a la superficie.

De repente, sintió pánico. Le pediría que la llevara a casa, le diría que la habían llamado por teléfono, que había surgido un imprevisto y tenía que volver... algo relacionado con su padre, o...

Autumn soltó un suspiro, y se recostó de nuevo en el asiento. Estaba siendo ridícula, Ben no la había llevado a la isla para seducirla. Después de la primera vez, se había comportado como un caballero en todo momento, así que estaba claro que era ella la que tenía el problema; en todo caso, seguro que podría seguir manteniendo las distancias como hasta el momento.

En cuanto regresaron al barco, Ben empezó a preparar la cena y Autumn fue a cambiarse de ropa. Se puso unos pantalones holgados color lavanda y una chaqueta a juego, y dejó los vaqueros y el jersey en el camarote pequeño, junto con sus zapatos y su bolsa de viaje.

Al volver a la zona de la cocina, vio que Ben estaba cortando tomates y lavando lechuga para preparar una ensalada, y que en uno de los fogones había una olla con agua hirviendo. Cuando fue a la zona del comedor, él le llevó un vaso de Chianti. No se había cambiado de ropa, pero iba descalzo.

Autumn observó sus pies y sonrió. Estaban bronceados, eran muy masculinos, y las uñas estaban impecables. No pudo quitarle la vista de encima mientras él preparaba la cena, porque era increíblemente atractivo. Le encantaba su cuerpo... su pelo oscuro, el tono marrón dorado de sus ojos, su mandíbula sólida, sus músculos firmes y sus anchos hombros... se le aceleraba el pulso cada vez que la miraba, y se le contrajo el estómago al recordar el contacto de sus manos fuertes cuando la había ayudado a subir al barco, y el roce de sus brazos contra sus senos.

—¿Tienes hambre?

—Muchísima.

—¿Por qué no acabas la ensalada mientras yo preparo la salsa para la pasta?

—Claro.

Autumn bajó los dos escalones que llevaban a la zona de la cocina, que era apenas lo suficientemente grande para que pudieran trabajar los dos. De repente, sus senos rozaron contra su musculoso pecho, y se le tensaron los pezones de inmediato.

Se quedó inmóvil, con la mirada fija en sus ojos, y vio en ellos el deseo que él había mantenido bien oculto hasta ese momento.

—Ben...

El aire de la cocina estaba cargado con el vaho del agua hirviendo, con el aroma a ajo, tomates y pan. Ben apagó el fuego que había bajo la olla, y le dijo:

—La cena puede esperar —empezó a besarla sin más, y se negó a soltarla cuando ella intentó apartarse—. No voy a dejar que sigas huyendo. Lo deseas tanto como yo, y los dos lo sabemos.

—Te equivocas, Ben.

—Tengo razón, Autumn.

Antes de que pudiera contestar, volvió a apoderarse de su boca en un beso húmedo y desbocado, ardiente y profundo. Autumn se aferró a su camisa mientras él la aprisionaba contra la pared con su cuerpo, y cuando intentó apartar la cara, la agarró por la barbilla y la besó hasta que sus labios se suavizaron y se abrieron para volver a aceptar la penetración de su lengua.

Por un momento, Autumn se preguntó qué pasaría si intentaba detenerlo, se preguntó si él tomaría lo que quería aunque ella se resistiera, pero a pesar de que la mera idea tendría que haberla asustado, sólo podía pensar en que así tendría una excusa para conseguir lo que anhelaba.

Ben se apartó de repente. Tenía la respiración entrecortada, y sus ojos dorados parecían quemarla.

—Dime que deseas esto, Autumn. Por Dios, ten el valor de admitirlo.

—Sí que lo deseo —Autumn enterró los dedos en su pelo oscuro—. Estoy enloqueciendo de deseo, Ben. Quiero que me toques por todas partes, quiero tenerte dentro de mí.

Ben soltó un gruñido gutural, y empezaron a besarse enfebrecidos. Le desabrochó la chaqueta, y cubrió uno de sus senos con la mano. Autumn se había quitado el sujetador al cambiarse de ropa, y se estremeció al sentir su palma callosa contra su piel desnuda.

Él le quitó la chaqueta y los pantalones, y quedó cubierta sólo con un pequeño tanga rosa que no tardó en seguir el mismo camino que el resto de su ropa. Cuando empezó a acariciarla entre las piernas, ella gimió contra su boca.

Ben no se molestó en quitarse la ropa. Se limitó a bajarse la cremallera y a liberar su erección, y entonces alzó a Autumn y la instó a que le rodeara la cintura con las piernas antes de penetrarla.

—Oh, Dios, Ben...

—Me estás volviendo loco —gimió él contra su cuello—. Pienso en ti durante todo el día, y por la noche sueño con estar hundido dentro de ti.

Salió lentamente, y volvió a entrar. Empezó a acariciarla, a penetrarla con fuertes embestidas hasta que Autumn gritó extasiada y dejó caer finalmente la cabeza sobre su hombro; sin embargo, él no la soltó, y la mordisqueó en el cuello.

—Agárrate, cielo. Aún no hemos acabado.

Autumn sintió que el deseo renacía de nuevo en su interior. Ben la besó profundamente y empezó a moverse una vez más, la agarró por las nalgas mientras incrementaba el ritmo y la penetraba con envites cada vez más potentes y profundos, hasta que ambos estallaron en un clímax que los dejó temblorosos y cubiertos de sudor.

Autumn apenas se dio cuenta cuando él la llevó al camarote principal, la tumbó en su cama y la cubrió con una manta.

—Te avisaré cuando la cena esté lista —le dijo, después de besarla suavemente en la boca.

Ella no protestó. Lo único que quería era seguir acurrucada bajo la manta, relajada y satisfecha, sintiéndose completamente saciada e increíblemente femenina. Más tarde ya pensaría en lo que había hecho, y en lo que iba a hacer respecto a Ben.

—Venga, dormilona, la cena está servida —le dijo Ben, mientras le alargaba su ropa para que se vistiera.

Autumn se estiró con un bostezo, y se incorporó en la cama.

—Ahora voy, antes tengo que ir al lavabo.

Después de vestirse y de ir al lavabo, fue a la zona del comedor. Ben había puesto en la mesa unos platos blancos de porcelana sobre salvamanteles color azul a juego con el interior del yate, y había vuelto a llenar los vasos de vino.

—Tiene una pinta estupenda —Autumn sintió que se le hacía la boca agua al ver la pasta complementada con mejillones, almejas, vieiras y gambas.

—Espero que te guste.

¿Cómo no iba a gustarle? La comida parecía deliciosa, así que Autumn empezó a comer con apetito y tomó un trago de Chianti. Su cuerpo aún hormigueaba después del fantástico sexo que habían compartido.

—Quería decirte algo —comentó, después de dejar el vaso sobre la mesa.

—¿Lo mucho que disfrutas cuando hacemos el amor?

—Aparte de eso —Autumn se ruborizó de inmediato.
—¿De qué se trata?
—Creo que estoy empezando a entender por qué estoy teniendo estos sueños.

Ben se recostó contra el asiento acolchado de cuero, y la miró con atención.

—¿Por qué?
—La otra vez que tuve sueños recurrentes, cuando iba al instituto, empezaron cuando conocí a Tim Wiseman. Conocía a Jolie y a Jeff desde hacía años, pero no empecé a soñar con el accidente hasta que conocí a Tim, el chico que conducía el coche.

—Sigue.
—He tardado doce años en volver a tener ese tipo de sueños, y creo que hay alguna conexión entre las personas implicadas. En este caso, vi o conocí al secuestrador antes de conocerte siquiera, y debió de ser sólo de pasada porque sigo sin acordarme de dónde fue. Pero no empecé a soñar con él hasta que te vi en el gimnasio, así que tú eras la conexión, igual que Tim Wiseman lo era en aquel caso. Creo que si no os hubiera visto tanto a ti como al secuestrador, no habría empezado a soñar con Molly. Me parece que tenía que entrar en contacto con los dos, igual que en el caso de mis amigos y de Tim.

—Supongo que en cierto modo tiene sentido.
—Y también creo que tiene que ser un suceso traumático... como la muerte violenta de tres adolescentes o, en este caso, el secuestro de una niña.

—Si eso es verdad, al menos no te pasará muy a menudo.
—Si no vuelve a pasarme, mejor.

Acabaron de cenar mientras charlaban. Ben le habló de su infancia en el Medio Oeste y de sus años en el instituto, y le explicó que sus padres habían muerto y que los echaba mucho de menos. Dejaron el tema de Molly aparte, porque con un poco de suerte podrían hablar con el criminólogo del FBI al día siguiente y ambos sabían que sería una jornada dura.

En cuanto lavaron los platos y despejaron la cocina, fueron a la zona de los camarotes, que estaban en la proa. Autumn no protestó al ver que Ben abría la puerta del principal y se apartaba a un lado para que le precediera. En sus ojos color whisky brillaba un deseo inconfundible que encendió una cálida excitación en su interior. Ben quería volver a hacer el amor... y ella también.

De repente, mandó al diablo las posibles consecuencias y decidió disfrutar al máximo aquella aventura pasajera. Se puso de puntillas, y empezó a besarlo mientras él la tomaba en sus brazos y la tumbaba en la cama.

El yate se mecía suavemente sobre las olas. La noche anterior, después de volver a hacer el amor, el ritmo la había acunado hasta que se había quedado dormida. Se despertaron bastante tarde y fueron a desayunar a la zona del salón, desde donde se veía el color azul cristalino del cielo y se oía el chillido ocasional de las gaviotas.

Autumn lo miró por encima del borde de su taza, y comentó:

—Hay algo que he estado preguntándome...

—¿De qué se trata?

—Anoche... cuando estábamos en la cocina, y empezaste a besarme... ¿habrías parado si te lo hubiera pedido de verdad?

Sus miradas se encontraron, y la mandíbula de Ben se tensó.

—Si fueras cualquier otra mujer, la respuesta sería fácil. Nunca obligaría a ninguna mujer a hacer algo en contra de su voluntad. Anoche... te deseaba tanto... la verdad es que no lo sé.

Autumn estaba convencida de que sí que se habría detenido, porque Ben sería incapaz de forzar a una mujer. El hecho de que estuviera siendo tan honesto le resultó gratificante e increíblemente halagador.

—La verdad es que te traje para seducirte, Autumn.

Ella se quedó boquiabierta.

—Estaba decidido a tenerte. Quería volver a acostarme contigo, y estaba seguro de que tú también lo querías. Anoche fue tan increíble como había estado soñando... Dios, fue fantástico. Supongo que tendría que sentirme culpable, pero la verdad es que me alegro de lo que pasó.

Autumn tuvo que admitir que ella tampoco lo sentía, porque había sido la mejor noche de su vida.

—Hay algo entre nosotros, Autumn. Estoy seguro de que tú también lo sientes, y no quiero que vuelvas a huir de mí.

Ella sintió que se le aceleraba el corazón. Jamás había podido llegar a imaginar que el sexo pudiera ser algo tan increíble, pero tenía que tener en cuenta muchas otras cosas aparte de la potente atracción física que ambos parecían compartir. Ben empezaba a hablar como si quisiera tener una relación, y eso era imposible. Eran completamente incompatibles, ella nunca podría bastarle a un hombre como él y ni siquiera quería intentarlo. Abrió la boca para decírselo, pero la interrumpió el sonido de un teléfono y él se apresuró a sacar su móvil.

—McKenzie.

Autumn no podía oír lo que estaba diciéndole la persona que había al otro lado del teléfono, pero Ben asintió y pareció aliviado.

—Llegaremos en veinte minutos —dijo, antes de cortar la comunicación.

—¿Era Riker?

—Sí. Hemos quedado en vernos en una cafetería dentro de veinte minutos.

Autumn se levantó de inmediato, llevó las tazas medio vacías a la cocina, y fue por su bolso. Después de bajar del barco hasta el amarradero, se apresuraron a subir por la escalera que llevaba a la casa, y fueron a buscar el todoterreno rojo. Veinte minutos después, llegaron al Seaside Café, un local cercano al muelle del transbordador.

Eran las once, así que no había demasiada gente porque el ajetreo del desayuno ya había pasado y aún era pronto para la comida. En una de las mesas del fondo había un hombre moreno con una calva incipiente y una cazadora azul marino. Estaba solo, y algo en su expresión aguda que parecía no perderse nada de lo que le rodeaba hacía que destacara del resto.

—¿Riker? —le dijo Ben, cuando se acercaron a él.

—Burt Riker. Supongo que usted es Ben McKenzie —le contestó el hombre, al levantarse de su asiento.

—Sí. Ella es Autumn Sommers.

Al ver que Riker enarcaba una ceja al oír su nombre, Autumn sonrió y le dijo:

—Es Sommers, con o.

Se sentó en el banco, y Ben se colocó a su lado mientras Riker hacía lo propio en su sitio. Cuando Ben dejó encima de la mesa las dos carpetas que llevaba, el criminólogo se puso unas gafas y empezó a examinar la información. La camarera se les acercó, y Ben pidió unos cafés.

Riker tardó unos veinte minutos en leer los informes. Finalmente, miró a Ben y le dijo:

—Su amigo, Lee Walker, me pidió que hablara con usted como un favor personal. No me dijo gran cosa, sólo que usted tenía una información sin verificar que podía ser válida. Comentó que probablemente me sorprendería si supiera de dónde ha sacado los datos, así que no voy a preguntárselo.

Autumn se sintió aliviada al ver que iba a poder ahorrarse el problema de tener que dar explicaciones sobre los sueños.

—Si damos por sentado que la información que hemos recogido es correcta, ¿cuál es su opinión? —le dijo Ben.

—Según el informe, el sospechoso es rubio, de piel clara, tiene unos cuarenta años, y pesa entre setenta y ochenta kilos.

—Exacto.

—A partir del primer retrato y de sus datos, parece un tipo de aspecto inofensivo sin nada destacable. En el segundo retrato parece más duro, pero su capacidad para no llamar la atención sigue formando parte de su defensa. Por otro lado, la forma en que atrajo a la niña hasta el coche indica que puede ser amigable. Fue capaz de ganarse la confianza de la pequeña en un espacio de tiempo muy corto... aunque es posible que ya hubiera empezado a fomentar esa confianza anteriormente. A lo mejor habló con ella en el colegio, o en otro sitio.

—Mi ex mujer ha recordado recientemente que se les acercó a Molly y a ella en una tienda, poco antes del secuestro.

—Es posible que hablara con la niña en más ocasiones. Molly desapareció un día laborable después de salir del colegio, así que seguramente conocía sus horarios y había estado vigilándola, esperando el momento adecuado para atraparla sin que lo pillaran.

—Así que hizo sus deberes.

—Sí, está claro que no es un sujeto impulsivo —Riker tomó un trago de café, y volvió a dejar la taza sobre la mesa antes de seguir—. Ustedes creen que la niña está viviendo con dos mujeres más y que ambas son rubias como ella, así que no la escogió al azar. Quería una niña rubia, como él. Es posible que fuera porque quería que pareciese hija suya, pero es probable que además sea una cuestión de racismo.

—¿Se refiere a que puede ser uno de esos que abogan por la supremacía de los blancos? —le preguntó Ben.

—No tiene por qué ser miembro de una organización necesariamente, puede que sólo se trate de una persona con esa mentalidad. En sus notas se describe una interacción del sospechoso con las mujeres de su grupo familiar, y se menciona que le tienen miedo. Eso se debe a que es muy controlador, sobre todo con las mujeres.

—Así que es un machista —comentó Autumn.

—Hasta un punto extremo —le dijo Riker—. No le gusta perder el control, ni la desobediencia... real o imaginada, y lo más probable es que se enfade y quiera castigar a quien le haya ofendido. Gobierna con mano férrea, pero no de forma injusta. Las mujeres le temen, pero también le respetan; seguramente, resulta atrayente para las mujeres en general.

Autumn le lanzó una rápida mirada a Ben, y vio su expresión tensa y su mandíbula apretada.

—A juzgar por la ropa que llevan las mujeres, yo diría que se mantiene un poco al margen de la sociedad, que es introvertido. Prefiere mantenerse bastante aislado, y exige que su familia haga lo mismo. Debe de tener un trabajo en el que le pagan al contado y que puede realizar solo, probablemente en su propia casa.

—¿Qué más puede decirnos? —le preguntó Ben.

—Sabemos que el sospechoso tiene un grupo familiar de tres mujeres. Como la mayor tiene su misma edad más o menos, creo que podemos dar por hecho que no la retuvo por la fuerza, sino que se fue con él por voluntad propia. Es posible que secuestrara a la chica de quince años, y que el hecho de que consiguiera hacer lo mismo con Molly cimentara su seguridad en sí mismo. Es arrogante, y se cree más listo que nadie. Molly tiene seis años más, es casi una adolescente, está convirtiéndose en mujer, así que es posible que intente secuestrar a otra niña pequeña para añadirla a la unidad familiar.

Autumn miró a Ben de nuevo, y vio en sus ojos un brillo de furia apenas controlada.

—Eso es todo... si la información que me han dado es correcta —añadió Riker.

—No ha mencionado un punto pertinente —le dijo Ben con suavidad—. ¿Cree que está abusando sexualmente de Molly y de la otra chica?

—Puede parecer la conclusión más obvia, pero creo que no tenemos suficientes datos para saberlo con certeza. El sospechoso parece tener una especie de complejo de Padrino, creo que quiere que la familia que ha construido lo considere así. Es difícil saber si necesita tener relaciones sexuales con las menores —Riker cerró las carpetas, y se las devolvió a Ben—. Espero que tengan suerte. Me gustaría quedarme con una copia del segundo retrato, para cotejarla con el Registro Nacional de Pedófilos. Si encuentro alguna correspondencia, los avisaré.

—Gracias —le dijo Ben. Los tres se levantaron de la mesa, y añadió—: Le agradezco que se haya tomado la molestia de vernos.

Riker lo miró cara a cara, y le dijo:

—Walker me ha dicho que la niña es su hija. Sé lo duro que debe de resultarle ser objetivo, pero tiene que intentarlo.

Era obvio que estaba advirtiéndole que no se esperanzara demasiado, sobre todo teniendo en cuenta que la información podía resultar ser errónea. Autumn sintió un nudo en el estómago al darse cuenta de que el criminólogo tenía razón.

—Gracias de nuevo —le dijo Ben, mientras le estrechaba la mano.

—Llámenme si encuentran alguna prueba tangible.

—De acuerdo —cuando Riker se fue, Ben suspiró y admitió—: Ha sido incluso peor de lo que pensaba.

Autumn tragó con dificultad. Todo lo que había dicho Riker parecía plausible, y si el secuestrador se parecía al hombre que acababa de describirles, era un verdadero monstruo.

Y seguían sin tener ni idea de cómo encontrarlo.

Volvieron a Seattle a primera hora de la tarde. Ben fue a cambiarse al ático antes de ir al despacho, y Autumn fue al gimnasio. Había llamado a Josh para pedirle que se encargara de la clase de la mañana, y había dejado varias clases particulares para más tarde.

Al entrar en la zona de escalada, se apresuró a ir junto a su amigo, que ya estaba trabajando con Ned. Se recordó a sí misma que tenía que concentrarse, que recibía un sueldo por hacer aquel trabajo, pero no era nada fácil. Sabía que para Ben había sido muy duro oír lo que les había dicho el criminólogo, y que estaba aferrándose a su control por los pelos al saber a qué clase de hombre estaban enfrentándose.

—Si lo encontramos, voy a destrozarlo con mis propias manos —le había dicho, en el viaje de vuelta.

—Estamos haciendo progresos, Ben. Tienes que centrarte en encontrar a Molly.

—Ya lo sé —le había contestado él, con voz tensa.

Sin embargo, estaban quedándose sin pistas. Jenn había mandado correos electrónicos y folletos con el retrato robot a todos los clubes de coches clásicos del país, y aunque habían llamado varias personas que afirmaban haber visto a alguien parecido, Pete Rossi había comprobado las informaciones y había vuelto con las manos vacías.

Mientras Ned escalaba el muro de escalada del gimnasio, Autumn rezó para que pronto encontraran algún rastro nuevo.

—Está mejorando mucho, ¿verdad? —le dijo Josh.

Su amigo estaba encargándose de asegurar a Ned, porque los dos pesaban más o menos lo mismo y le resultaría más fácil que a ella.

—Sí, tiene mucho talento.

Ned estaba ascendiendo con agilidad por el muro, con la camiseta pegada a la espalda por el sudor. Cuando llegó arriba del todo, hizo una pequeña pausa para recobrar el aliento antes de empezar a bajar con cuidado.

—Lo has hecho genial —le dijo Autumn, cuando llegó al suelo—. Ve a por esa cuerda, póntela al hombro, y vuelve a hacerlo.

Ned esbozó una sonrisa, porque la cuerda a la que hacía referencia Autumn pesaba once kilos. El peso total de cuerdas y equipamiento para la escalada tradicional podía llegar a pesar veintidós kilos, pero como ella no era demasiado alta, siempre usaba el material más ligero... que por cierto solía ser también el más caro.

Ned inició el ascenso de nuevo. Los pendientes de plata que llevaba brillaban bajo la luz de los focos, sus piernas musculosas y oscuras se movían a un ritmo estable, y sus manos y sus dedos buscaban los agarraderos de la pared artificial. Al ver su cuerpo musculoso y fornido subiendo y aferrándose a la pared como una mosca a una ventana, Autumn pensó en Ben, que también era sorprendentemente bueno para ser un escalador novato.

—Ned y yo vamos a la montaña este fin de semana —le dijo Josh, que permanecía con las piernas ligeramente separadas y preparado por si Ned perdía pie—. Courtney también viene, ¿te apuntas?

—Me he enterado de que estás saliendo con ella. Me cae muy bien, es una chica genial.

—Sí, Court es fantástica. Y muy buena escaladora.

Ned llegó a la parte superior del muro y empezó a descender sin prisa, sopesando cada paso. Estaba decidido a aprender, y no quería apresurarse. Autumn lo entendía bien, porque ella misma siempre había tenido aquella actitud.

—Bueno, ¿te apetece venir? —insistió Josh.

—Ojalá pudiera, de verdad, pero estoy bastante ocupada.

—Ya veo... pensaba que Ben no iba a caerme bien, pero... en fin, es un buen tipo.

—Sí, lo es —admitió ella, mientras intentaba apartar de su mente los eróticos recuerdos de la noche anterior.

—Pero sigue siendo Ben McKenzie. Cuando está entrenando en el gimnasio, las mujeres se le acercan a hablarle con cualquier excusa. Sois muy diferentes, Autumn, y me da miedo que acabe haciéndote daño.

Autumn sintió un nudo en el estómago. No solía coincidir con Ben en el gimnasio, pero se acordaba muy bien de cómo se le había caído la baba a Terri al verlo, y de que lo había llamado «el guaperas».

—Tienes razón, pero...

—Sí, ya lo sé. A veces nos sentimos atraídos por la persona equivocada.

Estaba hablando de Terri, claro. A pesar de que estaba saliendo con Courtney Roland, era a Terri a quien deseaba... o al menos, eso era lo que él creía.

Autumn pensó de nuevo en Ben. No había vuelto a su despacho desde el día en que la había echado de allí, y no estaba segura de si la dejarían entrar; en cualquier caso, en ese momento no quería verlo.

Las palabras de Josh habían hecho que cristalizara lo que había estado rondándole por la cabeza. Tenía que mantener las ideas claras en lo concerniente a Ben McKenzie, pero no estaba lista para renunciar a él... aún no.

Tal y como Terri le había dicho, se merecía disfrutar un poco, ¿por qué no iba a hacerlo con él?

Hizo caso omiso de la vocecita que le susurraba que era una tonta, y volvió a centrarse en el entrenamiento de Ned.

Cuando Ben dio por terminada la jornada de trabajo, ya había oscurecido. Hacía casi dos horas que tanto Jenn como el resto de la plantilla se habían ido a casa, pero en los últimos dos días se le había acumulado mucho trabajo y aún le quedaban varias cosas pendientes. Como aquella noche iba a quedarse en casa de Autumn, se había pasado por su ático para cambiarse y preparar una bolsa con ropa antes de ir a trabajar. Se estaba haciendo tarde, y no quería que ella tuviera que esperarle.

Al pensar en ella, tuvo ganas de sonreír. Era lo mejor que le había pasado en años... y también lo peor. Sus sueños habían hecho resurgir un dolor y una angustia que hacían que cada día fuera más duro que el anterior. Gracias a ella, tenía la esperanza de que Molly estuviera viva, de que su niña estuviera en algún lugar, esperando a que la encontrara.

Pero... ¿y si no era así?, ¿y si todo aquello era inútil?, ¿y si estaba viva pero no podían encontrarla? Entonces, seguiría tan fuera de su alcance como lo había estado desde el día de su desaparición.

Sentía que enloquecía sólo con pensar en lo que su hija podía estar pasando en aquel momento.

Respiró hondo, y pensó en Autumn. Cuando lo asaltaban la derrota y la angustia, pensaba en su dulce sonrisa y en sus preciosos ojos felinos. Sabía que estaba enamorándose de ella, y aunque era lo peor que podía pasar, era incapaz de controlar sus sentimientos. Dios, no tenía ni idea de adónde podían conducirlos sus sueños.

Era posible que la policía tuviera razón y que Molly llevara años muerta, que todo aquello sólo fuera una serie de casualidades, pero había dejado de creer que fuera así. Estaba convencido de que su hija estaba viva, y estaba desesperado por encontrarla. Molly era lo principal, no tenía tiempo para tener una mujer en su vida en aquel momento; sin embargo, allí estaba, justo en el medio de forma irrevocable... Autumn, la única persona que podía ayudarle a encontrar a su hija.

En cuanto salió del despacho, fue a pie a su piso. Las calles de Seattle estaban cobrando vida con la típica animación de un viernes por la noche. Se oían las suaves notas de jazz procedentes de uno de los clubes, en cuya puerta había un grupo de chicas con faldas muy cortas que charlaban entre risas. Al cruzar la calle, vio en el agua de la bahía las luces de un transbordador que se alejaba.

En un viernes normal, antes de que todo aquello empezara, habría salido hasta tarde con alguna mujer, entonces la habría llevado a su ático, y seguramente se habría acostado con ella antes de llevarla de vuelta a su casa. No le gustaba levantarse por la mañana con una mujer a su lado, porque no había nada que añadir y tenía mucho trabajo.

Al menos, había sido así hasta que había conocido a Autumn. En las últimas semanas, se había dado cuenta de cuánto echaba de menos el placer de pasar una velada tranquila en casa, y de despertarse con una mujer que realmente le importaba acurrucada entre sus brazos.

Había sido un hombre así en el pasado. Le había encantado estar casado, ser un marido y un padre, pero todo había cambiado cuando había perdido a Molly.

A lo mejor el hecho de pensar en su hija estaba despertando los viejos recuerdos, o quizás era simplemente obra de Autumn; fuera como fuese, le resultaba tanto aterrador como maravilloso. Desearía tener tiempo de poder analizar sus sentimientos, de descubrir si entre ellos había algo sobre lo que podrían construir algo sólido, pero no podía hacerlo hasta que encontraran a Molly... si la encontraban, se dijo taciturno, mientras llamaba al interfono del piso de Autumn.

Autumn estaba sentada en la sala de estar cuando sonó el timbre. Ben la había llamado antes para avisar que llegaría tarde, lo cierto era que siempre se mostraba muy considerado.

—Hola, cielo —la saludó, con una sonrisa.

Cuando se inclinó a besarla, Autumn sintió que un deseo ardiente la recorría de pies a cabeza. Era una locura que reaccionara así con un simple beso.

—¿Has tenido un día duro? —le preguntó, con fingida despreocupación.

—He estado trabajando en la forma de pararles los pies a los de A-1 —después de dejar la bolsa de viaje en el suelo, Ben tomó su mano y la besó con ternura en la palma—. ¿Qué tal te ha ido a ti?

Autumn intentó liberar su mano, pero como él se negó a soltarla, acabó cediendo y lo condujo hacia la mesa de la sala de estar, donde tenía desperdigadas varias hojas de papel.

—He estado trabajando en la lista de sitios donde pude haber visto al secuestrador.

—Como no me has llamado, supongo que no has recordado nada nuevo.

—No, pero... se me ha ocurrido una idea fantástica —le dijo ella, con una sonrisa triunfal.

—¿Ah, sí?

—Podríamos hacer que alguien me hipnotice, puede que así me acuerde de dónde lo vi. En las series de la tele funciona de maravilla.

—Por desgracia, esto no es algo ficticio.

—Ya lo sé, pero creo que valdría la pena intentarlo, ¿no?

Ben le dio vueltas a la idea durante varios segundos, y al fin le dijo:

—Puede que tengas razón. El lunes pondré a Jenn a trabajar en ello.

—Demasiado tarde, ya he concertado una cita para mañana a las once. Como es sábado, no tendrás que trabajar, y había pensado que sería genial que estuvieras aquí para poder escucharlo todo, por si digo algo importante.

—Iba a ir al despacho...

—Puede funcionar, Ben.

—Supongo que el trabajo puede esperar. Si estás dispuesta a hacerlo, me parece bien. A lo mejor conseguimos algún dato nuevo.

Estuvieron charlando sobre el uso de la hipnosis en el estímulo de la memoria, pero la conversación fue volviéndose más y más forzada conforme el ambiente fue cargándose de tensión sexual.

Finalmente, Ben se levantó y alargó la mano hacia ella.

—Creo que es hora de ir a la cama.

Autumn dejó que la ayudara a ponerse en pie, y soltó un gritito cuando él la alzó en sus brazos y la llevó hacia el dormitorio.

Hicieron el amor con tanta pasión como en el barco, y después de hacerlo por segunda vez, Autumn se durmió profundamente.

Autumn abrió los ojos de golpe y se incorporó bruscamente en la cama, con el corazón martilleándole a un ritmo frenético en el pecho. El despertador marcaba las tres menos cuarto de la madrugada.

—¡Dios mío, Ben!

Él encendió de inmediato la lámpara, y agarró la grabadora que habían empezado a utilizar en sustitución de la libreta. Cada mañana, transcribían la nueva información que Autumn iba descubriendo.

—Tranquila, dime lo que has visto —le dijo, mientras encendía la grabadora.

—No... no puedo creerlo, es justo lo que nos dijo Riker —lo miró con expresión desolada, y añadió—: Hay otra niña, Ben. Está en la casa, con las demás.

—¿No crees que es una coincidencia demasiado grande que sueñes con esa niña justo después de hablar con Riker? Puede que él te lo pusiera en la cabeza, el poder de sugestión puede ser muy fuerte.

Autumn se apartó el pelo de la cara con una mano temblorosa.

—No lo sé. No... no creo, pero a lo mejor... ha sido como los otros sueños justo hasta el final. Las mujeres estaban preparando la cena en la cocina, el hombre rubio entró, y tuvieron la misma conversación hasta que empezaron a sentarse, y entonces el hombre preguntó dónde estaba Mary.

—¿La niña se llama Mary?

—Sí. El hombre estaba hablando con la mujer mayor, Rachael, y entonces le preguntó dónde estaba Mary.

—¿Qué le contestó la mujer? —le preguntó Ben con voz suave, mientras la grabadora seguía registrando todas y cada una de sus palabras.

—Que Mary estaba castigada, que no iba a cenar hasta que aprendiera a responder cuando la llamaran por el nombre que le habían dado.

—Así que le han cambiado el nombre, igual que a Molly. ¿Cuántos años tiene la niña?

—Creo que... entre cinco y siete. Es muy parecida a Molly a aquella edad.

—¿Qué pasó después?

Autumn cerró los ojos, y dejó que el sueño resurgiera en su mente.

—La niña entró en la cocina, se quedó parada en la puerta,

y el hombre se levantó y dijo que se encargaría de ella, que era lo bastante grande para una visita a su taller del garaje. Y entonces me he despertado –lo miró con lágrimas en los ojos, y añadió–: Dios, Ben, ¿y si el sueño es real y ha secuestrado a otra niña?

Cuando él apagó la grabadora y la tomó en sus brazos, Autumn se aferró a su cuello y apretó la mejilla contra la suya. Intentó no llorar, pero las lágrimas lograron escapar y empezaron a deslizarse por sus mejillas.

No sabía si iba a poder seguir soportándolo, cuánto más iban a poder soportar los dos. ¿Cuándo iba a acabar todo aquello?

Ben empezó a acariciarle la espalda para intentar calmar el temblor que la sacudía, y le dijo con voz suave:

–Tranquilízate, cielo. No sirve de nada llorar, lo sé por experiencia.

Autumn asintió. Siguió abrazándolo durante unos segundos, y finalmente respiró hondo y se apartó.

–Creo que era real, Ben.

–Sí... tan real como puede llegar a ser un sueño –se levantó de la cama, y se puso la bata de felpa marrón que había dejado en la casa la última vez que había pasado allí la noche–. Quiero que repasemos lo que has visto otra vez, y escuchar la grabación.

–De acuerdo.

–Me parece que nos vendrá bien un poco de café.

–Buena idea –Autumn agarró su bata rosa, y fue a la cocina.

–Habrá que hablar con la policía, tenemos que saber si ha desaparecido alguna niña como la de tu sueño en los últimos meses. Si Mary aún no ha aceptado su nuevo nombre, es posible que el secuestro sea reciente.

–De acuerdo.

–Llamaré a Doug Watkins por la mañana, a ver si me entero de algo.

—Si contamos la verdad, la policía no nos creerá.

—Doug es un buen tipo, creo que nos hará este favor.

—Si la niña hubiera desaparecido en esta zona, nos habríamos enterado por la prensa. Puede que la secuestrara en otro estado.

—Es posible. Demonios, a lo mejor vive en la otra punta del país y hemos estado buscándolo en el sitio equivocado desde el principio.

—Puede, pero no lo creo —Autumn sacó un paquete de café en grano de uno de los armarios—. Lo vi en algún sitio, y aunque he hecho algunos viajes, tengo la impresión de que no fue lejos de aquí.

—Nunca se sabe... a lo mejor tu hipnotizador nos ayudará a descubrir dónde fue —le dijo él. Era obvio que estaba preocupado y exhausto.

—Eso espero. Dios, eso espero.

El hipnotizador, Peter Blakely, era un cuarentón atractivo con el pelo castaño claro y canoso, los ojos azules, y una sonrisa agradable. Llevaba unos pantalones beis y un jersey azul de manga corta, y tenía una apariencia de lo más normal; de hecho, no se parecía en nada al tipo excéntrico que Ben se había esperado. Incluso tenía un ligero y refinado acento británico.

—Gracias por venir, señor Blakely —le dijo Autumn.

—Por favor, tutéame. Prefiero tener un trato cercano con mis clientes.

—De acuerdo. Yo soy Autumn, y él es Ben —después de que los dos hombres se estrecharan la mano, Autumn sonrió y añadió—: Ya te di por teléfono un resumen de lo que está pasando, y lo que intentamos hacer.

—Quieres recordar un encuentro que tuviste con alguien hace unos años.

—Exacto.

Ben condujo a Blakely hacia la mesa donde estaba el retrato robot, y le dijo:

—Se trata de este hombre.

—Al menos, ése es el aspecto que tiene en los sueños de los que te hablé —apostilló Autumn—. Es importante que lo encontremos, pero no puedo acordarme de dónde lo vi.

Aunque ella consiguió sonreír de nuevo, Ben se dio cuenta de que era un gesto forzado. Sabía que las horas que habían pasado repasando el sueño y la grabación la habían dejado agotada, pero cuando habían vuelto a acostarse, hacer el amor los había ayudado a volver a conciliar el sueño. Aquella mañana se había despertado con la típica erección matinal, pero había preferido dejar que descansara y se había limitado a disfrutar de la sensación de su cuerpo apretado contra el suyo.

—¿Por dónde empezamos? —le preguntó ella a Blakely.

El hombre miró a su alrededor, y finalmente le dijo:

—Podrías tumbarte en el sofá de la sala de estar. Hay montones de técnicas, pero prefiero empezar en una atmósfera tranquila y relajada. Ben, ¿podrías cerrar las cortinas?

Ben lo hizo de inmediato. Poco antes, había llamado al inspector Watkins, de la policía de Issaquah. Hacía años que no hablaba con él, pero necesitaba saber si había desaparecido otra niña recientemente. Se había alegrado al saber que lo habían ascendido y que trabajaba en la comisaría de la zona este de Seattle, porque eso significaba que estaba más a mano.

Había llamado a la comisaría, pero le habían dicho que Watkins no trabajaba en fin de semana a menos que tuviera un caso. Había dejado su nombre y su número de teléfono, para que lo llamara en cuanto pudiera.

—¿Tenéis un reproductor de CD?

—Junto a la tele —le dijo él.

El hipnotizador le dio un CD, y Ben fue a ponerlo. El sonido del agua fluyendo entre las rocas inundó la habitación, y aportó una sensación de calma y de sosiego.

Al ver que Autumn parecía un poco más relajada al tumbarse, Ben se dio cuenta de que el recurso ambiental parecía funcionar, pero tuvo que esforzarse por contener una sonrisa. Con lo cansada que estaba, lo más probable era que se quedara dormida.

—Estás cómoda, ¿Autumn? —le preguntó Blakely.

—Mucho —le contestó ella, con un bostezo.

El hipnotizador sacó lo que parecía una pequeña linterna, y la alzó de modo que la luz se moviera formando un pequeño arco en la pared.

—Quiero que sigas la luz con la mirada, y que me escuches. ¿Estás lista?

—Sí.

—Voy a hacer una cuenta atrás a partir de cien. Antes de que llegue al uno, estarás profundamente dormida, pero podrás oír todo lo que yo te diga —la luz fue moviéndose lentamente en la pared—. Cien, noventa y nueve, noventa y ocho... estás relajada y cómoda, se te empiezan a cerrar los ojos.

Autumn pareció relajarse de forma casi imperceptible.

—Noventa y siete, noventa y seis, noventa y cinco, noventa y cuatro... cada vez tienes más sueño, apenas puedes mantener los ojos abiertos.

La luz siguió moviéndose a un ritmo lento y estable, y el cuerpo de Autumn se hundió completamente laxo en el sofá.

—Noventa y tres, noventa y dos, noventa y uno... tus ojos están cerrados, y estás profundamente relajada. ¿Me oyes, Autumn?

—Sí...

La luz se apagó.

—Noventa, ochenta y nueve... estás profundamente dormida, Autumn. Vas a recordar el pasado.

La voz de Blakely tenía una cadencia profunda y suave, un ritmo hipnotizante que parecía relajar también los músculos de Ben. Al darse cuenta de que estaba adormeciéndose, sacudió la cabeza y se enderezó en la silla.

—Hay un hombre... un hombre rubio al que has visto muchas veces en tus sueños. Conoces su rostro. En el pasado te encontraste con él en algún sitio, puede que hasta llegaras a conocerlo. ¿Puedes verlo?

—Sí...

—¿Está contigo?

—Sí... acaba de decirme... hola.

Ben sintió que se le aceleraba el corazón.

—¿Qué más está diciéndote?

—Nada... sólo está siendo... amable.

—¿Dónde estás?

—En Burlington.

Ben se tensó de pies a cabeza.

—¿Dónde exactamente?

—En... la tienda... de deportes.

Blakely le lanzó una mirada a Ben antes de volver a centrar su atención en Autumn.

—¿Sabes cómo se llama la tienda?

—Deportes... Burlington.

Blakely se volvió hacia Ben, y le preguntó con voz suave:

—¿Te suena?

—Sí, es una tienda que lleva allí muchos años.

El hipnotizador se volvió de nuevo hacia Autumn.

—Dime lo que está pasando.

—Estoy con... mi padre —se humedeció los labios, y añadió—: Estamos... comprando material de acampada.

El corazón de Ben parecía martillearle en el pecho. Si Max Sommers estaba allí aquel día, era posible que se acordara del hombre, quizás incluso lo conocía.

—¿Qué está haciendo el hombre rubio?

—Está... comprando un hornillo de acampada.

—¿Te dice algo más?

—No... sólo «hola».

—¿Sabes qué día es?

Autumn frunció el ceño.

—Es... verano. Papá y yo nos vamos... de acampada. He venido a... pasar el fin de semana con él.

—¿Te acuerdas de algo más?

—El hombre parece... agradable. Pensé que... me gustaría conocer a alguien como él.

Ben sintió que un escalofrío le recorría la espalda. El criminólogo les había dicho que aquel tipo podía resultar atrayente para las mujeres, y se le heló la sangre en las venas al imaginarse a Autumn cerca de aquel malnacido.

—Lo has hecho muy bien, Autumn —dijo Blakely—. Ahora voy a empezar a contar a partir de uno. Cuando llegue al cinco, estarás completamente despierta y podrás recordar todo lo que hemos dicho. Uno, dos, tres, cuatro, cinco.

Autumn abrió los ojos poco a poco. Se sentó en el sofá, y se volvió hacia Ben.

—Burlington, lo vi en Burlington.

En cuanto Peter Blakely se marchó con un cheque firmado por Ben en la mano, Autumn llamó a su padre. Como estaba con ella el día que había visto al secuestrador, era posible que él también lo conociera de vista, quizás el hombre vivía en Burlington.

No le había contado lo de sus sueños para que no se preocupara por ella, pero apenas podía esperar a hablar con él para ver si recordaba algo. Esperó mientras el teléfono sonaba y sonaba, pero al final saltó el contestador automático.

—Hola, has llamado a Max y a Myra. Deja un mensaje.

Al parecer, ya estaban viviendo juntos de forma oficial. Las cosas habían progresado con mucha rapidez desde que habían ingresado a su padre en el hospital.

—Papá, soy Autumn. Tengo que hablar contigo, llámame. Si no estoy en casa, llámame al móvil —al colgar, se volvió hacia Ben y le dijo—: No está en casa.

—Ya me he dado cuenta.

—Tenemos que esperar dos llamadas. No soporto esperar de brazos cruzados, ¿y tú?

—Tenemos los móviles. Será mejor que salgamos a que nos dé el aire, y a comer algo.

—Buena idea.

Fueron a The Shack, un local cercano, y pidieron sopa y unos sándwiches. Ya estaban en el postre, tomando café y compartiendo un trozo de pastel de queso, cuando el móvil de Autumn empezó a sonar. Le echó un vistazo a la pantalla, pero no reconoció el número.

—Hola, nena.

—Papá, ¿dónde estás?

—En Reno, con Myra. Estamos de luna de miel, ¡acabamos de casarnos!

—¡Papá!

—Alaska Air tiene un vuelo directo, así que llegamos en un momento. Íbamos a llamarte esta noche para darte la noticia.

Autumn sintió un barullo de emociones; la duda, la preocupación y la incredulidad eran sólo algunas de ellas.

—*¿Te has casado?* Pero dijiste que...

—Te dije que estaba planteándomelo —le dijo a Myra algo que Autumn no alcanzó a oír, y los dos se echaron a reír—. Es el día más feliz de mi vida.

Autumn empezó a darse cuenta de que su padre parecía entusiasmado. Lo único que quería era que fuera feliz.

—Felicidades, papá. Os deseo lo mejor.

—Gracias, cariño.

Autumn le indicó con señas a Ben que su padre se había casado, y él pareció sorprendentemente complacido.

—Saluda a tu nueva madrastra —le dijo su padre, antes de pasarle el teléfono a Myra.

—Hola, Autumn. Nunca me había sentido tan feliz.

—Estoy muy contenta por vosotros —Autumn deseó poder sentirse más entusiasmada. Después de una breve charla, añadió—: Ben también os envía sus felicitaciones.

—Agarra bien a ese bombón, cariño. No dejes que se te escape.

Autumn se puso tensa de inmediato. No pensaba «agarrar» a nadie, y mucho menos a Ben; afortunadamente, su padre se puso al teléfono de nuevo, aunque tuvo que esforzarse por no pensar en el hecho de que estaba de luna de miel, y que seguramente iba a hacer el amor con su nueva esposa a pesar de su afección cardíaca.

—Papá, quería comentarte algo.

—¿De qué se trata?

—¿Te acuerdas de una excursión que hicimos en las Cascade hace unos años? No me acuerdo de cuándo fue exactamente, pero era verano y fuimos de acampada. Antes de irnos, nos paramos en la tienda de deportes para comprar unas cosas... una tienda de campaña nueva, y me parece que yo compré también un saco de dormir. ¿Te acuerdas?

—La verdad es que no.

—Es muy importante. Había un hombre rubio, y nos saludó.

—¿Quieres que me acuerde de un tipo que nos saludó en una tienda?

Autumn soltó un suspiro, y le hizo un gesto de negación a Ben.

—Sabía que era poco probable, pero pensé que a lo mejor lo habías visto en algún otro sitio, o que lo conocías.

—Lo siento, cariño. Me parece que me acuerdo de la acampada, pero lo del tipo no me suena de nada.

—En fin, gracias de todos modos. Disfrutad de la luna de miel, ya lo celebraremos cuando volváis —Autumn colgó, y se metió el teléfono en el bolso.

—¿No ha habido suerte? —le preguntó Ben.

—Mi padre es el único que ha tenido suerte hoy.

—Me cae bien. Es un tipo que disfruta de la vida, todos deberíamos hacerlo.

Autumn no contestó, y no pudo evitar preguntarse cuánto duraría su padre con Myra. Nunca había tenido bastante con una sola mujer, ¿por qué iba a ser distinto a aquellas alturas? Aunque a lo mejor con la edad había cambiado.

Deseó poder convencerse a sí misma de que realmente era así.

Como Doug Watkins no estaba de servicio, lo llamaron de comisaría a su casa. Ben McKenzie era un hombre poderoso en Seattle, y la policía no había olvidado el secuestro de su hija. Por suerte, Watkins había sido trasladado a la ciudad, a la Comisaría Este.

Mientras Ben y Autumn esperaban a que llegara, vieron entrar a Joe Duffy. A Autumn le sorprendió verlo allí, ya que su amigo trabajaba en la comisaría de Virginia Street.

—Hola, ricura, ¿qué haces aquí? ¿Te han robado?

—No, gracias a Dios.

—¿Es que el pervertido sigue rondando por la escuela? En ese caso, hay que...

—Hemos venido a ver a Doug Watkins —le dijo Ben, para que Autumn no tuviera que mentir aún más.

Joe le lanzó una mirada. Tenía la piel bastante enrojecida, así que seguramente le había dado demasiado el sol en alguna excursión reciente. Al policía le encantaba la escalada, y la practicaba siempre que tenía algo de tiempo libre.

—Eres Ben McKenzie, ¿verdad? Josh Kendall me comentó que ibas a una de las clases de Autumn. ¿Te va la escalada?

—Siempre me ha interesado, y la verdad es que me gusta bastante.

—Espero que lo único que estés haciendo con Autumn sea ir a su clase.

—¡Por el amor de Dios, Joe!

—Me parece que eso sólo le concierne a ella, ¿no? —la voz de Ben contenía un matiz de advertencia.

—Puede, pero resulta que es amiga mía y que no tiene nada que ver con tus otras mujeres. Como no la trates bien, tendrás que vértelas conmigo.

En vez de enfadarse, Ben esbozó una sonrisa y contestó:

—Me gusta ver que Autumn tiene amigos que se preocupan por ella.

Autumn deseó que la tierra se la tragara.

—No le hagas caso a Joe —le dijo, mientras le lanzaba una mirada firme a su amigo—. Como es policía, a veces se pasa de protector.

Joe observó con atención a Ben durante unos segundos, como si en cierta manera estuviera tomándole las medidas, y finalmente le dijo:

—A lo mejor podríamos ir todos de escalada cuando Autumn considere que estás listo.

—Me gustaría —le contestó Ben, con aparente sinceridad.

Joe asintió y se alejó por el pasillo mientras le hacía un gesto de despedida a Autumn por encima del hombro; al parecer, había quedado satisfecho de momento.

—Lo siento. Joe es un tipo muy majo, no sé qué le ha pasado.

—Se preocupa por ti, no tiene nada de malo —Ben siguió a Joe con la mirada, y se volvió al oír que la puerta principal se abría.

El inspector Watkins los vio de inmediato, y fue hacia ellos.

—Hola, Ben. Me alegro de verte —le dijo, antes de estrecharle la mano.

—Lo mismo digo, Doug. Deja que te presente a una amiga mía, Autumn Sommers —Ben esbozó una sonrisa casi imperceptible, y añadió—: Es Sommers, con «o».

—Encantado de conocerte, Autumn.

—Lo mismo digo, inspector.

Cuando concluyeron las formalidades de rigor, Watkins los condujo por un pasillo hasta una pequeña sala de reuniones donde había una mesa metálica y cuatro sillas, además de una foto enmarcada en blanco y negro de Yosemite realizada por Ansel Adams.

—Siento que hayas tenido que venir en fin de semana —Ben esperó a que Autumn se sentara antes de hacer lo propio.

—No te preocupes —Watkins sonrió—. Los niños estaban peleándose, y la madre de Vickie ha venido de visita. La verdad es que me alegré de tener una excusa para poder salir de la casa. Querías hablar de una niña desaparecida, ¿no?

Era un hombre bajo, fornido y musculoso, debía de estar cerca de los cuarenta, y tenía la cabeza rapada. A pesar de que parecía un tipo duro, algo en su rostro indicaba que no era intransigente.

—He estado intentando encontrar la forma de explicarte esto, Doug... porque la verdad es que es difícil de creer. Pero creo que es la única posibilidad que nos queda.

—Suele ser mejor ir con la verdad por delante —comentó Watkins, con sarcasmo.

Con la ayuda de Autumn, Ben pasó la media hora siguiente explicándoselo todo. Le hablaron de los sueños y del hombre rubio, le dieron la información que habían podido confirmar, le contaron lo del coche clásico blanco y que habían investigado a los posibles propietarios, y también mencionaron el encuentro que Autumn había tenido con el hombre años atrás en la tienda de deportes, que era el mismo tipo de establecimiento donde Joanne lo había visto.

Cuando acabaron, el inspector Watkins se recostó en su silla con una expresión cargada de escepticismo, y se pasó la mano por la cabeza como si aún tuviera pelo.

—Cuando pensaba que nada podía sorprenderme...

—Te entiendo perfectamente —le dijo Ben.

—Aparte de todo lo de los sueños que pueden ser reales, y del hecho de que crees que tu hija puede estar viva, lo que estás pidiéndome es que me entere de si han secuestrado hace poco a una niña con un aspecto parecido al de Molly.

—Exacto. Antes de venir, hemos echado un vistazo en *missingkids.com*, y sabemos que ha habido un total de seiscientas seis desapariciones a nivel nacional en el último año. El dato en sí ya es desalentador, pero en algunos casos no hay fotos y no sé si la página web está actualizada. Lo más posible es que la hayan secuestrado en la región oeste, pero no estamos seguros.

Watkins pareció pensar en ello durante un momento, y finalmente respiró hondo y soltó el aire lentamente.

—Vale, echaré un vistazo por los viejos tiempos, a ver si al menos puedo acortar la lista de posibles víctimas que encajen con vuestra descripción.

—Genial.

Cuando los tres se levantaron, Watkins añadió:

—Te diré algo a mediados de semana.

—No sabes lo que te lo agradezco, Doug —le dijo Ben.

—Hazme un favor: no comentes por aquí nada sobre víctimas que aparecen en sueños.

—No te preocupes —Ben esbozó una sonrisa.

—Sin ánimo de ofender —le dijo Watkins a Autumn.

—Tranquilo, lo entiendo —le contestó ella, con una sonrisa.

Al salir de comisaría, volvieron al piso de Autumn. El sol se había deslizado tras una fina capa de nubes, y había refrescado bastante. Al sentir la brisa húmeda, Autumn se tapó mejor con la chaqueta.

—He estado pensado... —empezó a decir, cuando entraron en el vestíbulo.

—Parece que los dos hemos estado pensando bastante últimamente —comentó Ben, antes de darle al botón de llamada del ascensor.

—Los nombres de las mujeres... si no son los de verdad, deben de tener algún significado, seguro que los eligieron por algo.

—Sí, a mí también se me había pasado por la cabeza.

—Riker dijo que el hombre tiene una especie de complejo de Padrino, y Rachael, Mary y Ruth son nombres bíblicos.

Cuando llegaron al piso doce y salieron del ascensor, Ben le quitó la llave de la mano. Después de abrir la puerta, se apartó para dejarla pasar.

—No se me había ocurrido, pero a lo mejor es algo relevante. Ese tipo podría ser una especie de chalado religioso, un fanático.

—Eso podría ser algo positivo, ¿no? Si es un hombre religioso, puede que no sea de los que abusan de menores.

—Supongo que depende de la religión. Fíjate en David Koresh, el de Waco, o en el tipo que secuestró a Elizabeth Smart.

Autumn no quiso ni imaginarse lo terrible que todo aquello era para Ben.

—Vamos a encontrarla, Ben. No pararemos hasta que lo hagamos.

Él la miró con una expresión llena de dolor, y le dijo:

—No dejo de pensar que a lo mejor la habríamos encontrado si no hubiera dejado de buscarla. Si no me hubiera rendido, quizás...

—Ben, no sigas. Creías que estaba puerta... todos lo creían, hasta la policía y el FBI —Autumn posó una mano en su mejilla—. La verdad es que es posible que lo esté. ¿Crees que no me he preguntado si todo esto no será más que una especie de alucinación paranoica?

Mientras ella luchaba por controlar las lágrimas, Ben la abrazó y le dijo con voz suave:

—Esto no es fácil para ninguno de los dos.

Autumn apoyó la cabeza contra su hombro, y se sintió reconfortada en el cobijo de su abrazo. Finalmente, respiró hondo y se apartó un poco para poder mirarlo a la cara.

—No puedes cambiar el pasado, Ben. Y tampoco puedes permitirte tener dudas.

—Tienes razón. Tenemos que seguir adelante, es lo único que podemos hacer en este momento.

Tenían que seguir, porque eran la única esperanza de Molly.

La noche del sábado al domingo, Autumn tuvo de nuevo el sueño en el que aparecía Mary, el nuevo miembro del clan; sin embargo, no se sintió demasiado cansada por la mañana, porque después de hablar del sueño con Ben, habían hecho el amor y había logrado dormir un poco.

—Tenemos que ir a Burlington. Les enseñaremos el retrato a los empleados de la tienda de deportes, puede que alguno lo reconozca.

—Sí, ya lo sé —le contestó él.

Acababan de desayunar, y estaban terminándose el café.

—Lástima que Deportes Burlington esté cerrado los domingos —comentó Autumn, mientras llevaba los platos sucios al fregadero—. Es una localidad pequeña, así que no abren cada día hasta las nueve como tus tiendas.

—Ah, sí... recuerdo con nostalgia aquellos buenos tiempos —Ben apuró su café, y fue a dejar su taza en el fregadero—. He llamado antes, pero me ha saltado el contestador automático. De todas formas, no podría ir, porque voy a llevar a Katie al lago —la miró a los ojos, y añadió—: He pensado que podrías venir con nosotros.

Autumn estuvo a punto de dejar caer el plato que estaba lavando.

—Lo dices de broma, ¿verdad?

—¿Por qué no? No podemos ir a Burlington hasta mañana, y Watkins no nos llamará hasta mediados de semana. Me gustaría que vinieras. Creo que te gustará Katie, y estoy seguro de que le caerás muy bien.

Autumn se mordió el labio. Ben acababa de tomarla totalmente por sorpresa, porque sabía lo mucho que protegía su vida privada. ¿Por qué quería que conociera a su hija?

—Ben, no sé si...

—Ven a hacer piragüismo con nosotros, y el fin de semana que viene nosotros iremos de escalada contigo.

Autumn le lanzó una mirada llena de indecisión. Ya estaba demasiado involucrada con él, y si no se andaba con cuidado, iba a enamorarse de él y acabaría con el corazón roto.

Y olvidar a aquel hombre sería mucho más difícil de lo que le había resultado con Steve Elliot o con Luke Noland.

—Venga, anímate —insistió él—. Estás enseñándome a escalar, así que yo te enseñaré a hacer piragüismo con un kayak.

Autumn siempre había querido probar aquel deporte. Se dijo que sería capaz de seguir siendo sensata, que no tenía por qué haber ningún problema. Además, como decía su padre, «si vas a ser un oso, que sea de los grandes».

—Vale, tú ganas —llevaba vaqueros, zapatillas de deporte y una camiseta, pero no estaba segura de lo que podía necesitar—. ¿Qué me hace falta?

—Ve a por tu jersey de lana, por si acaso. Pasaremos por mi tienda a por un casco de tu talla y todo lo demás.

Autumn no protestó. Prácticamente estaba obligándola a ir, así que no le importaba que pagara por su equipamiento; además, tenía la sensación de que la experiencia iba a gustarle.

Una vocecilla le advirtió que todo lo relacionado con Ben le gustaba demasiado, pero no le hizo caso.

Después de cargar el cuatro por cuatro de Ben, fueron a buscar a Katie y pusieron rumbo al lago. Autumn habría reconocido a la hija de Ben de inmediato, porque tal y como él le había dicho, se parecía mucho a Molly. Katie tenía el mismo pelo rubio, los mismos ojos azules, y las mismas facciones delicadas de su hermana.

Era una niña muy guapa y, aunque según Ben se parecía a su madre, Autumn vio una clara semejanza con él en el gesto de determinación de su mandíbula cuando sacaron los kayaks del coche, y en las miradas críticas con las que la observaba de vez en cuando.

—¿Eres la novia de mi padre? —le preguntó, mientras Ben estaba sacando los chalecos salvavidas del asiento trasero del coche.

—No, sólo somos amigos.

—Es la primera vez que trae a un amigo.

—Entonces, me siento halagada —Autumn consiguió esbozar una sonrisa—. Supongo que ha pensado que estaría bien que tú y yo nos conociéramos, a lo mejor espera que nos hagamos amigas.

—¿Te gusta el deporte?, papá dice que sí.

—Me encanta el deporte.

Ben se acercó a ellas en aquel momento, y comentó:

—Autumn es una escaladora en roca fantástica, cariño. Una de las mejores del estado.

—¡Caray! He visto a esa gente que sube por las montañas, agarrados a las rocas. ¿Es lo que haces tú?

—Sí, y me encanta. Mi padre me enseñó, y es muy divertido.

—¿También te gusta el piragüismo?

—Nunca lo he intentado, a lo mejor también es divertido.

—¡Es genial! Mi papá está enseñándome, como el tuyo hizo contigo.

—Entonces, me parece que tienes un profesor muy bueno.

—Papá ha ganado un montón de trofeos y de premios. Ya no compite, pero sigue siendo el mejor.

Autumn pensó en lo fantástico que era hacer el amor con él, y contuvo las ganas de sonreír.

—Tu padre es muy bueno en un montón de cosas.

Se dio cuenta de que Ben estaba mirándola; a juzgar por el brillo de su mirada, estaba claro que sabía en qué estaba pensando.

—Me lo tomaré como un cumplido —le dijo él.

—Bueno, ¿estamos listos? —se apresuró a decir ella para cambiar de tema, mientras se ponía roja como un tomate.

—Los kayaks están en el agua... menos el tuyo, Autumn. Katie ya sabe cómo meterse en uno, lo que hay que hacer para enderezarlo si se vuelca, y cómo volver a entrar si te caes. Cariño, ¿por qué no le enseñas a Autumn cómo se hace?

Katie le hizo una demostración en el kayak que estaba en tierra firme. Primero le explicó cómo meterse, y después estuvieron trabajando en lo que había que hacer en caso de que surgiera algún problema.

—Bueno, vamos a meterlo en el agua —dijo Ben, cuando consideró que estaba preparada.

Como ya se habían puesto los chalecos salvavidas, estaban listos. El lago estaba calmado, y sólo había un ligero oleaje a lo largo de la orilla que recorría la superficie del agua antes de desaparecer. Un pato real y su pareja los observaban con curiosidad a poca distancia, y de vez en cuando alguna gaviota pasaba volando. El cálido sol de julio brillaba en el cielo despejado, y el aire olía a pino y a tierra húmeda.

Cuando metieron el kayak de Autumn en el agua, Ben volvió a repasar la mejor manera de entrar y de utilizar las palas.

—Mi padre me enseñó a ir en canoa, así que no creo que tenga problema —le dijo Autumn.

—Perfecto. Vamos a usar autovaciables, porque son más fáciles de controlar para los novatos. Mucha gente está pasándose a ellos por completo.

—Pero tú eres de la vieja escuela, ¿no?

—¿Cómo lo has adivinado?

Ben era un poco anticuado en multitud de detalles. Siempre era un caballero... menos en el dormitorio, donde se convertía en un verdadero troglodita. Usaba el punto justo de dominio para que el sexo fuera excitante, pero también sabía cuándo dejar que ella llevara las riendas... y para ella, ésa era la combinación perfecta.

Al parecer, su cuerpo estaba de acuerdo, porque sólo con pensar en hacer el amor con Ben se le tensaban los pezones. Menos mal que nadie podía darse cuenta gracias al chaleco salvavidas.

—Si todo va bien, puede que tu madre nos deje ir al río —le dijo Ben a su hija—. Hay un tramo bastante fácil que desemboca en el lago.

—A lo mejor me deja, porque John siempre le dice que es mejor que los padres dejen que los niños disfruten.

Ben le había explicado a Autumn que Joanne estaba saliendo con John Cleveland, un buen tipo que trabajaba duro y que tenía un buen empleo en un banco.

—¿John te cae bien? —le preguntó él a su hija.

—Sí —admitió la niña, cabizbaja.

Ben tomó su barbilla, y le levantó la cabeza para que lo mirara.

—No tienes que avergonzarte de que alguien te caiga bien, cariño. Me alegro de que tu madre haya conocido a un buen hombre.

Katie sonrió aliviada, y le preguntó:

—¿Estamos listos ya, papá?

—Más que listos. Venga, en marcha.

Al final de la jornada, Autumn se sentía cómoda en el kayak y estaba pasándoselo muy bien. Hasta ese momento, no se había dado cuenta de lo mucho que había echado de menos salir en canoa con su padre.

Fue una tarde fantástica, aunque conforme el día fue llegando a su fin, empezó a notar algo raro en la relación de Ben y Katie. Aunque era obvio que adoraba a su hija, él parecía mantener cierta distancia entre los dos. Se dijo que a lo mejor era simplemente una cuestión de personalidad, pero Ben no se comportaba así con ella... de hecho, estaba acercándose demasiado.

No pudo evitar preguntarse si la desaparición de Molly habría influido en su relación con Katie. A juzgar por lo que había visto, él siempre cumplía con sus obligaciones en lo concerniente a su hija, pero no iba más allá; de repente, sintió un poco de pena por aquella niña que miraba a su padre con ojos de adoración, y que de vez en cuando dejaba caer alguna indirecta sobre querer pasar más tiempo con él.

Ben siempre se las ingeniaba para eludir el tema espinoso sin herir sus sentimientos, pero aun así...

—Bueno, me parece que es hora de volver a casa —les dijo él—. Katie, lo has hecho fenomenal. Vas a llegar a ser una campeona. Autumn, se te ha dado genial para ser la primera vez.

—Sí, papá... ¡ha estado fantástica!

Autumn sonrió. La pequeña le había robado el corazón

por completo. A lo mejor se debía a que se sentía muy unida a Molly y las dos hermanas se parecían mucho, pero Katie era dulce y cariñosa, y una buena deportista. Quizás algún día la enseñaría a escalar.

Se apresuró a olvidarse de aquella idea. Cuando encontraran a Molly, su relación con Ben se acabaría. No tendría razón alguna para seguir viéndolo y, de todas formas, seguramente él ya se habría cansado de ella para entonces.

Sintió una súbita tristeza, y se obligó a volver a centrar su atención en Katie.

—La verdad es que me lo he pasado muy bien —le dijo—. Me encanta estar en el agua.

—A mí también —le contestó la pequeña, antes de tomarla de la mano.

Autumn entrelazó los dedos con los de la niña, y al mirar a Ben, se dio cuenta de que su expresión se había suavizado. Se volvió de nuevo hacia Katie con una sonrisa y la niña le devolvió el gesto, con hoyuelo en la mejilla incluido; de repente, se dio cuenta de que una mujer se dirigía hacia ellos. Llevaba un biquini amarillo, era alta y curvilínea y estaba bronceada, y tenía el pelo rubio y largo.

—¡Ben McKenzie! ¿Eres tú de verdad?

—Me temo que sí —le contestó él, con una sonrisa.

En cuanto llegó a su lado, la mujer le dio un ligero beso en los labios y le dijo:

—Esto sí que es una sorpresa, ¿cuánto hacía que no nos veíamos?

—Llevo sin competir cuatro años por lo menos, así que supongo que todo ese tiempo. Charlie, ya conoces a mi hija Katie, y ella es Autumn Sommers. Autumn, te presento a Charlene Brockman, una vieja amiga mía. Todo el mundo la llama Charlie.

—Encantada de conocerte —le dijo la mujer, antes de volver a centrar su atención en Ben para hablar de los viejos tiempos.

—Charlie es una campeona de piragüismo, participa en competiciones por todo el mundo. A lo mejor la has visto por la tele.

Charlie Brockman era demasiado atlética para ser una estrella de cine, pero le faltaba poco. Permanecía demasiado cerca de Ben mientras charlaba con él, y lo tocaba con una naturalidad que indicaba que se conocían bien... muy bien. Autumn no pudo evitar ponerse cada vez más celosa.

—Bueno, será mejor que nos vayamos —dijo Ben al fin.

Charlie se volvió hacia Autumn, y le dijo de nuevo:

—Encantada de conocerte.

—Lo mismo digo —Autumn deseó no haberla conocido en su vida. Mientras veía alejarse a la rubia de piernas largas, sintió que se le formaba un nudo en el estómago. Era obvio que Ben y aquella mujer habían sido amantes, y había docenas como ella.

—¿Estás bien? —le preguntó él, mientras Katie los precedía camino del coche.

—Genial —Autumn exhaló poco a poco para intentar calmarse, y se preguntó si él se había dado cuenta de lo mucho que la había afectado aquel encuentro—. Tienes razón, será mejor que nos vayamos —empezó a recoger las cosas, pero Ben la agarró del brazo.

—Si estás preocupada por Charlene, te aseguro que no tienes por qué. Hacía años que no la veía, desde que dejé de competir.

—Eso no es de mi incumbencia.

—No me vengas con tonterías. Aunque no quieras admitirlo, está claro que estás celosa. Charlie y yo salimos juntos durante una temporada, pero fue hace mucho tiempo.

—No importa.

—Claro que importa. Maldita sea, Autumn... por si no te has dado cuenta, estoy loco por ti. No me interesa ni Charlene Brockman ni nadie más, sólo tú.

Autumn intentó ocultar lo sorprendida que estaba. ¿Ben

estaba loco por ella? No tenía sentido, no era despampanante como una estrella de cine ni una deportista de renombre mundial. Lanzó una mirada hacia la rubia, y comentó:

—Puede que pienses eso ahora, pero estoy segura de que pronto...

—¿Cómo es posible que seas tan insegura? ¿Dudas tanto de tu propio atractivo que no sabes lo mucho que puedes ofrecerle a un hombre?

Autumn se sintió avergonzada al ver que él se acercaba tanto a la verdad, pero se negó a dejar que la amilanara.

—A lo mejor lo que pasa es que dudo que haya un solo hombre sobre la faz de la tierra capaz de sentirse satisfecho con una sola mujer... ¡sea quien sea ella! —fue hecha una furia hacia el cuatro por cuatro, pero al ver a Katie junto a la puerta del copiloto se obligó a sonreír—. Me parece que ya lo tenemos todo, cielo.

—Puede que papá se pare para que cenemos pizza —la niña le lanzó una mirada esperanzada a su padre, que en aquel momento llegó junto a ellas.

—Hoy no, cariño. Autumn tiene que volver a casa.

Era tentador poder refugiarse cuanto antes en su piso, lejos de Ben y de la amenaza que suponía para ella, pero al ver la carita de decepción de la pequeña no tuvo ninguna duda de lo que tenía que hacer.

Se volvió hacia Ben, y enarcó una ceja en un gesto desafiante antes de decirle:

—Me parece que tengo tiempo para comer una pizza, conozco un sitio genial cerca de aquí.

Ben la miró por un instante antes de ir hacia su lado del vehículo, y ella no supo si su expresión era triunfal o de enfado.

Después de cenar pizza con Katie, Ben llevó a Autumn a su casa y después se fue a su ático. Ella supuso que seguía enfadado por la discusión anterior... o quizás ya había empezado a cansarse de ella.

Se enfadó consigo misma al sentir una reveladora punzada de dolor. Era ridículo, sabía muy bien cómo eran los hombres, y Ben era peor que la mayoría.

Aun así, echó de menos tener su cuerpo fuerte y poderoso a su lado en la cama, disfrutar de sus caricias apasionadas, y despertarse junto a él por la mañana.

Al verlo el lunes en clase, vestido con su habitual camiseta ajustada y con el pecho y los hombros bronceados gracias al día que habían pasado en el lago, sintió unas ganas locas de llevarlo a rastras a su casa y hacer el amor con él. Lo quería de vuelta en su cama... pero no se lo dijo, claro.

Ben se quedó después de la clase el tiempo justo para decirle que tendrían que posponer el viaje a Burlington hasta el día siguiente.

—Ha surgido un problema en el trabajo, no podré ir hasta mañana —le dijo él.

—Podría ir sola. No está lejos, y estoy acostumbrada a conducir.

—Ni hablar, yo también quiero ir. Tengo un montón de preguntas por hacer; además, es posible que encontremos alguna pista importante.

Se fue sin añadir nada más, y no fue a pasar la noche a su piso. Autumn tuvo el mismo sueño y permaneció despierta durante horas, preocupada por las familiares imágenes, echando de menos a Ben, y preguntándose si su breve aventura se había acabado.

Autumn decidió que iba a quitarse a Ben de la cabeza, y el martes quedó para comer en The Shack con Terri. El local estaba lleno a aquella hora, y las mesas estaban abarrotadas con turistas y con gente de la zona. Se sentaron en una de las mesas del fondo, ya que allí no había tanto barullo y podían charlar. La música de los cincuenta que se oía de fondo no estaba demasiado alta, así que podían oírse sin problemas.

—¿Cómo va la búsqueda? —le preguntó Terri, antes de comer un poco de ensalada y de tomar un trago de té frío. Las dos habían pedido ensalada César con pollo a la plancha.

—No ha habido ninguna novedad desde que el sueño cambió la semana pasada. Esperamos que la conversación que tuvimos con el inspector de policía dé algún resultado. Aún no nos ha dicho nada, pero quedamos en que nos avisaría si descubría alguna pista.

—Parece prometedor —Terri comió un poco más de ensalada. Estaba tan guapa como siempre, su pelo oscuro brillaba y sus largas pestañas enmarcaban sus expresivos ojos azules. Después de tomar otro trago de té, dejó el vaso sobre la mesa y añadió—: Lo de la boda de tu padre es increíble. Qué sorpresón, jamás habría imaginado que volvería a casarse.

—Y que lo digas —Autumn ensartó un poco de lechuga con el tenedor.

—¿Crees que le será fiel a Myra?, ¿le habrá sido fiel desde que están juntos?

—Lo dudo, nunca le ha sido fiel a una mujer.

—Ya sabes lo que dicen… la cabra siempre tira al monte.

—Sí, ya lo sé —Autumn intentó no pensar en Ben.

—¿Qué tal va tu vida amorosa? Tú y el guaperas aún seguís juntos, ¿verdad?

Autumn se encogió de hombros. Aquélla era la parte de la conversación que había estado temiendo, pero como Terri era su amiga, no había forma de evitarla.

—Nos lo estamos pasando bien. Tengo una aventura con él, tal y como me sugeriste. En lo referente al sexo, es inmejorable —aunque Ben llevaba dos noches sin dormir en su casa. Debería traerle sin cuidado, porque no estaban viviendo juntos, pero no entendía por qué parecía estar evitándola.

—¿Y qué me dices del resto de la relación? —le preguntó Terri.

—No hay nada más, sólo es una aventura. Nos acostamos juntos —al menos, hasta hacía poco—. Ben y yo nos vamos a trabajar, y el resto del tiempo lo pasamos intentando resolver el rompecabezas que está volviéndonos locos —desesperada por cambiar de tema, le preguntó—: ¿Y cómo estás tú?, ¿alguna novedad?

Terri apartó la mirada, y empezó a juguetear con el tenedor.

—La verdad es que no. Me encontré con Josh Kendall el otro día, y he estado pensando que... no sé... a lo mejor ya es hora de que él y yo salgamos juntos.

—Josh está saliendo con Courtney Roland, y pensaba que iban bastante en serio.

—Bueno, no están comprometidos ni nada de eso. Además, no hace tanto tiempo que la conoce —Terri se echó un mechón de pelo hacia atrás.

Autumn observó a su amiga durante un momento, y finalmente le dijo:

—Nunca has mostrado ningún interés por él, ¿a qué se debe ese cambio?

—Josh siempre estaba disponible, supongo que nunca lo consideré nada más que un amigo.

—Pero no te gusta que esté interesado en otra persona, ¿verdad?

Terri se enderezó un poco en el banco.

—Las dos sabemos que Josh está enamorado de mí desde hace años. Está engañándose a sí mismo con lo de esa chica, no está enamorado de ella y no quiero que acabe sufriendo.

—Así que vas a salvarlo de sí mismo, ¿no?

—Más o menos.

—¿Y qué pasará con Josh cuando te canses de él?

—A lo mejor no me canso de él, a lo mejor es el hombre que llevo buscando toda la vida.

—Y a lo mejor no lo es, y le romperás el corazón como a todos los demás —Autumn apartó su plato de ensalada medio lleno, cada vez más preocupada por Josh–. Terri, no lo hagas. Por una vez, piensa en alguien aparte de en ti misma.

–Eso ha sido un golpe bajo. Además, estoy pensando en Josh... lo creas o no.

Autumn la tomó de la mano, y le dijo:

–Hace mucho tiempo que somos amigas, Terri. Sé que necesitas mucha atención masculina, y aunque normalmente es algo inofensivo, Josh es diferente. Está claro que puedes tenerlo si quieres, pero la cuestión es si estás dispuesta a hacerle daño a alguien que siempre se ha portado como un amigo de verdad. Piensa en ello.

Terri soltó un suspiro, y se recostó contra el respaldo de su asiento.

–Vale, me lo pensaré. Pero no te olvides de que ya es mayorcito para decidir lo que quiere.

Autumn asintió. Sabía que su amiga tenía razón hasta cierto punto, porque Josh iba a tener que decidir tarde o temprano lo que quería... una aventura pasajera con Terri, o una relación seria con Courtney Roland.

De repente, se dio cuenta de que ella misma estaba en una tesitura parecida con Ben. Tenían una aventura que no podía llegar a ser nada más, así que era injusto que criticara a Terri o a Josh por hacer lo mismo.

–Supongo que tienes parte de razón. En cualquier caso, ya sabes que os quiero a los dos –se levantó de su asiento, y añadió–: Será mejor que me vaya, Ben y yo vamos a Burlington para ver si alguien reconoce al hombre del retrato robot.

–Tendré los dedos cruzados.

–Gracias, Terri –Autumn se inclinó, y le dio un abrazo–. Nos vemos.

Al salir a la calle, vio el Mercedes de Ben aparcado en segunda fila delante del local. Sabía que estaba tan impaciente como ella por ir a Burlington, y deseaba con toda su alma que, por el bien de los dos, encontraran alguna pista allí.

Al salir de The Shack, Autumn se apresuró a ir hacia el coche de Ben, que estaba parado junto a una furgoneta. Él se inclinó a abrirle la puerta, y se incorporó al tráfico en cuanto ella entró.

—¿Qué tal ha ido la comida?

—Genial. Hacen unas ensaladas César buenísimas, y me ha venido bien charlar un rato con Terri.

Ben se limitó a asentir. Mientras avanzaban por la carretera, Autumn se dio cuenta de que parecía más callado que de costumbre. Se había mostrado un poco distante desde la discusión del lago, pero decidió centrarse en Molly y apartar a un lado la certeza de que algo andaba mal.

—¿Has traído copias del retrato? —le preguntó él.

Iban a ciento treinta por hora. Ben lo hacía todo con brío, hasta conducir su imponente Mercedes plateado.

—He hecho más copias a tamaño reducido, para poder repartirlas si hace falta.

—Buena idea.

Autumn se volvió a mirarlo, y se dio cuenta de lo tensos que tenía los hombros, de lo tirantes que estaban los músculos de sus piernas; de repente, él la recorrió de pies a cabeza con la mirada, y sus ojos se detuvieron por un instante en sus senos. Ella se sorprendió al ver el deseo descarnado que brillaba en sus ojos, e inhaló con fuerza mientras se le aceleraba el corazón y empezaban a sudarle las palmas de las manos. Aunque estuviera enfadado con ella, era obvio que seguía deseándola.

Sintió un alivio inmediato al darse cuenta de que su aventura no había terminado... aún no. Se humedeció los labios con nerviosismo, mientras una tensión muy familiar iba creciendo en su interior. Intentó no pensar en la última vez que habían hecho el amor, intentó no desear que él parara en el arcén y la tomara allí mismo, en el asiento trasero del coche.

—Si sigues mirándome así, no vamos a poder llegar a Burlington, al menos hasta que hayamos parado en un motel.

Autumn se ruborizó. Le parecía humillante que un hombre supiera lo mucho que lo deseaba.

—Tenemos trabajo por hacer, no tenemos tiempo para eso —se sentó un poco más erguida, y cerró las piernas con fuerza para calmar las ridículas palpitaciones que sentía.

Ben no contestó ni sonrió. Autumn sabía que no dejaba de pensar en Molly, pero había algo más y no tenía ni idea de qué se trataba.

Los dos permanecieron en silencio durante la mayor parte del trayecto. Cuando por fin llegaron a Burlington, aparcaron el coche y fueron hacia la tienda de deportes, que era uno de los edificios más viejos de aquella localidad y necesitaba una buena reforma. Burlington había sido en sus inicios una zona dedicada a la tala de árboles, pero los años habían pasado factura y muchos de los edificios estaban bastante destartalados.

—¿Estás lista? —le preguntó, cuando llegaron a la puerta.

Autumn aferró con fuerza las copias del retrato robot, y asintió con decisión.

El interior de la tienda estaba en mejores condiciones que el exterior. Preguntaron por el gerente, un tal señor Cline, que resultó ser un cuarentón bastante entrado en carnes con el pelo canoso.

—¿Qué querían?

Autumn le dio una de las copias, y le dijo:

—Estamos intentando localizar a este hombre, pensamos que a lo mejor podría ayudarnos.

—Usted me resulta familiar... había venido a la tienda, ¿verdad?

—Me llamo Autumn Sommers, mi padre y yo solíamos venir bastante. Se llama Max Sommers, vive cerca de aquí.

—¡Sí, claro! Su padre es un cliente asiduo.

Ben decidió interrumpir la conversación.

—Como Autumn le ha dicho, esperábamos que pudiera ayudarnos a encontrar a este hombre. Autumn lo vio en esta tienda hace unos años, y es posible que sea un cliente habitual. Pensamos que a lo mejor usted o algún empleado sabría de quién se trata.

El gerente tomó la copia que Autumn le entregó, y observó con atención el retrato.

—Es rubio con ojos azules, y tiene una altura y un peso medios —le dijo ella.

—Lo siento, pero no me suena. ¿Podrían decirme por qué lo buscan?

—Es posible que esté implicado en el secuestro de una niña, puede que incluso de varias.

—En ese caso, debería ser la policía quien se ocupara del caso, ¿no?

—Queremos convencerlos de que nos ayuden —le dijo Autumn—. Estamos seguros de que este hombre está implicado, pero necesitamos pruebas.

—No sé... tengo que tener en cuenta la privacidad de nuestros clientes.

Autumn le agarró del brazo.

—La niña que ha desaparecido es la hija de Ben. Por favor, ¿va a ayudarnos?

El hombre miró a Ben con expresión compasiva, y al fin les dijo:

—Dejen que me quede con varias copias, iré preguntando a la gente. Puede que alguien se acuerde de él.

—Sería fantástico.

—Antes de que se vayan, vamos a hablar con Andrew. Lleva años trabajando aquí.

Fueron con el gerente a otra sección de la tienda, pero ambos se sintieron descorazonados cuando el tal Andrew les dijo que no recordaba al hombre.

—Lo siento, lo siento de verdad —les dijo Cline—. Ojalá hubiéramos podido ayudarlos, puede que alguno de nuestros clientes lo reconozcan.

—¿Qué me dice de los antiguos empleados? —le preguntó Ben.

—Puedo darle un listado de los pocos que han trabajado aquí a tiempo parcial.

—Gracias, sería de gran ayuda.

—No son demasiados, claro. Burlington es una localidad pequeña.

Le dejaron varios teléfonos donde podría localizarlos en caso de que el hombre apareciera o de que alguien lo identificara, y salieron de la tienda con la lista de antiguos empleados en la mano. Fueron a las tiendas de ambos lados de la calle, pero con el mismo resultado.

—Haré que Pete Rossi se ocupe de la lista, puede que alguno de los antiguos empleados se acuerde de algo.

—Puede.

Sin embargo, ninguno de los dos creía que aquello fuera probable; al parecer, Burlington era otro callejón sin salida.

Ben pasó la noche del martes en su ático, igual que las tres anteriores. Necesitaba tiempo para pensar, para intentar decidir cuál iba a ser el siguiente paso en la búsqueda de su hija... y también para pensar en sus preocupantes sentimientos por Autumn.

Le había dicho la verdad en el lago, estaba loco por ella. Era incapaz de recordar la última vez que había sentido aquello por una mujer. Deseaba estar a su lado a cada minuto, soñaba con ella, anhelaba estar en su interior incluso cuando acababan de hacer el amor.

Era aterrador, sobre todo porque era obvio que ella no sentía lo mismo. Lo deseaba, de eso no había ninguna duda. La atracción sexual que había entre ellos crepitaba cuando estaban juntos. En ese momento, estaba sentado en la cama con una novela de Robert Ludlum, y sólo con pensar en Autumn su cuerpo se endurecía.

El sexo era increíble, pero sabía que ella no quería tener una relación a largo plazo. Sus escasas aventuras habían hecho que desconfiara de los hombres, y tenía miedo de involucrarse demasiado, de acabar herida si las cosas no funcionaban entre ellos.

¿Y qué? Maldita sea, él también lo tenía.

Por un instante, se le pasó por la cabeza que lo más prudente sería terminar con la relación antes de que lo hiciera ella y fuera él el que acabara herido, pero desechó la idea de inmediato. No era de los que renunciaban a lo que querían sin una buena pelea, y lo que quería era a Autumn Sommers. Ella era justo la mujer que necesitaba, y pasara lo que pasase, adondequiera que los llevara la búsqueda de Molly, se había convertido en una parte importante de su vida. Estaba dispuesto a hacer lo que fuera necesario para mantenerla allí.

No iba a darse por vencido, y tampoco iba a cejar en la búsqueda de su hija.

Dejó el libro a un lado y apagó la lámpara de la mesita de noche, pero mientras permanecía allí tumbado en la oscuridad, echando de menos a Autumn y pensando en Molly, fue incapaz de conciliar el sueño.

Al ver que Ben decidía irse a su ático después de volver de Burlington, y que al día siguiente se perdía la clase de escalada por primera vez, todos los miedos de Autumn resurgieron con fuerza. Se había acabado, ya no la deseaba. Intentó mostrarse fuerte y se dijo que había sabido que aquello sucedería tarde o temprano, pero el dolor que la atenazaba se negaba a desaparecer.

Cuando empezó a sonarle el móvil mientras se quitaba la ropa de deporte en el vestuario, se puso tensa de inmediato.

—Me ha llamado Doug Watkins, quiere que vayamos a verlo a comisaría —le dijo él, sin inflexión alguna en la voz.

—¿A qué hora?

—Lo antes posible. ¿Estás en el gimnasio?

—Sí, estaba a punto de salir.

—Perfecto, yo estoy en mi despacho. Nos vemos en el vestíbulo.

Después de colgar, Autumn salió del vestuario y se dirigió hacia el ascensor. Se le había acelerado el corazón sólo con oír su voz, y se enfadó consigo misma por lo ansiosa que estaba por verlo.

Cuando salió del ascensor, Ben ya estaba esperándola. Él permaneció en silencio durante unos segundos y se limitó a mirarla como si no la hubiera visto en años, como si quisiera devorarla.

—Te he echado de menos, Autumn.

Ella se quedó boquiabierta cuando la abrazó y la besó a conciencia, a pesar de las miradas de asombro de las mujeres que estaban saliendo del ascensor tras ella. Cuando el beso acabó, le flaqueaban las rodillas y le parecía que estaba flotando en una nube.

—Venga, tenemos que irnos —le dijo él, mientras la tomaba de la mano.

Bajaron por la escalera que conducía al garaje, y no tardaron en salir a la calle en el Mercedes.

—Supongo que esta mañana estabas ocupado, ¿no? —comentó ella, para intentar mantener la mente apartada del beso que acababan de compartir.

—Sí. Me ha sabido mal tener que perderme la clase, pero estamos ultimando un contrato de arrendamiento maestro relacionado con el edificio que hay delante de mi tienda de Pioneer Square, el que están intentando conseguir los de A-1. Mi agente inmobiliario ha estado trabajando como un loco para conseguir arrendatarios antes de que A-1 consiga sellar el trato.

Autumn se relajó un poco al darse cuenta de que no había estado intentando evitarla, sino que simplemente estaba ocupado; aun así, tuvo que preguntarse dónde había pasado las últimas noches.

—Me alegro por ti, Ben.

—Estoy cansándome de esos tipos, me parece que ya es hora de hacer algo. No pienso quedarme de brazos cruzados mientras esos payasos intentan arruinarme.

—¿Tienes alguna idea?

—Unas cuantas. Tengo gente muy buena trabajando para mí, a ver qué se les ocurre.

Siguieron charlando sobre el tema mientras Ben sorteaba el tráfico en dirección hacia la comisaría. Aunque las carreteras no estaban demasiado congestionadas, las aceras estaban atestadas de turistas y de gente cargada con bolsas de tiendas.

Conforme se acercaron a la comisaría, la conversación fue decayendo, y los dos se centraron en Molly y en la otra niña, Mary... aunque ni siquiera sabían si existía de verdad. Al entrar en el edificio, se acercaron al mostrador de recepción, y los condujeron casi de inmediato por el pasillo hasta la misma habitación con una mesa y cuatro sillas en la que ya habían estado.

—Gracias por venir —les dijo Doug Watkins, al entrar poco después.

—¿Qué has descubierto? —le preguntó Ben.

El inspector sacó varias hojas de un sobre que llevaba bajo el brazo, y las colocó sobre la mesa. Se trataba de cinco fotografías de niñas rubias con los ojos azules.

—Todas tienen entre cinco y siete años, ¿te suena alguna?

Autumn sintió que se le aceleraba el corazón. ¿Aquellas cinco niñas habían desaparecido recientemente?, ¿sería alguna de ellas la pequeña Mary? Se acercó un poco más a la mesa, y empezó a examinar cada foto con atención. Todas se parecían un poco a Mary, todas tenían el pelo rubio, los ojos azules, y las facciones delicadas.

—No, ninguna de ellas es Mary —dijo al fin.

—¿Estás segura?

Autumn se limitó a asentir.

El inspector la miró con atención durante un momento, y entonces la sorprendió al sacar otro conjunto de fotos del sobre. Después de recoger las cinco primeras, puso las nuevas sobre la mesa.

—¿La reconoces en alguna de éstas?

—¿Todas estas niñas...?

—Por favor, mira las fotos y dime lo que opinas.

Autumn bajó la mirada hacia las imágenes. Aquellas niñas también tenían el pelo rubio y los ojos azules, y aunque había una ligera diferencia de edad, todas se parecían bastante. De repente, se acercó un poco más. La cara de la penúltima le resultaba...

Agarró la foto con manos temblorosas, mientras los rasgos iban ganando nitidez en su mente.

—Ésta es Mary, es la niña de mis sueños.

—¿Estás segura?

—En la medida de lo posible. Hace una semana que sueño con ella, pero no alcanzo a verla demasiado bien antes de despertarme.

—Pero, ¿crees que es ella?

—Estoy casi segura de que sí.

Watkins soltó un suspiro, y les dijo:

—Se llama Ginny Purcell, y tiene siete años. Desapareció hace dos meses del jardín trasero de su casa en Sandpoint, Ohio. Hay un callejón detrás de la casa, así que suponemos que el tipo fue por allí y la convenció de que subiera a su coche. No hay testigos, nadie oyó nada. Desapareció sin dejar rastro.

—Se parece mucho a lo que le pasó a Molly —comentó Autumn.

—El resto son fotos que hemos recogido para poder hacerte una prueba objetiva, pero lamentablemente la has superado con sobresaliente.

—¿Lamentablemente? —dijo Ben.

—Sí. No sé qué voy a hacer con esta información... supongo que lo entiendes.

—Por supuesto. Pero es innegable que la identificación de Autumn concuerda con el resto de suposiciones que hemos hecho hasta ahora, e Idaho no está demasiado lejos de Washington. Creemos que el secuestrador es deportista, y como Autumn lo vio comprando un hornillo de acampada, lo más seguro es que le guste estar al aire libre. Idaho es un paraíso para los deportistas, es posible que estuviera practicando lo que quiera que haga y que viera a Ginny por casualidad.

—Parece razonable —Watkins recogió todas las fotos excepto la de Ginny Purcell, y volvió a meterlas en el sobre—. A lo mejor vive en Idaho, a lo mejor se mudó allí después de secuestrar a Molly... suponiendo que todo esto sea real, claro.

—No creo que esté allí —comentó Autumn—. Lo vi en Burlington varios años después de la desaparición de Molly, y tengo la corazonada de que está en Washington, en algún lugar de las montañas.

—Burlington da paso a las Cascade, puede que sea un escalador —apostilló Ben.

Autumn se mordió el labio mientras le daba vueltas a aquella posibilidad, porque lo cierto era que ya se le había pasado por la cabeza.

—No lo he visto en ningún grupo de escalada, ni en ninguno de los viajes que he hecho. No, no creo que lo sea.

—Vamos a dar un paso atrás —sugirió Watkins—, vamos a dar por sentado que es un tipo al que le gusta estar al aire libre... no tiene por qué tratarse de un escalador, puede que sea un pescador, o un excursionista, o un cazador... eso explicaría su presencia tanto en Idaho como en Burlington, ¿verdad?

—Sí —admitió Ben.

—Dadme una copia del retrato robot que hicisteis, haré que lo envíen a todas las tiendas de deportes de Idaho y de Washington. Puede que alguien lo reconozca.

—Perfecto —le dijo Ben—. Fuimos a la tienda de Burlington y estuvimos preguntando por la zona, pero nadie se acordaba de él.

—A lo mejor tendremos más suerte esta vez —le dijo Watkins.

—A lo mejor.

Era obvio que estaba más esperanzado al tener el apoyo de la policía. Si las autoridades encontraban a Ginny, también aparecería Molly... al menos, eso esperaban.

—Me gustaría enseñarles el retrato a los Purcell —añadió Watkins—, pero entonces tendría que ponerme en contacto con la policía de Idaho. En cuanto les dijera que has visto al tipo en un sueño, se me reirían en la cara. Vamos a tener que hacer las cosas con cuidado si queremos conseguir algo sólido.

—Iremos a hablar con los Purcell nosotros mismos —le dijo Ben—. Supongo que estarán dispuestos a hablar conmigo cuando les diga que mi hija también desapareció, e Idaho no queda demasiado lejos.

—Buena idea. Llamadme si se niegan a veros, y avisadme si conseguís alguna información... por el método que sea. ¿De acuerdo?

Obviamente, estaba haciendo alusión a los sueños de Autumn. Conseguir información de aquella forma resultaba esperanzador, pero también daba un poco de miedo.

—Por supuesto —le dijo Ben—. Mantennos informados, Doug.

—No lo dudes —el inspector le estrechó la mano, y añadió—: Espero que tengas suerte, Ben.

—Espero que todos la tengamos.

—¿Cuándo vamos a ir a Sandpoint? —dijo Autumn, mientras se alejaban de la comisaría en el Mercedes.

—Podríamos ir el viernes. Llamaré a los Purcell, a ver si acceden a vernos el sábado por la mañana.

Sus miradas se encontraron en el retrovisor, y Ben vio su expresión perpleja.

—He visto en el periódico que el viernes hay una cena benéfica de la Heart Association, y te mencionaban entre los invitados.

—Cancelaré mi asistencia, y les daré una buena donación. Lo que de verdad les importa es el dinero, y esto es mucho más importante —le lanzó una mirada rápida, y añadió—: Entonces, ¿te va bien que nos vayamos el viernes?

Ella se limitó a asentir, y Ben siguió sorteando el tráfico limpiamente, mientras disfrutaba de la potencia del coche y sentía una cierta satisfacción por el alto rendimiento que fastidiaba un poco a los codiciosos que controlaban el negocio de los carburantes.

Volvió a mirar a Autumn, que parecía ser el centro de sus pensamientos últimamente.

—¿A qué hora tienes la próxima clase?

—Sólo tenía una clase privada por la mañana, ya he acabado por hoy.

—Qué coincidencia, yo también —en vez de tomar la Segunda Avenida hacia su piso, siguió conduciendo hacia el lugar que tenía en mente.

—¿Adónde vamos?

—A mi casa. Nunca te he llevado para que la vieras, pero la verdad es que me gusta más estar en la tuya.

—¿Por qué?

—No lo sé, a lo mejor es porque es muy acogedora —«y tú estás allí», pensó para sus adentros.

Durante las últimas noches, había dormido fatal sin tenerla a su lado, pero había necesitado tener un poco de tiempo para reflexionar, para aclararse las ideas. Por fin veía las cosas claras, sabía que, pasara lo que pasase, por muy duro que fuera el desenlace, quería que Autumn formara parte de su vida.

Era consciente de que estaba arriesgándose a que le rompieran el corazón, que lo más probable era que ella echara a correr, que lo apartara a un lado y no quisiera saber nada de él, pero valía la pena correr ese riesgo por Autumn; además, no pensaba perderla. Todo era válido en la guerra y en el amor, y estaba dispuesto a jugar sucio.

Después de aparcar en su plaza del garaje subterráneo, la ayudó a salir del coche y la condujo hacia su ascensor privado.

—Impresionante —comentó ella, cuando la puerta se abrió y vio la madera oscura y los espejos del interior.

—Supongo que sí. Me gusta entrar y salir a mi antojo.

Era obvio que sentía curiosidad. Ben tenía miedo de que el lujoso ático la intimidara un poco, pero quería que se acostumbrara a estar allí, que aceptara la idea de dormir en su cama.

Se excitó de inmediato al recordar la pequeña mariposa tatuada que tenía en la nalga, y maldijo para sus adentros. En cuanto pensaba en aquel tatuaje, perdía la cabeza.

Mientras el ascensor subía hacia el piso veinte, la abrazó

por la cintura y la atrajo hacia sí. Tenía la ventaja de saber que a la señorita Sommers le gustaba el sexo tanto como a él... quizás incluso más. Y juntos eran fantásticos.

Su plan consistía en conseguir que le resultara imposible conformarse con ningún otro hombre, y pensaba empezar su campaña en ese mismo momento. La tomó de la mano con una sonrisa al salir del ascensor, y tiró ligeramente de ella cuando se quedó mirando con admiración el lujoso recibidor con suelo de mármol.

—Ven, deja que te enseñe la casa —iban a hacer un recorrido... y muchas cosas más, en cuanto llegaran al dormitorio.

Empezaron por la sala de estar, que estaba decorada con muebles modernos de madera pulida, una gruesa alfombra color marfil, y sofás a juego. Él había comprado varios de los objetos que había sobre las mesas, pero la mayoría de las obras de arte y de las caras esculturas eran meros objetos decorativos.

—Es preciosa, Ben.

—Pero no tan acogedora como la tuya. Un decorador se encargó de todo, pero a lo mejor algún día me animaré a hacer cambios, para que sea un hogar.

Ella le lanzó una mirada, pero no hizo ningún comentario. Fueron a la cocina, que estaba equipada con los electrodomésticos más modernos y armarios de madera oscura, y Ben se dio cuenta de que a ella le gustaba a pesar de que el diseño era moderno. El comedor era impresionante, ya que estaba amueblado en caoba y tenía más vistas espectaculares. A continuación le enseñó el cuarto de invitados, que constaba de líneas simples y varios detalles asiáticos, y después la llevó al cuarto de baño para invitados, al tocador, a su despacho, y por último a su dormitorio.

—Es la cama más grande que he visto en mi vida.

—Sí, me cuesta un montón encontrar sábanas.

A pesar de lo cómodo que resultaba tener una cama tan

grande, a veces se sentía muy solo en ella. Su dormitorio era un poco más informal que el resto de la casa, y en el armario reinaba un orden que no llegaba al absurdo; los zapatos estaban mezclados, y había unos pantalones doblados pero en el suelo. Sentía predilección por la cálida colcha que cubría la cama, y por el sillón que había junto a la ventana.

Llevó a Autumn hacia allí, y comentó:

—Las vistas no están mal, ¿verdad?

—Son fabulosas.

El dormitorio daba a la bahía Elliot, y el mar se extendía ante ellos; de hecho, en un día despejado incluso se alcanzaban a ver las islas. Lo mejor de todo era que, gracias a la disposición del edificio, nadie podía verlos ni aunque tuvieran las cortinas abiertas.

Se volvió hacia Autumn y empezó a besarla profundamente, pero ella se apartó.

—¿Me dirás la verdad si te pregunto algo?

—Nunca te he mentido, y no pienso empezar ahora.

—¿Te has acostado con alguien en estos días que hemos estado separados?

A Ben le dolió que le hiciera falta preguntárselo siquiera.

—No. Ya te dije en el lago que no me interesa nadie más. Sólo necesitaba algo de tiempo para aclararme las ideas sobre algunas cosas, pero supongo que tendría que habértelo dicho.

—¿Qué clase de cosas?

—Para empezar, mis sentimientos por ti.

—Ah —Autumn apartó la mirada.

—¿Quieres saber lo que he decidido?

Al ver que ella se mordía el labio con nerviosismo, Ben se dio cuenta de que sería un error decirle en aquel momento que estaba enamorándose de ella.

—He decidido que nos compenetramos a la perfección en la cama, y que aunque en nuestras vidas están pasando un montón de cosas importantes en este momento, deberíamos aprovechar la atracción que sentimos todo lo posible —enmarcó su cara entre las manos, y capturó sus labios con un beso profundo y ardiente.

Aquella vez, Autumn no se resistió. Lo besó como si quisiera meterse en su interior, como si tuviera el mismo anhelo doloroso por sentir el contacto de sus cuerpos que lo consumía a él. Era obvio que se sentía más tranquila al verse en un terreno conocido, ya que la atracción sexual que compartían era algo con lo que podía lidiar; sin embargo, parecía empecinada en no enamorarse.

Decían que a un hombre se le podía conquistar por el estómago... pues a aquella mujer se la podía conquistar con sexo puro y duro, y él era el hombre que iba a dárselo.

La besó sin parar, una y otra vez, y la desnudó antes de que ella pareciera darse cuenta. Después de quitarse la ropa en un santiamén, siguió besándola hasta dejarla sin aliento y entonces hizo que se colocara a gatas sobre la cama.

—Ben, ¿qué...?

—No sabes lo mucho que deseaba tenerte así —le dijo con voz ronca, mientras se colocaba tras ella.

Después de acariciar la mariposa tatuada con la palma de la mano, se puso en posición y la penetró. Autumn inhaló hondo, y soltó un gemido gutural. La deseaba con todas sus fuerzas y se lo demostró con embestidas potentes, la penetró una y otra vez a un ritmo enfebrecido. La pequeña mariposa de su trasero parecía incitarlo juguetona, y lo obligó a luchar por mantener el control. La aferró con más fuerza cuando ella arqueó la espalda, y sintió que la frente se le cubría de sudor.

Cuando Autumn alcanzó el clímax, cuando gimió su nombre y su cuerpo delicado se estremeció, perdió el control y sus músculos se tensaron cuando lo sacudió un orgasmo aún más fuerte que el de ella.

La ayudó a tumbarse de costado sin salir de su interior, la

abrazó por la espalda, y permaneció pegado a ella, disfrutando del contacto de piel contra piel. Le apartó unos mechones de pelo húmedos de la sien, y empezó a besarle el cuello.

Fueron recuperando el aliento poco a poco, hundidos en un mar dulce y cálido, pero la realidad fue volviendo gradualmente.

—He hablado con Pete Rossi esta mañana —le dijo, mientras jugueteaba con uno de sus sedosos rizos color caoba—. Va a pasarse por aquí esta tarde, para que hablemos de lo que vamos a hacer.

—Puede que a él se le ocurra algo.

—Me he planteado si tendría que pedirle que fuera él a hablar con los Purcell, pero creo que tendremos más suerte si vamos nosotros —Ben se dio cuenta de que en las últimas semanas ambos habían empezado a usar el plural, y se preguntó si ella lo había notado.

Autumn se tumbó de espaldas en la cama, y comentó:

—Seguramente, los Purcell se mostrarán más abiertos si hablan con alguien que también ha perdido a una hija.

—Exacto —Ben le cubrió un pecho con la mano y empezó a acariciarle el pezón con el pulgar, que se endureció al instante—. Pete vendrá dentro de una hora más o menos, después podríamos salir a comer —acarició el pezón con un poco más de presión, y sintió que ella se retorcía ligeramente—. Podemos pasar la noche aquí o en tu casa, lo que tú quieras.

Lo dijo con naturalidad, dándolo por hecho, como si a partir de ese momento fuera a dormir cada noche junto a ella... que era exactamente lo que pensaba hacer.

Autumn le recorrió el pecho con los dedos, y lo guió a su interior cuando él se colocó encima de ella.

—Creo que será mejor que vayamos a mi casa —le dijo, mientras le besaba el cuello.

Ben sonrió para sus adentros.

—Como tú quieras, cielo —le dijo, antes de empezar a moverse en su interior.

Pete Rossi llegó a las cuatro en punto. Era tan alto como Ben, pero aún más corpulento en cuanto al pecho y a los hombros. Autumn pensó que parecía un ex jugador de rugby, pero sin el estómago típico de los cuarenta. Aún era bastante atractivo, aunque empezaba a quedarse sin pelo.

Después de las presentaciones de rigor, se sentaron en la mesa redonda que había en el despacho de Ben.

—Iremos a Idaho el viernes —Ben no se anduvo con rodeos, y fue directo al grano—. Watkins encontró a una niña desaparecida que encajaba con la descripción que le dimos, y Autumn la identificó. Se llama Ginny Purcell, y la secuestraron en Sandpoint, en Ohio.

Rossi miró a Autumn, y admitió:

—Me ha costado un poco creerme todo esto de los sueños, pero como le dije a Ben, si mi hija desapareciera, haría lo que fuera para encontrarla. Hasta ahora has acertado bastante, así que seguiremos adelante mientras vayamos encontrando pistas.

—La policía va a enviar el retrato a las tiendas de deportes de Washington y de Idaho, así que puede que alguien se acuerde de ese tipo o incluso que le conozca, y además iremos a hablar con los Purcell. Pero si no encontramos nada nuevo, habrá que buscar otras opciones.

—He hablado con un amigo mío que trabaja en la CBS a nivel local, y un conocido suyo está relacionado con el programa *Missing*, el que se dedica a buscar a gente desaparecida. ¿Os suena?

—Sí, lo he visto alguna vez —le dijo Ben.

—Yo también —admitió Autumn.

—Mi amigo, Lloyd Grayson, me ha dicho que a lo mejor puede conseguir que salga en pantalla el retrato robot del secuestrador. Piensa que los productores pueden dar el visto bueno, porque lo del sueño añade un ángulo interesante. El problema es que tendríamos que contárselo todo, así que vas a tener que decidir si estás dispuesto a llegar a ese extremo.

Autumn miró a Ben, que estaba frunciendo el ceño. Si recurrían a la televisión, su familia se enteraría de que estaba buscando a Molly, que creía que podía estar viva; a juzgar por lo que le había comentado, su mujer estaba luchando por reconstruir su vida, y algo así sería todo un mazazo para ella. Además, tenían que pensar en Katie, y en lo que sus compañeros de colegio le dirían al enterarse de que su padre estaba basándose en unos sueños para buscar a su hermana desaparecida.

Por no hablar del trauma que iban a sufrir de nuevo si no conseguían encontrar a Molly.

—Aunque me encantaría poder aprovechar ese recurso, creo que hay que esperar un poco más. Deja que hable antes con los Purcell, y si lo reconocen, podríamos hacer que se emita el retrato en base a que tanto Joanne como ellos lo vieron antes de los secuestros. Si hay que hacerlo, yo me ocuparé de Joanne, de Katie y del resto de la familia, pero prefiero esperar.

—De acuerdo. Mientras vosotros vais a Idaho, yo iré hacia el norte. El último sitio donde lo vieron fue en Burlington, ¿no? Aunque fue hace años, al menos es un punto de partida. Llegaré hasta Bellingham, investigaré en los pueblos más pequeños y en las zonas circundantes. Me llevaré algunas copias del retrato, a ver si alguien sabe dónde está.

—Perfecto. El lunes volveremos a hablar —le dijo Ben.

En ese momento, parecía un día muy lejano.

Pasaron entre las impresionantes montañas Cascade y por los amplios terrenos de cultivo del centro del estado hasta llegar a Spokane, y entonces subieron hasta Sandpoint. En otras circunstancias, los dos habrían disfrutado del trayecto, pero no podían quitarse de la cabeza a Molly y a Ginny.

Ben tomó la autopista 90 en dirección este, que era la ruta más rápida, pero aun así recorrieron cuatrocientos ochenta kilómetros y cuando llegaron a la pintoresca ciudad de Sandpoint, que estaba a unos ochenta kilómetros al sur de la frontera canadiense, estaban exhaustos.

Era una ciudad típicamente americana, cada vez más frecuentada por los turistas gracias a una estación de esquí conocida a nivel mundial que se había abierto a las afueras. La calle principal estaba flanqueada por edificios bastante antiguos, muchos de ellos convertidos en restaurantes y en tiendas, y tenía un precioso lago de fondo.

Ben reservó una habitación en el Best Western, un hotel bastante normalito pero que tenía unas vistas fantásticas del lago Pend Oreille y de las montañas. Como estaban tan cansados, se limitaron a cenar en el restaurante del hotel y se acostaron temprano.

Autumn no soñó aquella noche, o al menos, no recordaba haberlo hecho. En vez del alivio que debería de haber sentido, experimentó una preocupación creciente. Se preguntó qué harían en caso de que sus sueños no les proporcionaran más información, y no pudo evitar pensar en la posibilidad de que le hubiera pasado algo a Molly.

No le dijo nada a Ben, pero estaba convencida de que también estaba preocupado. Mientras desayunaban en el restaurante del hotel, fue él quien sacó el tema.

—Has dormido de un tirón toda la noche.

—Ya sabes que a veces no sueño, Ben.

—Sí, pero sueles hacerlo cuando estás conmigo.

Autumn soltó un suspiro, y se pasó una mano por el pelo.

—Ya lo sé. A lo mejor estaba tan cansada, que no me he despertado.

—Puede.

Cuando acabaron de desayunar, fueron a su cita de las diez en punto con los Purcell. Vivían en Pine Street, que estaba situada en un viejo barrio residencial del centro bordeado de pinos. Su casa era antigua, blanca y con acabados de madera, y tenía un gran porche delantero cubierto. Al igual que en el caso de la casa de Molly, estaba bastante cerca del colegio de primaria, y Autumn se preguntó si se trataba de un factor relevante.

—Bueno, ya estamos aquí —le dijo Ben, antes de llamar al timbre.

Les abrió la puerta el señor Purcell. Se trataba de un hombre de unos treinta años con el pelo rubio rojizo, y tenía el rostro macilento. Después de las presentaciones, en las que les pidió que le tutearan y le llamaran Jack, se apartó para dejarlos pasar.

—Hay un buen trecho desde Seattle —comentó.

—Sí, pero el paisaje es fantástico —le dijo Ben.

Los condujo hacia la cocina, donde Laura Purcell estaba llenando unas tazas de café. Era una mujer rubia que debía de tener más o menos la edad de Autumn, cerca de treinta años, pero estaba demasiado delgada y le temblaron las manos al poner las tazas en la mesa redonda de roble donde todos fueron sentándose.

—Yo soy Autumn, y él es Ben —le dijo, para intentar aliviar un poco la tensión de la mujer.

—Hola, yo me llamo Laura. Encantada de conoceros.

Era una cocina sencilla, como el resto de la casa, con encimeras de formica y el suelo de linóleo; al pasar por la sala de estar, a Autumn le habían llamado la atención los armarios empotrados de cristal emplomado. La casa debía de tener unos sesenta años por lo menos, pero estaba muy bien cuidada y extremadamente limpia.

—¿Queréis leche o azúcar? También tengo leche condensada.

—Un poco de leche, gracias —le dijo Autumn.

Al verla moverse como un autómata por la cocina, como si apenas pudiera con su alma, se le formó un nudo en la garganta. Apenas podía ni imaginarse lo que aquella mujer estaría sufriendo... el horror de perder a su hija, el terror de imaginarse lo que podría haberle pasado y lo que quizás estaba sufriendo en aquel mismo momento.

Cuando Laura se sentó al fin junto a su marido, Ben les dijo:

—Sé por lo que estáis pasando, porque perdí a mi hija Molly hace seis años. En el momento del secuestro tenía un año menos que Ginny.

Jack Purcell apretó con fuerza su taza de café.

—La verdad es que aún no acabo de entender a qué habéis venido. Mencionaste a tu hija por teléfono, pero no sé qué tiene que ver con nosotros su desaparición.

Autumn tomó la carpeta que había dejado encima de la mesa, sacó una copia del retrato robot, y se lo dio a Jack.

—Siento que no sea más detallado, y que esté en blanco y negro. Es rubio y con ojos azules, y tiene una altura y un peso medios.

—Este hombre habló con mi ex mujer días antes del secuestro de mi hija —les dijo Ben—. Queríamos saber si os resulta familiar, si alguno de vosotros lo vio antes de que Ginny desapareciera.

Después de intercambiar una mirada, la pareja examinó el retrato con atención. Finalmente, Laura miró a su esposo y dijo con voz quebrada:

—No... no estoy segura. No tiene nada destacable, pero...

—¿Pero qué? —Autumn se inclinó hacia delante.

—Pero creo que podría ser el hombre que nos ayudó a ahuyentar a un oso que se acercó a nuestro campamento, cerca del lago. Era una excursión de dos días del grupo de niñas exploradoras... las Brownies. Fue dos semanas antes de que Ginny desapareciera —los ojos de Laura se llenaron de lágrimas—. Parecía un hombre muy agradable.

—Háblanos de ese día, ¿quién más estaba allí? —le preguntó Ben, para intentar que se mantuviera centrada.

La mujer tuvo que respirar hondo antes de poder contestar.

—Éramos dos jefas de grupo adultas y seis niñas. Cuando íbamos a desayunar, un enorme oso negro apareció en el campamento y las niñas empezaron a chillar y a tirarle cosas para intentar que se fuera. El hombre estaba en un campamento cercano, y vino a la carrera ondeando su camisa y gritándole al oso. Cuando el animal lo vio, dio media vuelta y se fue corriendo.

—¿El hombre habló con alguna de vosotras?

—Con ninguna en concreto. Nos aconsejó que guardáramos la comida en bolsas y que las colgáramos en los árboles, pero le dijimos que nos marcharíamos en cuanto desayunáramos. También nos dijo que se alegraba de haber podido ayudarnos.

—¿Qué pasa? —le preguntó Autumn al ver que fruncía el ceño de repente, como si estuviera recordando algo más.

—Acabo de acordarme de que me preguntó si Ginny era hija mía, y que le dije que sí. Dijo que saltaba a la vista, porque las dos éramos muy guapas —de repente, se echó a llorar desconsolada.

Su marido le pasó un brazo por el hombro para intentar reconfortarla, y les dijo:

—Supongo que lo entendéis... estos dos meses han sido muy duros para nosotros.

—Lo entiendo perfectamente —le dijo Ben.

—¿Queréis algo más? —añadió Jack.

—Sólo saber si podéis decirnos algo más sobre este hombre, o si tenéis idea de dónde puede estar.

Laura levantó la mirada, y se sonó la nariz con un pañuelo que le dio su marido.

—Sólo era un campista, alguien que estaba disfrutando de la naturaleza, igual que nosotras. Me parece que estaba solo, me... me acuerdo de que lo había visto aquella misma mañana antes de lo del oso, y que había pensado que era muy atlético. Estaba haciendo *footing,* subiendo y bajando por las colinas a pesar de que el terreno era bastante irregular. Recuerdo que no llevaba camiseta, y que no tenía ni pizca de grasa. Parecía muy en forma.

—¿Algo más? —le preguntó Ben, después de lanzarle una rápida mirada a Autumn.

—No, no me acuerdo de nada más.

—Gracias, Laura. Nos has ayudado mucho —le dijo Autumn, mientras se ponían en pie.

Ben se volvió hacia Jack, y comentó:

—Necesito los nombres y las direcciones del resto del grupo de acampada, la otra jefa de grupo y las seis niñas.

—¿De verdad crees que puede ser el hombre que se llevó a Ginny?

—Creo que es posible, aunque de momento no tenemos pruebas sólidas que lo demuestren. Hay que comprobar si las otras personas que lo vieron también creen que es el hombre del retrato.

Purcell salió de la cocina, y regresó poco después con una lista de las integrantes del grupo de las Brownies y sus direcciones, y señaló las que habían ido a la excursión.

—Gracias —le dijo Ben, mientras el hombre los acompañaba hasta la puerta.

Cuando salían ya de la casa, Laura Purcell apareció junto a su marido y les dijo:

—Por favor... si descubrís algo, cualquier cosa...

—Os prometo que os avisaré —les dijo Ben.

Cuando la puerta se cerró tras ellos, Autumn respiró hondo.

—¿Crees que es el hombre del campamento?

—Haré que Rossi venga a hablar con la gente de la lista, a ver qué dicen, pero estoy casi seguro de que sí. Me parece que su impulso depredador surge cuando ve a alguna niña en concreto, que puede permanecer latente durante años hasta que algo hace que vuelva a salir a la superficie. O a lo mejor estaba al acecho porque Molly ya ha crecido. Todas las niñas son rubias, bonitas y con los ojos azules. Ve a su víctima, elabora un plan para atraparla, y de momento se ha salido con la suya.

—Es inteligente y atlético. Eso encaja con su interés por la naturaleza y el aire libre.

—Sí, es verdad.

—Pero la gente inteligente también comete errores, Ben.

—Esperemos que haya cometido uno esta vez.

Autumn intentó relajarse y disfrutar del paisaje en el trayecto de vuelta a Seattle, pero no era tan fácil. Ben estaba tan tenso como ella, y aprovechó para llamar a Pete Rossi en una de las paradas que hicieron.

—¿Cómo va la búsqueda? —el detective debió de darle una respuesta negativa, porque añadió—: Es una lástima. Pete, tengo un trabajo para ti: quiero que vayas a Sandpoint —después de explicarle lo que le habían dicho los Purcell, y que quería que intentara verificar que el hombre que había visto Laura era el del retrato, añadió—: Si conseguimos confirmarlo, podremos llevarle a la policía algo más que la cara del hombre de un sueño —cuando colgó, apoyó la cabeza en el respaldo de su asiento—. Rossi cree que deberíamos recurrir al programa de televisión. Le he dicho que llame a su amigo Grayson para que vaya preparándolo todo.

—Aunque los productores den el visto bueno, el programa tardará un poco en emitirse —le dijo, mientras él volvía a poner el coche en marcha.

—Eso me dará tiempo para lidiar con mi familia —Ben mantuvo la mirada fija en la carretera, aunque parecía completamente ajeno a las montañas cubiertas de pinos que se alineaban a lo largo de la ruta que llevaba hacia el sur, de vuelta a la autopista 90—. Lo siento por los Purcell, sé por lo que están pasando. Ojalá hubiéramos podido darles la más mínima esperanza.

—No podíamos hacerlo, al menos de momento. Puede que a la larga hubiera sido incluso más duro para ellos.

Si no encontraban a las niñas, las esperanzas truncadas intensificarían el dolor. Autumn miró por la ventana mientras circulaban por la carretera poco transitada. Ben adelantó a un camión, y volvió a incorporarse a su carril.

De repente, sus miradas se encontraron en el retrovisor.

—¿Cómo es... cómo es Molly ahora? Debe de haber crecido mucho —le dijo él.

Autumn sintió que se le encogía el corazón. Sabía lo terrible que era todo aquello para Ben, lo duro que le resultaba estar buscando de nuevo a su hija con el terror constante de saber que quizás no lograría encontrarla.

—Como tiene doce años y ya no es una niña pequeña, tiene las facciones más maduras.

—Aún no tiene doce, los cumple el uno de agosto.

—Es verdad, se me había olvidado —Autumn cerró los ojos, y se esforzó por visualizar la imagen que había visto tantas veces en sus sueños.

—Sigue pareciéndose mucho a Katie. Tiene los labios más carnosos, y los pómulos un poco más pronunciados. Va camino de convertirse en una adolescente, así que ya no tiene un aspecto aniñado. Pero creo que la reconocerías de todas formas, no tendrías ni la más mínima duda.

Ben tragó con dificultad, y admitió con voz ronca:

—Dios, quiero traerla de vuelta a casa.

—Estamos acercándonos, Ben. Cada vez estamos más cerca.

Pero ambos sabían que seguían sin tener ni idea de dónde debían buscarla.

Aquella noche, Autumn se había quedado a dormir en el ático de Ben. El colchón mullido y enorme y las sábanas de algodón suaves como la seda contribuían a que la cama fuera increíblemente cómoda, pero a pesar de lo espaciosa que era, los dos dormían en el mismo lado. El cuerpo musculoso de Ben estaba apretado contra ella, y una de sus piernas velludas cubría las suyas.

Autumn inhaló el tenue aroma mezcla de colonia y de hombre, volvió la cabeza hacia él, y se acurrucó un poco más en la almohada. No estaba segura de cómo se las había arreglado para convencerla de que se quedara en su casa cuando habían llegado a la ciudad, pero allí estaba, saciada después de hacer el amor y adormilada.

Sabía que no debería haberse quedado, porque era una estupidez involucrarse tanto con un hombre como Ben, que era un conquistador adinerado que atraía a las mujeres más glamurosas. Por el momento la necesitaba para encontrar a su hija y sus vidas estaban entrelazadas, pero tarde o temprano eso acabaría... fuera como fuese. Se dijo que cuando llegara el momento podría soportarlo, porque siempre había sido una superviviente.

Mientras escuchaba el sonido rítmico de la respiración

de Ben, empezaron a pesarle los párpados y se hundió en un sueño profundo. En algún momento de la noche, empezó a soñar.

Frunció el ceño mientras las imágenes iban formándose en su mente, ya que eran diferentes a las que había visto hasta el momento. Incluso la casa era distinta, aunque también podía ver montañas en la distancia. Estaba en la sala de estar. Había un sofá y una silla cubiertos por unos tapetes marrones floreados, una labor de punto de cruz colgada de la pared, y un aparador antiguo en una de las esquinas. Desde allí podía ver el comedor, donde había una mesa de caoba de Duncan Fyfe cubierta con un mantel blanco de ganchillo, con seis sillas a juego.

De repente, empezó a oír unos ruidos, unas voces, aunque no alcanzó a oír lo que decían. Alguien pareció arrastrar un mueble en la planta superior, una lámpara se estrelló contra una pared, y entonces una mujer empezó a gritar aterrada, casi histérica.

Autumn sintió que un escalofrío le recorría la espalda conforme los gritos fueron cobrando más fuerza e intensidad. De repente, vio que estaba en el dormitorio. Dos hombres con pasamontañas se cernían sobre la mujer aterrada que estaba tumbada en la cama. Estaba herida, se aferraba el pecho mientras la sangre manaba de su cuerpo y empapaba las sábanas. Uno de los hombres tenía en la mano un cuchillo de carnicero.

Autumn se retorció en la cama mientras sofocaba un grito. De repente, pensó en Molly, y sintió pánico al pensar que quizás era la joven de la cama, que a lo mejor la estaban atacando. Entonces vio su cara, y se dio cuenta de que tenía los ojos oscuros.

«No es Molly, no es Molly...», y tampoco era una de las mujeres de la casa de sus sueños. Tuvo ganas de llorar de alivio y sintió que las lágrimas empezaban a brotar de sus ojos, pero no se despertó y siguió soñando con la mujer aterrada que estaba siendo atacada. La desconocida soltó otro grito cuando el hombre del cuchillo se acercó a la cama, pero él hundió el arma en su pecho una última vez, alzó el brazo... y se hizo un silencio absoluto.

«¡No...!». Autumn gimió horrorizada mientras los hombres se alejaban de la cama. La mujer, que debía de tener unos veinte años, yacía en la cama con un camisón azul corto, con los ojos abiertos de par en par mirando hacia el techo, y con la boca abierta en un último grito mudo.

Autumn movió la cabeza de un lado a otro, luchó por despertarse.

—No... no...

El corazón le martilleaba en el pecho, y tenía el cuerpo empapado de sudor. Cuando los hombres se volvieron hacia la puerta, no pudo ver sus rostros, pero vio sus sonrisas en los agujeros del pasamontañas que dejaban al descubierto sus bocas.

Autumn abrió los ojos de golpe, y empezó a gritar.

—¡Autumn! ¡Autumn! ¡Por el amor de Dios, despierta! —Ben la agarró por los hombros, y empezó a sacudirla con fuerza—. ¡Autumn, sólo es un sueño! ¡Despierta!

Ella se volvió hacia él, se quedó mirándolo por un momento con los ojos desenfocados y llenos de lágrimas, y de repente se abrazó a su cuello con desesperación.

—Dios, Ben... Dios, oh, Dios mío...

A Ben se le encogió el corazón. Estaba aterrada por algo que había soñado... empezaron a temblarle las manos. No quería saber lo que había visto.

—¿Era... era Molly? ¿Le... le ha pasado algo a Molly?

Autumn se apresuró a negar con la cabeza.

—No, no, a Molly no. Oh, Dios... Ben, la han matado. Lo he visto, he visto cómo la mataban con un cuchillo de carnicero.

—Tranquilízate —Ben respiró hondo, y luchó también por controlarse—. Si no era Molly, ¿de quién se trataba? ¿A quién han matado?

—No lo sé, no la había visto en mi vida.

—¿Ha sido el hombre rubio?

—No lo sé. Había dos hombres con pasamontañas, estaban... estaban en otra casa, no era la de Molly, era... era otro lugar.

—Vale, cálmate —Ben intentó aplicarse el consejo a sí mismo—. Respira hondo, y suelta el aire poco a poco —cuando ella obedeció, le preguntó—: ¿Estás mejor?

Autumn se limitó a asentir.

—Muy bien. Ahora quiero que me cuentes lo que pasaba en el sueño —deseó tener la grabadora, pero la que había comprado estaba en casa de Autumn.

—La apuñalaron —Autumn apretó los labios y cerró los ojos con fuerza, pero las lágrimas escaparon de todas formas—. Me parece que fueron dos puñaladas —abrió los ojos para mirarlo, y añadió—: Estaban... estaban sonriendo. La asesinaron, y se fueron sonriendo.

Ben la apretó con fuerza contra su cuerpo, y siguió abrazándola hasta que dejó de temblar. Le apartó el pelo de la cara, y le dijo:

—Puede que sólo haya sido un sueño. No conoces a la mujer, y la casa era distinta. A lo mejor no tiene nada que ver con Molly, ni con los otros sueños.

—He visto montañas... por la ventana de la sala de estar. No era la casa donde vive Molly, pero creo que era cerca.

Ben agarró su bata de los pies de la cama, y le cubrió los hombros desnudos con ella.

—Empieza desde el principio. Tómatelo con mucha calma.

Durante varios minutos, escuchó pacientemente su descripción del brutal asesinato de una mujer indefensa a manos de dos hombres. Se preguntó si el hecho de que la mujer fuera rubia y de que hubiera montañas era sólo una coincidencia, y aunque rezó para que fuera así, para que aquello no tuviera nada que ver con la búsqueda de Molly, fue incapaz de convencerse a sí mismo.

Sabían que les resultaría imposible dormir, y como él quería tomar notas y ponerlo todo por escrito cuanto antes, fueron a la cocina. Autumn seguía llevando su bata, que arrastraba por el suelo y parecía engullir su cuerpo menudo.

Ben intentó aclararse las ideas y permanecer centrado. Los sueños de Autumn parecían abarcar tanto el pasado como el presente... y en el caso del accidente de sus amigos del instituto, también el futuro. Si se había cometido un asesinato, la historia aparecería en los periódicos tarde o temprano.

Se sentaron en la mesa de la cocina y empezó a anotar con celo todo lo que Autumn fue diciéndole, añadió la fecha y la hora del sueño, y toda la información que ella fue dándole. No tenían demasiados datos. El hecho de que aquel sueño pudiera repetirse una y otra vez como los demás era una preocupación añadida, ya que no quería que ella tuviera que pasar por aquello noche tras noche.

Se acostaron exhaustos cuando el sol empezaba a alcanzar las montañas del este de la ciudad. No tenían forma de saber si el sueño era real, y aunque fuera así, no podían hacer nada al respecto.

Era domingo, y Ben había planeado ir al cine con Katie aquella tarde. Esperaba poder convencer a Autumn de que fuera con ellos... elegiría una comedia romántica, algo que no tuviera la más mínima semejanza con el horror que ella había presenciado aquella noche.

La abrazó hasta que se quedó dormida, y entonces intentó conciliar el sueño y no pensar en asesinatos de jóvenes rubias, y en lo que eso podía significar para la pequeña a la que había perdido.

Durmieron hasta mediodía. Ben preparó café mientras Autumn se duchaba, y le llevó una taza cuando estaba secándose. Como aún tenía la bolsa de viaje que había llevado a Sandpoint, se puso los vaqueros y una blusa azul de manga corta limpia.

A pesar de que había dormido más horas que de costumbre, se sentía débil y cansada. Intentó no pensar en la pesadilla que había tenido, pero no dejaba de atormentarla. En cuanto Ben apareció con el periódico, lo hojeó página a página para ver si se mencionaba el asesinato de una mujer.

—No hay nada, a lo mejor aún no ha pasado —le dijo al fin.

—Puede que no llegue a pasar, a lo mejor has tenido la pesadilla por culpa del estrés. A veces, los sueños sirven para poder lidiar con los problemas cotidianos.

—No creo que ver un asesinato me quite estrés, Ben.

—No he querido decir eso.

—Sí, ya lo sé —admitió ella, con un suspiro—. Si no vuelvo a soñar con lo mismo, admitiré que puede haber sido cosa de mi imaginación.

—Esperemos que sea así —se acercó parte del periódico por encima de la mesa de la cocina para poder leer también, y buscó la cartelera de cine—. Esta tarde voy a llevar a Katie al cine, y quiero que vengas con nosotros.

—Hoy no, Ben.

Él la tomó de la mano, y le dijo:

—Has pasado una noche difícil, cielo. Necesitas entretenerte, dejar de preocuparte durante un rato. Iremos a ver una comedia, algo divertido que te quite la pesadilla de la cabeza.

—Necesito un poco de tiempo para mí misma, tú vete al cine con Katie. Necesito ir a mi casa, ser yo misma.

—Voy a quedarme a dormir contigo esta noche... por si vuelves a soñar con el asesinato.

—Tengo tu grabadora, la usaré si hace falta. Espero que sólo sea una cosa puntual, que no tenga nada que ver con la realidad.

—Yo también lo espero —Ben se levantó, se acercó a ella, y posó las manos sobre sus hombros—. Te llamaré después para ver cómo estás, ¿de acuerdo?

—Vale.

—Te llevaré a tu casa cuando saque el coche.

Autumn se mordió el labio. Se sentía inquieta, y estaba muy tensa.

—Prefiero ir andando, necesito un poco de aire fresco.

A juzgar por su expresión, a Ben no le hizo ninguna gracia, pero no intentó presionarla. Autumn fue al dormitorio a por su bolsa de viaje, y recogió también su bolso.

—Ya hablaremos —le dijo, mientras iba hacia la puerta.

Ben se acercó a ella, hizo que se volviera para poder abrazarla, y le dio un beso rápido.

—Intenta descansar, te llamaré.

Al verlo allí, alto y moreno, y tan guapo que le dolía el corazón sólo con mirarlo, se dio cuenta de que ya estaba más que medio enamorada de él, y sintió pánico.

No podía dejar que sus sentimientos se profundizaran aún más, tenía que poner fin a lo que se suponía que era una aventura breve y pasajera.

Mientras caminaba por la acera camino de su casa, se frotó los brazos con las manos, y se dio cuenta de que ya le echaba de menos a pesar de que sólo hacía veinte minutos que se había despedido de él.

Deambuló sin rumbo durante un rato, y después fue al mercado de Pike Street y compró pescado para la cena, varias verduras, y un ramo de flores amarillas. Llegó a casa cargada y dejó la bolsa de viaje y las de la compra junto a la puerta principal, y cuando empezó a buscar las llaves en el bolso se dio cuenta de que su teléfono estaba sonando.

Para cuando consiguió abrir la puerta, la llamada ya se

había cortado, pero al cabo de un instante empezó a sonarle el móvil. Lo sacó del bolso, y lo abrió de inmediato.

—Enciende la tele, date prisa —le dijo Ben.

Con el teléfono en la mano, fue corriendo a por el mando y le dio al botón de encendido.

—¿Qué canal?

—La CBS. Han interrumpido la programación para dar una noticia de última hora, acabo de verla. Voy de camino.

Ben colgó, y Autumn centró toda su atención en la tele. En cuanto vio la casa y las montañas en la distancia, supo de qué noticia se trataba. Le flaquearon las rodillas, y se desplomó en el sofá.

—Esta mañana, se ha encontrado el cuerpo sin vida de una joven en el dormitorio de su casa de Ash Grove, Washington —la cámara enfocó una casa que había a cierta distancia del reportero—. La víctima fue atacada brutalmente alrededor de la medianoche, y tras realizar un valiente esfuerzo por defenderse de su atacante, murió a causa de múltiples puñaladas. No se ha facilitado su nombre, pero las autoridades han confirmado que su esposo, un agente de seguros, estaba fuera de viaje de negocios cuando se produjo el asesinato. Aún no se ha realizado ninguna detención, y tampoco se conocen los posibles motivos del crimen.

Autumn luchó por recuperar el aliento y calmar los latidos frenéticos de su corazón, pero la cabeza aún le daba vueltas cuando Ben empezó a aporrear la puerta.

—¡Autumn! ¡Autumn, ábreme!

Sus ojos se llenaron de lágrimas en cuanto abrió la puerta y lo vio, y él la abrazó con fuerza.

—Dios, Ben...

—Tranquila, cielo. Tranquila.

Autumn se aferró a su cuello. Movió la cabeza, pero tenía la garganta demasiado constreñida para hablar. Ben la llevó en brazos hasta el sofá, se sentó, y la acunó en su regazo. Durante largo rato, se limitó a abrazarla.

—Tranquila —le dijo, mientras le apartaba el pelo de la cara—. Todo va a salir bien.

Autumn fue incapaz de creer en sus palabras. Su vida llevaba semanas desequilibrada, desde que había empezado a tener los sueños.

—Quería que sólo fuera un sueño —le dijo, con voz temblorosa.

—Ya lo sé, cielo —Ben apretó la mejilla contra la suya, y finalmente se apartó un poco para mirarla a la cara—. Tenemos que decírselo a Doug Watkins. Las autoridades creen que sólo había un hombre, tenemos que avisarlos de que eran dos.

—Acabarán descubriéndolo, seguro que hay algún rastro. A lo mejor ya lo saben.

—Tú estuviste allí y viste lo que pasó, es posible que puedas darles algún dato que los ayude a atrapar a los asesinos.

Autumn tragó con dificultad para intentar deshacer el nudo que le obstruía la garganta.

—Tienes razón, pero es que... —cerró los ojos, y se apoyó contra él—. Es horrible saber que fue real.

—Ya lo sé. Maldita sea, ojalá supiéramos por qué soñaste con eso.

—No tiene sentido, ¿por qué he soñado con algo así... algo tan diferente? —levantó la cabeza de su hombro, y lo miró a la cara—. Tenemos que ir a Ash Grove. Todos los sueños han tenido alguna conexión hasta ahora... a lo mejor el secuestrador es uno de los asesinos, puede que viva en la zona. Tenemos que enseñarle el retrato a la policía local, para ver si lo reconocen.

Ben la levantó de su regazo, y la sentó a su lado en el sofá.

—Voy a llamar a Doug, a ver si podemos vernos en comisaría. ¿Crees que podrás soportarlo?

—¿Acaso tengo elección?

—Sólo quiero que recuerdes que no voy a dejarte sola. Estamos juntos en esto.

Autumn se aferró a aquellas palabras mientras iban hacia la puerta.

El inspector Watkins ya los estaba esperando cuando llegaron a comisaría. Sin mediar palabra, los condujo por el pasillo hacia la sala que Autumn llamaba para sus adentros «la habitación de Ansel Adams».

Ben no se molestó en disculparse por llamar a Watkins en uno de sus días libres, y le dijo sin preámbulos:

—Supongo que te has enterado de la noticia.

—¿La del asesinato? Claro que me he enterado, ha salido en todos los canales —miró a Autumn, y le dijo—: No me digas que tienes información sobre ese tema.

—Anoche soñó con lo que pasó, vio cómo mataban a la mujer —le explicó Ben.

Watkins se pasó una mano por la calva.

—Necesito una taza de café. ¿Queréis una?

—No, gracias.

—A mí me iría bien un vaso de agua —comentó Autumn.

Watkins salió de la habitación, y regresó al cabo de unos minutos con una botella de agua y con un café en un vaso de plástico.

—De acuerdo, empezad por el principio —se sentó frente a ellos, y añadió—: ¿A qué hora tuviste el sueño?

—A eso de las dos, es la hora en que suelo tenerlos.

—Así que el asesinato ya se había cometido.

—Eso parece. No sabía si lo que estaba viendo iba a suceder o ya había pasado, pero esperaba que sólo fuera una pesadilla sin base real.

—Pues no lo era —comentó Watkins, con un suspiro.

Autumn no contestó.

Ben le pasó al inspector las notas que había tomado, y le dijo:

—Esto es lo que Autumn me dijo al despertarse, lo anoté

con tanta exactitud como pude. Era imposible que supiera todo esto a aquella hora.

Cuando tomó un trago de café, Watkins hizo una mueca a causa de lo amargo que estaba.

—Vale, vamos paso a paso —agarró las notas, pero no las leyó—. Cuéntame lo que viste en tu sueño.

Autumn respiró hondo para intentar tranquilizarse, y empezó a describir el horrible crimen. Intentó permanecer objetiva, ajena al dolor de la mujer, pero era imposible. Tomó la botella de agua, pero no pudo quitarle el tapón a causa de lo mucho que le temblaban las manos. Ben lo hizo por ella, y tomó agradecida un largo trago.

—Ya está. No les vi la cara ni alcancé a ver el color de sus ojos, pero me acuerdo de que sonreían al salir del dormitorio.

—¿Estás segura de eso? —le preguntó Watkins, ceñudo.

—Sí. Vi sus bocas por los agujeros de los pasamontañas, me acuerdo de que me sentí... enferma.

—Me lo imagino —el inspector había estado tomando notas, pero volvió a agarrar las de Ben—. Necesito una copia de éstas.

—Como quieras —le dijo él.

Watkins se fue con las notas, y regresó al cabo de unos minutos.

—No sé qué decir ni qué pensar, así que me limitaré a hacer todo lo que pueda.

—Vamos a ir a ese pueblo —le dijo Ben.

—Ni hablar, ni se os ocurra. No podéis interferir con una investigación policial.

—Vamos a ir, a menos que pienses encerrarnos. Esto tiene alguna conexión con Molly y con la niña de Idaho... por cierto, Laura Purcell reconoció al hombre del retrato. Al parecer, fue al lago con su grupo de niñas exploradoras, y el tipo estaba acampando cerca de ellas.

—Todo esto es una locura.

—De momento, todo lo que nos ha dicho Autumn se ha confirmado.

—Sí, pero seguimos sin tener ni idea de dónde puede estar ese malnacido.

—Está en las montañas que hay cerca de Ash Grove, puede que incluso viva en el mismo pueblo —dijo Autumn—. Este sueño tiene que tener alguna relación con los demás.

—Es posible que el hombre rubio fuera uno de los asesinos —apostilló Ben.

—Y si resulta que lo es, y vosotros vais y os metéis en medio de una investigación...

—No haremos nada que pueda hacer peligrar el caso. Sólo queremos echar un vistazo y hacer unas cuantas preguntas.

—De acuerdo, pero será mejor que vayáis con cuidado. Estamos hablando de un asesinato, y puede que a alguien de allí no le haga gracia que aparezcáis con un montón de preguntas.

Empezaron a planear el viaje de inmediato.

—Seguramente tendremos que estar fuera un par de días por lo menos, ¿puedes arreglártelas?

—Llamaré a Josh para pedirle que se encargue de mis clases. Las particulares me las pagan bastante bien, así que estará encantado de tener un dinero extra.

—No había pensado en eso. Si pierdes dinero por ayudarme, te abonaré...

—No quiero tu dinero, Ben.

Por un momento, pensó que él iba a insistir, pero al final permaneció callado; al parecer, estaba empezando a entenderla. Ella era muy independiente y quería seguir siéndolo, pero a Ben no parecía importarle. De todos los hombres con los que había salido, él era el único que dejaba que fuera ella misma.

Steven Elliot había querido convertirla en su mujer ideal. A Luke Noland sólo le había interesado su faceta de escaladora, y Ronnie Hillson sólo buscaba sexo.

—¿Se molestó Katie porque tuviste que cancelar la salida al cine?

—Le dije que había surgido un imprevisto importante, y que la compensaría entre semana. Como no me pierdo casi ninguna de nuestras citas, no le importó.

Fueron a sus respectivas casas a preparar bolsas de viaje con cosas para varios días, y Ben pasó a recogerla con el cuatro por cuatro.

—Nos irá mejor si las carreteras se ponen difíciles, y llama menos la atención —le dijo.

Autumn pensó que, teniendo en cuenta que estaban metidos en un asunto relacionado con secuestros de menores y asesinatos, cuanto menos llamaran la atención, mejor.

Ash Grove no resultó nada fácil de encontrar. Básicamente, consistía en un amplio espacio a lo largo de una carretera de doble sentido en dirección norte, a la salida de la ruta 20. Había una gasolinera ruinosa, un almacén donde vendían alimentos, una cafetería con un puesto de productos de artesanía para los pocos turistas que llegaban hasta allí, y el Motel Ash Grove.

La mayoría de las viviendas tenían terrenos bastante grandes, lo que explicaba que nadie hubiera oído los gritos de la mujer, que se llamaba Priscilla Vreeland. Las autoridades habían dado finalmente su nombre a la prensa, y Doug Watkins les había dado a regañadientes su dirección, que correspondía a una propiedad cuyo buzón se inclinaba de forma precaria hacia la estrecha carretera.

La casa se encontraba al final de un largo camino de grava que se separaba de la carretera principal, y Ben supuso que el hecho de que estuviera casi oculta tras una arboleda de pinos y de sicomoros debía de haber facilitado tanto el crimen como la huida de los asesinos.

—¿Cómo vamos a hacerlo? —le preguntó Autumn—. No podemos presentarnos sin más y empezar a hacer preguntas.

—A lo mejor es exactamente lo que tenemos que hacer.

Ben enfiló con el coche por el camino de entrada hacia

la vivienda, que estaba pintada de color azul. A juzgar por las ventanas, debía de haber varias habitaciones en la planta superior. En la puerta principal había una cinta policial amarilla, como las que salían en las series de televisión designando la escena de un crimen. Delante de la casa había dos coches aparcados, un coche patrulla y un Buick marrón que probablemente pertenecía al médico forense, aunque en una zona como aquélla podía tratarse de cualquier persona, ya fuera un dentista o un agente funerario, que hubiera recibido formación en medicina forense bajo contrato especial con el condado. Afortunadamente, no había cámaras de televisión.

Después de aparcar el coche cerca del perímetro pero un poco apartado para que no estorbara, se acercaron al agente que estaba haciendo guardia en la puerta, que parecía bastante joven.

—¿Hay algún sospechoso? —le preguntó Ben.

El agente lo miró con atención, y finalmente le preguntó:

—¿Puedo ayudarle en algo?

Ben sacó la copia del retrato robot que tenía enrollada en el bolsillo, y se la enseñó.

—Estamos buscando a este hombre. Pensamos que alguien de por aquí podría saber de quién se trata, es posible que viva en la zona.

—Parece un tipo bastante normal, cuesta decir a partir de este dibujo. Podría ser cualquiera.

—¿Se le ocurre alguien en particular?

—Aquí dice que es rubio, que tiene los ojos azules, y una altura y un peso medios. Como ya le he dicho, podría ser cualquiera. ¿Por qué lo buscan?

—Porque puede estar relacionado con el secuestro de una menor; de hecho, con dos. Uno hace dos meses, y otro seis años.

El agente miró de nuevo el retrato, y se lo devolvió a Ben al cabo de unos segundos.

—Lo siento, no puedo ayudarlos. ¿Tiene razones para creer que vive en la zona?

—Sabemos que le gusta la naturaleza, los rumores indican que puede tener retenidas a las niñas en algún lugar de las Cascade.

—¿Qué rumores?

—Pistas que hemos investigado —era una mentira, pero intentar explicar la verdad resultaría demasiado difícil.

—¿Qué tiene que ver en el caso?, ¿es detective privado?

—Una de las niñas desaparecidas es mi hija.

El rostro del agente se suavizó de inmediato.

—Me gustaría ayudarle, de verdad.

Lo raro era que, a juzgar por la mirada de inquietud del joven, que según la placa se llamaba Cobb, era más que probable que supiera algo.

Ben le dio una de sus tarjetas profesionales, y le dijo:

—Vamos a alojarnos en el motel. Si recuerda algo, nos encontrará allí.

—A lo mejor les cuesta conseguir una habitación, porque han venido un montón de periodistas.

—Sí, me lo imaginaba.

El motel sólo tenía seis habitaciones, pero por suerte había una libre. Después de dejar sus cosas sobre la cama doble, encendieron la televisión para ver si había alguna novedad.

—Menos mal que tienen televisión por satélite —Ben fue cambiando de canal con el mando hasta que encontró un informativo.

—En cuanto al misterioso asesinato de una mujer en el condado de Warren, se ha sabido que el crimen no fue perpetrado por un solo atacante, sino por dos.

El presentador detalló las escasas novedades que habían surgido, y Ben apagó la tele cuando empezó a repetir lo que ya sabían.

—Al menos saben que eran dos hombres —comentó Autumn.

—Sí, y poca cosa más.

Se estaba haciendo tarde. A pesar de que estaban en verano, la oscuridad se extendía con rapidez en cuanto el sol descendía tras las montañas. Habían apurado la tarde todo lo posible, para poder pasar por la carretera llena de curvas que llevaba hasta el cañón cuando aún hubiera suficiente luz.

—¿Tienes hambre? —le preguntó Ben.

—La verdad es que no, pero supongo que debería comer un poco.

—Sí, te vendrá bien. Mañana empezaremos a tantear el terreno, a ver si descubrimos algo.

—Será mejor que nos llevemos el retrato robot, para enseñárselo a la gente que haya en la cafetería.

Fueron por una calle pavimentada pero sin aceras al Grove Café, un local cercano que estaba medio lleno. Había varias familias, un par de motoristas vestidos de cuero, varios periodistas que esperaban como buitres a que apareciera cualquier posible noticia, y un chico y una chica con las caras enrojecidas por el sol que debían de ser excursionistas.

En la zona había unas rutas fantásticas. Ben había hecho piragüismo en el río que recorría el cañón, y había hecho excursionismo por la ruta del paso Cascade.

—Vine de escalada a esta zona hace un par de veranos —comentó Autumn, mientras se sentaban en una de las pesadas mesas de pino—. Josh y yo vinimos a escalar el Angel's Peak, que está un poco más adelante, pero se puso a llover y ya es bastante difícil de por sí. Al día siguiente mejoró el tiempo, pero ya nos habíamos ido a otra zona.

Después de desenrollar las servilletas que envolvían sus cubiertos, empezaron a leer el menú, que estaba forrado de plástico y enumeraba los platos típicos y los especiales del día. Cuando la camarera se acercó a tomarles nota, los dos fueron a lo seguro y pidieron hamburguesas, aunque Ben estuvo a punto de arriesgarse con el filete y el puré de patatas. Para beber se decidieron por un par de Coca-Colas light.

La mujer fue a encargar el pedido, y cuando volvió con un par de vasos de agua les dijo:

—La comida no tardará demasiado.

—Estamos buscando a alguien... a lo mejor puedes ayudarnos —le dijo Ben, mientras se sacaba el retrato del bolsillo. Miró la placa que llevaba en la camisa, y añadió—: Te llamas Millie, ¿no?

—Exacto —la mujer llevaba una falda negra y una camisa blanca, era rubia con el pelo corto y encrespado, y las arrugas que poblaban su cara probablemente contribuían a que pareciera mayor de lo que era en realidad.

—Estamos buscando a este hombre, puede que haya una herencia en juego.

Durante el trayecto habían decidido que contarían aquella historia inventada a la gente de la zona, exceptuando a la policía.

—Parece un tipo muy normal —dijo la camarera—. Aquí pone que tiene el pelo rubio y los ojos azules... muchos tipos de la zona son así.

—¿Se te ocurre alguien en particular?

—Bueno, Isaac Vreeland se le parece mucho. Es el pobre marido de la mujer asesinada.

Ben le lanzó a Autumn una rápida mirada antes de decir:

—Qué crimen tan horrible, ¿verdad? ¿La policía tiene idea de quién ha sido?

—De momento, no.

—¿Ha vuelto ya el señor Vreeland? —le preguntó Autumn—. Después de lo que ha pasado, seguro que no está en su casa.

—Volvió justo después de que encontraran el cuerpo. Cuando la policía acabó de hablar con él, se fue con su primo George. Tiene un montón de familia por la zona.

Millie se fue a servir a otros clientes; al parecer, los conocía a casi todos, y se paró a cotillear con muchos de ellos... y también con algunos a los que no conocía de nada. Al verla charlar con unos y con otros, Ben se dio cuenta de que podía ser una gran fuente de información.

—Millie, ¿qué crees que ha pasado? —le preguntó, cuando ella les llevó las bebidas—, cuesta creer que haya habido un asesinato en un sitio como Ash Grove.

La camarera se llevó las manos a las caderas.

—Supongo que pudo ser algún indeseable de fuera, pero la verdad es que Priscilla daba bastantes problemas. No debería haberse casado con Isaac, no encajaba aquí. A la gente de la zona no le caía demasiado bien.

—¿Por qué no? —le preguntó Autumn.

—La gente de aquí vive a su manera, tiene sus propias creencias. Prissy Vreeland no dejaba de dar la lata para que cambiaran algunas cosas, siempre estaba diciéndole a los demás lo que tenían que hacer.

—¿Qué clase de cosas quería cambiar? —le preguntó Ben.

—Cosas relacionadas con la familia, asuntos religiosos.

La mujer se fue a servir más café a un cliente antes de que pudieran preguntarle algo más, aunque Ben tenía la impresión de que ya le habían sacado toda la información posible.

—¿Qué habrá querido decir? —le preguntó Autumn.

—Ni idea.

Millie llegó al cabo de unos minutos con sus hamburguesas, que desprendían un olor delicioso.

—¿Te importa que te deje una copia del retrato? Puede que alguien lo reconozca. Como ya te he dicho, se trata de una herencia, y podría ganar bastante dinero.

—Lo pondré en el tablón de anuncios, todo el mundo lo mira —la mujer tomó la hoja de papel, y se alejó de la mesa.

Empezaron a cenar, y Ben se alegró al ver que a Autumn se le había abierto el apetito. De vuelta al motel, le reveló que llevaba una pistola. En todas sus tiendas se vendían armas de fuego, así que había aprendido a usarlas y se había sacado el permiso correspondiente. No creía que tuvieran problemas, pero se había cometido un asesinato y prefería estar preparado para cualquier eventualidad.

—Este sitio tiene algo... no sé qué es, pero es como si hubiera algo que se nos escapara —le dijo Autumn.

Al verla con un sexy camisón lavanda, Ben empezó a pensar en otras cosas que no tenían nada que ver con el asesinato.

—Sí, yo también me he dado cuenta —comentó, mientras se quitaba los vaqueros y la camisa. Se dejó puestos los calzoncillos, porque iban a dormir a escasa distancia de la escena de un crimen brutal y ninguno de los dos se sentía cómodo desnudo—. Creo que deberías tomarte un somnífero, necesitas una buena noche de sueño y no la vas a conseguir si sueñas con el asesinato de una mujer.

—Ni hablar. Podría descubrir algo que ayudara a la policía... o que nos condujera a Molly.

—Maldita sea... todo esto no me gusta, no me gusta nada —Ben se pasó la mano por el pelo en un gesto de frustración.

—Ya lo sé, pero sabes que tengo razón.

Ben se dio por vencido, y se metió en la cama.

—Venga, los dos necesitamos dormir un poco.

La apretó contra su cuerpo, y ella apoyó la cabeza contra su hombro. Estaban inquietos y cansados, así que ninguno de los dos tenía ganas de hacer el amor. Cerraron los ojos, e intentaron conciliar el sueño.

Autumn abrió poco a poco los ojos, y se dio cuenta con incredulidad de que el sol entraba a raudales por la ventana. Había dormido la noche entera de un tirón, y no había soñado nada. No era nada nuevo, claro, pero teniendo en cuenta lo cerca que estaba del lugar donde se había cometido el crimen, era sorprendente que no hubiera vuelto a tener la pesadilla.

Al oír que el pomo de la puerta se movía, se dio cuenta de que Ben ya se había levantado. Al verlo entrar haciendo juegos malabares para poder sujetar dos vasos de café y abrir la puerta al mismo tiempo, se levantó de un salto de la cama y consiguió atrapar uno de los vasos justo antes de que se le cayera.

—Buena parada —le dijo él, con una sonrisa—. Gracias.

—No he vuelto a tener el sueño, Ben.

—Sí, me lo he imaginado al despertarme y ver que ya había amanecido.

—¿Qué habrá pasado?

—¿Quién sabe? No hay nada en todo esto que tenga sentido, pero tenemos que suponer que tienes razón y los sueños están relacionados.

—Y eso significa que el asesinato también lo está. ¿Cuál es el siguiente paso?

—Tenemos que echarle un vistazo a Isaac Vreeland. Con un poco de suerte, resultará ser el secuestrador.

—En ese caso, ¿dónde están las niñas? En las noticias no han mencionado a ningún menor, y me parece que los Vreeland sólo llevaban casados un par de años.

—Millie dijo que Priscilla no le caía bien a la gente de la zona. A menos que el asesinato fuera algo aleatorio, a alguien le caía lo bastante mal para matarla.

—¿Quién será?, ¿por qué?

Ben quitó la tapa de su vaso, y tomó un sorbo de café.

—Isaac Vreeland está en casa de uno de sus primos. Nos enteraremos de dónde vive, para poder ir a verlo.

No les costó demasiado localizar a George Vreeland, porque los reporteros estaban acechando al marido de la víctima como si estuvieran en una cacería; al parecer, la noticia de un asesinato tan brutal había causado impacto en todo el país.

Salieron del aparcamiento de grava del motel tras una furgoneta de la CBS, la siguieron por la sinuosa carretera que recorría el cañón, y poco después llegaron a una casa sencilla de una sola planta. Después de bajar del coche, se acercaron al grupo de reporteros que estaban congregados a poca distancia de la vivienda.

—¿Vreeland ha hecho alguna declaración? —le preguntó Ben a un tipo delgaducho que estaba estirando el cuello para poder ver algo.

—Aún no. Está programado que salga dentro de diez minutos.

Al cabo de un cuarto de hora, un hombre rubio salió de la casa para enfrentarse a los periodistas. Tanto Isaac Vreeland como su primo, que salió justo después, se parecían al hombre del retrato... pero ninguno de los dos era el hombre que aparecía en los sueños de Autumn.

—No ha habido suerte —comentó Ben.

El marido de la víctima empezó a exponer los hechos, y también hizo un llamamiento pidiendo cualquier información relacionada con el asesinato de su esposa; en cuanto acabó, volvió a entrar en la casa deshecho en lágrimas.

—Pobre hombre.

—Venga, vamos a dar una vuelta por la zona, hay varias comunidades rurales más. Enseñaremos el retrato, preguntaremos a la gente. Antes de volver pasaremos por la oficina del sheriff, en Beecherville, a ver qué saben las autoridades. Y también me gustaría volver a hablar con el agente Cobb.

Se pasaron el día haciendo una parada tras otra, enseñándole el retrato a todo el que se encontraron. Las comunidades tenían uno o dos comercios como máximo; en una había una gasolinera, en otra una especie de tienda de alimentos, otra tenía una oficina de correos y una cafetería... también había algún que otro motel, y en aquella época del año, en varios sitios había además algunos puestos con artículos elaborados a partir de los recursos naturales de la zona, como cerámicas, tallas de madera, y otros productos artesanales.

El pueblo situado más hacia el este era Beecherville. Se encontraba en el lado opuesto del paso, que en invierno estaba cerrado por el lado oeste. A pesar de que contaba con servicios públicos como parques, escuelas y hasta un cuerpo de bomberos voluntarios, era una población pequeña que tenía mil dos habitantes según la señal que había a la entrada.

—Si vive en la zona, ha elegido un buen sitio donde esconderse —comentó Autumn, mientras aparcaban delante de la oficina del sheriff—. La frase preferida de todo el mundo es «no sé nada».

—Sí, está claro que no están dispuestos a abrir la boca ni aunque pueda haber dinero de por medio.

Ben la ayudó a salir del coche, y entraron en el edificio. Sólo había un coche patrulla aparcado delante.

—¿En qué puedo ayudarlos? —les preguntó una mujer de pelo canoso que había en el mostrador de recepción. Estaba peinada con un moño, y no llevaba ni pizca de maquillaje.

—Querríamos hablar con la persona al cargo —le dijo Ben.

—El sheriff Crawford ha venido de Warren, pero está muy ocupado con lo del asesinato de Ash Grove. Se ha pasado allí toda la mañana, y ahora está hablando por teléfono.

—Dígale que tenemos información que puede tener relación con el caso.

—Ahora vuelvo.

La mujer se marchó apresuradamente. Llevaba un vestido holgado marrón oscuro que le llegaba por debajo de las rodillas, unas medias bastante gruesas, y unos zapatos marrones de aspecto robusto. A lo largo del día, Autumn había visto a otras mujeres vestidas con la misma sencillez, y recordó que la camarera había hecho alusión a «asuntos religiosos». Al entrar en el pueblo habían pasado junto a varias iglesias, y le había llamado la atención una en particular, que según el cartel pertenecía a la Hermandad de la Comunidad.

La mujer volvió al cabo de unos minutos.

—El sheriff ha accedido a verlos. Síganme, por favor.

Pasaron por la puerta batiente baja que había al final del mostrador, y fueron hacia un despacho que había en la parte posterior del edificio. El sheriff Crawford se levantó al verlos entrar. Era un hombre corpulento con el pelo gris como el acero, una barriga que rebosaba por encima de su cinturón, y unas patillas a las que les iría bien un buen recorte.

—Lottie me ha dicho que tienen información sobre el asesinato —les dijo sin preámbulos—. ¿Quiénes son ustedes?

—Yo soy Ben McKenzie, y mi acompañante es Autumn Sommers.

Por la breve mirada que el hombre le lanzó, Autumn tuvo la sensación de que no tenía una opinión demasiado buena de las mujeres.

—¿Qué información tienen?

Ben desenrolló la hoja del retrato robot.

—Se ha verificado que este hombre estuvo merodeando por la zona en que se produjeron dos secuestros de menores, uno hace seis años y el otro dos meses. Es posible que viva en esta zona.

—¿Por qué cree que puede estar relacionado con el asesinato?

—No hay nada concluyente, sólo varias pistas que hemos seguido hasta aquí.

—¿Qué relación tiene usted con todo esto? —le preguntó el sheriff con suspicacia.

—Mi hija fue una de las víctimas secuestradas.

—¿Ah, sí? —el sheriff observó el retrato, y volvió a enrollarlo después de leer la información que había debajo—. Cree que este tipo puede estar implicado, pero no tiene ninguna prueba... sólo unas supuestas pistas que dice que ha estado siguiendo.

—Exacto. Esperábamos que a lo mejor podría ayudarnos a descubrir quién es.

—Podría ser cualquiera. En esta zona hay un montón de tipos rubios, en el pasado vinieron muchos noruegos por la tala.

—Entonces, ¿no le resulta familiar? —insistió Ben.

—No. ¿Qué tiene que ver un secuestro con un asesinato?

—No lo sabemos, sheriff —le contestó Autumn—. Sólo pensamos que los incidentes podían estar relacionados.

—No he oído nada sobre secuestros de menores por aquí y el asesinato está investigándose, así que si eso es todo, supongo que será mejor que se vayan.

—Sí, supongo que sí —le dijo Ben, con la mandíbula tensa—. Al menos de momento.

—Yo en su lugar me largaría de aquí. La gente de la zona valora su privacidad, y no les gusta que vengan tipos a husmear y a meterse en sus asuntos.

—¿Es eso una advertencia? —le preguntó Ben.

—Exacto. Estoy advirtiéndoles que no metan las narices en una investigación de asesinato en el condado de Warren. Si lo hacen, van a meterse en problemas.

Ben posó una mano en la cintura de Autumn, y la condujo hacia la puerta sin decir palabra.

—Qué tipo más amable —comentó ella, mientras se ponían los cinturones de seguridad en el coche.

—No me extraña que sea el sheriff, encaja a la perfección en este sitio.

—¿Vamos a volver a casa?

—Antes quiero hablar con el agente Cobb. Como no lo hemos visto por aquí, debe de estar en Warren o en Ash Grove. Seguro que querrán tener la escena del crimen vigilada, volveremos a pasarnos por allí mañana por la mañana.

—¿Crees que vamos a sacarle algo? De momento, no hemos tenido demasiada suerte.

—Vale la pena intentarlo. Me dio la impresión de que sabía algo, y parecía un poco más dispuesto a hablar que el resto de gente de por aquí —Ben puso en marcha el cuatro por cuatro, y añadió—: Vamos a cenar algo antes de volver al motel.

26

Como la carretera era tan estrecha y sinuosa, el trayecto de regreso a Ash Grove fue bastante lento, y cuando llegaron al motel envejecido de los cincuenta ya había anochecido. Autumn estaba cansada y frustrada, y sabía que Ben se sentía aún peor. Se limitaron a acostarse sin hablar demasiado, pero cuando Ben la besó para darle las buenas noches las cosas se caldearon.

Una ronda de sexo sudoroso y apasionado los dejó relajados y saciados, y ambos lograron dormirse. Autumn intentó no pensar en lo mucho que disfrutaba haciendo el amor con él, en lo mucho que le gustaba estar a su lado. El vínculo cada vez más fuerte que tenía con él la aterraba, pero decidió que ya se preocuparía de ese tema cuando acabara todo aquello. Lo principal de momento era encontrar a Molly.

La despertó un ligero sonido en algún momento de la noche, y abrió los ojos de golpe cuando una mano masculina la agarró por el cuello y sofocó su grito sobresaltado.

Ben se incorporó como un rayo y alargó la mano hacia el cajón donde guardaba la pistola automática, pero se detuvo en seco cuando un hombre le apuntó a la cabeza con un arma.

—Yo en tu lugar no lo haría —le dijo el desconocido.

Había dos hombres más en la habitación. Uno de ellos era el que la tenía agarrada por el cuello, y el otro estaba a los pies de la cama y estaba apuntándola con un arma directamente al corazón. No llevaban pasamontañas como los hombres de su sueño, sino unos pañuelos que les tapaban la nariz y la boca, y parecían un trío de forajidos del salvaje oeste. La sutil diferencia indicaba que quizás no fueran los asesinos de Priscilla, pero dadas las circunstancias, la idea no bastó para tranquilizarla demasiado.

—No hagáis ningún movimiento brusco —les advirtió el tipo que estaba junto a Ben—. Si lo hacéis, puede que alguna de las armas se dispare.

Autumn apenas podía verlo en la habitación en penumbra, pero se dio cuenta de que era más alto que los otros dos y muy delgado.

—No querrás que le pase nada a tu amiguita, ¿verdad? —el hombre le lanzó una rápida mirada al que estaba a los pies de la cama.

Autumn supo que era bastante joven, aunque no habría sabido decir por qué. Siguiendo la instrucción muda de su compinche, el tipo que la encañonaba apuntó a su cabeza, y el cuerpo entero de Ben se tensó.

—¿Cómo habéis entrado? —les preguntó. Estaba sentado contra la cabecera, con las sábanas hasta la cintura—. ¿Qué queréis?

—Sólo hemos venido a haceros una advertencia —contestó el hombre alto, que parecía ser el que estaba al mando.

—Exacto —dijo el que la agarraba por el cuello—. No queremos que vengan forasteros a husmear en los asuntos de la Hermandad. La mujer que la ha palmado se buscó lo que le pasó, descubrió lo que le pasa a la gente que se mete en lo que no le importa.

—¿La matasteis vosotros?

—No, pero no nos extraña que alguien lo hiciera.

—No querrás que algo así le pase a tu amiguita, ¿verdad? —dijo el que llevaba la voz cantante—, hacednos caso, largaos de este condado y no volváis a aparecer por aquí.

Autumn consiguió tragar con dificultad, pero inhaló sobresaltada cuando el hombre que la agarraba del cuello apartó de golpe las mantas. Su cuerpo desnudo temblaba de pies a cabeza, y un grito quedó atrapado en su garganta.

Ben se incorporó de golpe. Tenía los músculos de los brazos y los hombros rígidos, un brillo salvaje en los ojos, y parecía un tigre a punto de abalanzarse sobre su presa; sin embargo, se quedó inmóvil cuando el tipo que estaba apuntando a Autumn amartilló la pistola.

—Tranquilo... —le dijo el que estaba al mando.

—No está mal... nada mal —el hombre que tenía a Autumn agarrada del cuello la miró de pies a cabeza con expresión lasciva.

—Las mujeres de por aquí saben cuál es el lugar que les corresponde, y no tenemos paciencia para las deslenguadas —les dijo el más alto.

El hombre que estaba junto a ella le soltó el cuello por fin, pero el que estaba a los pies de la cama no dejó de apuntarla con el arma. Autumn se apresuró a volver a taparse con las mantas.

—Esta vez, nadie va a resultar herido —les dijo el cabecilla—. La próxima vez no tendréis tanta suerte.

Se fueron con el mismo sigilo con el que habían entrado, y cerraron la puerta silenciosamente.

Ben se apresuró a sacar la pistola del cajón, y entonces abrazó a Autumn con fuerza.

—Dios, ¿estás bien? —le preguntó con voz ronca. Su cuerpo entero seguía tenso.

Autumn no podía controlar el temblor que la sacudía de pies a cabeza. Se limitó a asentir, y luchó por contener las lágrimas.

—Tranquilízate, ya ha pasado todo.

—Estoy... estoy bien.

—La puerta no tiene cadena, sólo una cerradura. El dueño debe de haberles dado una llave.

—No... no podemos quedarnos aquí, no estamos seguros.

—Nos iremos en cuanto volvamos a hablar con el agente Cobb —Ben le enseñó la pistola, que destelló bajo la luz de la luna que penetraba a través de una rendija de las cortinas—. Esto es una Springfield de cuarenta milímetros último modelo —su mandíbula se endureció—. Si vuelven a aparecer por esa puerta, van a llevarse una buena sorpresa.

Autumn no contestó, pero un estremecimiento le recorrió la espalda. Ben soltó una imprecación.

—Teniendo en cuenta el recibimiento que nos han dado, tendría que haber sabido que podría pasar algo así.

—No podías saber lo que iba a pasar, Ben.

—Estoy completamente desvelado, pero tú podrías intentar dormir un poco —le dijo, mientras se apoyaba contra la cabecera sin soltar la pistola.

Autumn se levantó y encendió la televisión.

—Vamos a ver si están dando alguna película de las antiguas, me parece que ninguno de los dos podrá pegar ojo esta noche.

En cierto modo, a Ben le habría gustado que aquellos malnacidos volvieran, porque cada vez que pensaba en el hijo de puta que había agarrado a Autumn y había mirado su cuerpo desnudo como si quisiera comérsela, tenía ganas de matarlo. Había llevado la pistola a modo de protección, pero le había tomado por sorpresa que los asaltantes tuvieran una llave de la habitación.

Estuvieron viendo la tele hasta que amaneció, aunque apenas se dieron cuenta de lo que estaban dando, y finalmente fueron a la cafetería después de vestirse y de recoger sus cosas. Ninguno de los dos tenía hambre, pero una taza de café les sentaría bien; además, tenían que esperar a que Cobb tuviera tiempo de llegar a casa de los Vreeland.

Ben sabía que era muy probable que el agente estuviera asignado allí, porque el crimen seguía siendo noticia y el sheriff querría asegurarse de que nadie destruyera las pruebas que pudieran quedar.

Si el agente estaba allí, pensaba comentarle que algunos de los habitantes de la zona pensaban que el asesinato había sido una especie de castigo. El hecho de que los atacantes hubieran mencionado la Hermandad confirmaba sus sospechas de que la iglesia tenía algo que ver con lo que había sucedido, y se preguntó cuál habría sido la terrible ofensa que Priscilla Vreeland había cometido.

Dadas las circunstancias, cabía plantearse si el sheriff Crawford pertenecía a la Iglesia de la Hermandad de la Comunidad, y si realmente le importaba un pimiento el asesinato de la joven esposa de Isaac Vreeland.

Cuando acabaron de tomar el café, volvieron al motel. La estancia ya estaba pagada, pero Ben quería preguntar cómo era posible que tres hombres armados hubieran abierto la puerta de su habitación sin más; sin embargo, el mostrador de recepción estaba convenientemente desierto.

—Suponía que el gerente no daría la cara —le dijo Autumn.

—Sí, seguro que no aparece por aquí hasta más tarde. Pensaría que nos largaríamos lo antes posible.

—Ojalá.

—Vamos a la casa, a ver si Cobb está allí.

Autumn asintió, y permaneció en silencio mientras él la tomaba del brazo y la conducía hacia el coche. Llevaba toda la mañana más callada que de costumbre, y su rostro estaba demacrado y carecía de su cálido brillo habitual. La noche anterior se había asustado de verdad... y él también.

Una mujer acababa de morir asesinada. Al despertar y ver

a aquellos hombres, había pensado por un instante que iba a suceder lo mismo.

Al entrar en el coche, se aferró al volante con fuerza al recordar lo ocurrido. Nunca se había sentido tan impotente en toda su vida. De no ser por Autumn, no se habría quedado sentado de brazos cruzados dejando que tres enmascarados lo amenazaran sin más. Habría hecho algo, a pesar de que sabía que no era aconsejable en esos casos.

Se volvió a mirarla mientras metía la llave de contacto.

—Autumn, sobre lo de anoche... ojalá supiera qué decir para hacer que te sientas mejor. Ya sé que te fallé. Tendría que haberte protegido, tendría que...

—No me fallaste —ella alargó la mano, y le acarició la mejilla—. ¿Cómo íbamos a saber que entrarían en la habitación sin más? Si no hubieras reaccionado como lo hiciste, puede que uno de los dos hubiera acabado muerto.

Ben respiró hondo, mientras intentaba no pensar en cómo la habían tratado aquellos malnacidos.

—Me vuelvo loco cuando pienso en lo que tuviste que pasar. Me gustaría agarrar al tipo que te sujetó del cuello y estrangularlo con mis propias manos.

—No pasa nada. Sólo me vieron desnuda, ya está. No fue culpa tuya, y los dos estamos vivos.

—Sí, supongo que tienes razón —Ben salió a la carretera, y puso rumbo a la casa de los Vreeland—. Pero no soporto la idea de que otro hombre vea tu precioso cuerpo desnudo.

Sus palabras consiguieron que Autumn sonriera por fin.

—Mirándolo fríamente, me parece que no fueron para asesinarnos —añadió él.

—No, sólo querían darnos un susto de muerte. Si ése era su plan, funcionó conmigo.

—Espero volver a encontrarme a esos malnacidos, me encantaría darles un mensaje muy claro.

—Lo importante es descubrir la relación que tienen con todo esto, aunque no creo que estuvieran involucrados en el crimen. No acaban de encajar con los asesinos de mi sueño... puede que sea por su altura o por la forma en que se movían, no lo sé.

—Dudo que fueran ellos. Si fuera así, no nos habrían dejado con vida.

Autumn no contestó, pero al ver que empalidecía aún más, Ben supuso que estaba recordando a Priscilla Vreeland. Aminoró la marcha para tomar el desvío que conducía hacia la casa, y cuando se acercaron vio un coche patrulla, y al agente Cobb sentado en una de las sillas de madera del porche.

Autumn notó que se ponía tenso, y al mirar hacia la casa entendió por qué.

—Está aquí.

—Sí, lo suponía.

—A ver si quiere hablar con nosotros.

Cobb se levantó de inmediato al verlos llegar. Era alto y delgado, y su pelo rubio asomaba por debajo de su sombrero marrón reglamentario. Empezó a bajar los escalones de madera cuando Ben detuvo el coche, y fue hacia ellos.

—Vaya, aún siguen aquí. ¿Han encontrado al hombre que buscaban?

—Aún no. La verdad es que nadie nos ha ayudado demasiado; de hecho, algunos se han esforzado bastante en ponernos trabas.

—La gente de por aquí es bastante reservada.

—Sí, ya nos hemos dado cuenta. Anoche recibimos una advertencia muy clara para que dejáramos de hacer preguntas y nos fuéramos mientras aún podíamos hacerlo.

Cobb se puso alerta de inmediato.

—¿Qué pasó?

—Tres hombres irrumpieron en nuestra habitación del motel.

—Tenían una llave de la puerta —añadió Autumn.
—¿Les hicieron algún daño? —les preguntó Cobb.
Autumn le mostró las marcas rojas que tenía en el cuello mientras Ben le explicaba lo que había pasado.
—Hicieron alusión a una Hermandad, y vimos una iglesia con ese nombre en Beecherville. ¿Sabe algo al respecto?
—Es la Hermandad de la Comunidad. La congregación... la Hermandad... es un grupo que tiene mucho poder en esta zona.
—¿Usted es miembro de esa congregación? —le preguntó Ben.
—No. Mi familia se vino a vivir aquí hace unos diez años, pero casi todo el mundo está bastante más arraigado.
—¿Qué me dice del sheriff Crawford?
—Crawford, el alcalde de Beecherville... la mitad de la población de la zona pertenece a esa iglesia.
—Debe de ser un grupo bastante cerrado.
—Muchísimo.
—Los hombres que entraron en nuestra habitación dijeron que Priscilla Vreeland se había buscado lo que le pasó, y eso es algo que ya nos habían comentado otras personas —le dijo Ben—. ¿Sabe a qué se referían?
El agente miró a su alrededor, como si tuviera miedo de que alguien pudiera verlo hablando con ellos.
—Voy a decírselo porque no es ningún secreto, pero les agradecería que no le dijeran a nadie quién les ha dado la información.
—De acuerdo.
—Priscilla Vreeland conoció a Isaac hace un par de años, en Portland. Él es agente de seguros, así que debía de estar allí por negocios. La Hermandad desaconseja los matrimonios con personas ajenas a la iglesia, pero supongo que Isaac se enamoró. Ella se unió a la iglesia cuando se casaron, pero...
—¿Pero...? —le dijo Autumn.

—Pero había preceptos de la Hermandad con los que no estaba de acuerdo. Empezó a decir lo que pensaba, a intentar que algunos de los miembros lucharan por sus derechos. Denunció dos agresiones, pero no pudo identificar a los asaltantes y no hubo ningún arresto.

—¿Qué era lo que no le gustaba de esa iglesia? —le preguntó Ben.

El joven agente volvió a mirar a su alrededor, pero estaban completamente solos y ni siquiera se veían coches en la carretera.

—Practican la poligamia. Según la Hermandad, eso es algo acorde con el plan del Señor.

—Pero... la poligamia es ilegal en este país —protestó Autumn.

—Puede, pero nadie ha podido impedírselo. Los miembros se casan legalmente con una mujer, y después toman más esposas en ceremonias privadas que no se registran. No es ilegal vivir con más de una mujer.

—Había leído que algo así pasaba en Utah y en Arizona —comentó Ben—. Parece que unos fanáticos alegaban que Dios les había dado derecho a casarse con más de una mujer.

—Eso es lo que dice el líder. Es el que encabeza el núcleo principal, que está formado por los mandamases de la iglesia. Se autodenominan la Hermandad de Lázaro, y algunos de ellos afirman que hablan directamente con Dios.

—¿Cómo se llama el líder? —le preguntó Autumn, que aún estaba intentando digerir lo de la poligamia.

—Samuel Beecher. Su familia fundó Beecherville en los años ochenta del siglo diecinueve.

—Por lo que he oído, los hombres se casan con chicas muy jóvenes, y el incesto es frecuente —comentó Ben.

—Nadie ha podido pararles los pies. A las mujeres les inculcan desde la infancia que deben aceptar su papel en la vida, y eso es lo que hacen. Los esfuerzos de Priscilla Vreeland eran inútiles, porque las mujeres no estaban dispuestas a cambiar su forma de vida. Las cosas son como son.

—Así que dos de los miembros de la Hermandad la asesinaron para que dejara de intentar que las mujeres se rebelaran.

—Es posible —Cobb miró hacia la casa, y añadió—: A pesar de todo, la gente de por aquí respeta la ley. No les gusta la violencia, ni aprueban el asesinato. Si encontramos a los tipos que lo hicieron, irán a la cárcel. Con un poco de suerte, acabaremos atrapándolos.

Ben retrocedió un paso, y alargó la mano hacia él.

—Gracias, agente. Nos ha ayudado mucho.

—¿Quiere presentar una denuncia por lo del motel? —le preguntó, mientras le estrechaba la mano.

—Hoy no, a lo mejor más adelante.

Cuando volvieron al coche, Ben ayudó a entrar a Autumn antes de ponerse al volante. Mientras volvían por el camino de grava, su mandíbula parecía tan dura como el Angel's Peak, que se cernía en la distancia sobre el cañón.

Cuando sus miradas se encontraron en el retrovisor, él le preguntó con voz tensa:

—Dime que no secuestraron a mi hija para casarla con un chalado religioso.

—No lo sé, pero parece...

—¿Qué?

—Una vez mencionaste a Elizabeth Smart, y... eso fue lo que le pasó a ella.

—Elizabeth era una adolescente, Molly tenía seis años cuando se la llevaron.

Autumn se volvió a mirarlo, y al ver lo rígido que estaba, le dijo con suavidad:

—Tienes razón, lo más probable es que no tenga nada que ver con Molly.

Ninguno de los dos se creyó aquellas palabras.

En cuanto llegaron a una zona donde el móvil de Ben

tenía cobertura, se detuvieron a un lado del camino para que pudiera llamar a Pete Rossi.

—Pete, soy Ben. Necesito que averigües todo lo posible sobre un grupo llamado la Hermandad de Lázaro, están relacionados con la Iglesia de la Hermandad de la Comunidad. Practican la poligamia, Pete. Su líder es un tipo llamado Samuel Beecher, investígalo también —cuando colgó el teléfono, se reincorporó a la carretera y añadió—: Si la ha tocado, lo mataré.

Autumn estaba tumbada en su cama, con la mirada fija en el dosel. Ben estaba durmiendo a su lado. Había conseguido conciliar el sueño al fin por puro agotamiento, a pesar de que estaba aterrado por su hija. Pete Rossi aún no le había llamado con la información que le había pedido, aunque era normal que el detective necesitara algo de tiempo.

Volvió la cabeza en la almohada para poder verle la cara. Era tan guapo, tan masculino... día a día, aquel rostro iba robándole el corazón trocito a trocito. Nunca había sentido por nadie lo que sentía por él, ni siquiera por Steven Elliot.

Sintió una punzada en el corazón. Sabía que estaba enamorándose profundamente de él, había sabido que se había metido en un buen problema cuando se había despertado en la habitación del motel y uno de los hombres había apuntado a Ben a la cabeza. El miedo que había sentido antes no podía compararse al terror que la había atenazado ante la posibilidad de que a él le pasara algo. Estaba loca por él, y sabía que eso era un grave error.

Decidió que tenía que mantener guardados a buen recaudo sus sentimientos de momento, que no tenía tiempo de lidiar con lo que sentía por él. Antes tenían que encontrar a Molly... porque iban a conseguirlo. Habían llegado lejos para fracasar. Estaba dispuesta a pagar el precio que fuera por devolverle a su hija.

A pesar de que estaba exhausta y se le iban cerrando los ojos, tenía miedo de dormirse, temía a lo que podría llegar a ver en sus sueños. Le dolían el cuello y los hombros por su forcejeo con el hombre del motel, pero luchó por permanecer despierta un poco más. A lo mejor no soñaría si estaba lo bastante cansada.

Poco después de medianoche, perdió la batalla contra el agotamiento y se quedó dormida; a las dos y media, empezó a soñar.

Estaba de nuevo en la casa donde vivía Molly, en la cocina con la larga mesa de madera y la lámpara anticuada. Molly estaba allí, junto a Rachael y a la niña a la que llamaban Mary, pero el hombre no estaba con ellas y no era la hora de la cena.

Según el reloj que había sobre la puerta de la cocina, eran las cuatro de la tarde. De repente, Molly se subió a una de las sillas.

—Sólo quiero marcar el dobladillo —le dijo Rachael.

Molly no contestó, y permaneció allí de pie con la mirada fija en sus zapatos de cuero sin tacón. Llevaba un vestido de cintura alta, y sus pequeños pechos empezaban apenas a revelar su forma bajo la tela del vestido, que le llegaba hasta los tobillos. Era de algodón blanco, y tenía unas florecillas de color rosa bordadas en el cuerpo y en el bajo.

—Nos queda muy poco tiempo —añadió Rachael.

—Ya lo sé.

Molly se movió un poco, y la mujer mayor le dio un ligero tirón al vestido.

—Deja de moverte, Ruthie. Te he dicho que te estés quieta —después de colocar un alfiler para marcar el dobladillo, añadió–: Quieres estar guapa para él, ¿verdad? ¿Quieres complacerlo?

–Supongo que sí.

Sarah, la adolescente, empezó a juguetear con su vestido, que también era de algodón y le llegaba muy por debajo de las rodillas.

–Yo nunca logro complacerlo, haga lo que haga.

–Eso no es verdad –Rachael colocó otro alfiler en el dobladillo de Molly.

–Claro que es verdad.

Cuando Sarah se volvió y se pasó una mano por el estómago, el corazón de Autumn empezó a latir a un ritmo frenético. Ahogó un grito, y se incorporó de golpe en la cama. Ben se despertó de inmediato y la tomó de la mano en un gesto tranquilizador, pero ella tragó con fuerza ante la imagen que parecía grabada a fuego en su mente. Aún podía ver el contorno del cuerpo de Sarah... y la redondez que revelaba que un niño crecía en su joven vientre.

Ben estaba en su despacho. Se había obligado a trabajar después del último sueño de Autumn porque necesitaba alejarse, hacer algo aparte de pensar en Molly; si no lo hacía, iba a volverse loco.

Habló con su abogado, Marvin Steinberg, con su vicepresidente, Jerry Vincent, con su gestor financiero, Bill Simpson, y también con John Yates. Este último trabajaba para Russell-Bingham, la pequeña institución de inversión bancaria que había accedido a representarlos. Russ Petrone había conseguido el contrato de alquiler con derecho de compra sobre el edificio de Pioneer Square cercano a su tienda, y lo había subarrendado. Esa táctica les había servido para frustrar la intentona más reciente de A-1, pero estaba cansado de sus amenazas constantes y quería pararles los pies de forma definitiva, así que tanto él como su plantilla habían estado trabajando duro para solucionar el problema.

De momento, las cosas iban avanzando de forma más que satisfactoria.

Justo cuando terminó de hablar con Yates, Pete Rossi lo llamó para contarle todo lo que había conseguido averiguar sobre la Iglesia de la Hermandad de la Comunidad y la Hermandad de Lázaro. Aparte de la información que ya conocía, el detective había descubierto que Samuel Beecher había sido arrestado al ser acusado de tener contacto sexual con una menor y de obligar a una adolescente a casarse, pero se habían retirado los cargos por falta de pruebas; al parecer, nadie había querido testificar contra él, y la adolescente había desaparecido... lo más probable era que la hubieran llevado a otra familia polígama de otra zona.

Pero el estado de Washington había detectado a Beecher, y permanecía alerta.

Ben intentó no pensar en lo que aquella información podía significar en relación con Molly.

—Aún no he investigado la vida personal de Beecher —le dijo Pete—. Te llamaré en cuanto sepa algo.

—Cuanto antes, mejor.

Ben sintió una saturación mental tan grande, que decidió bajar al gimnasio para practicar un rato en el muro de escalada; de hecho, solía hacerlo bastante a menudo desde que iba a las clases de Autumn. También le había pedido a Jess Peters, un escalador que trabajaba en su tienda del centro, que le diera algunas clases extra, y habían ido varias tardes a practicar a la montaña. No estaba seguro de si estaba haciéndolo para intentar impresionar a Autumn, pero en cualquier caso aquel deporte le gustaba de verdad y quería esforzarse al máximo.

Pasó dos horas en el gimnasio, y cuando volvió a subir a su despacho ya era bastante tarde. Se puso a trabajar en un montón de papeleo que llevaba aplazando toda la semana, pero que le serviría para evitar que su mente se desviara hacia caminos que no quería recorrer.

La llamada del agente Cobb lo tomó por sorpresa. Cuando Jenn le avisó por el interfono de que tenía una llamada y le dijo de quién se trataba, tuvo que hacer acopio de valor antes de descolgar el teléfono. Le había contado a su secretaria todo lo que pasaba, y ella estaba haciendo todo lo posible por ayudarle.

—McKenzie.

—Hola, soy el agente Cobb. Pensé que querría saber lo antes posible que han arrestado a alguien en relación con el caso Vreeland. Va a ser todo un bombazo, pero aún no se ha informado a los medios de comunicación.

—¿De quién se trata?

—De los hermanos Beecher... Joseph y Jedediah, los hijos de Samuel Beecher. Dicen que hablaron con Dios, y que él les dijo que mataran a Priscilla Vreeland.

Ben se inclinó hacia delante en su silla. Intentó calmarse, pero las ideas se arremolinaban en su cabeza.

—¿Dónde están?

—Bajo custodia, en la cárcel de Warren.

—Tengo que hablar con ellos.

—No creo que las autoridades se lo permitan.

—Tengo que intentarlo. Muchas gracias por la información, agente.

—Pensé que... en fin, que a lo mejor era algo que le ayudaría a encontrar a su hija. Pero le agradecería que mantuviera mi nombre al margen, porque me gustaría conservar mi empleo.

—No le mencionaré, tiene mi palabra —después de colgar, Ben permaneció inmóvil mientras intentaba digerir aquella información; al cabo de un largo momento, llamó a Autumn—. Me voy a Warren, acaban de arrestar a los dos asesinos de Priscilla.

—Dios mío.

—Fueron Joseph y Jedediah Beecher, los hijos de Samuel Beecher. No sé cómo voy a arreglármelas para conseguir que la policía me deje hablar con ellos, pero tengo que hacerlo. Te llamaré cuando vuelva.

—Ni hablar, yo también voy.

—Esta vez no. No pienso correr el riesgo de que vuelvan a hacerte daño.

—Voy a ir digas lo que digas. O voy contigo, o con mi coche.

Ben apretó la mandíbula con fuerza. La conocía lo bastante bien para saber que no estaba marcándose un farol.

—Maldita sea, Autumn...

—Lo digo en serio, Ben.

—Vale, pasaré a recogerte dentro de veinte minutos.

—Te esperaré en el vestíbulo —Autumn colgó sin darle tiempo a contestar.

Ben soltó un suspiro de resignación. Tendría que haber sabido que insistiría en ir con él, que no estaría dispuesta a quedarse de brazos cruzados.

Por primera vez en todo el día, sus labios se curvaron en una sonrisa sincera. Aquella mujer tenía unas agallas increíbles, y ésa era sólo una de las muchas razones por las que se había enamorado locamente de ella.

Autumn empezó a preocuparse al ver que Ben se retrasaba, porque siempre era muy puntual. Mientras se paseaba de un lado a otro del vestíbulo del edificio donde vivía, volvió a mirar hacia la calle por enésima vez. Su coche no aparecía por ninguna parte, y estaba harta de comprobar su reloj. Empezó a sacar su móvil del bolso, pero en ese momento empezó a sonar; al ver el número de Ben en la pantalla, se apresuró a contestar.

—¿Qué ha pasado?

—El maldito cuatro por cuatro no se pone en marcha, me

parece que anoche me dejé la luz interior encendida. La asistencia viene de camino, pero no quiero perder tiempo. Podríamos ir en el Mercedes, pero...

—Será mejor que vayamos en mi coche, es menos llamativo. Estaré ahí en cinco minutos.

Autumn se apresuró a ir al garaje y metió la bolsa de viaje en el maletero del coche, sobre el equipo de escalada que siempre llevaba. Llegó al selecto Bay Towers al cabo de unos minutos, y se paró junto a la acera al ver a Ben.

Él se inclinó a mirarla por la ventana del lado del copiloto, y le dijo:

—¿Quieres que conduzca yo?

—No hace falta, cuando lleguemos es todo tuyo.

Él la sorprendió al meterse en el coche sin protestar. La rigidez de sus hombros y de su mandíbula revelaba lo tenso que estaba.

—Lo del arresto me ha tomado por sorpresa.

—Creías que la policía de la zona los protegería, ¿verdad? —le dijo ella, mientras se dirigía hacia la autopista.

—Después de conocer al sheriff Crawford, pensé que era posible.

—¿Crees que alguno de los dos será el hombre del retrato?

—Por un lado, espero que sí. Pero por otro...

—Por otro lado, no quieres que tu hija haya estado en manos de alguien así.

Él no contestó, pero Autumn sabía que estaba en lo cierto.

—El último sueño que tuviste... he estado pensando en él.

—Yo también.

—Sarah estaba embarazada.

—Sí.

—Dijiste que era joven, que no debía de tener más de quince años.

—Sí.

—Eso significa que se acuesta con ella, a pesar de lo joven que es.

—No sabemos con seguridad si el bebé es suyo, Ben.
—Pero tú crees que sí. Y crees que también se acuesta con Rachael.
—Hay algo más, algo que no me puedo quitar de la cabeza. Rachael dijo que les quedaba muy poco tiempo, le dijo... «Quieres estar guapa para él, ¿verdad? ¿Quieres complacerlo?».
—Sí, ¿y qué?
—No dejo de pensar en el vestido de Molly —Autumn apenas se atrevió a lanzarle una mirada fugaz antes de añadir—: Me dijiste que el cumpleaños de Molly era el uno de agosto... y quedan sólo unos días.
Ben se irguió bruscamente en su asiento.
—Sigue.
—Molly va a cumplir doce años, y en algunos sitios, ésa es edad suficiente para casarse —Autumn no quería seguir hablando, sabía el impacto que tendría en él lo que iba a decirle, pero se les estaba agotando el tiempo—. Parecía un vestido de novia, Ben.
—¿Qué?
—No uno de los modernos, sino de esos que las mujeres llevaban antes... como los que parecen usar muchas mujeres en la iglesia.
—Dios... Dios mío... —Ben se puso blanco como la cera.
—Si piensa casarse con ella el día de su cumpleaños, tenemos tiempo de detenerlo. En cuanto sepamos su nombre podremos encontrarlo, y me parece que los hermanos Beecher pueden darnos la información que buscamos.
Ben no contestó, pero su rostro parecía tallado en roca. Autumn se dirigió a más velocidad de la aconsejable hacia la salida de la autopista, y entonces tomó la carretera de doble sentido. La pequeña localidad de Warren era la sede del condado de Warren y estaba situada al sur de la ruta 20, a unos veinticinco kilómetros de la interestatal 5.
El juzgado era un edificio antiguo con rotonda situado

en medio de una plaza con césped, y justo al lado estaba la comisaría, cuya estructura moderna parecía un poco fuera de lugar en aquella pintoresca comunidad.

—Bueno, ¿se te ha ocurrido cómo vamos a convencer a la policía de que nos deje hablar con ellos?

—No, porque he hecho trampa. He llamado a alguien que podía convencerlos por mí.

—¿Quién?

—Burt Riker, del FBI. Le dije que las pistas nos habían llevado hasta el secuestro de una niña en Idaho, que lo habíamos relacionado con el asesinato de Priscilla Vreeland, y que necesitábamos hablar con los hermanos acusados del crimen, porque pueden saber algo que nos ayude a encontrar a Molly.

—¿Y accedió a ayudarte?

—Creo que está intrigado, y por lo menos se tomó la molestia de llamar a Warren. Como el secuestro es un delito federal, si conseguimos algo útil, los federales intervendrán. La policía va a dejarnos ver a Jed Beecher, que es el que ha confesado el crimen y está dispuesto a hablar. Su hermano, Joseph, se ha escudado en un abogado.

La comisaría era un hervidero de actividad, a pesar de que el arresto aún no se había hecho público. Con un poco de suerte, estarían fuera de allí para cuando se llenara de cámaras y de reporteros.

El sargento del mostrador de información los condujo hasta un teniente llamado Frazier, al que obviamente no le hacía ninguna gracia que el FBI estuviera metiendo las narices en su investigación.

—Parece que tiene amigos en las altas esferas, señor McKenzie. Sígame y vaya rapidito, tiene un cuarto de hora.

Fueron hasta la parte trasera de la comisaría, y pasaron a un edificio adyacente a través de una puerta con barrotes que se abrió para dejarlos pasar y se cerró a sus espaldas con un sonido ominoso. El teniente Frazier los llevó hasta una habitación sombría donde había una mesa con sillas, y un espejo por el que seguramente podrían verlos desde el otro lado.

—Recuerden, un cuarto de hora.

Se sentaron en un extremo de la mesa cuando Frazier se fue, y al cabo de unos minutos la puerta se abrió y entró en la habitación un hombre joven esposado de pies y manos, delgado y con el pelo rubio y muy corto.

Ben se levantó mientras Jed Beecher avanzaba lentamente hacia la mesa.

—Los polis me han dicho que queríais verme.

—Sí —Ben le lanzó una rápida mirada a Autumn, pero cuando ella observó al hombre y negó la cabeza con disimulo, volvió a sentarse mientras intentaba ocultar su decepción—. Estamos buscando a alguien, y creemos que a lo mejor lo conoces. Espero que nos ayudes a encontrarlo.

—¿Por qué querría ayudaros? —Beecher movió un pie bajo la mesa, y los grilletes tintinearon.

—Porque tu vida se ha acabado. Puede que si nos ayudas Dios te rebaje un poco la pena por el crimen que has cometido.

—Yo no he cometido ningún crimen, sólo hice lo que Dios me ordenó. Habló con Joseph y conmigo, nos dijo lo que teníamos que hacer.

—¿Dios os dijo que matarais a Priscilla Vreeland?

—Sí.

—Creía que uno de sus mandamientos era «No matarás».

—Él es el Todopoderoso, no tiene que dar explicaciones. Él ordena, y nosotros obedecemos. Además, la avisaron más de una vez, pero ella se negó a hacer caso. Nos trajo problemas desde el día en que Isaac se casó con ella, mi padre y él siempre discutían sobre ella.

—¿Tu padre discutió con Isaac Vreeland?

—Sí, es mi primo.

Ben se sacó el retrato robot del bolsillo.

—Tu primo se parece mucho a este hombre. ¿Es tu hermano Joseph?

—No —contestó Beecher, después de echarle una ojeada al dibujo.

—Vuelve a mirarlo, me parece que lo conoces.

Vreeland observó el retrato con más atención, y en sus ojos relampagueó un brillo de certeza que se apresuró a velar.

—No es Joseph, pero sabes quién es —le dijo Ben.

Beecher se tensó.

—¿Qué queréis de él?

—¿Quién es?

Jed Beecher se encogió de hombros. Estaba claro que había reconocido al hombre del retrato, y también que no iba a decirles quién era.

Ben apretó la mandíbula, y de repente alargó la mano a través de la mesa, lo agarró por la chaqueta naranja de su uniforme de preso, y lo levantó de la silla.

—Este hombre secuestró a mi hija, ¡dime quién es!

—Ella le pertenece, su vida contigo se acabó.

Ben lo sacudió con fuerza.

—¡Maldita sea, dime quién es!

La puerta se abrió de golpe, y dos agentes entraron corriendo en la habitación.

—Se acabó. Váyase de aquí antes de que lo meta también en una celda, señor McKenzie.

Ben soltó a Beecher, y apretó la mano en un puño con tanta fuerza, que empezó a temblarle. Respiró hondo para intentar recuperar el control.

—Tenemos que averiguar la identidad de este hombre —les dijo.

Los dos agentes miraron el retrato.

—No lo conocemos. Se le acabó el tiempo, lárguese antes de que lo echemos a la fuerza.

Ben alargó la mano hacia Autumn, que entrelazó los dedos con los suyos y le dio un ligero apretón. No podía ni imaginarse lo que debía de estar sufriendo en aquel momento. Estaban tan cerca... y tan lejos a la vez.

—La policía local no va a ayudarnos —le dijo él, cuando salieron de la comisaría.

—Da igual, lo encontraremos de otra forma. Sabemos que es uno de ellos, y que vive en algún lugar de esas montañas.

—Ni siquiera tiene doce años, es sólo una niña. No puedo soportar imaginármelo haciéndole daño.

—Vamos a encontrarla, Ben. Te lo juro.

Ben la miró con expresión atormentada, y le dijo:

—La cuestión es si será demasiado tarde.

—Tenemos que volver, tenemos que volver a Ash Grove. Tenemos que encontrar a alguien que conozca a este hombre, y obligarle a que nos diga quién es —Ben sentía que un torrente de adrenalina le corría por las venas.

Autumn, que iba junto a él hacia el coche, se limitó a asentir. Él no habría sabido decir si estaba asustada por lo que podría pasarles cuando llegaran a Ash Grove, pero por su expresión serena daba la impresión de que no era así.

Ben se prometió a sí mismo que iba a estar segura a su lado, que no iba a pasarle nada. Tenía la Springfield en su mochila, y estaba dispuesto a usarla si era necesario.

—¿Por qué no vamos a hablar con Isaac Vreeland? —sugirió ella cuando llegaron a su coche. En esa ocasión, fue hacia el lado del pasajero—. Beecher ha dicho que Samuel y él discutían mucho sobre ella, y a estas alturas ya debe de haberse enterado de lo del arresto. A lo mejor estará dispuesto a hablar ahora que sabe quién asesinó a su mujer.

Ben se puso al volante, y ajustó el asiento a su medida.
—Buena idea. Vamos.

El móvil de Ben empezó a sonar cuando iban circulando por la carretera, y él se apresuró a contestar.

—¿Qué tal ha ido?, ¿habéis encontrado al hombre rubio? —le preguntó Pete Rossi.

—Jed no ha querido hablar, pero está claro que ha reconocido al tipo del retrato.

—Pues resulta que Jed y Joe tienen un hermano mayor, un tal Eli, que vive en un lugar apartado llamado Shadow Point. Está a unos seis kilómetros al norte de Ash Grove. Estoy intentando conseguir una foto suya.

—Llámame si la identificación es positiva —Ben sintió que el corazón le martilleaba en el pecho.

—Claro. ¿Dónde estás?

—Camino de Ash Grove.

—Ten cuidado, estos chicos juegan duro.

A Ben no hacía falta que se lo recordaran. Era improbable que se olvidara del sangriento asesinato de Priscilla Vreeland, o de la irrupción de los desconocidos en la habitación del motel.

—No te preocupes... Autumn me cubre las espaldas —la miró con una sonrisa antes de colgar.

—¿Qué pasa? —le preguntó ella. Sus ojos estaban muy abiertos, y llenos de esperanza.

—Samuel Beecher tiene otro hijo. Se llama Eli, y vive cerca de Ash Grove. Rossi está buscando información sobre él.

Autumn se incorporó en su asiento de inmediato.

—Es él, Ben. Tiene que serlo. Eso explicaría por qué soñé con el asesinato. El sueño nos condujo a Joseph y a Jedediah Beecher, y ahora Jed nos lleva hasta Eli.

—Esperemos que tengas razón.

Mientras Ben tomaba las curvas tan rápido como se atrevió, Autumn sacó un mapa y por fin encontró las pequeñas letras que marcaban Shadow Point.

—Ni siquiera había visto el puntito. Debe de ser un sitio muy pequeño.

—Sí, eso me ha parecido por lo que ha dicho Rossi.

En una hora llegaron a las dos estructuras de madera que constituían la totalidad de Shadow Point: una tienda de cebos, y una gasolinera con un solo surtidor que hacía también las veces de tienda; por desgracia, allí los móviles no tenían cobertura.

—Rossi no puede ponerse en contacto con nosotros —comentó Ben, mientras paraba el coche delante de la gasolinera—. No tenemos forma de saber si Eli Beecher es nuestro hombre, ni dónde vive.

—Vamos a preguntar a la gente de aquí, a lo mejor hay suerte.

Cuando Ben abrió la puerta de la pequeña tienda y le cedió el paso a Autumn, la campanilla que había encima tintineó. En las estanterías había una escasa selección de caramelos, aspirinas, cereales, leche, harina, azúcar, y varios artículos más de primera necesidad. Ben se dio cuenta de que no había café ni tabaco.

Autumn plantó una gran sonrisa en su rostro y se dirigió hacia el mostrador, donde había un hombre corpulento con una larga barba canosa vestido con un pantalón con peto bastante desgastado.

—Hola, queríamos preguntarle si podría ayudarnos —Autumn siguió sonriendo sin parar, aunque debió de costarle lo suyo—. Estamos buscando a un amigo nuestro, Eli Beecher. No logramos encontrar su casa, creo que nos equivocamos al anotar las instrucciones que nos dio. ¿Sabría decirnos por dónde se va?

El hombre se rascó la barbilla, que debía de estar enterrada en algún lugar bajo la espesa barba, y los sorprendió al sonreír.

—Es fácil perderse por aquí. Eli vive en la parte de arriba de la colina, sólo tenéis que seguir la primera carretera a la izquierda. Veréis la casa a la derecha, al pasar la segunda curva.

Ben intentó calmar el latido frenético de su corazón. Vio en los ojos de Autumn la misma excitación, aunque ella mantuvo la voz cuidadosamente neutra delante del hombre.

—Gracias, muchas gracias.

La siguió hacia el exterior de la pequeña tienda, con la

adrenalina bombeándole por todo el cuerpo y los hombros y el cuello rígidos a causa de la tensión.

—Podríamos estar a punto de atraparlo —fue al maletero, agarró su mochila, y sacó la pistola—. No pienso correr ningún riesgo. Si mi hija está en esa casa, voy a sacarla de allí... sea como sea.

Pensaba que Autumn protestaría, que le diría que era peligroso dejarse llevar por las emociones, pero no fue así. Cuando ambos se metieron en el coche, colocó la pistola a su lado y puso el coche en marcha.

Autumn se volvió a mirar a Ben mientras se ponían en camino, y vio un brillo acerado en sus ojos marrones. Apenas alcanzaba a imaginar lo que estaría pensando, el miedo que estaría sintiendo por su hija... la esperanza que estaría sintiendo ante la posibilidad real de que estuviera viva.

El coche fue subiendo por la colina, levantando polvo y arena a su paso por la carretera sin asfaltar. Cuando doblaron una curva y vieron la casa, Autumn notó de inmediato las montañas que habían tras ella. Le resultaban familiares, aunque nunca las había visto desde aquel ángulo.

—Creo que es aquí, Ben. Siento que encaja de alguna forma, creo que es el sitio de mis sueños.

Él no contestó, pero apretó la mandíbula. En cuanto paró el coche en la zona de arena que había delante del jardín, los dos se apresuraron a salir.

Ben se metió la pistola en la cintura del pantalón a su espalda, y le dijo:

—Preferiría que te mantuvieras alejada, pero tengo que saber si reconoces a Beecher o a alguna de las mujeres.

—No pienso dejarte solo.

Él asintió, y cuando llegaron a la casa llamó a la puerta. Se trataba de una vivienda de madera sencilla de una sola planta, pintada de blanco y bastante cuidada. En las ventanas había postigos verdes, y cerca de la casa había un garaje separado y otra construcción que Autumn supuso que era el taller de Eli.

Esperaron en el porche, llenos de ansiedad, y Ben volvió a llamar. Poco después, les abrió la puerta una mujer rubia con los ojos azules. Era esbelta y bastante alta, y vestía un vestido sencillo y unos zapatos de cuero. Autumn la reconoció al instante, y se obligó a sonreír.

—Hola, Rachael. Soy Autumn. ¿Está Eli en casa?

En cuanto oyó el nombre de la mujer, Ben entró sin miramientos en la casa.

—¡Molly! ¡Molly, soy tu padre! ¡Molly!

—¿Quiénes sois? —Rachael intentó cerrarle el paso a Autumn para impedir que entrara en la sala de estar, pero ella apuntaló la puerta con el pie para mantenerla abierta—. ¿Qué estáis haciendo?

Autumn la apartó y entró en la casa. Los muebles de la sala de estar eran de madera de pino y estaban hechos a mano, y había una chimenea de piedra. A través de la puerta de la cocina, vio la larga mesa de madera de sus sueños.

—Tenemos que hablar con Eli, ¿dónde está?

Ben se volvió hacia Rachael, y le preguntó:

—¿Dónde está Eli? ¿Dónde está mi hija Molly?

—Os... os equivocáis, aquí no hay nadie que se llame Molly.

Autumn se volvió de inmediato al oír pasos en la alfombra del pasillo, y vio entrar a Sarah en la habitación. El embarazo de la joven estaba más avanzado que en su sueño.

—Eli no está —les dijo, con expresión cauta. Empezó a juguetear nerviosamente con un mechón de su pelo rubio, que era un tono más oscuro que el de Rachael.

—¿Dónde está? —le preguntó Autumn. Antes de que la adolescente pudiera contestar, otro rostro que conocía bien apareció en la puerta... el de Ginny Purcell, la pequeña de siete años.

—¡Vete a tu habitación, Mary! —le ordenó Rachael.

—No pasa nada, Ginny —le dijo Autumn con voz suave. Empezó a acercarse a ella poco a poco, y se le encogió el corazón al ver su expresión de miedo—. Hemos venido para llevarte a casa.

Ginny se mordió el labio, dio un paso más en la habitación, y entonces fue corriendo hacia Sarah y se aferró a su falda.

—Ya no tienes que tener miedo, Ginny —le dijo Ben, cuya expresión se había suavizado de inmediato al ver a la pequeña. Se fue acercando poco a poco, y se hincó sobre una rodilla delante de ella—. Tu mamá y tu papá han estado muy preocupados por ti, te han buscado por todas partes. Se van a poner muy contentos cuando vuelvas a casa.

La niña se quedó mirándolo, y sus ojos azules se llenaron de lágrimas.

—Rachael me dijo que estaban muertos.

Ben fulminó a la mujer con la mirada, y se volvió de nuevo hacia la niña.

—Rachael se ha equivocado, cielo. Están vivos, y te echan de menos mucho, muchísimo.

—Quiero irme a casa —Ginny se sorbió las lágrimas, y escondió la cara en la falda de Sarah.

—Vamos a llevarte a casa lo antes posible, cielo —Ben se puso de pie, y miró a Rachael con una expresión gélida—. Eli acaba de quedarse sin su hogareña casita. Quiero saber dónde está mi hija, la niña a la que llamáis Ruthie. Dime dónde está.

—No sé de qué me estás hablando —le contestó Rachael con firmeza.

—Eli se llevó a Ruthie a la montaña —dijo Sarah, mientras acariciaba el pelo de Ginny.

Ben respiró hondo, y luchó con todas sus fuerzas por conservar el control.

—Tú eres Sarah, ¿verdad?

—Sí... ¿cómo lo sabes?

—Es una historia muy larga —le dijo Autumn con voz

suave, mientras se esforzaba también por mantener la calma–. ¿Estás...? ¿Estás casada con Eli?

Sarah le lanzó una rápida mirada a Rachael, que sacudió la cabeza en un gesto de advertencia.

–Voy a tener su hijo –respondió la joven.

–Sarah, he venido a por mi hija. Su nombre real es Molly, pero Eli la secuestró de casa cuando tenía seis años. ¿Sabes adónde se la ha llevado?

–Cierra la boca, Sarah –le dijo Rachael–. Si les dices algo, ya sabes lo que hará Eli cuando vuelva a casa.

Sarah se mordió el labio, y aquel gesto hizo que su rostro reflejara lo joven que era.

–No te hará daño, no se lo permitiré –le dijo Ben, con voz suave–. Eli no va a volver a hacerle daño a nadie.

–Me pegará. Si os digo adónde ha ido, me azotará. Le gusta hacerlo, le gusta hacer daño a la gente.

Ben tensó la mandíbula.

–Si te toca, yo mismo le azotaré a él. Te doy mi palabra de que te protegeré, Sarah. Haré lo que sea necesario para mantenerte a salvo. Dime adónde se ha llevado a mi hija.

–Sarah... –le dijo Rachael con aspereza.

–Se la llevó a su cabaña... él lo llama el santuario. Se tardan tres días en llegar, hay que subir por la senda hasta la cima del Angel's Peak.

–Conozco esa senda, pasé una semana escalando en esta zona con mi padre en verano. El camino va zigzagueando por la montaña, así que no es demasiado escarpado, pero se tarda bastante en llegar a la cima.

–Justo antes de llegar arriba del todo, la senda se bifurca. La cabaña está en el sendero que va hacia la izquierda.

–¿Por qué se la ha llevado allí? –le preguntó Ben.

–Va a casarse con ella, igual que hizo conmigo. Ruthie cumplirá doce años mañana, y Eli dice que a esa edad una mujer ya puede conocer a un hombre de la forma que Dios estableció.

Autumn creía que estaba preparada para aquello, pero sintió náuseas y tuvo que luchar por contener las lágrimas. Miró a Ben, y vio la terrible expresión de su rostro.

—Tenemos que detenerlo antes de que llegue a la cabaña —le dijo él.

—¿Cuándo se fueron? —le preguntó Autumn a Sarah.

La joven le lanzó una rápida mirada a Rachael, que permanecía rígida y aparentemente resignada.

—Ayer. Eli quería llegar justo a tiempo para poder celebrar la ceremonia mañana a última hora de la tarde, en su cumpleaños. Después ella le pertenecerá, y él... él... —Sarah se mordió el labio, y apartó la mirada.

—Tranquila, cielo —le dijo Autumn—. Todo esto va a acabar muy pronto.

—Yo tenía trece años cuando se casó conmigo. Intenté que esperara un año más con Ruthie, pero dijo que estaba harto de esperar, que ella ya era bastante mayor —sus ojos se llenaron de lágrimas, y añadió—: Es mi marido, el padre de mi hijo. Su padre es el hermano de mi madre. No quiero odiarlo, pero no puedo evitarlo.

Autumn sintió que se le formaba un nudo en la garganta. Era inimaginable lo que habría sufrido una niña de trece años al verse obligada a aceptar un matrimonio que era una farsa, al tener que tener relaciones sexuales con un hombre al que apenas conocía.

Posó una mano en su hombro, y le dio un ligero apretón.

—No pasa nada, Sarah. Todo se arreglará.

—¿Hay algún teléfono por aquí? —le preguntó Ben.

—Eli tiene uno en su taller, pero no nos deja usarlo —le dijo la joven.

Él se volvió hacia Autumn, y le dijo:

—Tenemos que llamar a las autoridades, para que se hagan cargo de estas niñas. Llamaré a Burt Riker para que el FBI sepa que hemos encontrado a Ginny Purcell, y a Doug Watkins para explicarle lo que pasa y pedirle que nos envíe un helicóptero. Si llegan pronto, podremos detener a Beecher antes de que llegue a su cabaña.

—Es imposible, Ben. La montaña entera está cubierta de bosque, y la senda que lleva hasta la cima es la única vía de acceso. Es escarpada, y está completamente oculta entre los árboles. Es imposible que un helicóptero pueda llegar hasta allí.

Ben se pasó una mano por el pelo.

—Entonces, iré yo mismo. Tú quédate aquí y espera a la policía, y yo iré tras él. Si voy a un buen ritmo durante toda la noche y sigo mañana durante todo el día, a lo mejor podré alcanzarlo antes de que llegue a la cabaña.

—¡No puedes empezar a subir por ese camino de noche, es demasiado peligroso! No lo conseguirías, esperaremos a que amanezca y subiremos los dos.

—Si esperamos, no podré atraparlo a tiempo.

—Es la única opción, a menos que...

—¿Qué?

—Hay otra ruta hasta la cima. Mi padre y yo subimos por allí una vez, pero tú eres demasiado inexperto.

—¿Escalaste el Angel's Peak?

—No subimos por la vertiente principal, porque el tiempo no era demasiado bueno. Tomamos una ruta secundaria que era un poco más fácil —Autumn sintió que el corazón se le aceleraba. Si podían escalar la montaña, era posible que pudieran llegar a la cabaña antes que Eli—. Completamos el ascenso en unas diez horas. Hay varios trechos bastante duros, pero a lo mejor...

—Puedo escalar hasta allí arriba, pero necesitamos el equipamiento. Vamos a perder bastante tiempo al volver para buscarlo, pero no podemos hacer escalada libre en una montaña así.

Autumn sonrió a pesar de las circunstancias, y le dijo:

—Tengo mi equipo en el maletero del coche, y siempre llevo un arnés extra y equipo para otro escalador. Nunca se sabe cuándo puede surgir la oportunidad de coronar una montaña, así que me gusta estar preparada. No es material tan selecto como el que sueles usar, pero lo mantengo al día. Es fiable, y cumplirá con su función.

Ben le devolvió la sonrisa por un instante.

—Sabía que me había enamorado de ti por alguna razón. Vamos a echar un vistazo. Si tenemos todo lo que necesitamos, nos pondremos en marcha en cuanto llegue la policía.

Autumn no hizo caso a lo de «me había enamorado de ti». No tenía tiempo para darle vueltas a lo que Ben habría querido decir, no tenía tiempo para reaccionar ni para preocuparse por lo que debería hacer o dejar de hacer.

Tenían un ascenso por delante, una subida dura por la cara este del Angel's Peak, y no sabía si Ben tenía la calidad técnica necesaria para lograrlo.

—He estado escalando un poco con Jess Peters —le dijo él, como si le hubiera leído el pensamiento—. Me he ido acostumbrando al equipamiento, y a estar en la cara de una montaña.

—Jess es un escalador muy bueno —Autumn se sintió más que un poco impresionada, bastante aliviada, y un poco más optimista—. Pero hace poco que empezaste con este deporte, y es peligroso. ¿Estás seguro de que quieres correr el riesgo?

—¿Hace falta que me lo preguntes?

No, claro que no. Ben quería a Molly con toda su alma, y después de encontrar la casa y a las mujeres, no había duda de que la niña estaba viva. Si no la alcanzaban a tiempo, sólo Dios sabía qué actos depravados le tenía reservados Eli Beecher. Tenían que llegar a la cabaña antes que ellos, y sólo tenían una forma de lograrlo. Una forma que ya resultaba complicada de por sí en una escalada en la que no surgieran problemas.

De momento, en los montones de viajes que había hecho a lo largo de los años, eso no había pasado ni una sola vez.

El sonido del helicóptero anunció la llegada del departamento del sheriff del condado de Warren. Teniendo en cuenta la extensión de terreno que abarcaba, seguramente el helicóptero permanecía siempre a la espera. El sheriff Crawford agachó la cabeza bajo las aspas y fue hacia Ben y Autumn, pero antes de que pudieran hablar, un helicóptero con el distintivo del FBI en un lateral empezó a descender.

Autumn no se sorprendió al ver que era el mismo Burt Riker quien bajaba y se acercaba a ellos.

—No sabía que vendrías en persona, pero me alegro mucho de verte —le dijo Ben, mientras le estrechaba la mano—. Ginny Purcell está en la casa, junto con otras dos mujeres. Te dije todo lo que sé por teléfono. Eli Beecher tiene a mi hija, y sabes lo que piensa hacer con ella.

—En quince minutos uno de nuestros equipos empezará a subir por la senda. Lo atraparán, Ben. Te la traerán de vuelta.

—Tendrán que parar cuando anochezca, así que aunque lo atrapen, no será a tiempo. Autumn y yo vamos a escalar la ruta de la vertiente este, así podremos llegar a la cabaña antes que él.

Riker miró hacia las montañas que se alzaban en la distancia, y observó el terreno escarpado, los salientes graníticos y las pendientes cubiertas de espesa vegetación.

—Estás metiéndote en un asunto que atañe al FBI, por no hablar del riesgo que vas a correr. Supongo que tendría que impedírtelo, pero no voy a hacerlo.

—Te lo agradezco.

Ya habían comprobado que tenían todo el material necesario y en buen estado. La ruta comenzaba en la base del Angel's Peak, a cierta distancia de la carretera, en el extremo este de la montaña. Irían en coche hasta donde fuera posible, después irían a pie hasta la base en cuanto amaneciera, y entonces iniciarían el ascenso hacia la cima por la ruta que Autumn ya había utilizado antes. Era un ascenso difícil pero no imposible, que combinaba el senderismo con la escalada y que requería más resistencia que destreza.

Las únicas excepciones eran el Pinnacle y una zona aún más dura llamada Devil's Wall, que era un afloramiento granítico. Se trataba de un saliente que bloqueaba el ascenso poco antes de llegar a la parte superior, y era un obstáculo en su camino que tendrían que superar para coronar la cima.

Autumn había escalado el Angel's Peak, pero se había dañado un tobillo en una grieta y también había sufrido varios cortes y rasguños. Se había escapado por los pelos de caer los siete metros que medía la cuerda que su padre estaba asegurando, y sólo cabía esperar que ni Ben ni ella sufrieran una caída seria.

En aquel momento hacía bastante buen tiempo, pero estando tan al norte podía empezar a llover de improviso y la temperatura podía bajar bastante. Ella tenía una chaqueta gruesa en su mochila, y Ben había tenido que rebuscar en el equipamiento de acampada que Eli Beecher tenía en su taller, aunque el hombre se lo había llevado casi todo. Habían encontrado una chaqueta bastante vieja colgada tras la puerta, y aunque le estaba un poco estrecha de los hombros, tendría que bastar.

El taller olía a serrín, y había varios trabajos a medias: un sofá y una silla de pino, y una mesita de café pulida a mano. Por lo que Sarah les había contado, Eli ganaba lo suficiente construyendo muebles para que pudieran vivir sin apuros, aunque sin lujos. Era un trabajo que podía realizar en casa, y le pagaban en metálico. A juzgar por lo que habían visto hasta el momento, sus muebles estaban finamente tallados y eran sólidos, lo que cuadraba con el perfil que Riker había creado: se trataba de un hombre exigente, tanto consigo mismo como con los demás.

Sarah también les había dicho que tanto ella como las dos niñas más pequeñas recibían la educación en casa; al parecer, Rachael les enseñaba lo básico, con la ayuda ocasional de alguna vecina. La familia casi nunca iba al pueblo si no era para ir a la iglesia, y casi nunca tenían invitados. Era obvio que a Eli le gustaba tener a sus mujeres a mano, y bajo su mando.

Estaba oscureciendo y ya era muy tarde para empezar el ascenso, así que Ben y ella habían acordado que pasarían la noche en el coche y se pondrían en marcha antes del amanecer.

A pesar de que Riker se había hecho cargo de la escena del crimen, no protestó cuando Sarah les llevó mantas además de pan con queso. Después de prometerle que más adelante harían una declaración oficial para el FBI, dejaron que las autoridades se ocuparan de las niñas... y de Rachael, que parecía ser la primera esposa de Eli. Tenían que recoger las pruebas del secuestro de dos niñas, y de los abusos sexuales a una menor.

Autumn se recostó en el asiento mientras Ben conducía. El trayecto por la carretera llena de curvas que cruzaba el bosque denso y oscuro se hizo eterno, y finalmente se detuvieron al final de la carretera, en el lugar desde donde iniciarían la subida.

Se acurrucaron juntos como pudieron en el espacio limitado del asiento posterior del coche, y se taparon con las mantas que les había dado Sarah. Los dos dormitaron más o menos, porque estaban demasiado nerviosos y preocupados para poder descansar; sin embargo, el ascenso ya iba a ser lo bastante difícil a la luz del día, y no podían arriesgarse a sufrir algún accidente que les impidiera llegar a la cima. Había demasiado en juego.

En cuanto los primeros tímidos rayos del sol asomaron por el horizonte, se cargaron las mochilas a la espalda y empezaron el trayecto. Iban a ir andando hasta la base mientras aún estaba bastante oscuro, bien pertrechados con dos cuerdas y con todo el equipo que podrían necesitar... arneses, fijaciones, bolsas de magnesio, cascos, y un montón de cosas más que podían serles de utilidad, entre las que se encontraban unos binoculares ligeros de Autumn. Ben llevaba también su pistola, por si Eli Beecher resultaba ser tan peligroso como sus hermanos.

Avanzaron a buen paso por un sendero estrecho medio oculto por la vegetación, y completaron los cuatro kilómetros hasta la base de la montaña en un tiempo récord. El sol había empezado a ascender por encima de los picos situados hacia el este, y la fina línea amarilla de luz no tardó en convertirse en una esfera resplandeciente. El suelo aún estaba húmedo, las rocas resbalaban y las hojas de las plantas estaban cubiertas de rocío, pero como aquella zona aún no era demasiado empinada, consiguieron avanzar sin demasiados problemas.

La montaña, el Angel's Peak, se elevaba hacia el cielo como el antiguo volcán que era en realidad. Como no estaba en las clásicas rutas turísticas, no era un destino demasiado frecuente. Parte del territorio que la rodeaba era terreno protegido, algunas zonas estaban bajo la gestión de la Oficina de Administración de Tierras, y había varios terrenos particulares derivados de derechos de propiedad establecidos a finales de los setenta del siglo diecinueve, relacionados con la búsqueda de oro.

Autumn supuso que la cabaña pertenecía a la última categoría, que se trataba de un lugar donde alguien había esperado encontrar oro y acumular una fortuna, pero la verdadera riqueza residía en el paisaje.

Cuando llegaron a la base y empezaron a ponerse los arneses, se detuvo por un instante para mirar a su alrededor. La luz de la mañana en las montañas creaba un espectáculo increíble, dejaba el horizonte a contraluz y proporcionaba a los monumentales picos un brillo mágico que hacía que parecieran encantados. El paisaje parecía ilimitado y desierto, y la neblina que flotaba a ras del suelo le daba un toque surrealista. Cerca de la cima había un anillo de nubes que rodeaban la montaña, y sólo el punto más elevado escapaba de aquella manta blanca.

Autumn volvió a centrarse en la tarea que tenía entre manos, y se cambió las zapatillas de deporte por los pies de gato. Le había dado a Ben un par que llevaba en el coche y que en su día habían pertenecido a Josh, y le quedaban razonablemente bien.

—¿Estás lista? —le preguntó él, ansioso por iniciar el ascenso.
—Lista.

Ben asintió con expresión decidida. No sabían qué problemas podrían encontrarse a lo largo de la ruta, pero estaban dispuestos a superar cualquier obstáculo que se interpusiera en su camino.

Molly necesitaba a su padre, y no podían permitirse fracasar.

Ruth Beecher iba subiendo tras Eli por la senda de la montaña, bajo la luz de primera hora de la mañana. Era el tercer día de trayecto, y habían dormido las dos últimas noches en sacos de dormir, alrededor de una pequeña hoguera; de hecho, habría sido divertido... si no hubiera estado con él.

No le gustaba cómo la miraba últimamente, ni cómo la hacía sentir. Durante años él apenas le había prestado atención, a no ser que tuviera que mandarle alguna tarea de la casa o que castigarla, pero las cosas habían cambiado cuando había crecido. Sus ojos la seguían a todas partes, y la miraba como si tuviera algo que él quería. Y sabía que sería aún peor cuando llegaran a la cabaña.

Ruth sabía de la existencia del santuario, porque Sarah y Eli se habían casado hacía dos años, cuando Sarah había cumplido los trece. Pero le había tocado el turno a ella, y en el día de su cumpleaños dejaría de ser la pupila que había sido durante los últimos seis años y se convertiría en su esposa.

Se le hizo un nudo en el estómago, y deseó que su cumpleaños no hubiera llegado nunca. No estaba segura de cómo sabía Eli en qué día caía exactamente, pero a lo mejor se lo había dicho ella misma de pequeña, cuando aún se acordaba de cosas así. O quizás lo sabía sin más, porque le había dicho que sus padres eran amigos suyos, y que habían sido ellos los que lo habían enviado a buscarla el día que se había metido en el coche con él; al parecer, le habían pedido que cuidara de ella, porque ya no la querían.

Apenas se acordaba de aquel día ni de los padres a los que había querido en el pasado, no recordaba casi nada de su vida previa a su llegada a la casa de las montañas. Suponía que era cierto que sus padres ya no la querían, porque no habían ido a buscarla y seguía viviendo con Rachael y con Eli.

Había rezado durante años para que fueran a por ella. Al principio, aún se acordaba de sus caras, pero Eli le había dicho que tenía que olvidarse de ellos, que a partir de aquel momento Rachael y él eran su familia.

Entonces había llegado Sarah, y la había adorado en cuanto había puesto un pie en la casa. Era muy dulce y siempre estaba sonriente, al menos cuando Eli no estaba cerca. Le había dicho que era su segunda esposa, y una vez le había confesado que no había querido casarse con él, pero que sus padres le habían dicho que tenía que hacerlo; al parecer, Dios había hablado con Samuel Beecher, el líder de su iglesia, y le había dicho que Sarah tenía que casarse con su hijo. Y habían cumplido con su mandato divino.

Sarah estaba esperando un bebé. Ruth no estaba segura de cómo había sucedido, porque era un tema prohibido en la casa, pero sabía que tenía algo que ver con dormir en la misma cama de Eli.

Sarah había intentado explicarle las cosas que una esposa tenía que hacer por su marido, que tenía que dormir con él y dejar que la tocara, pero Eli las había oído hablando y se había enfadado. Había azotado a Sarah por hablar de cosas privadas, y su amiga había llorado mucho.

Ella también había llorado. No quería casarse, ni con Eli

ni con nadie, aunque no le importaría tener un bebé. No le hacía gracia tener que ponerse gorda, pero le gustaba la idea de tener un niñito o una niñita en sus brazos, poder cuidarlo.

Desde que estaba en las montañas, no podía recordar tener a nadie a quien pudiera querer excepto Sarah. A lo mejor llegaría a hacerse amiga de la niña que Eli había llevado a casa hacía poco, pero Mary siempre estaba asustada y no hablaba demasiado. A veces, se preguntaba si ella también había estado tan asustada cuando había llegado a la casa.

—Date prisa, y mira por dónde pisas. No querrás romperte una pierna, ¿verdad?

Por un segundo, la idea le pareció bastante buena. Si no podía llegar al santuario, Eli no se casaría con ella, y no la tocaría ni le haría las cosas que ella tenía miedo hasta de imaginarse.

—Te he dicho que te des prisa, tenemos mucho trecho por delante si queremos llegar a la cabaña antes de que anochezca.

—Sí, ya voy.

Ruth rezó para que no pudieran llegar a la cabaña.

Autumn metió una fijación en una grieta, aseguró un mosquetón, y pasó la cuerda por él. Cuando la tuvo colocada, metió la mano en la bolsa de magnesio que llevaba a la cintura, y alargó la mano hacia un pequeño saliente de granito que podía proporcionarle un buen agarre. Alzó la pierna, ancló un talón, y se impulsó hacia arriba. Después de subir varios metros más llegó al final de la tirada, que se trataba de un reborde estrecho con un tronco de pino de unos siete centímetros que sobresalía de la montaña. Era un sitio perfecto para anclarse mientras Ben subía.

Bajó la mirada hacia él y contempló su ascenso, la tensión de sus músculos, el movimiento de la piel bronceada de sus hombros, la flexión de sus muslos y sus pantorrillas. Estaba cubierto por una fina capa de sudor, y su respiración era audible mientras buscaba un agarre y afianzaba el pie antes de impulsarse hacia arriba.

Tenía un aspecto imponente y masculino, era el sueño de cualquier mujer, y no pudo evitar pensar en lo importante que había llegado a ser para ella. Sabía que le quedaba poco tiempo a su lado, que sus vidas tomarían rumbos distintos, pero a pesar de todo iba a hacer lo que hiciera falta para ayudarle. Lo quería tanto, que estaba dispuesta a anteponer el bienestar de Ben al suyo propio.

Aquellas palabras la golpearon con fuerza, y estuvieron a punto de hacer que se cayera. Era cierto, quería a Ben. Lo que sentía por él no era un cariño moderado, estaba enamorada de él apasionadamente, con desesperación, y se le iba a romper el corazón en mil pedazos cuando todo aquello acabara.

Respiró hondo y soltó el aire poco a poco, mientras intentaba recobrar la calma. No era el momento de ponerse a pensar en sus sentimientos, tenía que centrarse en Molly. La niña corría un peligro terrible, y eran los únicos que podían salvarla.

Volvió a bajar la mirada hacia Ben, y vio cómo trabajaba la cuerda y recuperaba el dispositivo que ella había colocado. Su cometido era ir recogiendo la protección que usaban para ascender, y devolvérsela al primero de la cordada al llegar al final del largo.

En cuanto llegó al reborde donde ella permanecía apoyada contra la roca y con las piernas afianzadas contra el tronco del árbol, se colocó para poder anclarla mientras ella se preparaba para subir el siguiente largo. Después de comprobar su mapa, volvió a guardárselo en el bolsillo.

—Cuando lleguemos a la parte superior de este tramo, podremos ir a pie durante un rato, así que tendremos un respiro antes de tener que escalar otra vez.

Él se limitó a asentir. Autumn sabía que debía de estar costándole un gran esfuerzo concentrarse a pesar de lo preocupado que estaba por su hija, pero de momento estaba realizando un trabajo fantástico y apenas se notaba que era un novato.

Conforme la mañana había ido avanzando, el aire había ido perdiendo humedad y se había vuelto más cálido. De momento, iban según lo previsto, y sólo les faltaban seis largos difíciles, incluido el Pinnacle, antes de llegar a Devil's Wall.

Al ver que Ben estaba anclado y listo para asegurarla, empezó a subir el siguiente largo.

Ben contempló aquellas piernas pequeñas y poderosas que iban ascendiendo sin titubeos. Autumn tenía una gran destreza, y sus manos, sus brazos y sus piernas se movían con fluidez mientras buscaban los asideros en la roca. Iba colocando con habilidad los elementos de protección necesarios, y sabía escoger la ruta más conveniente. Estaba ayudándolo para que pudiera recuperar a su hija, estaba esforzándose al máximo para que pudiera alcanzar a Molly antes de que Eli Beecher pudiera hacerle daño.

Para Autumn no había medias tintas, se negaba a plantearse una posible derrota. Desde el principio había mostrado aquella actitud, no se había dejado amilanar ni se había rendido, había seguido avanzando a pesar de todo. Ninguna mujer le había apoyado de forma tan incondicional, y en aquel momento, la amaba más que nunca. Era todo lo que deseaba en una mujer, y mucho más. Era fuerte, leal, hermosa, apasionada... enumerar todas sus cualidades sería imposible.

Pasara lo que pasase, iba a pedirle que se casara con él cuando todo aquello acabara. El problema era que no sabía si ella aceptaría su proposición.

—¿Estás listo?

Su voz le arrancó de sus pensamientos, y se dio cuenta de que ella ya había llegado al final del largo.

—¡Listo! —le dijo, antes de empezar a subir por la ruta que ella había preparado.

A pesar de lo tensa que era la situación, a pesar de lo preocupado que estaba por Molly, estaba disfrutando de la escalada. A veces bajaba la mirada, y veía el mundo a trescientos metros de distancia, desde una pared de granito. El paisaje era espectacular, mucho más que desde el suelo. Los picos serrados se alzaban hacia el cielo en la distancia, y algunos de ellos aún estaban espolvoreados de nieve. Los valles cubiertos de bosques de un verde profundo se extendían a sus pies, ribeteados por delgados hilos de agua que brillaban como la seda.

Lo que no le gustaba era el valioso tiempo que iba pasando mientras subían centímetro a centímetro hacia la cima del Angel's Peak.

Las horas iban pasando, y cuando llegaran arriba tendrían que encontrar la cabaña... y que rezar para que Eli Beecher no hubiera llegado antes que ellos.

Burt Riker estaba junto a Doug Watkins en el jardín delantero de la casa de Beecher, poco antes de mediodía. La noche anterior, Sarah había sido puesta bajo tutela provisional y Rachael en prisión preventiva. A aquellas horas, ya se había producido el emotivo reencuentro de la pequeña Ginny con sus padres, que habían llegado a Seattle aquella misma mañana. La niña había sufrido un maltrato emocional, pero no habían abusado sexualmente de ella ni tenía daños físicos. Estaba de nuevo con sus padres, y el trauma del secuestro iría desvaneciéndose con el paso del tiempo.

Daba gusto cuando ganaban los buenos.

Riker esbozó una sonrisa. Los Purcell habían recuperado

a su hija gracias a Autumn Sommers y a Ben McKenzie, y quizás el fornido inspector de policía que los había ayudado también merecía parte del mérito. Doug Watkins estaba allí porque había participado en la investigación del secuestro de Molly seis años atrás, y porque tenía información pertinente sobre la búsqueda posterior.

—A ver si lo entiendo... estás diciéndome que Sommers pudo ayudar a localizar a Eli Beecher gracias a una serie de sueños, ¿no?

—Eso parece —le contestó Watkins, que se sentía claramente incómodo con aquella conversación—. Parece que ya había tenido sueños recurrentes cuando iba al instituto, y cuando empezaron otra vez, se puso en contacto con McKenzie y acabó convenciéndolo de que reanudara la búsqueda de su hija.

Riker no supo qué decir. En una ocasión, había trabajado con un médium y había tenido un poco de suerte, pero nada comparado con aquello.

—Bueno, han llegado hasta aquí, así que supongo que no es una completa chorrada.

—¿Cuándo llegará vuestro equipo a la cabaña de Beecher? —Watkins parecía estar deseando cambiar de tema.

—El equipo de a pie llegará mañana como mínimo, pero vamos a usar otro helicóptero. Buscarán un lugar donde posarse o donde el equipo pueda descolgarse desde el aire, para tener un acceso más rápido a la cabaña.

—Eh... tal y como hemos quedado, la parte de la conversación sobre el tema de los sueños era extraoficial, ¿verdad? Creo que a la señorita Sommers no le haría gracia que los de la prensa se enteraran, no la dejarían en paz.

—No se enterarán por mí. Oficialmente, todo se debe a la persistencia de un padre, a su afán por recuperar a su hija. Ha ido encajando las pruebas antiguas con las nuevas que ha encontrado, y su búsqueda le ha conducido también hasta Ginny Purcell.

—Perfecto. Espero que encuentre a su Molly, y que esté sana y salva.

—Yo también lo espero —Riker miró hacia la montaña distante—. Ojalá sea así.

A mediodía empezó a hacer bastante calor, pero se habían puesto ropa ligera porque sabían que el ejercicio físico bastaría para que no tuvieran frío; sin embargo, empezó a refrescar conforme fue avanzando la tarde. Iba a hacer más frío que aquella mañana, pero Autumn supuso que sería algo positivo porque los ayudaría a mantenerse despejados y alerta.

Sabía que llevaban un ritmo demasiado fuerte. Ambos estaban cerca del agotamiento, y eso podía resultar muy peligroso. Habían conseguido superar el Pinnacle sólo con un par de magulladuras, y Ben incluso sonrió cuando alcanzó el final del largo y se colocó a su lado.

—Ha sido impresionante.

—Tú sí que eres impresionante, McKenzie —se inclinó para besarlo con firmeza, y empezó a ascender de nuevo antes de que él pudiera reaccionar.

Autumn retomó la subida con determinación renovada, a pesar de lo mucho que le dolían los músculos. Al menos habían llegado a una pendiente con mucha vegetación que podían subir andando, así que podrían descansar un poco y comprobar el equipo antes de ascender por el siguiente largo y de tener que encararse a Devil's Wall.

Media hora después, llegaron a la base de la temida pared de granito, que creaba un saliente a escasa distancia de la cima.

—Madre mía, qué monstruosidad —comentó Ben.

—Y que lo digas.

—No me extraña que la otra vez que la escalaste no salieras indemne.

—Puede que haya rocas sueltas cerca de la parte superior, así que tenemos que tener mucho cuidado.

—De acuerdo.

Afortunadamente, llevaban casco. Autumn prefería evitarlo a menos que hubiera bastantes rocas sueltas o arenisca que se desmoronara, pero en aquel ascenso todas las precauciones eran pocas.

—Cuando superemos la pared faltará muy poco para llegar al claro, y en teoría no deberíamos de tener demasiados problemas para llegar arriba del todo —aunque «en teoría» eran las palabras claves, claro.

Después de comprobar los arneses, colocaron la cuerda en posición. Autumn respiró hondo, tomó fuerzas, y empezó a subir el primer largo, que era demasiado extenso para su gusto. Necesitó bastante cuerda hasta llegar a la hendidura en la que podría anclarse para esperar a que Ben ascendiera hasta la reunión.

Hacía media hora que la montaña había quedado limpia de nubes y el ambiente estaba despejado, pero la niebla había dejado algunos tramos de roca húmedos y resbaladizos. Antes de que pudiera poner la tercera fijación, un empotrador, en una grieta bastante grande, se le resbaló la mano y perdió el agarre del pie. Sólo fue una caída de dos metros, porque su segunda fijación estaba firmemente colocada, pero se quedó sin aliento. No le gustaba aquel momento de pérdida de control, ni colgar en el aire a trescientos metros del suelo.

Ben la mantuvo estable, como si la hubiera asegurado cientos de veces. Autumn volvió a posicionarse en la roca y empezó a ascender, pero no pudo evitar preocuparse por lo que podría pasar cuando le tocara el turno a él.

Colocó las fijaciones bastante juntas para tener más garantías en caso de otra caída, y finalmente alcanzó la parte superior de la pared y se impulsó con el talón para subir al borde. Respiró hondo varias veces, afianzó bien los pies, colocó los anclajes, y se posicionó para reforzar el ascenso de Ben.

Él empezó a subir, pero ya estaba cerca de la tercera fijación cuando perdió pie al alargar la mano hacia una grieta. Su otra mano se soltó, y su caída hizo que se desprendiera un fragmento bastante grande de roca. Uno de los empotradores se soltó, y otro fragmento aún más grande se inclinó hacia delante y empezó a caer.

El enorme bloque de granito se precipitó montaña abajo, y en aquel instante de pesadilla, Autumn creyó aterrada que Ben estaba a punto de morir.

Ben osciló sobre un extenso lienzo de nada absoluta antes de precipitarse contra la roca de nuevo, y el casco golpeó con fuerza contra la sólida superficie. Cuando sus pies volvieron a perder el contacto con la pared, osciló otra vez sobre la nada, pero consiguió evitar un enorme bloque de roca que se había desprendido desde arriba.

Autumn, que estaba afianzada en el saliente superior, lo mantuvo estable mientras él intentaba encontrar agarres con las manos y los pies en la resbaladiza roca. Finalmente, consiguió asegurar su posición y agarrarse a una grieta. Sus músculos y sus huesos fueron recobrando las fuerzas poco a poco. No se dio cuenta de que estaba sangrando hasta que sintió que algo se le metía en los ojos, se lo limpió con la mano, y vio que era sangre. Después de limpiarse la cara con una pequeña toalla, metió una mano en la bolsa de magnesio para secársela.

Por primera vez, entendió hasta qué punto era cierto que la vida de un escalador estaba en manos de su compañero... o en su caso, compañera. Esbozó una pequeña sonrisa, consciente de que había encontrado a su compañera perfecta.

—¡Eso sí que ha sido un viaje movido! —le gritó para intentar tranquilizarla, aunque su propio corazón aún parecía a punto de salírsele del pecho.

Se preparó para reanudar el ascenso, pero en cuanto movió el pie sintió una punzada en el tobillo. Cuando alargó la mano hacia una grieta, la roca dañó aún más las zonas desolladas de sus dedos, y sintió el escozor causado por los cortes que se había hecho en las rodillas y en las espinillas.

Masculló una imprecación. Ya casi habían llegado, no tenía tiempo para dolores, magulladuras y sangre. Respiró hondo para calmarse, y siguió ascendiendo hasta la parte superior de Devil's Wall.

—Ya falta poco, casi hemos llegado —dijo Eli Beecher.

Ruth sintió que un escalofrío le recorría la espalda. Estaba a punto de anochecer, y Eli le había dicho que llegarían a la cabaña antes de que se hiciera de noche. Estaba cansada y le dolía el tobillo por el roce con la bota, pero a pesar de que habría querido pedirle a Eli que pararan un rato para poder descansar, él estaba acostumbrado a andar por la montaña y no parecía cansado; de hecho, parecía ansioso por llegar... y ella creía saber por qué.

Cuando llegaran al santuario, Eli pronunciaría las palabras que los unirían en matrimonio, y entonces ella tendría que repetirlas, y se convertiría en su esposa. La idea hizo que se le encogiera el estómago. Su miedo iba incrementándose con cada paso que daba, porque Sarah le había dicho que, cuando se casaran, tendría que quitarse toda la ropa delante de Eli y dejar que la mirara y que la tocara, que hiciera lo que quisiera.

Sus ojos se llenaron de lágrimas y por un instante estuvo a punto de huir corriendo, pero al mirar a su alrededor y ver el espeso bosque de pinos enormes y sombras oscuras y ominosas, supo que se perdería sin duda. Además, había osos y pumas, y un montón de bichos en los que prefería no pensar.

No había ningún sitio en el que cobijarse, no tenía escapatoria.

—Date prisa. Cuando lleguemos tendrás que cambiarte de ropa y ponerte el vestido de novia, ya sé que a las mujeres os gustan ese tipo de cosas.

Ruth tuvo ganas de decirle que le daba igual el vestido de novia y que no quería casarse, pero se mordió la lengua. Si protestaba, sólo conseguiría enfadarlo, y lo que tenía pensado hacer con ella, fuera lo que fuese, sería aún peor.

De repente, vislumbró la silueta de una construcción a través de los árboles, y conforme fue acercándose, vio que se trataba de una cabaña de troncos.

Ahogó un sollozo al darse cuenta de que habían llegado, de que no podía hacer nada por impedir lo que iba a pasar. Mientras seguía a Eli por la senda, empezó a rezar al Dios que nunca la escuchaba, y le pidió que alguien o algo la salvara.

—Tiene que estar por aquí —dijo Ben, mientras forzaba los ojos para intentar ver a pesar de que la luz del día iba apagándose por momentos.

—Está por aquí. La senda secundaria se desvía hacia la izquierda de la principal poco antes de llegar arriba, y es donde estamos.

—Entonces, ¿por qué no podemos verla?

—Porque está oscureciendo —Autumn se volvió para volver a recorrer con la mirada el bosque cada vez más oscuro.

Los dos estaban doloridos, magullados y exhaustos. Ben tenía un moratón del tamaño de un puño en el hombro, le dolía el tobillo con cada paso que daba y le sangraban las manos, pero habían conseguido llegar a la cima.

Por desgracia, habían tardado más de lo previsto y, una vez allí, no habían sido capaces de encontrar la maldita cabaña, por lo que Ben estaba empezando a dejarse arrastrar por el pánico.

—Ben, será mejor que saquemos ya la linterna que has traído.

Él dejó la mochila en el suelo, sacó la linterna y enfocó hacia la densa arboleda. Para entonces, la oscuridad ya era total.

—Espera... vuelve a apagarla.

—¿Qué pasa? —Ben se apresuró a apagar la linterna.

—Antes de que la encendieras, me ha parecido ver otra luz por allí —señaló en aquella dirección, y echó a andar a través del bosque por una senda más pequeña—. ¡Allí! ¿La ves?, ¡está allí!

Sólo se veía un tenue brillo amarillo en medio de la oscuridad, pero conforme fueron avanzando por la senda, se dieron cuenta de que se trataba de la luz de una linterna a través de las cortinas de una cabaña. La construcción tenía una pequeña chimenea de piedra en el tejado, de la que salía una estrecha columna de humo.

Ben sintió que el corazón le martilleaba en el pecho. La habían encontrado... habían encontrado la cabaña, el «santuario» de Eli. Quiso echar a correr hacia la puerta, derribarla si hacía falta, proteger a su hija de cualquier cosa impensable que aquel malnacido pudiera estar haciéndole en aquel momento, pero se obligó a mantener la calma.

—Tiene que ser ahí —le dijo Autumn con voz queda.

—Sí.

Ben dejó caer la mochila, y después de sacar su Springfield semiautomática, se llevó un dedo a los labios y le hizo un gesto para indicarle que lo siguiera. Cuando fueron acercándose a la casa, pudieron oír voces desde dentro.

—Lo ves, estás preciosa —era una voz masculina, profunda y un poco ronca.

Ben oyó que una suave voz infantil soltaba un pequeño gemido que le rasgó el alma.

—No tienes que avergonzarse de lo que Dios te ha dado —dijo el hombre—. No hay lugar para el recato entre un hombre y su esposa. Ahora quiero que te quites el vestido y que te metas en la cama.

Ben se tensó de pies a cabeza, pero se obligó a contener la furia que sentía. Tenía que tener cuidado, no podía correr el riesgo de que Molly resultara herida.

—¿Es que no me has oído?

—No quiero hacerlo, Eli.

—Vas a hacer lo que yo te diga. Vas a ocupar el lugar que te corresponde como mi esposa, tal y como tiene que ser. Métete en la cama si no quieres que te azote con una vara.

La furia creció en su interior hasta que estuvo a punto de cegarlo. Luchó por mantener el control, pero levantó la pistola y la aferró con ambas manos.

—Cálmate, tienes que pensar en Molly —le susurró Autumn—. Tenemos que asegurarnos de que no corre peligro.

Ben exhaló poco a poco y asintió, aunque estaba luchando contra la necesidad instintiva de derribar aquella puerta y hacer pedazos a Eli Beecher. Alargó la mano y movió con cuidado el pomo de la puerta. No le sorprendió ver que no estaba cerrada, porque aquel tipo tenía un ego enorme y ni se le pasaría por la cabeza que alguien podría impedir que hiciera lo que le diera la gana.

Ben retrocedió un paso, y abrió la puerta de golpe con una patada.

—¡No te muevas! —con la pistola sujeta con ambas manos, apuntó directamente al pecho de Eli.

Molly estaba junto a él, cubierta sólo con unas braguitas de algodón. Estaba temblando como una hoja, y apretaba con fuerza el vestido contra sus pequeños pechos.

—Ya está, cariño —le dijo, luchando por mantener un tono de voz calmado—. Estás a salvo, todo va a salir bien.

Sintió una mezcla de rabia, dolor, amor y felicidad tan sobrecogedora, que tuvo que parpadear para contener las lágrimas. La habría reconocido en cualquier parte, habría reconocido la fina y pálida curvatura de sus cejas, la dulce forma de sus labios, el azul claro de sus ojos.

—Molly, soy tu padre. He estado buscándote desde que Eli te secuestró de nuestra casa, y he venido a buscarte. Apártate de él, ponte a una distancia segura.

La mirada asustada de la niña estaba clavada en él. Cuando volvió a soltar aquel pequeño gemido, a Ben se le encogió el corazón.

—No pasa nada, ángel. Sólo quiero que te apartes de Eli, para que no te haga daño —Ben apretó la pistola con más fuerza. Quería matar a aquel hombre por lo que había hecho, por lo que había planeado hacer.

Con manos temblorosas, Molly levantó el vestido, se volvió y se lo puso por la cabeza. La prenda era larga, y le llegaba hasta los tobillos.

A su lado, Eli Beecher recorrió la cabaña con la mirada, para intentar encontrar una vía de escape.

—Ni se te ocurra, Beecher. No te muevas ni un milímetro si quieres seguir vivo.

Cuando Molly levantó la mirada hacia Eli, Ben vio en sus ojos el brillo de incertidumbre, el miedo con el que debía de haber vivido durante todos aquellos años.

—No pasa nada, Molly —le dijo Autumn, con voz suave—. Tu padre ha venido a buscarte, para llevarte a casa.

—Me llamo Ruth.

—Ya lo sé, cielo. Eso es lo que te dijo Eli, pero tu nombre de verdad es Molly. ¿Te resulta familiar?, ¿te suena el nombre de Molly McKenzie?

—Apártate de él, Molly —le dijo Ben—. Ven aquí, estarás a salvo.

Después de lanzarle una última mirada a Eli, la niña empezó a hacer un ligero movimiento tentativo, pero antes de que pudiera dar un paso, él la agarró y se escudó tras ella, con el brazo alrededor de su cuello y la espalda de la pequeña contra su pecho.

—La estrangularé, juro que lo haré. Deja la pistola en el suelo, y apártate.

—Voy a matarte, hijo de puta —Ben levantó un poco más la pistola, y le apuntó a la cabeza—. No sabes las ganas que tengo de verte muerto.

—No vas a dispararme, serías incapaz de hacerlo delante de la niña —su brazo musculoso se tensó un poco más alrededor del cuello de la pequeña.

Molly empezó a arañarle el brazo, a retorcerse para intentar respirar, y Ben tuvo ganas de destrozarlo.

—Puedo romperle el cuello como si nada —le advirtió Eli, mientras apretaba un poco más—. ¿Quieres que lo haga, McKenzie? Venga, pon la pistola en el suelo.

El dedo de Ben se tensó en el gatillo, y necesitó toda su fuerza de voluntad para contenerse y no disparar. Si le disparaba a la cabeza, se arriesgaba a darle a Molly, y si le apuntaba a la pierna, era posible que Beecher le rompiera el cuello a su hija. Teniendo en cuenta lo que sus dos hermanos le habían hecho a Priscilla Vreeland, sabía que aquel malnacido sería capaz de cumplir su amenaza.

Después de poner el seguro, dejó el arma en el suelo de madera. No iba a permitir que Beecher se hiciera con ella, porque sabía que sería capaz de matarlos sin miramientos, pero necesitaba ganar tiempo.

Beecher se inclinó hacia delante, se agachó un poco y alargó la mano para intentar alcanzar la pistola sin soltar a Molly. Ben lo observó completamente alerta, esperando su oportunidad. De repente, Beecher se tambaleó un poco, y la niña aprovechó para darle un empujón y liberarse. Ben se abalanzó de inmediato sobre él, lo tiró de espaldas al suelo y le dio un tremendo puñetazo en la cara. Otro más hizo que el malnacido viera las estrellas, pero Beecher bloqueó el tercero y le golpeó en la mandíbula antes de rodar hasta quedar encima de él y volver a golpearle. Ben detuvo el siguiente golpe, lo volteó hasta invertir sus posiciones y quedar encima, y le propinó un puñetazo que le estrelló la cabeza contra el suelo.

Ben lo mantuvo sujeto bajo su cuerpo y empezó a golpearle una y otra vez. Con la mente atrapada en un torbellino de furia y de dolor, estrelló puñetazo tras puñetazo contra la cara de Eli Beecher, que empezó a sangrar copiosamente; cuando finalmente perdió el sentido, no se detuvo y siguió destrozándolo.

Molly soltó un pequeño gemido estrangulado que su padre apenas oyó, pero Autumn fue corriendo hacia ella y la abrazó.

—Tranquila, no pasa nada. ¡Ben, para ya! ¡Se acabó!

La furia que lo cegaba enmudeció aquellas palabras en su mente. Ben estrelló el puño de nuevo contra Beecher.

—¡Ben, para! ¡Estás asustando a tu hija!

Tal y como Autumn esperaba, aquellas palabras sí que lograron detenerlo. Molly ya había sufrido bastante, y él no quería causarle más dolor. Detuvo el puño a medio camino del rostro de Beecher, aunque el brazo le tembló por el esfuerzo que le supuso, y se puso de pie. Eli Beecher quedó allí tumbado, inconsciente, en el suelo de madera.

Molly lo miró con los ojos de par en par y llenos de incertidumbre. Llevaba el vestido que Autumn había descrito, el largo vestido blanco de algodón bordado que había visto en sus sueños.

—¿De verdad... de verdad eres mi padre? —la niña estaba temblando, pero en sus ojos había algo más, un brillo que apenas acababa de encenderse.

Ben sintió que se le encogía el corazón al darse cuenta de que era un brillo de esperanza. A pesar del nudo que le obstruía la garganta, consiguió decirle:

—Sí, cariño. Sí que lo soy. Llevo buscándote mucho tiempo, te quiero con toda mi alma —dio un paso hacia ella, pero se detuvo al ver que se encogía y se apretaba más contra Autumn—. No tienes nada que temer, ángel. Nunca te haría daño. Y Eli no va a volver a hacerte daño, te prometo que esta vez estarás a salvo y bien protegida.

«Como debería haberlo estado antes». En cuanto aquellas palabras se formaron en su mente, Ben las apartó a un lado. Había pasado seis años sintiéndose culpable, pero había llegado el momento de mirar hacia delante.

Cuando Molly le sostuvo la mirada, sintió como si pudiera ver en el interior de su hija, igual que cuando era pequeña.

—Eli me dijo que mis padres no me querían, y Rachael que habían muerto.

—Querían que creyeras eso, pero no era verdad. Lo que pasaba era que no podíamos encontrarte —Ben parpadeó mientras luchaba contra el dolor, mientras intentaba contener las lágrimas.

—Me acuerdo de un hombre... me llamaba ángel. Jugábamos a que tomábamos el té, y me llevaba en sus hombros. Rachael me dijo que tenía que olvidarlo, pero no lo hice.

Ben tragó con dificultad.

—Me alegro de que no lo hicieras. Siempre fuiste mi ángel, y siempre lo serás.

Molly miró a Autumn, y le dijo:

—Siento como si te conociera, ¿eres mi madre?

Autumn sonrió, y se secó una lágrima con disimulo.

—Me llamo Autumn y soy una amiga, alguien a quien has conocido en un sueño. Tu madre no sabe que te hemos encontrado, y no sabes lo contenta que se va a poner al tenerte de vuelta en casa. Y tienes una hermana que se llama Katie, estoy segura de que llegaréis a quereros muchísimo —Autumn se secó otra lágrima, pero varias más se le escaparon y empezaron a correrle por las mejillas.

Ben sintió que lo recorría una oleada de amor incontenible al mirarla. Pensó en lo mucho que la quería, en que nunca podría llegar a pagarle el regalo que le había hecho al devolverle a su hija.

Molly lo miró, y le preguntó:

—¿Ya no voy a tener que vivir con Eli?, ¿no tengo que casarme con él?

—No, cielo —le contestó él, con voz ronca—. De ahora en adelante, sólo serás una niña... mi niña, igual que antes.

Molly se le acercó poco a poco, y se detuvo justo delante de él. Con mucha cautela, alzó la mano y le tocó la mejilla. Ben cerró los ojos, pero no se movió. Su corazón golpeaba con fuerza en su interior, instándolo a que la tomara en sus brazos, pero se quedó quieto por temor a asustarla. Estaba decidido a que su hija no volviera a pasar miedo nunca más.

—Te quiero, Molly. Te quiero muchísimo.

Ella lo miró con aquellos ojos que conocía tan bien como los suyos propios.

—Le pedí a Dios que me enviara alguien que me ayudara, y esta vez sí que me escuchó.

Ben intentó no imaginarse todas las veces que debía de haber rezado para volver a casa, su dolor al ver que nadie iba a por ella.

—¿Qué... qué va a pasar con Eli? —Molly se volvió a mirarlo.

Ben tensó la mandíbula, y se obligó a no pensar en el dolor que había visto en sus ojos azules. Miró a Autumn, y le dijo:

—Tenemos que atarlo. Por la mañana lo bajaremos por la senda, y mientras tanto...

El sonido de un helicóptero cortó sus palabras de cuajo. Las luces penetraron por las ventanas, y al cabo de unos segundos, la puerta se abrió de golpe y tres agentes del FBI irrumpieron en la cabaña con las armas en alto.

Ben supuso que se habían descolgado del helicóptero cerca de la cabaña, y se sintió más que contento de verlos aunque llegaran un poco tarde.

Cuando los hombres vieron a Eli Beecher inconsciente en el suelo, guardaron las armas de inmediato.

—Supongo que usted es McKenzie —le dijo uno de ellos, que era bastante joven—. ¿Todos están bien?

—Sí. Ése de ahí es Beecher, y siento tener que decir que no está muerto. Sólo lo parece.

—Nosotros nos encargamos de él —el joven agente sonrió—. Usted puede ocuparse de su familia.

Su familia. Dos de las personas a las que quería más del mundo entero.

—Parece que lo ha hecho bastante bien —añadió el agente.

Ben miró a Beecher.

—Tiene suerte de que no lo haya matado —lo habría hecho si le hubiera dado la más mínima excusa, pero tenía que pensar en Molly... y en Autumn.

No era el momento de hablar con ella sobre el futuro, aún no, pero lo haría pronto. Sólo cabía esperar que sintiera por él la mitad de lo que él sentía por ella.

Volvió a centrar su atención en su hija, y le preguntó:

—¿Estás bien, ángel?

Molly observó cómo los agentes esposaban a Eli, lo ponían en pie y se lo llevaban hacia la puerta.

—¿Eli va a ir a la cárcel?

—Sí, Molly. Y va a quedarse allí mucho tiempo.

—Si voy a casa contigo, ¿qué le pasará a Sarah? ¿Quién se ocupará del bebé y de ella?

Siempre había sido cariñosa y dulce, incluso de pequeña. Ben deseaba con todas sus fuerzas abrazarla, necesitaba convencerse de que estaba viva, de que volvía a tenerla a su lado.

—Nos aseguraremos de que Sarah y el bebé tengan todo lo que necesiten, ¿de acuerdo?

Uno de los agentes volvió a entrar con un radiotransmisor.

—El piloto ha tenido suerte, ha localizado un claro bastante cerca de aquí donde ha podido aterrizar. Está esperándonos, uno de los hombres los conducirá hasta allí cuando estén listos.

Ben se volvió hacia Molly, y le dijo:
—Todo va a salir bien, te lo prometo.
—Vale.
—Vámonos de aquí —Ben no pudo contenerse, y la tomó de la mano para llevarla hacia la puerta. Se sintió esperanzado al ver que ella no intentaba apartarse. Era su pequeña, y con el tiempo se daría cuenta de lo mucho que la quería.

Era un comienzo.

Un nuevo comienzo con Molly era un regalo de Dios... y de Autumn Sommers... que nunca había esperado poder tener.

Autumn estaba con Terri en el O'Shaunessy's. Hacía más de dos semanas que no veía a Ben, desde la noche en que los habían trasladado en helicóptero desde la cumbre del Angel's Peak. No le había extrañado que él la llamara cada pocos días, porque en las semanas que había durado la búsqueda se habían hecho buenos amigos; además, estaba segura de que Ben se sentía en deuda con ella por haberlo ayudado a encontrar a su hija. Era un hombre honorable y cariñoso, y ésas eran dos de las muchas cualidades por las que lo admiraba... y que habían hecho que se enamorara tan profundamente de él.

Dios, cuánto le echaba de menos.

Levantó la mirada de su vaso y miró a Terri, que apenas había pronunciado dos palabras desde que se habían sentado en los taburetes de la pequeña mesa redonda.

—Estás pensando en Ben —Terri esbozó una pequeña sonrisa.

—De hecho, estoy intentando no pensar en él, pero no es tan fácil —tomó un trago del Cosmo que había pedido en vez de su habitual vino blanco.

—Estás enamorada de él, ¿verdad?

Autumn pasó un dedo por el borde de su vaso.

—Intenté evitarlo, pero no me sirvió de mucho.

—¿Qué siente Ben?

—No lo sé. En este momento, su hija es su principal preocupación.

—Sí, debe de ser difícil conseguir que Molly se aclimate después de tantos años.

—Ben me dijo por teléfono que está progresando —tomó otro sorbo de su bebida, y decidió cambiar de tema—. ¿Qué me dices de ti? Pareces un poco depre, ¿qué hombretón ha conseguido ponerte así de callada? No es nada fácil.

—La verdad es que estaba pensando en Josh.

—¿Josh Kendall?

—Sí. Le invité a salir, y él acabó rechazando mi invitación. No te lo dije por cuestión de orgullo.

—¿Invitaste a salir a Josh?

—Le llamé y le invité a cenar. Ya te dije que iba a hacerlo... bueno, que estaba planteándomelo. Él aceptó, y quedamos para el sábado. Escogí un restaurante que pensé que le gustaría, supuse que sería mejor algo que no fuera demasiado sofisticado.

—Josh puede encajar en cualquier sitio, su familia tiene mucho dinero. Lo que pasa es que no le gustan demasiado ese tipo de cosas.

—Sí, eso había supuesto.

—¿Qué pasó?

—Me llamó el sábado por la mañana y me dijo que había cambiado de opinión, que estaba saliendo en serio con Courtney Roland. Me dijo que se había dado cuenta de lo que quería en la vida —Terri levantó la mirada, y esbozó una sonrisa triste—. Y al parecer, no era yo.

Autumn apenas pudo creerlo. Josh llevaba enamorado de Terri desde que le alcanzaba la memoria.

—Me siento orgullosa de él, Terri. Ya sé que no es lo que quieres oír, pero es la verdad.

—Ya lo sé. En cierto modo, yo siento lo mismo. Josh se ha

dado cuenta de lo que es importante de verdad, de que lo que realmente cuenta es encontrar a alguien a quien quieres y que te corresponde. Desearía que me hubiera pasado a mí.

Autumn la tomó de la mano.

—Creo que vas camino de conseguirlo, Terri.

—Sí, yo también. ¿Y tú qué?, ¿sabes ya lo que quieres?

«No quiero sentirme así. No quiero pensar en Ben a cada minuto, ni echarlo de menos constantemente». Se encogió de hombros, y le dijo a su amiga:

—He tenido mi aventura, y se ha acabado. Supongo que me he resignado, pero me siento fatal.

—Estás enamorada de él, Autumn. Si él también lo está de ti...

—Ya te he dicho que no tengo ni idea de lo que siente por mí. Creo que sobre todo me está agradecido.

—Sí, supongo que es normal —admitió Terri.

Autumn se volvió de golpe al oír una voz profunda que le resultaba muy familiar.

—Siempre te estaré agradecido por lo que hiciste, Autumn.

Ben se puso a su lado, y la miró con ternura. Con el bullicio del local, no lo había oído acercarse a la mesa.

—Pero no sólo siento gratitud por ti. Estoy enamorado de ti, Autumn. Lo estoy desde hace mucho tiempo.

Ella sintió una punzada de dolor. Aquello no era verdad, no se atrevía a creer que pudiera ser cierto.

—Supongo que... que crees que es así, porque es fácil confundir el amor con la gratitud, pero con el tiempo...

—El tiempo no cambiará lo que siento. Te quiero, y quiero que te cases conmigo. No tenía planeado pedírtelo en medio del O'Shaunessy's, pero he oído lo que has dicho y está claro que si no te lo pido ahora es posible que no vuelva a tener otra oportunidad. Te quiero. Dime que te casarás conmigo, Autumn.

Ella se quedó mirándolo como si creyera que no le había oído correctamente. Una parte de ella había deseado con todas sus fuerzas escuchar aquellas palabras, pero otra parte pensó en el desastroso matrimonio de sus padres, en cómo había acabado con el corazón roto porque había sido lo bastante estúpida como para creer que Steven Elliot la quería. Pensó en lo mucho que Ben atraía a las mujeres, y en que seguro que acabaría hartándose de ella y la dejaría por otra.

Se levantó de la mesa, y los ojos se le llenaron de lágrimas al mirar aquel rostro tan querido.

—No puedo casarme contigo, Ben. Está claro que no funcionaría —lanzó una mirada desesperada hacia la puerta, y añadió—: Tengo que irme, tengo que salir de aquí.

Echó a correr hacia la calle, y no se detuvo a pesar de que oyó que él la llamaba a su espalda. Tenía la mirada nublada por las lágrimas, pero siguió corriendo, desesperada por escapar. Sintió pánico ante la idea de que estuviera siguiéndola, pero al mirar por encima del hombro lo vio inmóvil en la esquina, observándola con una expresión muy seria.

Se había acabado. Lo había sabido en el momento en que había salido de la pequeña cabaña del Angel's Peak. Se había acabado... aunque Ben no estuviera preparado para aceptarlo.

Ben se metió las manos en los bolsillos de los vaqueros mientras veía a la mujer a la que amaba corriendo como una posesa para escapar de él. Parecía que hacía una eternidad que no la veía, aunque sólo habían pasado poco más de dos semanas. Había tenido tantas cosas que hacer, tantos asuntos de los que ocuparse...

Había llamado a Joanne en cuanto había llegado a Seattle con Molly, pero por miedo al impacto que pudiera tener en ella descubrir que su hija estaba viva, le había pedido que se pusiera John al teléfono. Sabía que John le diría con delicadeza que habían encontrado a Molly y que iba a volver a casa.

—¿Es verdad? Dime que es verdad —le había dicho ella sollozando, cuando por fin se había puesto al teléfono.

—Sí, Joanne. Es verdad. Voy a llevar a nuestra pequeña a casa.

Entonces le había explicado que Molly apenas se acordaba de la familia de la que había sido arrebatada, pero que con el tiempo eso cambiaría.

—Va a necesitar nuestra ayuda, y también la de Katie y la de John —«y la de Autumn», había añadido para sus adentros.

La vio desaparecer entre el gentío que llenaba la calle, consciente de que iba a refugiarse en la seguridad de su piso. Tendría que haber sabido que huiría, porque Autumn tenía miedo de confiarle su futuro, de arriesgarse a crear una vida común.

Ella tenía miedo de creer en el final de cuento de hadas, pero él no. Lo único que le daba miedo era que fuera incapaz de confiar en él lo suficiente para que el matrimonio pudiera funcionar. Por eso había dejado que se marchara de momento, porque necesitaba que confiara en él, que estuviera convencida de que él estaba plenamente entregado a ella y al futuro que iban a crear juntos. Sólo así funcionaría el matrimonio.

Soltó un suspiro, y echó a andar hacia su casa. Iba a darle algo de tiempo, dejaría que pensara en lo que le había dicho, y entonces lo volvería a intentar.

No pensaba rendirse... aún no. Pero tampoco podía casarse con una mujer que no fuera capaz de confiar en él, y en eso ella también tenía que poner de su parte.

Recordó la increíble seguridad en sí misma que había mostrado al guiarlo hacia la cima del Angel's Peak. Ojalá tuviera también esa seguridad como mujer, ojalá supiera lo mucho que la necesitaba, cuánto la quería.

Ojalá se diera cuenta de que con ella en su vida, nunca se desviaría del camino.

Al ver que pasaban dos días y que Ben no la llamaba, Autumn se convenció de que él había recuperado la sensatez y se había dado cuenta de lo absurdo que era que un hombre como él se planteara el matrimonio. Ben nunca estaría satisfecho con una sola mujer. ¿Por qué iba a estarlo, si ellas se le insinuaban a diario?

Contempló con apatía la ciudad desde una de las ventanas de su piso. Era un día lluvioso, húmedo, oscuro y deprimente, así que encajaba a la perfección con su estado de ánimo.

Dios, amar a alguien era muy doloroso. Sentía un dolor físico que la aplastaba como una piedra, a pesar de que sabía que si se debilitaba sería aún peor. Se dijo que con el tiempo llegaría a superarlo, que montones de relaciones acababan a diario; además, ni siquiera habían tenido una relación de verdad. Habían compartido una atracción física bestial, pero, aparte de eso, sólo habían sido dos personas unidas por una situación desesperada, dos aliados en la búsqueda de una niña perdida.

Al pensar en Molly, esbozó una pequeña sonrisa llena de tristeza. Tanto Katie como ella eran unas niñas fantásticas, y formar parte de sus vidas sería un privilegio; sin embargo, no podía correr ese riesgo, porque Katie ya había sufrido la ruptura de un hogar... y Molly había pasado por algo mucho peor.

Se obligó a levantarse del sofá, y fue arrastrando los pies hacia la cocina. Una buena taza de té la ayudaría a sentirse mejor; además, en menos de un mes empezaban las clases en el colegio, y trabajar la ayudaría a no pensar en Ben.

Cuando estaba a punto de empezar a preparar la tetera, oyó que llamaban por el interfono.

—Soy papá —dijo una voz, a través del aparato—, ábreme.

Autumn le dio al botón para abrirle la puerta, aunque no tenía ganas de ver a nadie. Su padre entró en el piso al cabo de unos minutos.

—¿Dónde demonios has estado?

—Hola, papá —Autumn fue incapaz de mirarlo a la cara, no se atrevió.

—Te he hecho una pregunta —le dijo, furioso.

Autumn no lo había visto tan enfadado en años.

—Eh... pues... llevo varios días sin encontrarme muy bien.

—¿En serio? Hace cinco días que no dejo de llamarte, y no me has devuelto ni una de las llamadas.

—Ya te he dicho que...

—Los dos sabemos que eso es una chorrada. ¿Qué ha pasado entre McKenzie y tú? La noticia de que habíais encontrado a su hija salió en todos los medios, ¿habéis roto?

Cuando Autumn colocó la tetera encima de un fogón y lo encendió, rezó para que su padre no se diera cuenta de lo mucho que le temblaban las manos.

—Algo así.

—¿Qué ha pasado?

Se volvió a mirarlo cara a cara, y le dijo con firmeza:

—Papá, te agradezco tu preocupación, pero no es asunto tuyo.

—Muy bien, señorita, pues a partir de ahora sí que lo es. Nunca te había visto mirar así a un hombre, así que supongo que estás enamorada de él. Como creo que él también lo está de ti, quiero que me digas qué demonios está pasando.

Autumn intentó controlar las lágrimas, pero fue inútil.

—Me enamoré de él aunque no quería hacerlo, papá. Dios, me esforcé tanto por controlar lo que sentía...

—¿Y qué me dices de Ben?, me pareció bastante encandilado contigo la noche que te llevó al hospital.

—Cree que me quiere, pero... —Autumn tragó con dificultad.

—¿Pero qué? Supongo que sabe si te quiere o no.

—Está agradecido, papá. Le ayudé a encontrar a Molly, y siente que está en deuda conmigo.

—Eso es otra chorrada. ¿Por qué dejó de salir contigo?

—No lo hizo. Bueno, al principio estaba muy ocupado con su hija, pero después... en fin, soy yo la que no quiere saber nada de él.

—¿Por qué?

—Porque me pidió que me casara con él.

El silbido de la tetera impidió que su padre pudiera contestar de inmediato. Finalmente, se rascó la cabeza y le dijo:

—No lo entiendo, cariño. Si Ben te pidió que te casaras con él, ¿por qué demonios estás llorando?

—Porque no puedo hacerlo, no puedo casarme con un hombre como Ben.

—Me parece que se me escapa algo. ¿Qué tiene de malo?, a mí me pareció un buen tipo.

Autumn cuadró los hombros, miró a su padre cara a cara, y le dijo:

—Ben se parece mucho a ti, papá. Las mujeres le adoran, y él las adora a ellas. No le bastaría conmigo.

—Dime que todo esto no es por tu madre y por mí —le dijo él, con expresión ceñuda.

Autumn apartó la mirada.

—Conozco a los hombres, papá. Son incapaces de ser fieles.

—Bueno, la verdad es que te has topado con algunos impresentables, pero si un hombre quiere a una mujer, si la quiere de verdad, no es difícil ser fiel.

—Sí, claro.

Él la tomó de la mano y la condujo a la sala de estar, donde la sentó en el sofá. Después de sentarse junto a ella, le dijo:

—No iba a contarte esto jamás, porque no quería hacerte daño, pero ahora me doy cuenta de que tienes que saberlo.

—¿A qué te refieres?

—Nunca quise a tu madre de verdad. Sé que suena horrible, pero es la verdad. Kathleen era una buena mujer y se merecía a alguien mucho mejor que yo, pero tienes que saber que no me enamoré de ella. Fuimos un poco irresponsables cuando salíamos juntos y se quedó embarazada, y nos casamos porque era lo que querían nuestras familias. Intenté ser un buen marido, pero faltaba algo desde el principio. En aquel entonces era un joven de sangre caliente, así que seguí disfrutando de la vida durante años, antes y después de la muerte de tu madre.

—Nunca te importaron sus sentimientos. Sabías el daño que le hacías, pero seguiste haciendo lo mismo.

—Intenté parar, pero no podía evitarlo. Pero todo eso cambió en cuanto conocí a Myra y me enamoré por primera vez en toda mi vida. Cuando estaba contigo disimulaba un poco mis sentimientos, pero la verdad es que estoy loco por ella... lo estoy desde el principio. Quiero a Myra, nunca le he sido infiel, y nunca lo seré.

Autumn se quedó mirándolo boquiabierta, sin saber cómo reaccionar.

—Lo que estoy intentando decirte es que cuando llega la mujer adecuada, si un hombre la ama con todo su corazón... nunca haría nada que pudiera herirla. Si Ben te quiere hasta ese extremo, agárralo y no lo sueltes jamás.

Autumn tenía el corazón acelerado, martilleándole en el pecho con algo que bien podría ser esperanza. Se preguntó si era realmente posible que su padre hubiera cambiado, que se hubiera convertido en un esposo fiel; en cualquier caso, Ben era más joven. ¿Sería feliz con una sola mujer?, ¿podía poner su futuro en sus manos?, ¿podía confiarle su corazón?

—¿Me has oído bien, cariño?

—Sí, papá —cuando parpadeó, una lágrima se le deslizó por la mejilla—. Pero, ¿cómo sabré si me quiere lo suficiente?

—Pregúntaselo. Y cuando te responda, mírale directamente a los ojos.

Autumn asintió, y consiguió esbozar una sonrisa. Parecía una buena idea, y no tenía nada que perder.

—Vale, se lo preguntaré.

—Ésa es mi chica. Y no esperes demasiado, un hombre enamorado no tiene demasiada paciencia.

Autumn se mordió el labio. Si iba a lanzarse, sería mejor que lo hiciera cuanto antes. Ben nunca había sido un hombre paciente.

Ben estaba sentado en la mesa del despacho de su casa, porque tenía trabajo a pesar de que era fin de semana. Estaban cerrando la operación relacionada con A-1 Sports: una OPA que le daba la participación mayoritaria en la empresa, y por lo tanto el control.

Previamente, había declarado su intención de realizar una oferta abierta de adquisición de valores por encima de los precios del mercado. Había descubierto que la empresa estaba valorizada por debajo de su precio real, ya que aunque A-1 poseía varios bienes inmuebles cuyo precio se había disparado, el incremento aún no se había reflejado en los libros.

Había conseguido hacerse con la mayoría de las acciones, así que había eliminado de forma definitiva la amenaza que aquella empresa había supuesto para su cadena de tiendas... y de paso, había ganado una buena suma de dinero.

Habría sonreído, si no fuera porque estaba de un humor de perros. La operación estaba a punto de cerrarse, y a pesar de que había tenido que trabajar duro para llevarla a buen término, al menos le había ayudado a mantener la mente apartada de Autumn.

Mantenerse ocupado le había ayudado, pero la espera estaba enloqueciéndolo.

Se levantó de la silla de golpe. Estaba cansado de mantenerse apartado de ella, ya había esperado bastante. Iba a hablar con ella, a aclarar las cosas de una vez por todas.

Agarró la chaqueta del respaldo de la silla y fue hacia la puerta justo cuando sonó el interfono; al parecer, había un visitante en el ascensor del aparcamiento. Se preguntó de quién podría tratarse en un sábado mientras pulsaba el botón, y se quedó atónito al oír la voz de Autumn.

—Soy yo... Autumn. Eh... ¿podemos hablar? Si... si no es un mal momento, claro.

Como si no pudiera reconocer al instante su voz, como si pudiera haber algún mal momento.

—Ya te doy paso.

Después de pulsar otro botón para que pudiera subir, fue por el pasillo hasta la entrada, y empezó a pasearse de un lado a otro con nerviosismo mientras esperaba a que se abrieran las puertas del ascensor. Cuando la vio salir con una falda floreada de gasa y un jersey malva, sexy y al mismo tiempo dulcemente femenina, sintió una emoción tan fuerte que le resultó casi dolorosa.

—Hola —la saludó.

—Hola.

Dios, estaba preciosa. Su pelo caoba le enmarcaba el rostro en unos rizos relucientes, y llevaba una pizca de maquillaje. Era un contraste total con la mujer decidida que había escalado hasta la cima de la montaña, y la combinación de su dulce feminidad y de su fuerza interior le caldeaba la sangre y lo enloquecía de deseo por ella.

—¿Quieres beber algo? —le preguntó, para intentar cambiar el rumbo de sus pensamientos. Esperaba que aceptara la bebida, porque a él le iría bien tomar algo fuerte.

Cuando ella asintió, fue hacia el mueble bar de la sala de estar.

—¿Te apetece un vino blanco? —le preguntó, por encima del hombro.

—Sí, gracias.

Ben se sirvió un whisky con hielo, y tomó un trago antes de llevarle el vaso de vino. Cuando sus dedos se rozaron, la familiar corriente de electricidad crepitó entre ellos. Al ver que ella parecía un poco sorprendida, le preguntó:

—¿Creías que ya no habría atracción física entre nosotros? —recorrió con la mirada aquellos labios carnosos y deseó besarlos, hundirse en ellos. Recordó su pequeña mariposa tatuada, y pensó en lo mucho que deseaba acostarse con ella.

—No lo sé. Supongo que pensé que lo más probable era que la atracción se hubiera... desvanecido.

Ben tomó otro trago de whisky. Sentía que hacía una eternidad desde la última vez que había estado dentro de su cuerpo.

—Pensaste que se había acabado todo entre nosotros, que cada uno se iría por su lado en cuanto encontráramos a Molly, ¿verdad?

—Bueno, sí, supongo que...

—No se ha acabado, Autumn... a menos que sea lo que tú quieres.

Ella fue hacia la enorme cristalera con vistas al mar.

—¿Cómo está Molly?, ¿cómo le va?

—Muy bien, Katie y ella son casi inseparables. Ha empezado a recordar algunas cosas, y Joanne y yo intentamos ayudarla; además, está yendo a una psicóloga infantil muy buena. Creo que será más fácil de lo que creíamos.

—Eso espero —Autumn tomó un sorbo de vino.

—Has dicho que querías hablar.

Ella se volvió hacia él, y lo miró con una expresión llena de incertidumbre.

—He venido a preguntarte si hablabas en serio cuando dijiste aquello en el O'Shaunessy's.

Ben alargó la mano, y le acarició la mejilla.

—Completamente en serio.

—Me dijiste que me querías, y necesito saber cuánto.

Ben había llegado a conocerla tan bien, que supo de inmediato a qué se refería. Autumn quería saber si tendría bastante con ella, si podría estar satisfecho con una sola mujer. Nunca le había sido infiel a Joanne, quizás tendría que habérselo dicho. Agarró su vaso de vino, lo dejó en la mesa, y la tomó de las manos.

—Te quiero tanto, que cada hora que pasamos separados está matándome. Tanto, que soy incapaz de pensar en lo destrozado que me voy a quedar si no te casas conmigo. Lo eres todo para mí, Autumn. Quiero compartir mi vida contigo, quiero tener hijos contigo, quiero con toda mi alma que seas mi mujer.

Cuando ella hizo ademán de hablar, Ben alzó una mano para que no lo interrumpiera.

—Pero necesito saber algo. Como estás aquí preguntándome todo esto, voy a dar por sentado que tú también me quieres. Si es así, también necesito saber cuánto. Necesito saber si me quieres lo bastante para confiar en mí, para saber en el fondo de tu corazón que nunca te haría daño.

—Te quiero más que a la vida misma, Ben McKenzie —le dijo ella, con los ojos llenos de lágrimas—. Cuando vi que te caías en la montaña, creí que me moría.

—¿Confías en que no te haré daño?, ¿confías en que seré el tipo de marido que te mereces?

Algo cambió en la mirada de Autumn, y pareció alojarse en lo más profundo de su ser. Su postura fue relajándose poco a poco.

—Te confié mi vida. Confío en ti por completo.

Ben la tomó en sus brazos, y la besó con una ternura infinita.

—Cásate conmigo.

Autumn lo miró, y las lágrimas de sus ojos empezaron a caer y a deslizarse por sus mejillas.

—Claro que me casaré contigo, Ben —Autumn se puso de puntillas para besarlo. Cuando se apartó de nuevo, sonrió y le dijo—: Pero, ¿tenemos que esperar a la luna de miel?

Ben se echó a reír de puro alivio, y el deseo que había estado conteniendo quedó libre.

—Ni hablar.

Iba a llevarla al dormitorio para hacerle el amor lenta y apasionadamente, pero no consiguió llegar más allá del sofá que había allí mismo, en la sala de estar. Después de tumbarla sobre el mullido asiento, le levantó la falda, le bajó el sexy tanga que llevaba, se abrió la braguta de los vaqueros, y la penetró de una sola embestida.

—Dios, te he echado tanto de menos...

Ella le rodeó el cuello con los brazos, se abrió un poco más para que pudiera hundirse aún más en su cuerpo, y le dijo:

—Yo también te he echado de menos. Te quiero tanto, Ben...

Aquellas palabras penetraron hasta lo más profundo de su ser, lo liberaron en cierta manera. Intentó contenerse, pero no pudo esperar más y la besó profundamente mientras empezaba a moverse. Estaba tan loco de deseo por ella... siempre era así con Autumn. Ella respondió a cada uno de sus movimientos en un toma y daca perfecto, exigiendo todo lo que él tenía y aún más. Era su igual en todo, su compañera ideal, y mientras la penetraba una y otra vez, cuando alcanzaron la cúspide juntos, Ben estuvo más seguro del futuro que en toda su vida.

Al fin estaba en casa. Había encontrado a su hija, y había empezado una nueva vida. Su alma había resucitado cuando Autumn lo había conducido hasta la cima del Angel's Peak.

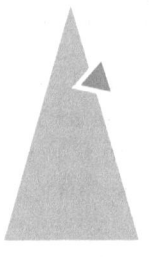

Epílogo

Un año después

Iban a mudarse. Ben había dicho que un ático no era sitio donde formar una familia, una familia de la que Autumn formaba parte. Las niñas estaban con ellos los fines de semana y algunos días entre semana después de clase, así que necesitaban un sitio más apropiado donde vivir. Charlie Evans se había decidido finalmente a poner en venta su casa de Bainbridge Island, y Ben la había comprado. No estaba demasiado lejos de Lewis y Clark, el colegio en el que Autumn seguía dando clase, ni del despacho de Ben en Pike Street. Era lo bastante espaciosa para las niñas... y para los demás hijos que llegaran.

Era una casa preciosa y enorme, y Autumn había trabajado con un diseñador para que tuviera un aire sofisticado pero a la vez acogedor, un despacho masculino para Ben, y una habitación muy soleada y llena de antigüedades para ella.

Katie y Molly estaban entusiasmadas con la casa. Eran unas niñas fantásticas, dulces y cariñosas, y se adoraban la una a la otra. Molly iba a ver a una psicóloga, una tal doctora Mince, que estaba ayudándola a superar el trauma que había sufrido. Iba atrasada en la escuela, porque Rachael había considerado que algunas de las asignaturas que tendría que haber aprendido eran una pérdida de tiempo para una chica, pero Ben había contratado a un tutor y la niña estaba poniéndose al día rápidamente.

Katie pasaba mucho más tiempo con su padre, así que la pequeña estaba loca de contenta, y padre e hija estaban más unidos que nunca. Autumn estaba enseñando a las dos niñas a escalar, y Ben estaba enseñando a toda la familia a hacer piragüismo.

Por si todo eso fuera poco, los sueños de Autumn habían cesado por completo. Los hermanos Beecher se habían declarado culpables del asesinato de Priscilla Vreeland, y les habían condenado a cadena perpetua sin posibilidad de libertad condicional. El juicio contra Eli Beecher había sido más rápido de lo esperado, y le habían declarado culpable de secuestro y de una larga lista de cargos más que lo mantendrían en la cárcel durante la mayor parte de su vida. A lo largo de la investigación había surgido un dato interesante respecto al coche: uno de los primos de Eli había sido el propietario del clásico blanco, se lo había dejado a Eli, y después se lo había vendido a Riley Perkins, el agente de seguros, para comprarse una Harley; por tanto, Robbie Hines había tenido razón.

Autumn sonrió. Como los horribles sueños se habían acabado... y Ben la dejaba exhausta y saciada cuando hacían el amor... dormía a pierna suelta.

La puerta se abrió, y su marido entró en el ático. Aquél era el último día que iban a pasar allí.

—¿Estás lista? Tenemos que ir tirando para el barco, Katie y Molly están dando saltos de nerviosismo, deseando que nos vayamos.

—Sí, estoy lista. Sólo estaba pensando en lo afortunada que soy —le contestó ella, con una sonrisa.

Ben se acercó a ella, la rodeó con los brazos, la apretó contra su pecho y la besó en el cuello.

—Yo soy el afortunado. Tengo a mis hijas, y te tengo a ti. Soy el hombre más afortunado del mundo.

Autumn sonrió. Ben siempre hacía que se sintiera adorada. Al parecer, su padre tenía razón, y cuando un hombre amaba de verdad a una mujer, se lo hacía saber más allá de toda duda. No tenía que preocuparse por si no era suficiente para él, porque sabía que sí que lo era.

—Tienes razón, será mejor que nos vayamos ya —se apartó de su abrazo a regañadientes, y añadió—: Tus hijas tienen tanta paciencia como tú... prácticamente ninguna.

—Esperé a que te decidieras a casarte conmigo, ¿no? Créeme, con ese tema sí que necesité un montón de paciencia.

Autumn se echó a reír, le tomó de la mano y salió con él del ático. Ben pensaba que era afortunado... y lo era. Volvía a tener consigo a Molly, tenía a Katie y sus dos hijas le adoraban, y también tenía una esposa que lo quería con toda el alma y que haría lo que fuera por él; aun así, al mirarlo y ver el amor que brillaba por ella en aquellos cálidos ojos marrones, Autumn no tuvo ninguna duda de quién era la realmente afortunada.

Era tan afortunada. Molly le daba las gracias a Dios cada día por la suerte que tenía. Estaba de nuevo con su familia de verdad... con su mamá y con Katie, con el nuevo marido de su mamá, John, y con la mujer de su padre, Autumn. Los quería muchísimo a todos, y parecía que ellos también estaban contentos de tenerla allí.

Al principio, cuando había llegado a la casa tan grande donde se suponía que iba a vivir, había estado muy asustada. No conocía a la mujer elegante que se llamaba Joanne y que le había dicho que era su madre, y apenas se acordaba del hombre que decía ser su padre. Algunas noches se había despertado llorando, pero su hermana, que dormía en una cama junto a la suya, se tumbaba a su lado al oírla y entonces sí que podía dormir.

Una vez, estando en el ático de su papá, él la había oído y había ido enseguida a su dormitorio. La había sentado en su regazo y se había limitado a abrazarla hasta que se había calmado, y aunque sabía que si Eli hubiera hecho algo así no se habría sentido cómoda, el abrazo de su padre le resultó reconfortante y lo más normal del mundo.

—Eres mi hija y te quiero —le había dicho él con voz suave—. Eso no cambiará por nada. No tienes que volver a tener miedo nunca más.

Entonces lo había mirado y le había llamado papá por primera vez, y a él le habían brillado mucho los ojos, como si fuera a llorar.

Quería mucho a sus padres, y también a Katie. No la recordaba de antes, pero le daba igual. Se parecían mucho y les gustaban las mismas cosas, incluso la misma comida, como el pastel de chocolate. Tampoco se acordaba demasiado de cuando había vivido con su papá y su mamá de pequeña, aunque cuando le contaban historias sobre su niñez y le enseñaban fotos, a veces fingía que sí que se acordaba un poco. Eso parecía alegrarles mucho, y ella se sentía feliz al verlos tan contentos.

Ya no lloraba... bueno, sólo cuando soñaba con Eli, pero entonces Autumn aparecía en su sueño y le decía que no pasaba nada, que estaba a salvo, y la pesadilla se desvanecía.

Además, Sarah iba a visitarlos con su bebé muy a menudo. Estaba viviendo en un centro de acogida para chicas que Autumn le había encontrado, y estaba estudiando para sacarse el graduado de secundaria. Estaba pensando en ir a la universidad, y papá había prometido que le pagaría los estudios si decidía hacerlo.

Ella quería muchísimo a Sarah y a su hijito rubio de ojos azules, Matthew Benjamin. Le encantaba la nueva vida que tenía desde que su papá la había salvado aquella noche en la montaña, y nunca olvidaría cómo había entrado por la puerta de golpe, cómo se había enfrentado a Eli y le había dado una buena paliza.

Lo había hecho por ella. Dios había escuchado su ruego, y lo había mandado para que la salvara. De vez en cuando, cuando miraba a su papá, pensaba en aquella noche y sentía que el corazón le daba un brinco y se le llenaba de amor por él.

—¡Vamos, Molly! ¡Todo el mundo está esperando!

Era Katie, aquella tarde iban a navegar. A las dos les encantaba el agua, hacer piragüismo y nadar, y Autumn estaba enseñándolas a escalar.

—¡Ya voy! —Molly agarró bien su toalla de playa, y echó a correr por el amarradero. Autumn y Katie ya estaban a bordo, pero su papá estaba esperándola para ayudarla a subir al barco.

—Ya es hora de irnos, ángel.

Solía llamarla así, y era una de las pocas cosas que recordaba de su niñez. Sí, su papá siempre la había llamado ángel. Cuando la agarró de la mano y la ayudó a subir a bordo, la miró con aquella sonrisa tierna que siempre tenía para ella. Entonces subió al barco también, y fue a ponerse al timón.

Cuando levantó la mirada hacia él y lo saludó con la mano, Katie soltó una risita y Autumn sonrió.

Se sentía tan afortunada... sí, era la niña más afortunada del mundo.

Títulos publicados en Top Novel

Reencuentro — Nora Roberts
Mentiras en el paraíso — Jayne Ann Krentz
Sueños de medianoche — Diana Palmer
Trampa de amor — Stephanie Laurens
Resplandor secreto — Sandra Brown
Una mujer independiente — Candace Camp
En mundos distintos — Linda Howard
Por encima de todo — Elaine Coffman
El premio — Brenda Joyce
Esencia de rosas — Kat Martin
Ojos de zafiro — Rosemary Rogers
Luz en la tormenta — Nora Roberts
Ladrón de corazones — Shannon Drake
Nuevas oportunidades — Debbie Macomber
El vals del diablo — Anne Stuart
Secretos — Diana Palmer
Un hombre peligroso — Candace Camp
La rosa de cristal — Rebecca Brandewyne
Volver a ti — Carly Phillips
Amor temerario — Elizabeth Lowell
La farsa — Brenda Joyce
Lejos de todo — Nora Roberts
La isla — Heather Graham
Lacy — Diana Palmer
Mundos opuestos — Nora Roberts
Apuesta de amor — Candace Camp

www.ingramcontent.com/pod-product-compliance
Lightning Source LLC
LaVergne TN
LVHW030334070526
838199LV00067B/6278